BASTEI LÜBBE

LINDA LAEL MILLER

Träume die verführen

Roman

Ins Deutsche übertragen
von Rolf Armin

BASTEI LÜBBE

BASTEI LÜBBE TASCHENBUCH
Band 18 247

Erste Auflage: April 2000

Gesetzt nach den Regeln der Rechtschreibreform

Originaltitel: Rachel (1.Teil); Savannah (2.Teil)

Lektorat: Katharina Woicke
Titelbild: John Ennis / Agentur Thomas Schlück GmbH
Umschlaggestaltung: QuadroGrafik, Bensberg
Satz: KCS GmbH, Buchholz/Hamburg
Druck und Verarbeitung: 49833
Société Nouvelle Firmin-Didot
27650 Mesnil-sur-l'Estrée, Frankreich
Printed in France
ISBN 3-404-18247-2

Sie finden uns im Internet unter
http://www.luebbe.de

Der Preis dieses Bandes versteht sich einschließlich der gesetzlichen Mehrwertsteuer

1. Teil

Frühling 1874

In der Nähe von Springwater, Montana Territorium

1

An diesem kühlen, nebligen Tag am Anfang des Frühjahres hatte Trey Hargreaves es mächtig eilig. Er folgte einer Frau, der er den Hof gemacht hatte, die ihm jedoch einen Korb gegeben hatte. Deshalb hatte er seinen besten Anzug angezogen und ritt wie der Teufel hinter ihr her, um sie doch noch umzustimmen. Er war so in Gedanken, dass er beinahe die Kutsche übersehen hätte, die sich im Flussbett des Willow Creek quer gestellt hatte. Der Kutscher, ein stämmiger, rothaariger Ire namens Guffy O'Hagan, legte sich schwer ins Zeug, um die Maultiere wieder in Griff zu bekommen, aber es war klar, dass die störrischen Biester stärker als der Mann waren.

Die Furt durch den Creek war nicht wirklich gefährlich, sagte sich Trey, der zögernd seinen schwarz-weiß gescheckten Hengst am Ufer zum Stehen brachte, um die Situation genauer zu betrachten. Die Strömung war zwar stark, aber der Fluss war an dieser Stelle kaum tiefer als einen Meter und man musste sich schon besonders blöd oder ungeschickt anstellen, um eine Kutsche in so einem harmlosen Wässerchen zum Umstürzen zu bringen – und dabei womöglich auch noch zu ertrinken.

Trey seufzte. Das Problem war, dass es gerade hier in der einsamen Weite des Westens mehr blöde oder ungeschickte Menschen gab, die scheinbar alles daran setzten, sich selbst umzubringen. Treay machte sich keine ernsthaften Sorgen um Guffy, der alles andere als ein Greenhorn war und genau wusste, was er zu tun hatte, aber bei der Frau in der Kutsche hatte er doch erhebliche Zweifel. Sie trug einen blauen Federhut, ein Riesenmonstrum, das schon vollkommen durchnässt und an einer Seite eingeknickt war, weil es offensichtlich an die Decke der Kutsche stieß. Schlimmer war jedoch, dass die Frau sich mit dem Oberkörper weit aus dem Fenster der Kutsche gebeugt hatte und somit das Gefährt mächtig ins Schwanken brachte. Dabei winkte sie Trey mit ihrem Taschentuch zu, wie eine Gräfin oder Prinzessin, die einen Diener zu sich befahl.

Wieder seufzte er.

Sie hatte Mühe, ihre Stimme über das Rauschen des Wassers zu erheben und gegen das Gebrüll der widerspenstigen Maultiere anzukommen – ganz zu schweigen von der unablässigen Litanei an lauten Flüchen, die Guffy ausstieß, der nur selten Passagiere in seiner Kutsche beförderte und jetzt wohl vergessen hatte, dass er eine Lady an Bord hatte.

»Sir!«, schrie die Frau mit dem Federhut und schwenkte ihr Taschentuch noch wilder. »Verzeihen Sie, Sir! Sind Sie etwa ein Outlaw?«

Trey gestattete sich selbst ein schwaches Lächeln. Das war eine scharfsichtige Bemerkung und vielleicht war die Frau gar nicht so blöd, wie er zunächst gedacht hatte. Er fragte sich, ob man ihm wirklich die Jahre ansah, in denen er von Ort zu Ort gezogen war. Dabei hatte er seinen Lebensunterhalt am Spieltisch verdient oder gegen gute Bezahlung auch schon mal als Revolvermann gearbeitet.

Er ging jedoch nicht auf die Frage ein, sondern trieb seinen Schecken in den eisigen Fluss. Als er schließlich die Kutsche erreichte, waren seine Hosenbeine durchnässt und das Wasser stand ihm in den Stiefeln. Er konnte froh sein, wenn ihm nicht ein paar Zehen abfrieren würden.

Jetzt, aus der Nähe, erkannte er, dass die gestrandete Lady noch ziemlich jung war, fast noch ein Mädchen – und dass sie ausgesprochen hübsch war. Unter dem lächerlichen Federhut lugten kastanienbraune Haare hervor und ihre Augenfarbe lag irgendwo zwischen grau und grün. Sie hatte eine zart Haut, lange Wimpern und einen schön geschwungenen Mund mit vollen Lippen, bei deren Anblick Trey sich fragte, wie es sich anfühlen würde, diese Lippen zu küssen.

»Wie Sie ja selbst sehen können«, sagte sie ohne weitere Umschweife, »benötigen wir Hilfe.« Sie sprach in dem gezierten Tonfall, den die Menschen im Osten so kultiviert hatten. »Aber zuerst beantworten Sie mir bitte meine Fragen. Sind Sie ein Outlaw, Sir, ein Bandit?«

Trey hätte am liebsten laut gelacht, aber das verkniff er sich, denn wenn er diesem Impuls nachgegeben hätte, wäre sie im Stande gewesen, seine Hilfe aus purer Sturheit abzulehnen. »Nun, Ma'am«, erwiderte er bedächtig, »ich schätze, das kommt ganz darauf an, wen Sie danach fragen.« Er tippte mit den Fingerspitzen an seinen Hutrand, als er ihren erschrockenen Gesichtsausdruck sah. »Mein Name ist Trey Hargreaves und ich kann sagen, dass es mir meistens gelungen ist, auf der richtigen Seite des Gesetzes zu stehen. Ich lebe in Springwater«, fuhr er fort und deutete mit dem Daumen über seine Schulter, »nur ein paar Meilen von hier.«

Als er den Namen Springwater erwähnte, entspannten sich ihre Gesichtszüge und die Farbe kehrte in die Wangen zurück. »Dem Himmel sei Dank.« Sie seufzte erleichtert. »Ich hatte schon Sorge, wir würden nie mehr dort ankommen. Besonders nicht, seit wir hier in diesem … reißenden Fluss festsitzen.« Mit dem Arm deutete sie zum Dach der Kutsche, wo eine Menge Gepäck mit Stricken festgezurrt war. »Wenn wir umkippen, sind die ganzen Bücher ruiniert, die ich mitgebracht habe – und da Sie selbst aus Springwater kommen, brauche ich Ihnen ja nicht zu erklären, was das für ein herber, unersetzlicher Verlust wäre. Ohne eine gute Erziehung wären die Kinder ja ganz dem schlechten Einfluss von Orten wie …« – hier senkte sie vertraulich die Stimme und verlieh ihren Worten einen beschwörenden Klang – »dem *Brimestone Saloon* überlassen.«

Nun musste Trey wirklich an sich halten, um nicht schallend zu lachen. Er spürte, wie seine Mundwinkel zuckten, aber es gelang ihm, sich zu beherrschen und ein neutrales Gesicht zu machen. »Davor möge der Herr uns alle beschützen«, meinte er inbrünstig und legte eine Hand auf seine Brust.

Ihre Augen verengten sich für einen kurzen Moment. Es war klar, dass sie ziemlich klug war und sie ihm dieses Bekenntnis nicht so ganz abnahm. Sie streckte ihm ihre Hand durchs Fenster entgegen. »Mein Name ist Rachel English«, erklärte sie. »Man hat mich engagiert, um an der neuen Schule in Springwater zu unterrichten.«

In diesem Augenblick schwankte die Kutsche bedenklich und Rachel zog schnell die Hand zurück, die sie Trey zum Gruß geboten hatte. Mit dieser Hand hielt sie die Reste ihres komischen Hutes fest und mit der anderen umklammerte sie die Fensterbrüstung. Ihr Gesicht war voller Angst – und dieser Ausdruck rührte Trey zu seiner eigenen Überraschung.

»Ich kann zum Ufer waten«, sagte sie. »Ich kann sogar ein bisschen schwimmen, wenn das nötig sein sollte, aber die Schulbücher dürfen auf keinen Fall ruiniert werden. Bitte, Sir … bitte helfen Sie uns, Mr. Hargreaves.«

»Setzen Sie sich und verhalten Sie sich ganz ruhig«, befahl er ihr. »Ich bin gleich zurück.« Er nahm die Zügel auf und trieb den Schecken nach vorne, wo Guffy immer noch mit dem Gespann kämpfte. Die Tiere weigerten sich einfach, in die gleiche Richtung zu gehen. »Hallo, Guffy«, begrüßte Trey den jungen Iren, wobei er mit den Fingern gewohnheitsmäßig seinen Hutrand berührte. »Alles klar?«

»Nicht ganz«, keuchte Guffy freundlich, was erstaunlich war, wenn man bedachte, dass er vollauf mit dem Gespann beschäftigt war. »Wenn du freundlicherweise die Lady ans andere Ufer bringen würdest … hätte ich eine Sorge weniger.«

Trey nickte und ritt zur Tür der Kutsche zurück. Er beugte sich vor, drehte den Griff und versuchte, die Tür zu öffnen, was sogar für einen kräftigen Mann wie Trey nicht einfach war, da er den starken Gegendruck des Wassers überwinden musste. Schließlich hatte er es geschafft.«

»Kommen Sie«, sagte er zu Miss English und schlang seinen Arm um ihre Taille.

Sie zuckte zurück und er hatte den Eindruck, dass diese Frau sogar den sturen Maultieren da draußen noch das eine oder andere beibringen könnte. »Die Bücher …«, sagte sie streng.

Trey war durchnässt, ihm war kalt – und er würde die Frau, der er gefolgt war, nie und nimmer einholen, wenn er jetzt noch kostbare Zeit mit einer langen Diskussion vergeudete. »Ich hole die verdammten Bücher«, knurrte er. »Aber erst, wenn Sie aus dieser Kutsche sind und sicher am anderen Ufer stehen.«

Sie nahm eine kleine, abgewetzte Handtasche vom Sitz

und etwas, das wie der Ableger einer Pflanze aussah. »Na schön«, seufzte sie ergeben, »hoffentlich halten Sie sich auch an ihr Wort, Sir.«

Trey schlang einen Arm um ihre Taille – Rachel war kaum größer als ein Schulmädchen und sie wog kaum mehr als ein Sack Pferdefutter – und hob sie samt ihrer Handtasche und der seltsamen Pflanze neben dem Sattelhorn hoch. Sie duftet wie Rosen nach einem Regenschauer, dachte Trey, der sich über sich selbst wunderte, denn solche Vergleiche kamen ihm sonst nie in den Sinn. Sie duftete wie frisch gebadet – dabei hatte sie doch gerade den Weg quer durchs Land hinter sich gebracht. Wenn sie die neue Schullehrerin war, war sie die Freundin von Evangeline Wainwright, die sie aus Pennsylvania im Osten hatte kommen lassen. Selbst Trey Hargreaves hatte schon von Miss Rachel English gehört, denn für so ein Ereignis interessierte sich natürlich in und um Springwater herum jedermann. Besonders Emma, Treys Tochter, hatte die Ankunft der Lehrerin kaum noch erwarten können.

Er hielt sie ganz fest, damit sie ihm nicht wegrutschte und mit dem Treibholz flussabwärts getrieben wurde, und setzte die neue Lehrerin dann auf der Springwater-Seite des Willow Creek sicher auf die Erde. Da stand sie nun mit ihrer Tasche in der einen Hand und der Pflanze, deren Wurzeln in einen feuchten Lappen geschlagen waren, in der anderen Hand und schaute ihn bittend an.

»Die Bücher, Mr. Hargreaves«, sagte sie.

»Trey«, erwiderte er – und das klang selbst in seinen Ohren in dieser Situation idiotisch. Er drehte den Schecken auf der Hinterhand und ritt in den Fluss zur Kutsche zurück.

»Ich brauche auf dem Dach mehr Gewicht«, keuchte

Guffy atemlos. »Würde es dir etwas ausmachen raufzuklettern, Trey? Aber von der anderen Seite, damit mir das verdammte Ding nicht doch noch ins Wasser kippt.«

Jeder Narr konnte sehen, was hier getan werden musste, aber Trey überging die überflüssige Anordnung, denn ihm war klar, dass Guffy am Ende seiner Nervenkraft war. Schweigend bahnte er sich seinen Weg durch die Fluten zur anderen Seite der Kutsche, griff mit beiden Händen nach der Dachgepäckhalterung, richtete sich im Sattel seines Pferdes auf und schwang sich nach oben. Einen Moment lang schwankte die Kutsche bedenklich, wobei Trey sein Gewicht wie ein Hochseilartist ausbalancierte.

Schließlich war das Gefährt wieder im Gleichgewicht und die Tiere beruhigten sich etwas. Der Schecke war inzwischen mit hängenden Zügeln zum Ufer getrottet, wo er sich das Wasser aus dem Fell schüttelte. Dabei taufte er Miss English und hieß sie damit im Wilden Westen willkommen.

»Kannst du die Zügel übernehmen?«, rief Guffy über die Schulter gewandt Trey zu. »Ich werde dann versuchen, ob ich das Leittier dazu bringen kann, endlich in der richtigen Richtung zu ziehen.«

Trey nickte und kletterte vorsichtig über das Gepäck nach vorne zum Kutschbock, wo er die Zügel des Achtergespanns übernahm und beobachtete, wie Guffy über den Rücken des einen Maultiers zum Rücken des nächsten und schließlich auf den Rücken des Leittieres kletterte, das links vorne eingespannt war.

»Mr. Hargreaves!«, hörte er eine Stimme. »Mr. Hargreaves!«.

Wütend drehte Trey den Kopf zu der Lehrerin um, die die Hände trichterförmig um den Mund gelegt hatte. Er war genervt und hatte zu viel mit den Zügeln zu tun, um ihr zu antworten.

»Die Bücher!«, rief sie und deutete mit der Hand auf die Kisten auf dem Dach. »Die Kisten verrutschen. Sie sollten lieber wieder zurückklettern und die Gurte straff ziehen, bevor die Bücher ins Wasser fallen. Sie haben versprochen, sie zu retten.«

Wieder seufzte er, aber er antwortete ihr nicht. Sie war die schlimmste weibliche Nervensäge, die ihm je begegnet war. Der Mann, der diese Frau einmal heiraten würde, tat ihm jetzt schon in der Seele leid. Er zweifelte nicht dran, dass irgendein Mann sie heiraten würde – auch wenn sie noch so zickig war, denn in diesem Teil des Landes herrschte akuter Mangel an Frauen, besonders an so gut aussehenden wie Rachel English.

Plötzlich griffen auf wundersame Weise die Räder der Kutsche und die acht Maultiere zogen alle in der gleichen Richtung und nicht mehr wie vorher in verschiedene, wobei Trey, dessen Aufmerksamkeit für einen Moment abgelenkt war, beinahe ins Wasser gestürzt wäre. Ganz langsam erreichte die Kutsche das Ufer und rollte über die matschige Böschung hoch ins Gras.

Die Maultiere schüttelten das kalte Wasser aus dem Fell und schauten noch dümmer drein, als das Maultiere gewöhnlich schon tun.

Miss English kam auf die Kutsche zu, aus der das Wasser floss. Weder der Schlamm noch spitze Steine oder schlüpfriges Gras hielten sie auf. Die Feder an ihrem Hut war zwar zerzaust, aber in der leichten Brise tanzte sie immer noch auf und ab. Es sah einfach lächerlich aus. Trotzdem entging es Trey nicht, dass Miss Rachel eine ausgesprochen weibliche Figur hatte. Irgendwie war ihm dieser Aspekt bisher entgangen, obwohl er sie doch erst vor wenigen Minuten in seinen Armen gehalten und zum Ufer getragen hatte. Das musste wohl an der ganzen Hektik gelegen haben.

»Vermutlich muss ich Ihnen jetzt für Ihr Hilfe danken, Mr. Hargreaves«, meinte sie zögernd und drückte ihre Pflanze an die Brust, »obwohl Sie sich nicht an meine Anweisungen gehalten haben, was die Bücherkisten betrifft.«

Er sicherte die Zügel des Maultiergespanns, sprang vom Bock, verneigte sich leicht in Richtung der Lehrerin und öffnete die Tür der Kutsche für sie. Er musste seine ganze Willenskraft aufbieten, um ihr nicht zu sagen, wie gleichgültig ihm ihre Bücher waren. »Ich halte mich selten an Anweisungen, Ma'am«, sagte er, »es sei denn, dass sie sinnvoll sind. Und das waren Ihre nun ganz gewiss nicht.«

Sie errötete und kletterte in die Kutsche, aus der immer noch Wasser tropfte. Sie raffte ihre Röcke in dem hoffnungslosen Versuch, zu verhindern, dass der Saum ihres Kleides nass wurde. Guffy hatte sich inzwischen wieder auf seinen Platz auf dem Kutschbock gesetzt und die Zügel in die Hand genommen.

»Wie ich sehe, Mr. Hargreaves, wissen Sie den Wert einer guten Ausbildung für unsere Kinder nicht zu schätzen«, sagte sie spitz.

Er unterdrückte ein Grinsen. »Im Gegenteil, Ma'am«, gab er gut gelaunt und ein wenig spöttisch zurück. »Ich halte sehr viel davon, dass unsere Kinder lesen, schreiben und rechnen lernen. Aber hier im Westen sind andere Fähigkeiten ebenso wichtig. Wenn diese Kutsche umgestürzt wäre, wäre das meiste wohl verloren gewesen. Ihre kostbaren Bücher natürlich – aber auch die Kutsche, die gesamte Fracht und wahrscheinlich die Hälfte der Maultiere. Guffy wäre wahrscheinlich unter der Last begraben worden und Sie – nun Sie wären vielleicht auch ertrunken. Denken Sie mal darüber nach, Frau Lehrerin. Ich wünsche Ihnen noch einen schönen Tag«, sagte er und tippte wie üblich mit den Fingern an seinen Hutrand – aber den Hut hatte er längst verloren. Wahrscheinlich schwamm das gute Stück jetzt schon ein paar Meilen stromabwärts. »Nichts für ungut und herzlich willkommen in Springwater.«

Wieder errötete sie – und dabei wirkte sie noch eine Spur hübscher. Trey vergaß darüber fast, dass er auf dem Weg nach Choteau war, einem Ort, der gut fünfundzwanzig Meilen entfernt lag, um Miss Marjorie Manspreet davon abzuhalten, in eine Postkutsche nach Osten zu steigen – und für immer aus seinem Leben zu verschwinden. Jetzt war die Sache nahezu aussichtslos. Er würde den Rest des Tages und sicher bis in die Nacht hinein im Sattel sitzen müssen und es war mehr als fraglich, ob er noch in Choteau ankommen würde, bevor Marjorie die Stadt verlassen hatte. Das war ein Aufwand, zu dem er plötzlich nicht mehr die geringste Lust verspürte.

Er pfiff leise durch die Zähne und der Schecke trottete gehorsam heran. Miss English streckte noch einmal den Kopf aus dem Fenster der Kutsche. »Ich möchte mich entschuldigen«, sagte sie knapp. »Sie waren wirklich eine große Hilfe und dafür möchte ich Ihnen aufrichtig danken.«

»Nicht nötig, Ma'am«, erwiderte er und diesmal grinste er schräg. Es war einfach eine Reaktion auf ihre ganze Art, eine Reaktion, die er nicht länger unterdrücken konnte. Er wandte sich Guffy zu, der zufrieden auf dem Bock saß und Trey anstrahlte.

»Ich werde mich bei Gelegenheit revanchieren, Trey«, sagte er nur.

Trey stieg in den Sattel seines Hengstes, beugte sich vor

und nahm mit einer Hand die Zügel auf. »Komm vorbei, wenn du wieder mal über Nacht in Springwater bleibst. Dann unterhalten wir uns in aller Ruhe über die Widerspenstigkeiten von Maultieren …« – er senkte die Stimme zum Flüstern – »und anderen Wesen.«

Guffy lachte, nickte, setzte das Gespann in Bewegung und winkte Trey noch einmal kurz zu.

Trey wartete, bis die Kutsche hinter dem nächsten Hügel verschwunden war. Ihr nächstes Ziel war die Kutschstation in Springwater, die dem Ort den Namen gegeben hatte. Dort würde ein anderes Gespann auf Guffy warten und vielleicht sogar ein ausgeruhter Fahrer, der die Frachtkutsche übernehmen würde. Mit etwas Glück würde der Junge mal wieder eine Nacht in einem sauberen Bett schlafen, er würde eine anständige Mahlzeit aus June McCaffreys legendärer Küche bekommen und im Brimestone ein paar Gläser Whiskey trinken – auf Kosten des Hauses natürlich.

Da Emma, Treys elfjährige Tochter, sich zur Zeit auf Besuch auf der Wainwright Ranch befand – Miss Evangeline war schwanger, Emma konnte sich im Haushalt nützlich machen, auf den kleinen Sohn der Familie aufpassen und natürlich ihrer Freundin Abigail Gesellschaft leisten – beschloss Trey, der Kutsche zu folgen, sich etwas frisch zu machen und selbst eine Mahlzeit in der Kutschstation einzunehmen. Wenn es noch ein bisschen ausgleichende Gerechtigkeit in der Welt gab, hatte Miss June einen Berg ihrer berühmten Bisquits gebacken, die es häufig zum Essen gab. Trey liebte Bisquits über alles, und da er einen guten Hut *und* eine mögliche Ehefrau verloren hatte, weil er Guffy geholfen hatte, die Kutsche durch den Willow Creek zu bringen, hatte er sich doch wohl *irgendeine* Belohnung verdient.

Ein gutes Essen bei Miss June war die beste Belohnung, die er sich im Augenblick vorstellen konnte.

Rachel hatte die Nase gestrichen voll von diesem verdammten Pfingstrosen-Ableger, den sie auf dem Weg durch das halbe Land gehegt und gepflegt hatte. Ständig hatte sie darauf Acht geben müssen, dass das Ding nicht zerdrückt wurde, dass es nicht austrocknete und nicht in einem überfüllten Zug oder einer schäbigen Kutschstation unterwegs vergessen wurde. Sie hätte das elende Ding wahrscheinlich schon längst irgendwo aus dem Fenster geworfen, wenn Evangeline sich nicht so darauf gefreut hätte, eines Tages den Ableger einer Pfingstrose im Garten ihrer Ranch in Montana blühen zu sehen. Evangeline Wainwright, ihre beste und vertrauteste Freundin. Rachel konnte es kaum erwarten, sie nach all den Jahren endlich wieder zu sehen, ihr in die Augen zu schauen, um zu sehen, ob sich dort das gleiche Glück zeigte, das zwischen den Zeilen ihrer Briefe durchschimmerte.

Rachel war davon überzeugt, dass kein Mensch auf Gottes Erdboden es mehr verdient hatte, eine glückliche, harmonische Ehe zu führen als Evangeline Keating Wainwright. Nicht dass Rachel persönlich an einer Ehe interessiert gewesen wäre. Es hatte einmal einen Mann gegeben, mit dem sie gerne vor den Traualtar getreten wäre, aber Langdon Pannell war tot, gefallen in diesem schrecklichen, sinnlosen Bürgerkrieg zwischen Nord und Süd. Sie konnte nicht – und sie wollte nicht – noch einmal einen Menschen so tief lieben. Die Trauer über Mr. Pannells Tod hatte ihr fast das Herz zerrissen und sie beinahe um den Verstand gebracht. Abgesehen davon hatte sie sich ihm in der Nacht, bevor er ins Feld zog, hingegeben – und er hatte sich ihr im Gegenzug hingegeben. Es war ein spontaner unbekümmerter Entschluss gewesen und ihre Vereinigung, die Verbindung von Körper und Seele, war so erfüllend gewesen, dass Rachel schon allein die Vorstellung, neben einem anderen Mann zu liegen, wie Hohn empfand.

Diese Gedanken gingen ihr durch den Kopf, während die Kutsche die letzten Meilen nach Springwater über einen holprigen Weg rumpelte, den man kaum als Straße bezeichnen konnte. Evangeline hatte in ihren Briefen erwähnt, dass Springwater ein aufstrebender Ort war und die Quelle der Ursprung des Willow Creek war.

Rachel beobachtete ihre Retter, während sie ihren Gedanken nachhing. Da Trey Hargreaves neben der Kutsche her ritt, sah sie ihn immer wieder mal durchs Fenster. Er war ein gut aussehender Mann, ein bisschen verwegen vielleicht, mit seinen dunklen Haaren, die er im Nacken zusammengebunden hatte, und diesen quicklebendigen Augen. Seine Augen waren ihr sofort aufgefallen, denn solche Augen hatte sie noch nie gesehen.

Entlang seines Wangenknochens zog sich eine längst verheilte Narbe hin und der Mann schien riesig zu sein. Jedenfalls kam es Rachel, die selbst klein und zierlich war, so vor, als sei er ebenso groß wie das Pferd, das er ritt. Sie hatte den Eindruck, als ob Ross und Reiter ein Kriegsdenkmal seien, das zu Leben erwacht war. Stolz und majestätisch – wie aus Bronze gegossen oder aus Stein gemeißelt.

Sie lehnte sich zurück und schloss die Augen, aber das Bild von Trey Hargreaves auf seinem Streitross stand weiter vor ihrem innere Auge. Sie spürte einen leichten Anflug von Panik in sich aufsteigen, denn in diesem Moment verblasste das Bild von Langdon, der in ihrer Erinnerung nur noch ein körper- und gesichtsloser Schatten war. Sie setzte sich kerzengerade auf und fixierte ihren Blick auf die gegenüber liegende Wand der Kutsche, an der jemand einen zerfledderten Zettel befestigt hatte, auf dem zu lesen war: *Bereuet oder brennet in der Hölle! So spricht der Herr!*

»Verdammt«, murmelte Rachel und riss den Zettel von der Wand. Sie hatte den Spruch betrachtet, seit sie in Choteau mit einer planmäßigen Postkutsche angekommen und in diese Frachtkutsche umgestiegen war, die nicht einmal von Pferden, sondern von störrischen Maultieren gezogen wurde. Sie zerknitterte die Warnung und warf das Papierknäuel auf den Boden. Gütiger Himmel, sie war wirklich müde vom Reisen. Sie sehnte sich nach einer anständigen warmen Mahlzeit, einem heißen Bad und einer Nacht in einem sauberen Bett. Besonders sehnte sie sich aber danach, endlich wieder das Vergnügen zu haben, auf ihren eigenen Beinen zu gehen. Das hatte sie in den letzten Wochen am meisten vermisst, seit sie unterwegs von Pennsylvania im Osten nach Montana im Westen war.

Schließlich hörte sie, wie der Fahrer, Mr. O'Hagan, jemandem von seinem Kutschbock aus etwas zurief. Das Gefährt sprang noch einmal heftig von einer Seite zur anderen und kam dann zu einem jähen Halt, als der Kutscher die Bremsbacken festzog. »Springwater Kutschstation!«, rief er laut und mit einem jubilierenden Unterton in der Stimme.

Rachel rutschte über die harte, schmale Sitzbank und schaute durchs Fenster auf das Haus der Station. Es stand an der anderen Seite eines riesigen Vorplatzes, der nur aus Schlamm und Matsch zu bestehen schien, worüber jemand roh gehauene Planen als eine Art Laufsteg gelegt hatte. Auf der Treppe zum Haus stand ein Frau, die ein schlichtes Kattunkleid und eine Schürze trug. Sie strahlte übers ganze Gesicht und winkte, während ein ernster Mann über den Zickzack-Plankenweg auf die Kutsche zukam. Das mussten nach Evangelines Beschreibung die McCaffreys sein, die Gründer der Springwater-Station und führende Bürger der Siedlung, die einmal eine Stadt werden sollte. Es waren Jacob und June McCaffrey gewesen, die darauf gedrängt hatten, eine Schule zu bauen und die das Geld gesammelt hatten, um für Rachels Reisekosten zu bezahlen.

»Hallo, Miss English«, sagte Mr. McCaffrey mit seiner unglaublich tiefen Stimme, während er die Tür der Kutsche öffnete und ihr seine Hand entgegenstreckte, die von harter schwerer Arbeit zeugte. »Willkommen in Springwater. Wir haben uns schon Sorgen um Sie gemacht.«

»Wir hatten ein paar Probleme im Creek«, erwiderte Guffy, bevor Rachel antworten konnte. »Wenn Trey uns nicht zu Hilfe gekommen wäre, würden wir jetzt vielleicht mit den Forellen um die Wette schwimmen.«

Jacob konzentrierte sich erst darauf, Rachel aus der Kutsche zu helfen, bevor er Trey Hargraeves unverbindlich zunickte. »Danke«, sagte er kurz angebunden.

»Nicht der Rede wert«, erwiderte Trey, dessen Tonfall ebenso knapp wie der von Jacob war. »Haben Sie einen ausgeruhten Kutscher in der Station? Der alte Guffy hatte einen schweren Tag und ich habe ihm einen Whiskey zur Stärkung versprochen.«

Rachel hatte den Eindruck, dass Jacob, der neben ihr stand, scharf die Luft einsog. Das verwunderte sie nicht weiter, denn Evangeline hatte ihr im Laufe der Jahre in ihren Briefen eine ganze Menge über die McCaffreys erzählt, die Evangeline als enge Freunde betrachtete. Demnach war Jacob nicht nur der Stationsleiter, sondern auch der Prediger von Springwater, was natürlich nahe legte, dass er für Whiskeytrinken nicht viel übrig hatte. Wie Rachel übrigens auch.

Schließlich zuckte Jacob die Schultern und meinte: »Du siehst selbst auch ziemlich mitgenommen aus, Trey. Wenn du magst, bist du herzlich zum Essen eingeladen.«

Trey grinste übers ganze Gesicht. Es war das verschmitzte, spitzbübische Grinsen eines Lausejungen und Rachel war völlig perplex, als sie sah, wie sich sein Gesichtsausdruck dabei entspannte und veränderte. »Nur ein Dummkopf würde die Einladung, bei Miss June zu essen, ablehnen«, sagte er.

Miss June wartete auf der Veranda vor dem Haus. Ihre Augen leuchteten. Von Evangeline wusste Rachel, dass die Frau schon fast sechzig war, aber von ihr ging ein inneres Strahlen aus, das sie zwanzig Jahre jünger erschienen ließ. »Wir sind mächtig froh, Sie bei uns zu haben«, sagte sie und umarmte Rachel herzlich.

Diese schlichte menschliche Geste trieb Rachel die Tränen in die Augen. Sie konnte sich nicht daran erinnern, dass jemand sie einfach so in den Arm genommen hatte, seit Evangeline mit ihrer Tochter Abigail vor vier langen Jahren zu ihrem Abenteuer in den Westen aufgebrochen war.

»Das Mädel ist vollkommen erschöpft«, bemerkte Jacob. »Du kümmerst dich um sie, Miss June, während ich Guffy und Trey von deinen köstlichen Knödeln mit Huhn auftische.«

»Zuerst bringst du einen Teller voll für Miss English«, widersprach Miss June, während sie Rachel beim Arm nahm und sie über die Schwelle ins Haus führte, wo es gemütlich warm war. In dem großen Hauptraum der Kutschstation standen sechs lange Tische, um die Reisenden zu bewirten. In einem großen, steinernen Kamin flackerte ein Feuer. »Guffy und Trey können sich selbst bedienen.«

Mit diesen Worten führte Mrs. McCaffrey Rachel zu einem Zimmer am anderen Ende der Station. Es war ein kleiner Raum mit einem hohen Fenster. Das Bett wirkte sehr einladend, auch wenn es nur ein einfaches Eisengestell war, mit einer Matratze, zwei Kopfkissen und einer alten Decke, die schon ein wenig ausgeblichen war. Auf einem Tisch daneben stand eine frisch gefüllte Kerosin-Lampe – und eine Schachtel Zündhölzer war auch zur Hand. An den Wänden waren Haken eingeschlagen, an denen Rachel ihre Kleider aufhängen konnte, und in der Ecke gab es einen rot-weiß emaillierten Waschstand.

»Nachdem Sie gegessen haben, können wir Wasser heiß machen, falls Sie baden möchten«, meinte Miss June ruhig.

Und ob sie das wollte! Schon bei dem Gedanken an ein heißes Bad traten Rachel Freudentränen in die Augen. Es würde eine Erlösung sein, sich nach der wochenlangen Reise endlich wieder richtig waschen zu können. Tage und Nächte hatte sie zuerst in verschiedenen Zügen verbracht und weiter im Westen hatte sie dann die Postkutschen benutzt. Es war wirklich nicht immer einfach gewesen, sich während dieser Zeit wenigstens notdürftig sauber zu halten, obwohl Rachel getan hatte, was menschenmöglich war. Aber jetzt brauchte sie ein Bad, so wie sie Nahrung und Schlaf brauchte – und wahrscheinlich brauchte sie das Bad am dringendsten.

»Sie sind wirklich sehr freundlich«, murmelte sie und nickte dankbar.

Mrs. McCaffrey warf einen kurzen Blick auf den Ableger der Pfingstrose. »Die könnte ich für Sie ins Wasser stellen. Sieht aus, als hätte das Pflänzchen eine Menge Kraft verloren.«

Rachel lächelte und gab ihr den Ableger. »Evangeline hat mich gebeten, ihr eine Pfingstrose mitzubringen«, erklärte sie, »aber ich muss zugeben, dass es mir manchmal zu viel war, das verhutzelte Ding weiter zu hegen und zu pflegen. Ich bezweifle aber nicht, dass all die Mühen vergessen sind, sobald ich die erste Rose aufblühen sehe.«

June betrachtete den Ableger so sehnsüchtig, dass Rachel es bedauerte, nicht zwei davon mitgebracht zu haben – auch wenn das noch mehr Mühe gemacht hätte. »Es muss schön sein, so einen Strauch im Garten zu haben«, sagte die ältere Frau mit einem leichten Seufzen.

»Die Blüten werden sooo groß«, erklärte Rachel und formte mit beiden Händen einen tellergroßen Kreis in der Luft. »Ich bin sicher, dass Evangeline Ihnen liebend gerne einen Ableger schenken wird, wenn die Staude erst mal angewachsen ist und sich an ihre neue Umgebung und das andere Klima gewöhnt hat.«

June strahlte. »Vermutlich haben Sie Recht«, meinte sie. »Ich werde Evangeline jedenfalls danach fragen, sobald ich sie das nächste Mal sehe.« Mit diesen Worten ließ die Leiterin der Kutschstation Rachel allein, damit sie sich in ihrem neuen Zuhause einrichten konnte. Es war vereinbart, dass Rachel bis auf weiteres in der Station bei den McCaffreys wohnen würde, da es bis jetzt in Springwater noch keine Pension oder eine andere Unterkunftsmöglichkeit für eine junge Lady gab. Kaum war die ältere Frau gegangen, als Guffy an die offene Tür klopfte. In den Händen trug er eine Reisetasche und eine kleine Truhe, die Rachels persönliche Dinge enthielten.

»Ma'am«, sagte er, wandte den Blick ab und errötete so tief, als hätte er die junge Frau nackt in ihrem Zimmer vorgefunden, obwohl sie doch nur auf der Bettkante saß und versuchte, ihre Gedanken zu ordnen.

»Danke«, sagte sie, »stellen Sie das Gepäck bitte neben das Fenster.«

Kaum war Guffy gegangen, als Jacob auftauchte. Er trug ein hölzernes Tablett, das mit Essen beladen war, eine Schüssel mit frischem Huhn und dampfenden Knödeln, Brot und einem Apfel, der schon leicht verschrumpelt war.

Rachel rückte die Lampe und die Zündhölzer zur Seite, damit Jacob das Tablett abstellen konnte. Sie fühlte sich ein bisschen schuldig, weil sie sich von allen bedienen ließ. Man hätte ja glauben können, dass sie krank sei oder unfähig für sich selbst zu sorgen. Aber das stimmte natürlich nicht, denn als Tochter eines Farmers, das jüngste von vier Kindern und das einzige Mädchen, war Rachel durchaus an harte Arbeit gewöhnt.

»Ich hätte doch auch im Saal am Tisch essen können«, protestierte sie schwach.

Jacob bedachte sie mit einem seiner seltenen Lächeln. In ihren Briefen hatte Evangeline Jacob und seine Frau so präzise geschildert, dass Rachel das Gefühl hatte, die McCaffreys schon seit einer Ewigkeit zu kennen. Allerdings kam es ihr seltsam vor, dass ihre Freundin mit keinem Wort Trey Hargreaves erwähnt hatte, weder positiv noch negativ. Andererseits war Evangeline keine Klatschbase – auch wenn sie zugab, dass sie es genoss, bei ihren Tee-Gesellschaften die neuesten Skandale zu hören. Aber Evangeline glaubte fest an das Gute im Menschen und sie verurteilte niemanden, bevor seine Schuld nicht eindeutig bewiesen war. Das war eine der großen Charakterstärken von Evangeline Wainwright und Rachel wünschte sich manchmal, dass sie selbst anderen Menschen gegenüber nur halb so nachsichtig wäre.

»Sie haben eine lange Reise hinter sich«, sagte Jacob. »Sie sollten sich ausruhen, solange Sie noch Zeit dazu haben. Am Anfang werden Sie zwar nicht allzu viele Schüler haben – etwa ein Dutzend Kinder von den Farmen und Ranchen, die nahe genug bei Springwater liegen, sodass die Kinder den Schulweg bewältigen können – aber Sie werden doch alle Hände voll zu tun haben.«

Rachel hätte den älteren Mann gerne über Mr. Hargreaves ausgefragt, wo er herkam, was für eine Mensch er war, woher die Narbe in seinem Gesicht stammte und hunderte andere Dinge mehr, aber sie wusste natürlich, dass solche Fragen nicht schicklich waren und deshalb unterdrückte sie sie. Sie würde Evangeline bitten ihre Neugier zu stillen.

Nachdem er ihr das Essen serviert und den schlichten Rat gegeben hatte, verließ Jacob das Zimmer und schloss die Tür hinter sich. Rachel verschlang das wunderbare Essen geradezu – Junes Ruf, eine ausgezeichnete Köchin zu sein, erwies sich als nur allzu berechtigt – und betrachtete dabei ausführlich ihr Zimmer. Seit ihrem sechzehnten Lebensjahr – fast seit zehn Jahren – arbeitete Rachel nun schon als Lehrerin, aber erst jetzt wurde ihr bewusst, dass sie während dieser Zeit schon bei vielen Familien zur Untermiete gewohnt hatte. Sie hatte dabei die unterschiedlichsten Menschen kennen gelernt. So klein dieses Zimmer auch war, sie war noch nie in einem besseren untergebracht gewesen. Die Wände bestanden aus dicken Holzbohlen und es gab einen inneren Fensterladen als Sichtschutz von außen. Die Matratze fühlte sich an, als sei sie mit Federn gestopft und nicht mit Stroh, der Fußboden bestand aus ebenmäßigen Planken, die so exakt verlegt waren, dass sich kein Staub zwischen die Ritzen setzen konnte. Es waren weder Mauselöcher zu sehen noch Spinnweben. Das Bettzeug roch nach Seife und Frühlingssonne, ein sicheres Zeichen dafür, dass die Laken frisch gewaschen waren.

Wenn während der Reise die Kutschen manchmal einen Nachtstopp eingelegt hatten, hatte Rachel diese Nächte immer aufrecht sitzend, wach, im Speisesaal der jeweiligen Station verbracht, obwohl es Schlafräume mit Betten gab, die sich je zwei Frauen oder zwei Männern geteilt hatten, unabhängig davon, ob sie einander kannten oder nicht. Von Hygiene konnte keine Rede sein, denn die Bettwäsche wurde nur selten gewechselt. Unter solchen Umständen gab es natürlich auch keine Ruhe und kein Ungestörtsein. Jedenfalls war Rachel nicht willens gewesen, in Anwesenheit von Fremden die Augen zu schließen und zu schlafen. Deshalb war es nur allzu verständlich, dass sie jetzt erschöpft und müde war.

Sie aß, so viel sie konnte, und trug dann das Tablett mit dem Geschirr in die Küche, wo June damit beschäftigt war, in mehreren Kesseln Wasser zu erhitzen. Sie lächelte und war zufrieden, dass Rachel so gut gegessen hatte.

»Gehen Sie in Ihr Zimmer zurück und legen Sie die Beine hoch«, sagte Mrs. McCaffrey. »Jacob wird gleich eine Badewanne bringen und dann komme ich mit dem heißen Wasser.«

Wieder empfand Rachel so ein starkes Gefühl der Dankbarkeit, dass sie am liebsten die ältere Frau umarmt und sich an ihrer Schulter ausgeweint hätte. »Danke, Mrs. McCaffrey«, sagte sie mit all der Würde, die sie noch aufbringen konnte. Schließlich war sie eine erwachsene Frau und durfte sich nicht derart von ihren Gefühlen leiten lassen, ob sie nun übermüdet war oder nicht.

Eine Stunde später stieg Rachel aus der Badewanne. Sie war sauber und roch nach Seife, die den Duft von Rosen hatte. Diese Seife hatte sie gekauft, bevor sie Pennsylvania verlassen hatte. Rachel glaubte fest an die positiven Kräfte von parfümierten Seifen. Das hatte ihr auch Evangeline bestätigt, der sie ein großes Stück Duftseife zum Abschied geschenkt und die ihr beteuert hatte, wie viel ihr dieser Duft hier draußen im Westen auf der einsamen Ranch bedeutete.

Nachdem sie sich mit einem Handtuch abgetrocknet hatte, das an einem hölzernen Haken über dem Waschstand hing, nahm Rachel ein Nachthemd aus ihrer Reisetasche. Der Stoff war kühl und ein bisschen feucht – zweifellos die Folge der Überquerung des Willow Creek, aber es war trotzdem ein wunderbares Gefühl, wieder frische Wäsche zu tragen, nachdem sie in den letzten Wochen ihre Kleidung praktisch nie gewechselt hatte. Dann legte sie sich ins Bett, streckte sich aus und fiel in einen tiefen Schlaf. Sie bemerkte nicht einmal, als Jacob und Trey später ins Zimmer kamen, um die Badewanne rauszutragen.

2

Das Schulhaus war kaum mehr als ein besserer Hühnerstall! Zuerst war Rachel tief enttäuscht, aber dann entschloss sie sich, das Beste aus der Situation zu machen, da ihr ohnehin keine Wahl blieb. Das ›Haus‹ bestand aus einem einzigen Raum in einer Größe von etwa vier mal vier Meter und der Fußboden war nicht mit Holzbohlen ausgelegt, sondern bestand nur aus gestampftem Lehm. Der Ofen war kaum größer als eine Milchkanne und sie konnte sich nicht vorstellen, dass man damit an einem Wintertag, der in Montana eisig sein konnte, überhaupt einen Raum heizen konnte – auch wenn er so klein wie dieser war. Es gab keine Pulte für die Schüler, sondern nur drei Reihen Bänke, die aus rohen Planken gezimmert waren und deren Kanten noch rau und splitterig waren. Unter dem Dach nisteten Vögel und es gab nur ein einziges Fenster hinter dem schlichtem Holztisch, der als Lehrerpult gedacht war. Die Scheibe war so verdreckt, dass das wenige Tageslicht, das ins Klassenzimmer fiel, fast ganz ausgefiltert wurde.

Natürlich war alles unvollkommen und unzulänglich, aber Rachel machte sich klar, dass das Schulhaus von Springwater das Ergebnis der gemeinsamen Anstrengung aller Bürger der kleinen Gemeinde war. Die Leute hatten alles, was noch irgendwie verwertbar war, zusammengetragen, alles, worauf sie notfalls verzichten konnten, spendiert und vor allem hatten sie kostbare Zeit geopfert, die ihrer Farm- oder Rancharbeit abging, um die Schule überhaupt zu bauen.

Rachel war froh, dass der Schulunterricht erst Ende August beginnen würde. Das gab ihr Zeit, einige Vorbereitungen zu treffen. Sie trocknete die Schulbücher, die sie aus Pennsylvania mitgebracht hatte und die zum Glück bei der unglückseligen Überquerung des Willow Creek nur wenig gelitten hatten, und ordnete sie. Sie wischte den Fußboden und putzte das Fenster, sie verscheuchte die Vögel und machte Jagd auf alle Arten von Ungeziefer, das sich im Schulhaus breit gemacht hatte. Sie bereitete den Unterricht für verschiedene Altersstufen vor und schrieb Bettelbriefe an alle möglichen Hilfsorganisationen und karitativen Einrichtungen im Osten, in denen sie um Schiefertafeln und Kreide bat, um Landkarten und all die anderen Dinge, an denen es fehlte.

All diese Arbeiten hatte sie innerhalb von zwei Wochen erledigt und danach fand Rachel sich in einer für sie ungewöhnlichen Situation: Sie hatte nichts mehr zu tun. June erlaubte ihr nicht, in der Küche bei den Vorbereitungen der Mahlzeiten zu helfen und sie wollte auch nichts davon hören, dass die Frau Lehrerin aus dem Osten beim Frühjahrsputz, als das ganze Haus auf den Kopf gestellt wurde, mitarbeitete. Rachel konnte es zwar kaum erwarten, endlich ihre Freundin Evangeline wieder zu sehen, aber die Wainwright-Ranch lag ziemlich weit von der Kutschstation in Springwater entfernt. Auf jeden Fall war es zum Laufen zu weit, und als sie vorschlug zur Ranch zu reiten, meinte Jacob, dass es für eine Frau zu gefährlich sei, sich allein in das unwegsame Gelände zu begeben.

Anfangs verbrachte Rachel eine Menge Zeit damit, einfach in der Tür ›ihrer‹ Schule zu stehen und zum Brimestone Saloon zu starren, der sich genau auf der gegenüber liegenden Seite der Straße – falls dieses Wort überhaupt zutreffend war – befand. Sie ärgerte sich maßlos über die Ungerechtigkeit. Der Saloon entsprach in keinster Weise den Vorstellungen, die sie sich von einem Etablissement dieser Art in einer Stadt am Rande der Zivilisation gemacht hatte. Das Gebäude war keine schlichte Blockhütte und es war auch keine halb verfallene Bruchbude. Tatsache war vielmehr, dass es sich bei der Bar um ein gepflegtes Haus handelte, dessen Außenwände weiß gestrichen waren und in dessen Obergeschoss die Fenster in einer Reihe angeordnet waren. Von dem Eingang wuchs Gras, das regelmäßig geschnitten wurde, und jeden Morgen trat der schwergewichtige Bartender, der in seinem ganzen Auftreten eher an einen englischen Butler erinnerte, vor die Tür, um jede leere Flasche und jede Cheroot-Kippe einzusammeln, die vielleicht ein Gast weggeworfen hatte. Manchmal wurde Rachel wütend, wenn sie daran dachte, dass so eine Institution eine Menge Profit abwarf, während die Schule, die Zukunft der Stadt und des ganzen Territoriums, betteln musste. Aber so richtig wütend war sie geworden, als sie an ihrem zweiten Tag in Springwater erfahren hatte, dass Trey Hargreaves, der Mann, der sie und die Schulbücher gerettet hatte, Mitbesitzer des Brimestone war und ihm die Hälfte des Saloons gehörte. Natürlich kam es in der Bar immer wieder zu Streitereien, denn der Brimestone war in weitem Umkreis bekannt und zog jeden Taugenichts von nah und fern an. Der Saloon galt auch als Anlaufstelle für die Cowboys mit ihren Longhorn-Rinderherden, die Staubwolken aufwirbelten und alles niedertrampelten.

Natürlich war Rachel klar, dass Jammern die Situation nicht ändern würde und dass Ärger und Wut nur ihr selbst schadeten. Deshalb entschloss sie sich eines Tages, Mr. Hargreaves *und* sein Gewerbe ganz einfach vollkommen zu ignorieren. Sie machte zusammen mit Miss June eine Liste der Familien, die Kinder im schulfähigen Alter hatten und die vielleicht bereit waren, diesen Kindern auch tatsächlich eine schulische Ausbildung zu ermöglichen. Das war keineswegs selbstverständlich, denn das Leben im Westen war hart und die Kinder mussten schon früh auf dem Feld oder im Stall mitarbeiten. Auf der Liste standen die Namen von sechs Familien. Sie lieh sich von Jacob ein Pferd, das nicht mehr für den Kutschdienst eingesetzt werden konnte und auf der Station sein Gnadenbrot fraß. Dann machte sie sich ein paar Tage später – trotz Jacobs Bedenken wegen ihrer Sicherheit – auf den Weg, um die einzelnen Familien zu besuchen.

Die Bellweathers, Tom und Sue, lebten etwa zwei Meilen vom Schulhaus entfernt am Rande einer Lichtung in einer soliden Blockhütte, die sauber und aufgeräumt war. Kathleen, ihre zehnjährige Tochter, war ein lebhaftes, aufgewecktes Kind, einfach und geradeheraus. Rachel mochte Kathleen auf Anhieb.

Tom war ein schlanker, drahtiger Mann mit freundlichen Augen und blauschwarzen Haaren, die auf indianische Vorfahren hindeuteten, während Sue ziemlich scheu wirkte. Sie schien etwas verwirrt und irritiert zu sein, was sie hinter ihrem Lächeln zu verbergen versuchte. »Ich verstehe nicht, weshalb Kathleen in Ihre Schule kommen soll«, sagte sie zu Rachel, als sie diese nach dem Besuch zur Tür brachte. »Sie kann ein bisschen lesen – das hat Tom ihr mit Hilfe der Bibel beigebracht – und sie wird ja doch eines Tages heiraten und Kinder bekommen.«

Diese Einstellung war Rachel nicht neu. Sie hatte dieses Argument im Osten oft genug zu hören bekommen, aber die Erfahrung hatte sie gelehrt, dass meist ein tieferer Grund hinter solchen Vorurteilen steckte. In diesem Fall vermutete sie – wie in vielen anderen Fällen zuvor –, dass es in der Familie früher noch andere Kinder gegeben hatte, einige vielleicht älter als Kathleen, die inzwischen außer Haus waren, oder jüngere, die nicht mehr lebten. Nach dem Verlust eines Kindes, gar nicht zu reden von mehreren Kindern, richteten die Mütter ihren Beschützerinstinkt meist noch stärker auf die verbliebenen Kinder. Rachel zweifelte nicht daran, dass Mrs. Bellweather schlicht und einfach Angst hatte, Kathleen zweimal den Weg vom Haus zur Schule und wieder zurück machen zu lassen. Dafür hatte Rachel im Grunde ihres Herzens auch vollstes Verständnis.

Sie stand neben ihrem alten Klepper, hielt die Zügel in der Hand und betrachtete mit Zuneigung und Respekt diese ernsthafte Frau, der die Sorge um ihre Tochter ins Gesicht geschrieben stand. »Für Kathleen ist es wichtig, dass sie so viel wie möglich lernt«, sagte Rachel vorsichtig. »Und es ist auch wichtig, dass sie mit anderen Kindern zusammen ist. Vielleicht wäre Mr. Bellweather ja so nett, Kathleen morgens zu begleiten – zumindest ein Stück des Weges – und ihr am Nachmittag wieder entgegenzukommen?«

»Für so etwas haben wir keine Zeit.« Sue Bellweather schüttelte den Kopf, aber es schien nur ein schwacher Protest zu sein. Für einen kurzen Moment zeigte sich in ihren Augen wieder Verwirrung, die sie jedoch schnell überspielte. »Wir sind einfache Farmersleute, Miss English. Wir arbeiten von Sonnenaufgang bis Sonnenuntergang, nur um Leib und Seele zusammenzuhalten. Wir brauchen Kathleen hier.«

So schnell gab sich Rachel jedoch nicht geschlagen. »Ich

bin sicher, dass Kathleen Ihnen eine große Hilfe ist, aber vielleicht könnten Sie ja doch einen Weg finden, für ein paar Stunden täglich auf sie zu verzichten. Es wäre ja auch nur für die paar Monate im Jahr, in denen der Unterricht stattfindet. Ich verspreche Ihnen, Mrs. Bellweather, dass Kathleen viel größere Chancen im Leben haben wird, wenn sie während der nächsten vier Jahre regelmäßig am Unterricht teilnimmt.«

Mrs. Bellweather seufzte tief. »Das meint Tom ja auch«, gestand sie leise ein und deutete dann auf eine Gruppe junger Birken, die in einiger Entfernung von der Blockhütte standen. Rachel kniff die Augen zusammen und sah, was sie halbwegs erwartet hatte: Gräber, die durch schlichte Holzkreuze markiert waren. »Wir hatten zwei kleine Jungs«, fuhr Kathleens Mutter leise fort. »Sie sind an einem Fieber gestorben, kurz nachdem wir uns hier niedergelassen hatten. Wir hatten auch noch drei kleine Mädchen, nachdem Kathleen geboren war. Eins, sie hieß Betsy, ist eines Tages alleine in den Wald gelaufen. Sie ist in einem nahe gelegenen Teich ertrunken. Die kleine Anna kam unter die Hufe der Pferde und wurde zu Tode getrampelt, bevor Tom ihr helfen konnte. Dann war da noch Mary Beth. Wie ihre Brüder ist sie am Fieber gestorben.« Die Frau schwieg und atmete tief durch. »Kathleen ist alles, was uns geblieben ist.«

Rachel wollte nichts mehr, als die Frau in den Arm nehmen, um mit ihr zu weinen, weil das Leben so grausam sein konnte, so unendlich grausam. Aber Rachel hatte auch die Erfahrung gemacht, dass es Situationen gab, in denen Tränen keine Lösung waren – und dies war so eine Situation, denn Mrs. Bellweather war kaum mehr geblieben als ihre Würde und sicher würde sie so ein Zeichen des Mit*gefühle* als Mit*leid* empfinden und diesen Eindruck wollte

Rachel der Frau nicht vermitteln. »Ich werde gut auf Kathleen aufpassen, solange sie bei mir ist«, versprach sie.

»Ich schätze, damit muss ich mich wohl zufrieden geben«, sagte Mrs. Bellweather resignierend. »Tom denkt ja genau wie Sie, aber ich bin immer noch gegen die ganze Sache. Das wollte ich Ihnen jedenfalls gesagt haben.«

Es gab nichts, was Rachel darauf noch hätte antworten können. Sie dankte Sue Bellweather für den Tee und den freundlichen Empfang und verabschiedete sich mit den Worten, dass sie sich freuen würde, wenn sie Kathleen am letzten Montag im August in der Schule sehen würde. Dann stieg sie in den Sattel des alten Pferdes und ritt davon.

Inzwischen war es fast Mittag und Rachel, die mit Miss June und Jacob schon gegen sechs Uhr gefrühstückt hatte, war hungrig. Sie wartete, bis sie außer Sichtweite der Blockhütte war, und fischte dann aus der Satteltasche ein Sandwich mit kross gebratenem Ei, das sie sich zurechtgemacht hatte, bevor sie von der Kutschstation aufgebrochen war. Die Hälfte davon verschlang sie mit eine paar hastigen Bissen, steckte den Rest wieder weg und versuchte, sich an die Wegbeschreibung zu erinnern, die Jacob ihr gegeben hatte, bevor sie losgeritten war.

Als Nächstes würde sie die Kildare-Ranch besuchen, eine kleine Ranch, die einem Witwer gehörte, der – nach der Liste, die Miss June mit ihr aufgestellt hatte – zwei Söhne hatte, Jamie, acht Jahre alt, und Marcus Aurelius, der schon zehn war. Sie lächelte immer noch über den ungewöhnlichen Namen des älteren Jungen, während sie mit dem müder werdenden Pferd einen Hügel hinauf und in einen kleinen Wald ritt. Ihre Gedanken kreisten immer noch um die kleine Kathleen Bellweather – und die Last, die das Kind tragen musste, weil es das einzige Überlebende war. Sie war durch diese Gedanken so von ihrer Umgebung abgelenkt, dass sie plötzlich in einem provisorischen Lager stand, bevor es ihr eigentlich ganz bewusst war. Offensichtlich war sie von dem Weg abgekommen, den Jacob ihr beschrieben hatte.

Vor einem alten Conestoga-Wagen ohne Räder, dessen Tür mit schräg gestellten Ästen und Zweigen abgedeckt war, brannte in einem Kreis aus Steinen ein Feuer. Da es durchaus denkbar war, dass die Bewohner dieses Lagers Fremden gegenüber nicht gerade freundlich gestimmt waren, wollte Rachel sich gerade lauthals bemerkbar machen und sich dafür entschuldigen, dass sie einfach in das Lager eingedrungen war, als ein kleines, sommersprossiges Gesicht hinter dem Wagen hervorlugte.

»Wer bist du?«, fragte das Kind herausfordernd.

Der Junge, den Rachel sah, musste neun, höchstens zehn Jahre alt sein. Er hatte weizenblonde Haare, die ihm ins Gesicht fielen, er ging barfuß und seine Kleidung bestand aus Lumpen.

»Ich heiße Rachel English«, erwiderte sie und ließ sich dabei vom Rücken des Pferdes gleiten. Es tat gut, wieder auf den eigenen Beinen zu stehen. Sie war es gewohnt, zu Fuß zu gehen. Zwar war sie eine ganz gute Reiterin, aber sie fühlte sich im Sattel nicht unbedingt wohl. »Und wie heißt du?«

»Du verschwindest besser, bevor mein Pa zurückkommt«, warnte der Junge sie.

Rachel blickte sich in dem kleinen schäbigen Lager um, in dem es kein Anzeichen für die Anwesenheit eines Erwachsenen gab. Nirgends waren Tiere zu sehen, kein Pferd, keine Rinder und nicht einmal Hühner. »Sag mir zuerst deinen Namen und dann reden wir über deinen Vater«, erwiderte sie und machte keine Anstalten, sich wieder auf ihren Klepper zu schwingen, um davon zu reiten.

»Toby«, fauchte der Junge. »Toby Houghton. Bist du nun zufrieden?«

Rachel lächelte nicht, denn sie durchschaute Tobys forsches Auftreten. Er war klein, er hatte Hunger, er war allein – und er hatte Angst.

»Mein Pa kann jeden Tag zurück sein«, fuhr Toby fort. »Oder vielleicht sogar schon in der nächsten Minute.«

Rachel nickte traurig und ließ die Schultern hängen. »Verstehe. Wie lange ist er denn schon weg?«

Toby biss sich auf die Unterlippe, während er über die Antwort nachdachte. Mit seinen blauen Augen, die er leicht zusammengezogen hatte, studierte er Rachel genau.

»Wann hast du das letzte Mal etwas gegessen, Toby?«, fragte Rachel und bemühte sich dabei, das Mitleid, das sie für den Jungen empfand, weder in ihrer Stimme durchklingen zu lassen noch in ihrem Gesicht zu zeigen.

»Ich habe mir erst gestern ein Eichhörnchen geschossen«, behauptete er. Er war der schmuddeligste Bengel, den Rachel je gesehen hatte, und es war klar, dass er sie gerade belogen hatte. Aber dennoch empfand sie auf Anhieb eine tiefe Zuneigung für ihn, denn sie hatten eine Gemeinsamkeit – sie waren beide im Grunde vollkommen allein auf dieser Welt. Sein Vater hatte ihn einfach in der Wildnis zurückgelassen und seine Mutter war entweder tot oder mit einem anderen Mann durchgebrannt. Der Junge hatte also keine Familie mehr. Auch Rachels Familie existierte im Grunde nicht mehr. Ihre drei Brüder waren durch den Krieg getrennt worden und lebten heute – voneinander entfremdet – in alle Winde verstreut. Und ihre Eltern waren schon lange tot, ausgebrannt von dem Kampf, ihre Farm in den schwarzen Zahlen zu halten.

Rachel wandte sich um, öffnete die Satteltasche, nahm die zweite Hälfte des Sandwichs heraus, das sie in einer Serviette von Miss June eingewickelt hatte, und bot es schweigend dem Jungen an.

Toby widerstand eine ganze Weile der Versuchung, aber dann siegte doch der Hunger über den Stolz. Er stürzte vorwärts, riss ihr das belegte Brot aus der Hand und schlang es so gierig in sich hinein, dass Rachel beinahe die Tränen kamen, die sie jedoch wohlweislich zurückhielt.

»Ich denke, du kommst besser in die Stadt mit mir!«, meinte sie, nachdem der Junge das Sandwich verschlungen hatte und wieder zum Zuhören bereit war. »Natürlich nur, bis dein Pa wieder zurück ist«, fügte sie hastig hinzu, als sie Tobys misstrauischen Gesichtsausdruck sah. Nur Gott wusste, wo sie das Kind unterbringen sollte. Sie konnte ja kaum auf die Gastfreundschaft der McCaffreys zählen, ohne sie zuvor gefragt zu haben – aber sie konnte den Jungen auch nicht einfach hier in der Wildnis sich selbst überlassen.

Vielleicht gelang es ihr, ihn auf der Ranch von Scully und Evangeline Wainwright unterzubringen, wo Toby für Kost und Logis würde arbeiten können. Evangeline hatte ihr doch immer erzählt, dass die Arbeit auf der Ranch kein Ende nahm. Ob Frühjahr, Sommer, Herbst oder Winter, immer gab es etwas zu tun.

Toby schien zwar begierig zu sein, aber gleichzeitig auch bekümmert. »Und wenn mein Pa nun nicht weiß, wohin ich gegangen bin?«, fragte er besorgt.

»Er wird es wissen«, erwiderte Rachel ruhig. Und wenn ich mit ihm fertig bin, wird dieser verantwortungslose Dreckskerl auch noch ein paar andere Sachen wissen, dachte sie, aber sie bezweifelte, dass sie jemals die Chance haben würde, diesem Mr. Houghton die Meinung zu geigen, denn sie war überzeugt, dass er auf Nimmerwiedersehen verschwunden war. »Hol deine Sachen, Toby. Wir reiten jetzt nach Springwater.«

Er zögerte noch einen Moment, verschwand dann durch die Tür in dem halb zerfallenen Wagen und kam ein paar Minuten später mit einem kleinen Bündel zurück. Er wartete wie ein richtiger Gentleman, bis Rachel im Sattel saß, setzte einen Fuß in den Steigbügel und gab ihr die Hand, sodass sie ihn hochziehen konnte und er hinter ihr zu sitzen kam. Dann schlang er seine dünnen Ärmchen um ihre Taille.

»Mein Pa wird stinkwütend sein«, meinte er besorgt.

»Mach dir keine Gedanken um deinen Pa«, erwiderte Rachel. »Wenn er kommt, werde ich schon fertig mit ihm.«

Eine halbe Stunde später erreichten sie Springwater und ritten auf die Kutschstation zu. Zu Rachels Überraschung war Mr. Hargreaves dort. Er lehnte mit der Schulter in der offenen Tür und rollte ein Zündholz zwischen den Zähnen hin und her. Guffy O'Hagan saß auf der Treppe und wartete auf die Ankunft der nächsten Kutsche. Wenn sie kam, würde er Jacob helfen, die Pferde – oder auch Maultiere – zu wechseln und dann den ermüdeten Fahrer ablösen.

»Wen haben wir denn da?«, fragte Jacob mit einem seiner seltenen Lächeln, als er hinter der Station hervorkam und sah, wie Toby sich vom Rücken des alten Kutschpferdes gleiten ließ und sein Bündel fest an sich drückte. Jacob hatte die Ärmel hochgerollt und seine Kleidung war schmutzig. Es war klar, dass er in den Ställen hinter dem Haus gearbeitet hatte. Die Kutschlinie, die Springwater bediente, besaß mehr als vierzig Pferde – und dazu noch die Maultiere – und es war eine Menge Arbeit, für all diese Tiere zu sorgen.

Toby stand stocksteif da, den Kopf in den Nacken gelegt, damit er Jacob ins Gesicht sehen konnte. Artig nannte er seinen Namen und stellte sich vor.

»Willkommen in Springwater«, sagte Jacob und reichte dem Jungen die Hand. »Ich bin Jacob McCaffrey, der Leiter dieser Station.« Zögernd ergriff Toby Jacobs Hand, der Rachel fragend anblickte. Dann sah er dem Jungen wieder in die Augen. »Warum gehst du nicht ins Haus und sagst meiner Frau – ihr Name ist Miss June –, dass sie dir so viel zu essen geben soll, wie du verdrücken kannst?«

So ein Angebot ließ Toby sich nicht zweimal machen. Er rannte ins Haus und beäugte Trey und Guffy misstrauisch, als er an ihnen vorbeikam. Er schien zu fürchten, dass einer der beiden Männer ihn am Kragen packen würde und ihn mit einem Fußtritt ins Freie befördern würde. Es versetzte Rachel einen Stich, als ihr bewusst wurde, dass Toby Houghton wohl sein Leben lang immer und überall unwillkommen gewesen sein musste.

»Wo haben Sie denn den kleinen Streuner aufgetrieben?«, fragte Jacob Rachel leise. Sein wettergegerbtes Gesicht war voller Mitgefühl und in seinen Augen standen Trauer und Schmerz.

»Ich habe ihn in einem verfallenen Lager in der Nähe der Bellweather-Farm entdeckt. Er war ganz alleine und ich …« Rachel seufzte leise. Sie stand immer noch neben dem Klepper und hielt die Zügel in der Hand, als Trey auf sie und Jacob zukam. Sie merkte, dass ihr Herz plötzlich schneller schlug – und das gefiel ihr ganz und gar nicht.

»Dann muss der Kleine Mike Hougtons Sohn sein«, erklärte Trey. »Es gibt keinen Mann, der so überflüssig und nutzlos ist wie Mike.«

»Das stimmt«, meinte Jacob nachdenklich. Diese Bemerkung von Jacob war ungewöhnlich hart, denn in der kurzen Zeit, in der Rachel die McCaffreys kannte, hatte sie gemerkt, dass sie so warm und herzlich waren, dass sie in ihren Mitmenschen immer nur das Gute sahen, selbst wenn sie mit deren Haltung und Benehmen nicht übereinstimmten. Bestes Beispiel dafür war Trey Hargreaves, dem ja die Hälfte des Brimestone Saloon gehörte. Die McCaffreys waren gegen Trinken und Spielen, aber sie achteten Trey als Menschen und er war ihnen immer willkommen, wenn er zu Besuch oder zum Essen kam.

»Toby schwört, dass sein Vater bald wieder zurückkommt«, fuhr Rachel wenig überzeugt fort und während sie das sagte, war sie noch weniger überzeugt davon als je zuvor. Houghton hatte seinen Sohn in der Wildnis einfach sich selbst überlassen, in einer Gegend, in der schon ein ausgewachsener Mann kaum allein überleben konnte.

»Vermutlich wird es Miss June gefallen, wieder einen Jungen um sich zu haben, den sie füttern und bemuttern kann«, meinte Jacob und blickte zum Haus hinüber. »Manchmal vermisst sie unsere Söhne doch sehr schmerzlich – und ich natürlich auch.«

Rachel wusste aus den Briefen von Evangeline, dass Will und Wesley McCaffrey bei Chattanooga gefallen waren. Die Zwillinge waren – wie die meisten Soldaten in diesem Krieg – noch viel zu jung gewesen, um zu kämpfen, zu jung, um ihre Familien zu verlassen, ihre Freunde, zu jung, um so sinnlos zu sterben.

Rachel war froh, dass ihr eine Antwort erspart blieb, denn in diesem Moment hörte man das Donnern der Hufe auf hartem Grund und das Poltern der Kutsche, die in Springwater erwartet wurde. Guffy sprang sofort auf und Trey nahm Rachels Arm, um sie zur Seite zu führen.

»Besser, man kommt so einem Gespann nicht in die Quere«, meinte er.

Rachel blickte Trey fest in die Augen. »Sie kennen Tobys Vater bestimmt bestens. Er dürfte ja wohl der Typ Mann sein, der sein letztes Geld in Bars verspielt oder versäuft.«

Über der Narbe in Treys Gesicht zuckte ein Muskel. »Das war nun wirklich überflüssig, Miss English«, sagte er schroff. »Mein Saloon ist keine Kaschemme und ich wäre Ihnen dankbar, wenn Sie sich das merken würden.«

»Ich wüsste nicht, was bei Trinkgelagen Gutes herauskommen soll, Mr. Hargreaves«, gab Rachel eisig zurück, obwohl es schon weniger überzeugend klang. Soweit sie wusste, wurde im Brimestone nicht gespielt – und vor allem gab es dort keine Prostitution. Andererseits, wer konnte schon sagen, wann in so einer Kneipe alle Dämme brechen und das sündige Leben in Springwater Einzug halten würde?

Hargreaves beugte sich näher zu der Lehrerin. Seine Stimme war nur noch ein Wispern. »Ich kann nur hoffen, dass Sie Ihr puritanisches Getue und Ihr Missvergnügen nicht an meiner Tochter auslassen werden, Miss English, denn falls Sie das tun, werden wir beide Krach bekommen – und dann werden die Fetzen fliegen.«

Rachel starrte Trey erstaunt an. »Sie ... Sie haben eine Tochter?« Davon hatte June ihr ja gar nichts erzählt!

Er lächelte. »Ich bin durchaus in der Lage, einer Frau ein Kind zu machen«, sagte er und genoss dabei ganz offensichtlich Rachels Reaktion auf diese mehr als direkte Bemerkung. »Sie heißt Emma und wird demnächst zwölf. Zur Zeit wohnt sie bei den Wainwrights, aber sie wird nach Springwater zurückkommen, sobald das Baby geboren ist und Miss Evangeline wieder auf den Beinen ist. Emma kann es kaum erwarten, Sie kennen zu lernen, Frau Lehrerin. Sie ist ganz aufgeregt, seit sie erfahren hat, dass sie in die Schule gehen darf. Ich hoffe, dass Sie das Kind nicht enttäuschen werden.«

Rachel war plötzlich ganz aufgeregt und ziemlich verwirrt. Wenn Trey Hargreaves eine Tochter hatte, war es ziemlich wahrscheinlich, dass er auch eine Ehefrau hatte. Sie wollte aber nicht, dass er eine Frau hatte – auch wenn sie sich nicht erklären konnte, warum sie sich das wünschte. »Mrs. Hargreaves?«, fragte sie und hoffte, dass ihre Stimme nicht zu interessiert klang. »Wo ist sie?«

»Sie ist tot«, erwiderte er knapp. Sein Gesicht wirkte plötzlich versteinert. Er drehte sich um, ließ Rachel einfach stehen und ging in Richtung des Saloons davon.

Inzwischen war die Kutsche angekommen und die hungrigen Reisenden waren ausgestiegen und ins Haus gegangen, wo Miss June gebratenes Huhn, Kartoffelpüree mit Soße und Maiskolben auftischte. Toby saß an dem Tisch, der am nächsten beim Herd stand, und aß mit beiden Händen, während die Reisenden sich für einen Moment die Beine vertraten. Rachel wusste aus eigener Erfahrung, dass die Kutschen auf manchen Strecken elend voll sein konnten und dass man bisweilen für Stunden und Stunden neben einem Menschen saß, den man buchstäblich nicht riechen konnte. Das konnte schon sehr unangenehm und unbequem sein.

»Brauchen Sie das Pferd heute noch?«, fragte Jacob, der mit dem Hut in der Hand aus der Tür der Station trat. Er lächelte, weil er gesehen hatte, wie Toby beim Essen zulangte.

»Vermutlich ist es schon zu spät, um heute noch zu den Kildares zu reiten«, meinte Rachel. »Ich würde kaum vor Sonnenuntergang zurück sein.«

»Kaum«, bemerkte Jacob zustimmend. »Es ist besser,

wenn Sie sich den Besuch für morgen aufheben – es sei denn, dass Sie ein Meisterschütze sind.« Sein Gesichtsausdruck änderte sich nicht, aber seine Augen funkelten, wodurch der Eindruck entstand, er würde spitzbübisch grinsen.

Rachel lachte. »Ich kann mich zwar einigermaßen im Sattel halten, aber schießen kann ich nun wirklich nicht. Ich bleibe lieber hier und werde Miss June überreden, dass sie mich wenigstens beim Abwasch helfen lässt.«

»Da könnten Sie heute vielleicht Erfolg haben«, schmunzelte Jacob, während er durch die Tür seine Frau beobachtete, die mit einem blauen Emaille-Topf mit Kaffee zwischen den Tischen hin- und herging. »So wie ich sie kenne, hat sie sich wohl schon überlegt, was sie dem Jungen zum Anziehen geben soll und wie sie ihn überreden wird, heute Abend in die Badewanne zu steigen. Vermutlich wird sie damit alle Hände voll zu tun haben.«

»Kann man denn in Springwater Kleidung kaufen?«, wunderte Rachel sich, die sich nicht erinnern konnte, hier ein Geschäft entdeckt zu haben.

»Meine June ist ein Genie mit Nadel und Faden«, erklärte Jacob. »Und jedes Mal, wenn ein Handlungsreisender bei uns vorbeikommt, kauft sie ihm einen Ballen Stoff ab. Wenn der Junge morgen früh aufsteht, wird sie ihm eine Hose und ein anständiges Hemd genäht haben. So wie es die Feen im Märchen machen.«

Rachel war zutiefst berührt. »Sie ist eine wunderbare Frau.«

Jacobs Gesichtsausdruck wurde weich. »Die wunderbarste, die es gibt.«

Rachel dachte, dass sie ihre Meinung über die Ehe vielleicht ändern könnte, wenn ein Mann sie so lieben würde wie Jacob June liebte – und wenn sie diesen Mann so lieben würde, wie Mrs. McCaffrey ihren Mann wieder liebte. Dieser Gedanke irritierte sie. Nachdenklich ging sie in ihr Zimmer, wusch sich gründlich den Staub vom Reiten ab und zog sich einen schwarzen Satin-Rock und eine frische weiße Rüschenbluse an, die am Hals geschlossen war. Sie musste schließlich nicht ihren Standard herunterschrauben – nur weil sie jetzt im Wilden Westen lebte.

Als Toby an diesem Abend zu Bett ging, war er frisch gebadet und June hatte den Jungen von Kopf bis Fuß vermessen, um ihm neue Kleidung zu nähen. Die Schnittmuster dafür hatte sie in einer alten Zeitschrift gefunden. Nachdem Rachel den Abwasch erledigt hatte, setzte sie sich mit einem Buch in der Hand zu der älteren Frau an den Tisch und beobachtete sie bei der Arbeit. Rachel selbst konnte nicht gut nähen – und deshalb hatte sie ihre Garderobe auch in Geschäften gekauft. Das war natürlich ziemlich teuer. Da sie von dem bescheidenen Gehalt einer Lehrerin leben musste, besaß sie nur wenige Kleider und deshalb sah sie June fasziniert zu.

Eine Kerosin-Lampe brannte, die zusammen mit dem Flackerlicht des Kamins die grauen Strähnen in Junes dichten braunen Haaren zum Leuchten brachte.

»Erzählen Sie etwas von Treys Frau«, sagte Rachel und war selbst überrascht, dass sie das ausgesprochen hatte.

Mrs. McCaffrey blickte von ihrer Arbeit auf. Es war klar, dass sie Toby ins Herz geschlossen hatte – so wie er sofort einen Narren an ihr gefressen hatte. Rachel hoffte nur, dass diese gegenseitige Zuneigung nicht einen herben Rückschlag erleiden würde, wenn – oder falls – Mike Houghton zurückkam, um seinen Sohn zu holen.

»Ich selbst kannte sie nicht«, sagte June gedehnt, »aber

natürlich hat Jacob mir einiges erzählt. Trey hat seine Frau verloren, bevor er sich hier niedergelassen hat. Sie soll in seinen Armen gestorben sein. Sie wurde erschossen, als ein paar Halunken einen Laden in Great Falls überfielen, wo sie gerade etwas Zucker einkaufen wollte. Nach ihrem Tod war Trey eine Zeit lang nicht ansprechbar.« Sie schwieg, seufzte und dachte an diese Zeit. Dann lächelte sie und fuhr fort: »Eine niedliche Tochter hat er. Seine Emma ist klug und hübsch. Wirklich hübsch.« Wieder seufzte sie und nahm ihre Arbeit auf.

»Und?«, fragte Rachel, die spürte, dass da noch mehr war, dass June noch nicht alles gesagt hatte. Sie hatte sich schon so weit vorgewagt, dass es nun kein Zurück mehr gab.

Mrs. McCaffrey machte ein sorgenvolles Gesicht und schwieg eine ganze Weile. Schließlich schaute sie Rachel in die Augen und sagte: »Vermutlich wird Emma ein schweres Leben haben.«

»Wegen ihres Vaters und des Saloons?«

June lächelte traurig und schüttelte den Kopf. »Nein«, sagte sie. »Trey war zwar lange Zeit ein Herumtreiber und ein Hallodri, aber er liebt seine Tochter mehr als alles auf der Welt. Er will, dass sie glücklich wird, und er wird alles tun um sie zu beschützen.«

Rachel schwieg, denn sie merkte, dass noch mehr kommen würde. Sie selbst war zwar keine Mutter, aber sie hatte das untrügliche Gefühl, dass hier eine Herausforderung auf sie zukam, die schwieriger als Mutterschaft sein würde.

Junes Haare, die sich im Laufe des Abends aufgelöst hatten, fielen ihr über die Schulter, als sie schließlich den Kopf hob und Rachel in die Augen schaute. »Emmas Mutter war eine Vollblut-Indianerin. Eine Lakota vom Stamm der Sioux. Trey nannte sie *Sommerwind*. Wenn Emma ihr auch nur ein bisschen ähnlich sieht, muss es eine wunderschöne Frau gewesen sein. Aber Sie wissen ja … die meisten Leute sehen solche … Kinder … nicht gerade freundlich an …«

»Halbblut-Indianer?« Es fiel Rachel nicht leicht, dieses hässliche Wort auszusprechen. »Wollen Sie damit sagen, dass die Leute hier in der Gegend Emma Hargreaves nicht als eine der ihren akzeptieren?«

»Kann sein, dass einige sich weigern werden, ihre Kinder in die Schule zu schicken, wenn Emma am Unterricht teilnimmt. Das ist natürlich nicht in Ordnung, aber schon der Gedanke treibt Trey zum Wahnsinn. Trotzdem, so sieht es nun mal aus. Dabei ist Emma wirklich so ein nettes Kind, so klug – und sie hat das Herz am rechten Fleck.«

Rachel hätte am liebsten geweint. Arme Emma! Nicht nur, dass sie sich gegen Vorurteile würde wehren müssen, dass sie gegen die Ignoranz der Leute würde kämpfen müssen – nein, zu allem Überfluss hatte sie auch noch einen Vater, der eine Bar betrieb! Später würde sich Rachel noch oft daran erinnern, dass sie in diesem Moment beschlossen hatte, dafür zu sorgen, dass Emma Hargreaves eine besonders gute Schulausbildung erhalten würde. Sie kannte eine Quäker-Schule in Pennsylvania, wo ein Mischlingskind wie Emma hoch willkommen sein würde. Das Mädchen würde dort die beste Erziehung erhalten, sie würde Vertrauen zu sich selbst gewinnen, sie würde die Liebe von Menschen erfahren, die an Gott glaubten, und sie würde mehr lernen, als sie hier im Westen jemals lernen konnte. Voraussetzung, um an dieser Schule angenommen zu werden, war natürlich, dass Emma in Springwater in allen Fächern überdurchschnittlich gut abschneiden würde.

»Sie sehen plötzlich so nachdenklich aus«, bemerkte June lächelnd. »So schlimm steht es um die kleine Emma nun wirklich nicht. Sie selbst sieht sich als Indianerin ... und glauben Sie mir, das Kind hat eine Art mit Tieren ... so etwas habe ich noch nie gesehen. Sie hört auf den Wind und den Regen – und selbst der Schnee hat ihr noch etwas zu sagen.« June legte ihre Schere zur Seite und setzte sich neben Rachel. »Ich gebe Ihnen den guten Rat, Emma nicht zu unterschätzen. Das würde sie sehr verletzen.«

Rachel lächelte. Das war ein guter Rat und sie würde ihn bestimmt nicht missachten. Sie seufzte leise. »Ich denke, ich gehe jetzt schlafen.«

»Und morgen schauen Sie bei den Kildares vorbei?«

Rachel nickte. »Vielleicht auch noch bei den Johnsons. Falls ich das schaffe.«

June verzog das Gesicht. »Die Kildare-Jungens werden Sie wahrscheinlich schaffen. Das sind kleine Teufel und ihr Vater lässt ihnen alles durchgehen. Ja, Ma'am, mit den beiden werden Sie Ihre Mühe haben.«

Großartig, dachte Rachel, aber sie hatte eine Menge Energie und würde sicher mit zwei kleinen Jungs fertig werden – auch wenn sie noch so wild waren. In Gedanken war sie bei Emma Hargreaves, über die sie sich mehr Sorgen machte.

Als Rachel am nächsten Morgen erwachte, zog sie die gleiche Kleidung an, die sie tags zuvor getragen und am Abend gründlich ausgelüftet hatte. Als sie die Treppe herunterkam, sah sie Toby, der stolz seine neue Hose und sein neues Hemd trug und beladen mit jungen Ästen ins Haus kam.

»Guten Morgen«, sagte sie lächelnd.

Der Junge strahlte sie an. Vielleicht war es falsch von ihr zu denken, dass sein Vater nie wieder zurückkehren würde. Vielleicht hatte der Kleine ja auch noch irgendwo eine Mutter, die sich um ihn kümmern würde. Aber vielleicht war das ja auch alles falsch. »Miss June hat zum Frühstück Pfannkuchen gebacken«, verkündete Toby.

Sie fühlte sich so glücklich, in dieser kleinen Gemeinde aufzuwachen, dass sie den Mann, der auf der Bank schlief, gar nicht bemerkte. Als sie es dann doch tat, sprang sie fast in die Luft vor Schreck.

Toby lachte. »Keine Angst. Das ist nur ein alter Penner, der hier von Zeit zu Zeit vorbeikommt. Der trinkt zwei oder drei Whiskeys im Brimestone und dann lässt Jacob ihn hier schlafen. Gewöhnlich im Stall, aber manchmal schafft er es nicht mehr bis dorthin.«

Misstrauisch beäugte Rachel den Mann. Er sah harmlos aus, auch wenn er nach Whiskey stank. Sie schrak jedoch zurück, als der Mann laut zu schnarchen begann.

»Gott im Himmel«, keuchte sie und schlug die Hände vor die Brust.

In diesem Moment öffnete sich die Tür und Jacob trat mit einem Arm voll Feuerholz ins Haus. »Machen Sie sich keine Sorgen wegen dem armen, alten Sibley«, meinte er gutmütig. »Er hat übrigens Neuigkeiten von der Wainwright-Ranch gebracht. Dort ist gestern ein Baby zur Welt gekommen. Ein Mädchen – das übrigens Rachel heißen soll, vermutlich wie Sie.«

Rachel war überwältigt. Sie hatte nie geglaubt, dass einmal ein Kind ihr zur Ehren Rachel getauft werden würde. Einen Moment lang wurden ihre Knie weich und fast hätte sie sich neben den alten Sibley auf die Bank gesetzt. »Ich muss Evangeline sehen«, sagte sie entschieden.

»Aber es ist niemand hier, der Sie begleiten kann«, protestierte Jacob.

»Ich reite allein.« Rachel rannte in ihr Zimmer, um ihren Umhang und den Pfingstrosen-Ableger zu holen, und als sie zurückkam, widersprach ihr niemand mehr.

3

Im Morgengrauen sattelte Rachel das gleiche alte Pferd, das sie schon tags zuvor geritten hatte. Dann führte sie den Klepper an den Zügeln aus dem Stall. Vor dem Haus wartete Jacob mit verschränkten Armen auf sie.

»Sie haben mich ja nicht einmal nach dem Weg gefragt«, sagte er leicht vorwurfsvoll.

Sie war vollauf damit beschäftigt, zu überlegen, wie sie den verdammten Ableger der Pfingstrosenstaude – ohne ihn vollends zu ruinieren – auf dem Pferd transportieren sollte, aber natürlich hatte sie den Leiter der Kutschstation bemerkt. Schon beim Frühstück hatte Jacob sie vor den Gefahren dieses weiten Ritts gewarnt, aber sie hatte seine Bedenken in den Wind geschlagen und sie würde sich ihm auch weiterhin widersetzen. »Nicht nötig«, erwiderte sie freundlich, aber bestimmt. »Seit Evangeline mit Abigail vor vier Jahren hierher in den Westen gekommen ist, haben wir uns regelmäßig Briefe geschrieben. Sie hat mir einmal eine Karte gezeichnet, sodass ich mich bestimmt nicht verirren werde.«

»Aber da draußen gibt es Indianer – und die sind uns Weißen gegenüber nicht immer freundlich gesinnt«, sagte Jacob und beschrieb noch einmal kurz die Situation der Gegend zwischen Springwater und der Wainwright-Ranch. »Ein Luchs könnte Sie angreifen oder sogar Wölfe. Miss Evangeline hatte selbst schon ein paarmal Probleme mit Wölfen. Hat Sie Ihnen davon *auch* geschrieben?«

Ein Schauer lief Rachel über den Rücken. Tatsächlich hatte die Freundin ihr haarklein über diese Angriffe berichtet und gelegentlich wachte Rachel nachts schweißgebadet auf, weil sie deshalb Alpträume hatte. Sie straffte die Schultern und sprach sich innerlich Mut zu. »Sie hat es in ihren Briefen erwähnt«, gab sie zu, »aber wenn ich mich davon abschrecken ließe, dann hätte ich doch gleich zu Hause in Pennsylvania bleiben können.«

In diesem Moment war der Hufschlag eines Pferdes zu hören und beide drehten sich nach dem Reiter um. Es war Mr. Hargreaves, der auf seinem Schecken saß. »Guten Morgen«, sagte er gut gelaunt und tippte wie üblich mit den Fingern an die Hutkrempe. »Der kleine Toby hat mir erzählt, dass Sie die Absicht haben, heute zur Wainwright-Ranch zu reiten, Miss English. Da ich meine Tochter von dort nach Hause zurückholen will, dachte ich, Sie würden mir vielleicht die Ehre geben, Sie begleiten zu dürfen.«

Natürlich war Rachel im Grunde froh, einen Begleiter zu haben, aber sie war viel zu sturköpfig, das zuzugeben. Sie schaute Jacob mit schmalen Augen an und sah seinem schuldbewussten Gesicht an, dass das Ganze ein abgekartetes Spiel war. Offensichtlich hatte der ältere Mann Toby zum Brimestone Saloon geschickt, um Mr. Hargreaves aus dem Bett zu holen, damit er diese unvorsichtige Frau Lehrerin auf ihrem Ritt begleitete. Aber wahrscheinlich war Mr. Hargreaves gar nicht im Bett gewesen, dachte sie. Schwarze Bartstoppeln umschatteten sein Gesicht und seine Kleidung war ziemlich zerknittert. Vielleicht hatte er sich nach dem üblichen Saufgelage in der Bar einfach auf eine Bank gelegt, um seinen Rausch auszuschlafen.«

»So ein freundliches Angebot kann ich ja wohl kaum ablehnen«, sagte sie unfreundlich.

Trey lächelte, zeigte dabei seine weißen Zähne und tippte wieder an den Hutrand. Das wirkte so spöttisch, als ob er geradeheraus gesagt hätte, dass sie eine würdige Gegnerin wäre, wenn sie mit ihm Spielchen spielen wollte. »Bitte sehr«, meinte er übertrieben höflich und ritt ein Stückchen näher. »Ich halte diese Pflanze oder was immer das ist, damit Sie in den Sattel klettern können. Ich erwarte heute Abend eine Gruppe Cowboys und da möchte ich zeitig zurück sein, um dafür zu sorgen, dass die ihren Whiskey bekommen und ich ihr Geld.«

Rachel warf ihm einen vernichtenden Blick zu, aber sie ließ ihn die Staude halten und schwang sich auf den Rücken des altersschwachen Pferdes. Wie das Schicksal es wollte, rutschte sie auf der anderen Seite wieder herunter, weil sie in ihrer Wut viel zu temperamentvoll aufgestiegen war. Als sie schließlich halbwegs würdevoll im Sattel saß und ihren Rock geglättet hatte, nahm sie den Pfingstrosen-Ableger zurück. Sie freute sich ebenso darauf, dieses Ding endlich los zu werden, wie sie sich darauf freute, Evangeline nach all den Jahren wieder zu sehen.

»Das wäre ja entsetzlich, wenn irgendjemand mal einen Abend auf dieses teuflische Gebräu verzichten müsste«, meinte sie spitz.

Trey verdrehte nur die Augen. »Ich schätze, das wird ein langer Tag werden«, sagte er seufzend zu Jacob.

»Das denke ich auch«, erwiderte der Alte zustimmend. »Grüß die Wainwrights von uns und sag ihnen, dass wir uns das neue Baby ansehen werden, sobald wir Zeit dazu haben.«

Trey nickte und lächelte, aber ohne den Spott, den er sich offensichtlich für Rachel aufsparte. Dann setzte er seinen Hengst in Schritt, aber Rachel hatte trotzdem Mühe, dem Schecken zu folgen. Ihr war sofort klar, dass ihr altes Kutschpferd niemals das Tempo von Treys prachtvollem Tier würde gehen können – und sie wusste, dass ihm das auch bewusst war.

Er zügelte sein Pferd am Waldrand und wartete mit einem so nachsichtigen Gesichtsausdruck auf sie, dass Rachel ihm am liebsten eine Ohrfeige versetzt hätte. Sie hatte in ihrem ganzen Leben noch keinen Menschen geschlagen – und sie würde auch jetzt nicht damit anfangen –, aber sie musste sich selbst eingestehen, dass die Versuchung mächtig groß war.

Die erste Hälfte der Strecke schwiegen sie beide. Trey ritt so langsam er konnte, obwohl der Hengst damit Schwierigkeiten hatte. Sie konnte deutlich erkennen, dass das Tier endlich frei galoppieren wollte, und sie hatte vollstes Verständnis dafür.

»Es macht mir wirklich nichts aus, wenn Sie voraus reiten«, sagte sie etwas steif, als sie am Ufer des Willow Creek eine kurze Rast einlegten, um die Tiere zu tränken. »Die arme, alte *Sunflower* kann halt nicht mehr so schnell.«

Während Sunflower Wasser trank, tätschelte Trey den Hals der Stute, aber er schaute nur zu Rachel hoch, die etwas höher auf der grasbewachsenen Böschung stand und es bedauerte, dass sie kein Gepäck mitgenommen hatte. Das Schuljahr würde erst in zwei Monaten beginnen. Zwar wollte sie in dieser Zeit noch all die anderen Eltern ihrer Schüler aufsuchen, aber eigentlich sprach nichts dagegen, dass sie eine oder zwei Wochen bei Evangeline bleiben würde. Ihre Freundin wäre für Hilfe sicher dankbar.

»Vielleicht sollten Sie und ich einen Waffenstillstand schließen«, sagte Trey, womit er sie vollkommen überraschte. »Ich habe nämlich einige Qualitäten, die meine schlechten Eigenschaften sicherlich wettmachen.«

Rachel hob eine Augenbraue. Sie sagte sich, dass es unklug wäre, mit einem Mann wie Trey Hargreaves zu vertraut zu werden. Er konnte sie auf die Palme bringen – aber die Sache ging tiefer. Er war mit Abstand der attraktivste Mann, dem sie je begegnet war, und er erweckte Gefühle in ihr … Gefühle, die doch längst begraben waren. Gefühle, die mit Langdon gestorben waren, wie sie geglaubt hatte.

»Und welche ›Qualitäten‹ wären das?«, fragte sie. Es sollte spöttisch klingen, aber sie merkte, dass sich ihre Mundwinkel zu einem Lächeln verzogen.

Er lachte und schlug seinen Hut auf seine Schenkel. »Tja«, meinte er gedehnt, »mal sehen. Ich kann fast jeden anderen Mann beim Armdrücken besiegen, ich habe noch nie im Leben einen Boxkampf oder ein Pferderennen verloren – und ich habe ausgezeichnete Tischmanieren.«

Rachel musste an sich halten, um nicht laut loszulachen. Sie verschränkte die Arme vor der Brust. »Wirklich sehr beeindruckend.«

Trey streckte die Hand aus. »Friede?«

Sie zögerte einen Moment, bevor sie einen Schritt auf ihn zu ging. »Nur wegen Emma«, sagte sie und ergriff seine Hand. Die Berührung – so harmlos sie doch war – ging ihr wie ein Blitz durch und durch. Sie spürte eine Hitzewelle, die ihren ganzen Körper erfasste. Er hielte ihre Hand einen Moment zu lange fest und für den Bruchteil einer Sekunde dachte sie wirklich, er würde sie küssen.

Aber er tat es nicht. Sie war gleichzeitig erleichtert – und enttäuscht.

»Wir machen uns besser wieder auf den Weg«, sagte er, als er seine Hand zurückzog.

Rachel nickte stumm und drehte sich zur Seite. Sie wusste, dass ihre Wangen gerötet waren, und das war ihr doch ziemlich peinlich.

Es war schon früher Nachmittag, als sie vom Gipfel eines steilen Hügels herunterritten, der mit Gras bewachsen war, wie Evangeline in ihren Briefen so oft geschrieben hatte. Von hier aus sah Rachel zum ersten Mal das imposante zweistöckige Wohnhaus der Wainwright-Ranch. Es war ganz aus Holz gebaut, hatte riesige Fenster und ein rotes Schindeldach. Aus einem der drei Schornsteine stieg eine dünne Rauchfahne auf. Bevor Trey und Rachel von ihren Pferden absteigen konnten, flog die Eingangstür des Hauses auf und zwei junge Mädchen stürmten freudig winkend auf die Ankömmlinge zu.

Das eine Mädchen – es war so groß geworden, dass Rachel es kaum erkannte – war natürlich Abigail, die inzwischen zehn Jahre alt und eine große Hilfe für ihr Mutter war. Das andere Mädchen – etwas größer und wohl auch schon etwas älter – musste demnach Emma sein. Ihr blau-schwarzes Haar wehte im Wind, als sie barfuß durchs Gras lief. Trey konnte gerade noch rechtzeitig aus dem Sattel gleiten, um das Kind mit offenen Armen zu empfangen. Die beiden drehten sich im Kreis und Emmas wunderschönes Haar flog um sie herum und glänzte wie Seide in der Sonne.

Abigail – auch ein ungewöhnlich hübsches Mädchen – hatte auch schwarze Haare und kobaltblaue Augen. Sie lächelte Rachel erfreut an. »Du musst Rachel sein. Mama wartet schon so lange darauf, dich endlich wieder zu sehen.«

Rachel saß ab – was gar nicht so einfach war, da sie ja immer noch die verdammte Pfingstrose in der einen Hand hielt – und umarmte die Tochter ihrer besten Freundin herzlich. Sie war so gerührt, dass sie kaum die Tränen zurückhalten konnte. »Ja«, sagte sie, »ich bin Rachel, Abigail. Lieber Himmel, wie groß du geworden bist. Du bist ja fast schon eine richtige junge Lady.«

Abigail strahlte übers ganze Gesicht. »Mama hat ein Baby bekommen. Das Mädchen soll Rachel Louisa getauft werden. Papa hat schon gesagt, dass wir sie besser nur Louisa nennen, weil es zu kompliziert ist, wenn es in dieser Gegend *zwei* Rachels gibt.«

Rachel lachte und drehte sich zu Emma, um sie zu begrüßen. Das Mädchen hatte sich eng an Treys Seite geschmiegt und betrachtete die neue Lehrerin scheu, aber auch ein bisschen neugierig. Vielleicht war ihr Blick sogar ein bisschen hoffnungsvoll – aber das konnte auch Rachels Wunschdenken sein. Sie streckte dem Kind ihre Hand entgegen und sagte: »Hallo. Ich bin Miss English und werde ab August deine Lehrerin sein.«

Emma löste sich aus Treys lockerer Umarmung und streckte ihrerseits zögernd die Hand aus. »Wie geht es Ihnen?«, fragte sie höflich.

»Danke, sehr gut«, erwiderte Rachel. »Und wie geht es dir?«

Emma warf Trey einen scheuen Blick zu, als wollte sie sich zuerst rückversichern. Sie schien Angst vor Fremden zu haben und vielleicht hatte sie allen Grund dazu. Trey nickte leicht, um seine Tochter zu ermutigen.

»Ich lese gerne«, sagte Emma ernst. »Haben Sie neue Bücher mitgebracht?«

»Das habe ich«, antwortete Rachel dem Mädchen, während Abigail Rachel an der Hand zog.

»Komm ins Haus, um Mama zu begrüßen«, sagte Evangelines Tochter. »Sie kann es gar nicht erwarten, dich endlich zu sehen. Sie hat ja Papa mächtig gerne, aber er ist halt ein Mann und Mama fehlt manchmal die Gesellschaft von Frauen.«

In diesem Moment wechselten Rachel und Trey zufällig einen Blick und irgendetwas Undefinierbares geschah mit ihnen. Beide senkten hastig den Kopf und schauten zur Seite.

»Wo ist dein Pa?«, fragte Trey Abigail. »Ich würde gerne mit ihm reden.«

»Er ist drüben im Corral und reitet junge Pferde zu«, erklärte Abigail, die heftiger an Rachels Hand zog, aber dabei Trey in die Augen schaute. »Emma und ich wollten zusehen, aber Mama hat es uns verboten, obwohl wir versprochen haben, hinter dem Zaun zu bleiben. Mama behauptet, dass Papa bei dieser Arbeit zu viel flucht, aber das glaube ich nicht. Papa geht immer sehr liebevoll mit seinen Pferden um. Ich glaube, dass Mama Angst hat, dass wir doch irgendwie unter die Hufe der Tiere geraten – so wie es Kathleen Bellwaters kleiner Schwester passiert ist ...«

Trey führte die beiden Pferde an den Zügeln hinter sich und das Geschnatter ging weiter, bis sie die vordere Veranda erreichten. »Du packst jetzt besser deine Sachen, wenn du heute noch mit mir nach Hause kommen willst«, sagte Trey zu seiner Tochter. »Wir brechen etwa in einer Stunde auf.«

Rachel blieb abrupt stehen und hielt Abigail fest. Sie schaute besorgt zum Himmel und prüfte den Sonnenstand. »Werden Sie denn vor Einbruch der Dunkelheit in Springwater sein?« Sie sagte sich, dass sie sich ja nur Sorgen um Emma machte. Trey Hargreaves war schließlich ein erwachsener Mann, der durchaus fähig war, auf sich selbst aufzupassen.

»In einer oder spätestens in zwei Stunden sind wir

unterwegs.« Wieder bedachte er sie mit seinem spöttischen Grinsen. »Machen Sie sich etwa Sorgen um mich, Miss English?«

Wenn Emma sie nicht so intensiv angestarrt hätte, hätte Rachel beinahe ausgesprochen, was ihr auf der Zunge lag: *Nicht im Geringsten, Mr. Hargreaves.* Aber so sagte sie nur: »Ja, aber besonders bin ich um Emma besorgt. Bis Springwater ist es doch eine gewaltige Entfernung.«

Trey zog seine Mundwinkel nach oben. »Nun, Emma und ich werden nicht so langsam reiten, wie Sie auf diesem alten Klepper geritten sind, den Jacob Ihnen geliehen hat. Wir sind mindestens doppelt so schnell.« Liebevoll kraulte er das Haar seiner Tochter. Ist es nicht so, mein Sonnenschein?«

Das Kind strahlte ihn an und nickte. »Ich wünschte, wir würden auch ein Baby haben«, sagte die Kleine. »So ein niedliches Kind wie die Wainwrights jetzt haben. Können wir nicht von irgendwoher auch so ein Baby bekommen, Pa?«

Das brachte nun Trey ziemlich aus der Fassung. Er wurde rot bis unter die Haarspitzen, schaute zur Seite und räusperte sich. »Pack deine Sachen zusammen«, sagte er, aber es klang keineswegs unfreundlich. »Der Schecke kann es kaum noch erwarten, endlich mal wieder frei zu galoppieren.«

Emma huschte ins Haus und Rachel ließ sich willig von Abigail über die Schwelle in einen großen, offenen Salon ziehen. Die eine Schmalseite wurde von einem steinernen Kamin beherrscht. Die Möbel waren beeindruckend und Rachel wusste, dass die Teppiche aus San Francisco stammten. Es war klar – obwohl Evangeline in ihren Briefen das nie so deutlich ausgedrückt hatte –, dass Scully Wainwright ein überaus erfolgreicher Rinder- und Pferdezüchter war.

Evangeline kam langsam die Treppe herunter, die ins Obergeschoss führte. Sie lächelte und ihr ganzes Gesicht strahlte Freude aus. Freude – nicht nur weil sie noch einmal Mutter geworden war, sondern weil sie endlich ihre Freundin wieder sah. Für einen kurzen Moment beneidete Rachel die andere Frau um ihr Glück.

»Rachel!«, rief Evangeline aus. Sie breitete beide Arme aus, um ihre Freundin zu begrüßen. Evangeline trug einen hübschen blauen Morgenmantel und dazu passende weiche weiße Pantöffelchen.

Die beiden Frauen umarmten sich und weinten vor Freude. Dann hielt Evangeline Rachel ein Stück von sich, um sie genauer zu betrachten. »Du kannst dir gar nicht vorstellen, wie sehr ich mich danach gesehnt habe, dich wieder zu sehen«, rief sie und heulte noch ein bisschen mehr.

Rachel lachte und schluchzte gleichzeitig. »Doch, das kann ich sehr gut«, protestierte sie schniefend, »denn mir geht es doch ganz genau so.« Dann erinnerte sie sich an den Ableger der Pfingstrose, der nach der langen Reise ziemlich mitgenommen aussah. »Hier bitte«, sagte sie und drückte das Ding in Evangelines Hand. »Versprochen ist versprochen.«

Evangeline fing wieder an zu heulen und zu lachen, als sie die Staude in Empfang nahm, die Rachel durch das halbe Land mit sich geschleppt hatte. »Abigail«, sagte sie zu ihrer Tochter, »stell das bitte ins Wasser, aber geh ganz vorsichtig damit um.«

Abigail nickte, nahm den Ableger und verschwand damit.

»Setz dich doch hin«, meinte Rachel und nahm Evangeline am Arm. »Du musst deine Kräfte schonen.«

»Unsinn«, erklärte Evangeline. »Ich denke, dass es ein

Fehler ist, wenn eine junge Mutter nur im Bett herumliegt. Es ist viel besser, wenn man sich bewegt. Gütiger Himmel, es gibt doch genug zu tun. Ach, Rachel, was für eine Freude, dich endlich wieder zu sehen.«

Erneut umarmten sie sich und gingen dann in die Küche, in der es einen ganz modernen, chromglänzenden Herd gab. Abigail hatte die Pfingstrose – oder das, was von dem Ableger noch übrig war – ins Wasser gelegt und die Vase oberhalb des eisernen Spülbeckens ans sonnige Fenster gestellt.

»Soll ich uns Tee kochen, Mama?«, fragte das Mädchen.

»Das wäre wunderbar, mein Liebling«, erwiderte Evangeline. »Und dann geh nach oben und sieh mal nach deinem kleinen Bruder und nach Rachel Louisa. Wenn die Kleine wach ist, kannst du das Baby runterbringen – aber sei vorsichtig. Und schau doch bitte auch nach, ob bei deinem Brüderchen die Windeln gewechselt werden müssen.«

Es dauerte nicht lange, bis der Tee fertig war, der nach Rachels Meinung besser schmeckte als alles, was sie getrunken hatte, seit ihre Freundin Pennsylvania vor vier Jahren verlassen hatte, um in Montana den Cousin ihres verstorbenen Mannes zu heiraten. Der Mann hieß John Keating. Zu Evangelines Überraschung war Keating gar nicht mehr in Montana gewesen, als sie dort angekommen war. Sie war entsetzt – aber auch erleichtert – gewesen, als er nicht in Springwater aufgetaucht war, wo sie Scully Wainwright kennen gelernt hatte. Der Mann hatte sie und Abigail – wie Evangeline Rachel geschrieben hatte – zu seiner Ranch gebracht, wo sie im Winter in einer einfachen Hütte gelebt hatten. In dieser Zeit hatten sich Scully und Evangeline ineinander verliebt. Trotzdem wollte sich Evangeline von Scully trennen, als sie erfahren hatte, dass

John Keating nach Springwater zurückgekommen war. Sie war ihm schließlich versprochen gewesen. Aber dann erfuhr sie, dass Keating eine andere Braut hatte. Damit war der Weg für Evangeline und Scully frei gewesen. Es war eine gute Beziehung und die beiden lebten glücklich miteinander.

Das war eine romantische Geschichte und wenn Rachel nur daran dachte, seufzte sie und ihr kamen die Tränen.

Abigail kehrte zurück. An einer Hand führte sie den verschlafenen J. J. – blond wie ein Engel – und im anderen Arm hielt sie das neugeborene Baby so zärtlich, dass Rachels Herz schneller schlug. Die Wainwrights mussten glückliche Menschen sein, denn ihr Haus war von so viel Liebe beherrscht.

Rachel fragte sich in diesem Moment, ob es wohl zwischen ihr und Langdon genauso gewesen wäre, wenn er aus dem Krieg nach Hause gekommen wäre und sie geheiratet hätte, wie es geplant gewesen war. Damals hatte sie gehofft, eines Tages ein Haus voller Kinder zu haben – so wie es jetzt bei Evangeline war –, aber inzwischen hatte sie sich ganz auf ihre Lehrtätigkeit konzentriert. Dort würde sie in Zukunft ihre Energie einsetzen. Das war besser und gesünder – sagte sie sich. Man musste sich doch nur mal die arme Sue Bellweather ansehen! Gefühlsmäßig war es sicher nicht einfach, Mutter zu sein. Und in dieser immer noch gefährlichen Wildnis ganz besonders nicht. Vielleicht konnte man sich hier zwar in einen Mann verlieben, aber wer sagte einem, dass dieser Geliebte nicht morgen wieder in den Krieg ziehen musste?

Gut, vielleicht sah sie alles zu schwarz – aber das konnte sie im Augenblick auch nicht ändern.

»Rachel?« Ihr wurde bewusst, dass ihre Freundin schon

einige Zeit ihre Aufmerksamkeit erregen wollte. »Möchtest du dein Patenkind nicht mal halten?«

Es war vielleicht ein naturgegebenes mütterliches Gefühl, das Rachel packte, als sie das Kind aus Abigails Armen entgegen nahm und an ihren Busen drückte. Sie war schlichtweg fassungslos. Das Baby war unglaublich schön, es hatte dünne blonde Härchen, eine weiße Haut, die an Porzellan erinnerte, und es lächelte Rachel quietschvergnügt an. »Sie hat ja blaue Augen«, stellte Rachel fest.

»Alle Neugeborenen haben blaue Augen«, meinte Evangeline mild.

Wieder war Rachel den Tränen nahe. Teilweise, weil sie sich so über dieses neue Leben freute, und teilweise, weil sie es bedauerte, dass sie selbst wohl nie ein eigenes Kind haben würde, das sie an ihre Brust legen würde. Plötzlich wünschte sie sich, dass sie einen ganzen Stall voll von Kindern haben würde. Aber das setzte ja voraus, dass sie zuerst einen Ehemann fand!

»Ich habe meine Sachen gepackt, Pa«, erklärte Emma, während Rachel noch das Baby betrachtete. Sie blickte auf und sah Trey, der in der offenen Küchentür stand. Er starrte Rachel an, als ob er noch nie ein Frau gesehen hätte, die ein Baby an ihre Brust gedrückt hielt. »Ich gebe nur J. J. ein Stück Zuckerbrot – dann können wir losreiten.«

Evangeline schaute zuerst Trey an, dann Rachel und wieder Trey. Zuerst machte sie ein erstauntes Gesicht, aber dann begann sie zu lächeln. »Du solltest zum Essen bleiben, Trey – und vielleicht auch über Nacht. Es ist ein langer Weg bis Springwater.«

Trey schüttelte zögernd den Kopf. »Das lassen wir lieber bleiben«, sagte er, »aber vielen Dank für die Einladung. Und danke, dass du dich so gut um Emma gekümmert hast.«

Evangeline schaute das Mädchen liebevoll an. »Sie ist ein Schatz. Wir werden Emma vermissen. Sie war uns wirklich eine große Hilfe.«

Emma strahlte übers ganze Gesicht. »Ich mag Babys – und will, dass wir auch eins bekommen.«

Evangeline hörte auf zu lächeln, aber Rachel sah, dass ihre Freundin keineswegs geschockt war. Die grauen Augen glitzerten vergnügt. »Dazu brauchst du aber zuerst mal eine Stiefmutter«, sagte sie zu dem Mädchen, während sie dabei Trey in die Augen sah. Sie schwieg einen Moment, bevor sie sich direkt an Trey wandte. »Deinen Zimmern über dem Saloon würde eine weibliche Hand wahrscheinlich auch nicht schaden.«

Rachel dachte daran, wie die meisten Häuser, in denen eine Frau fehlte, aussahen und sie stellte sich vor, dass das in Treys Fall nicht anders sein würde – eher noch schlimmer. Aber das sprach sie natürlich mit Rücksicht auf Emma und Abigail nicht aus. Stattdessen widmete sie sich wieder dem Baby und sofort war sie wieder ganz in den Bann der Kleinen geschlagen.

Trey und Emma verabschiedeten sich und Evangeline stand auf, um das Essen vorzubereiten, aber Rachel drückte sie wieder in den Sessel zurück und legte ihrer Freundin das Baby in den Arm, damit die ihm die Brust geben konnte. Dann ging Rachel in die Küche, um selbst das Abendessen vorzubereiten.

Gerade als das Essen fertig war, kam Scully ins Haus. Er sah genauso aus, wie Evangeline ihn beschrieben hatte: unverschämt gut, ein bisschen verwegen – und mit seinem sonnengebräunten Teint und seinen türkisfarbenen Augen eben auch unglaublich männlich. Die ganze Art, wie er Evangeline betrachtete, zeigte Rachel deutlich, wie tief seine Gefühle für seine Frau waren und wie sehr er sie liebte. Das machte den Mann in Rachels Augen so sympathisch, wie es nichts anderes hätte tun können.

Das Baby schlief satt und zufrieden an Evangelines Schulter. »Rachel«, erklärte sie stolz, »das ist mein Ehemann, Scully Wainwright. Scully, das ist also meine Freundin Rachel, von der ich dir schon so viel erzählt habe. Endlich, endlich ist sie hier.«

Er lächelte, streckte Rachel seine Hand zum Gruß entgegen, zog sie aber sofort wieder zurück. »Ich schätze, ich sollte mich erst mal waschen«, meinte er. »Wir sind jedenfalls froh, dass Sie endlich hier sind, Miss English. Ich hoffe, dass Sie eine Weile bei uns auf der Ranch bleiben können, denn ich versichere Ihnen, dass Evangeline Ihre Gesellschaft wirklich sehr vermisst hat.«

Rachel errötete ein bisschen. Scully war ein charmanter Mann und wenn sie ihn und Mr. Trey Hargreaves mit ihrem armen Langdon verglich, dann wirkte der Mann aus dem Osten – nun ja, ziemlich blass. »Ich könnte vielleicht zwei oder drei Tage bleiben«, sagte sie, »aber natürlich nur, wenn ich keine Last bin und niemandem im Weg stehe.« Sie fühlte sich plötzlich ungewöhnlich scheu und gehemmt.

»Vor einer Woche werde ich dich auf gar keinen Fall gehen lassen«, erklärte Evangeline, als Scully den Raum verließ, um sich den Schmutz aus dem Gesicht und von den Händen abzuwaschen. »Ich bin sicher, dass du sowieso eine ganze Woche damit beschäftigt sein wirst, mir alles zu erzählen, was sich in den letzten vier Jahren in deinem Leben ereignet hat. Und außerdem habe ich das Gästezimmer schon für dich vorbereitet – da kannst du es doch auch benutzen.«

Rachel lachte. »Du warst schon immer ein praktischer Mensch und hast die Sachen auf den Punkt gebracht.«

Scully kam zurück. Sein Gesicht glänzte und seine Hände waren makellos sauber. »Eve würde einen prächtigen Anwalt abgeben«, meinte er und beugte sich zu ihr, um ihr einen Kuss auf die Wange zu geben. »Aber das geht natürlich nicht, denn wir können sie hier nicht eine Minute entbehren.« Die Art, wie er sprach, die Art, wie er sich bewegte, ließ Rachel für einen Moment denken, dass es schön wäre, wenn Trey Hargreaves jetzt auch hier wäre. Wenn er doch wenigstens zum Essen geblieben wäre! Solche Gedanken machten natürlich überhaupt keinen Sinn, denn sie konnte Mr. Hargreaves ja nicht ausstehen. Sie mochte ihn kein bisschen.

Na ja, vielleicht ein kleines bisschen.

Das Essen im Haus der Wainwrights war eine lebhafte Angelegenheit. Das Baby quietschte vergnügt, Abigail plapperte von diesem und jenem und J. J. zog mit dem Löffel – voll mit gebutterten Rüben und Kartoffelpüree – gefährliche Kreise, bevor er den Löffel in den Mund steckte. Mit gelassener Ruhe und viel Übersicht kümmerte sich Evangeline um die Kleinigkeiten beim Essen. Einmal mehr beneidete Rachel ihre Freundin, die sie jedoch ebenso bewunderte.

Sie fragte sich, wie es sein musste, so zu leben. Wenn es einem so gut ging, wenn man wohlhabend war und aus dem Vollen schöpfen konnte, wenn man so einen liebenswerten Mann und so nette Kinder hatte. Rachel seufzte leise. Das würde sie selbst wohl nie erfahren und diese Tatsache sollte sie besser vorbehaltlos akzeptieren und versuchen, das Beste aus ihrem Leben zu machen, das ihr vorbestimmt war. Schließlich hatte sie als Lehrerin eine große Verpflichtung. Sie hatte die Aufgabe, möglichst *vielen* Kindern das Rüstzeug für ein besseres Leben mitzugeben und diese Aufgabe würde sie auch erfüllen. Nichts würde sie davon abhalten. Das Problem war nur, dass sie plötzlich noch *mehr* wollte, dass sie Dinge haben wollte, von denen sie nicht einmal mehr zu träumen gewagt hatte, seit sie die grausame Nachricht von Langdons Tod bekommen hatte.

In dieser Nacht, als es im Haus still und dunkel geworden war, lag Rachel im Bett des Gästezimmers, das Evangeline so liebevoll eingerichtet hatte und auf das sie zurecht stolz war, und weinte leise.

Vielleicht würde sich auch ihr eine zweite Chance auf ein glückliches Leben bieten – schließlich hatte auch Evangeline einmal geglaubt, dass ihr Leben beendet war, emotional zumindest, dass sie nicht mehr lieben und nicht mehr wiedergeliebt würde, aber dann hatte sie Scully kennen gelernt.

Andererseits, sagte sich Rachel mit einem leisen Schniefen, war ihre Situation ganz anders, als die ihrer Freundin gewesen war. Evangeline war Witwe gewesen, ein gesellschaftliche allseits anerkannter Stand. Von einer unverheirateten Frau erwartete man dagegen, dass sie als Jungfrau heiratete – aber Rachel war keine Jungfrau mehr. Sie bedauerte oder bereute es nicht, mit Langdon geschlafen zu haben, denn sie hatte ihn geliebt und sie wäre die Mutter seiner Kinder geworden, wenn ihnen der Krieg keinen Strich durch die Rechnung gemacht hätte. Aber die meisten Männer, selbst solche, die einen Ruf wie Trey Hargreaves hatten, würden es entrüstet ablehnen, eine unverheiratete Frau zu nehmen, die schon mal mit einem anderen Mann im Bett gewesen war.

Schon der Gedanke, dass ein Mann sie beschämen und zurückweisen könnte, ließ ihre Wangen vor Zorn und Erniedrigung erglühen.

Sie musste sich zusammenreißen und aufhören, über Dinge nachzudenken, die nur in ihrer Fantasie existierten.

Sie war einfach nur überdreht, weil sie ihre Freundin nach so vielen Jahren endlich wieder gesehen hatte und weil sie das zarte Baby in den Armen gehalten hatte, das Baby, das ihr zu Ehren ihren Namen trug.

Das hatte doch alles nichts mit Trey zu tun.

Aber sie wusste, dass sie sich damit nur etwas vorzumachen versuchte. Alles, alles in ihrem weiteren Leben würde etwas mit Mr. Trey Hargreaves zu tun haben – und das war sehr beunruhigend.

Während der acht langen Tage ihrer Abwesenheit entwickelte Trey die Angewohnheit, stundenlang an einem der Fenster im Obergeschoss zu stehen – gewöhnlich an dem, vor dem sein Schreibtisch stand –, auf das leere Schulhaus zu starren und auf ihre Rückkehr zu warten. Er kam sich selbst schon wie ein Volltrottel vor, aber er konnte es nicht ändern. Wenn er nicht aus dem Fenster starrte und auf sie wartete, dachte er an sie. Er dachte nicht an seine Frau, die so tragisch gestorben war, nicht an die verlorenen Jahre, in denen er um sie getrauert hatte, in denen er ihre Mörder gehasst hatte, sie gesucht und schließlich auch gefunden hatte.

Er dachte auch nicht daran, was er mit den Männern getan hatte, um den Tod seiner Frau zu rächen.

Das Unmögliche war geschehen: Trey hatte in seinem Herzen einen Platz für Rachel English gefunden – tatsächlich liebte er sie mehr, als er je eine Frau geliebt hatte, Emmas Mutter eingeschlossen. Er begehrte sie, er wollte sie haben. Aber ihm war klar, dass sie die erste Frau war, die er begehrte und die er nicht haben konnte, indem er es ihr einfach so ins Gesicht sagte.

Vielleicht zum ersten Mal in seinem Leben hatte er sich

offen und ehrlich mit seiner Gemütslage beschäftigt und seinen Zustand schonungslos und offen für sich selbst analysiert, aber das brachte ihn auch nicht weiter. Rachel hatte ihm klipp und klar gesagt, was sie von ihm hielt. Sie wollte keinen Ehemann haben, der Besitzer eines Saloons war – und bestimmt nicht einen mit seiner Vergangenheit. Während er über sich und sein Leben nachdachte, wünschte er, er könnte die Zeit zurückdrehen und vieles – fast alles – anders machen. Er wünschte, er könnte aus sich einen besseren Menschen machen, einen Mann, der einer Frau wie Rachel würdig war.

Ihm drehte sich der Magen um, wenn er nur daran dachte, dass sie eines Tages aus Springwater weggehen könnte – oder gar einen anderen Mann heiratete. Das Schicksal hatte sie beide zusammengefügt, denn sie waren füreinander bestimmt – das wusste er ganz genau. Die Frage war allerdings, ob *sie* das auch wusste.

Um sich selbst von den Gedanken an Rachel abzulenken und um nicht mehr daran zu denken, auf welche Art er Rache an Sommerwinds Mördern genommen hatte, beschäftigte er sich in Gedanken mit Emma. Das Kind hatte sein Leben völlig verändert, hatte es von einem Tag auf den anderen auf den Kopf gestellt. Emma hatte ihm bewusst gemacht, dass sie ihn brauchte. Sie hatte sich an ihn geklammert, als er damals nach Choteau zur Beerdigung von Miss Ionie gekommen war, bei der Emma seit dem Tod ihrer Mutter gelebt hatte. Emma hatte ihn angefleht, sie mitzunehmen – und da hatte er gewusst, dass er endlich sesshaft werden musste. Er hatte auch gewusst, dass er dazu zuerst einmal ein richtiges Heim schaffen musste, ein Haus, in dem das Mädchen aufwachsen konnte, wie es sich für eine junge Lady gehörte. Als er sich umschaute, wurde ihm schmerzlich bewusst, dass er das bis heute jedoch immer noch nicht geschafft hatte.

Emma hatte erfahren, dass Miss English die Bellweathers in ihrem Haus besucht hatte. Nun lag sie Trey ständig in den Ohren, dass sie die neue Lehrerin auch zu einem förmlichen Besuch einladen wollte mit allem, was dazu gehörte, mit Tee und Gebäck. Trey hatte seine Tochter noch keine Antwort auf ihre Bitte gegeben, aber die Sache zerrte mächtig an seinen Nerven. Zum einen hatte er nicht die geringste Ahnung, wie man Tee zubereitete und er würde lieber einen Ringkampf mit einem ausgewachsenen Grizzly führen, als sich an den Herd zu stellen um Plätzchen zu backen. Emma war zwar ein aufgewecktes Kind, das auch gerne las, aber wenn es das Wetter erlaubte, verbrachte sie jede freie Minute in der Natur. Sie war, falls das überhaupt noch möglich war, mit Küchen- oder Hausarbeit noch weniger vertraut, als Trey es war. Gewöhnlich kochte Zeke, der Bartender, der an einen englischen Butler erinnerte, aber dessen Kochkünste waren auch nicht gerade berauschend, denn mehr als Weizenbrot und gebratenes Fleisch brachte er auch nicht zu Stande.

Es nagte an Trey und es ärgerte ihn, dass seine Tochter einen Herzenswunsch hatte, den er ihr jedoch kaum würde erfüllen können. Dabei gab es so wenig, was das Kind von ihm verlangte, aber nun schien er nicht einmal in der Lage zu sein, ihr zu erlauben, dass sie die neue Lehrerin zu einem harmlosen Besuch einlud und sie mit Tee und Gebäck bewirtete, wie es in den anderen Häusern üblich war. Der Gedanke, dass er Emma würde enttäuschen müssen, tat ihm in der Seele weh.

Es dauerte eine ganze Weile, bis er auf die Idee kam, Miss June um Hilfe bei seinem Problem zu bitten, damit Emma sich nicht zu schämen brauchte. Nein, dachte er,

Miss Rachel English würde niemals ein Kind verletzen – sie sparte sich ihre spitzen Bemerkungen lieber für ausgewachsene Männer auf.

Miss June erklärte sich bereit, die Plätzchen zu backen und den Tee zuzubereiten, denn sie war eine freundliche und hilfsbereite Frau, auch wenn sie Treys Saloon am liebsten bis auf die Grundmauern abgebrannt hätte, was sie vielleicht auch getan hätte, wenn sie sicher gewesen wäre, dass Gott ihr diese Sünde verzeihen würde. Jedenfalls war Trey damit eine große Last von den Schultern genommen. Er hätte der Sache ja nun eigentlich beruhigt entgegensehen können, aber er stand weiterhin am Fenster, grübelte über Rachel nach und wartete, dass sie endlich wieder nach Springwater zurückkehren würde. Sobald sich die Gelegenheit dazu ergab, würde er die Lehrerin ansprechen und ihr Emmas Einladung überbringen.

Am Nachmittag des achten Tages kam sie in Begleitung von Scully Wainwright nach Springwater zurück. Sie saß auf dem alten Klepper, den Jacob ihr überlassen hatte, während Scully einen prachtvollen Hengst ritt, eine Rasse, die er auf seiner Ranch mit großem Erfolg züchtete. Vor dem Schulhaus saßen sie ab, banden die Tiere an dem dafür vorgesehenen Pflock an den Zügeln an und betraten die kleine Schule.

Ungeduldig wartete Trey darauf, dass sie wieder herauskamen. Rachel blieb auf der Schwelle stehen, sie lächelte und winkte, während sich Scully in den Sattel des Hengstes schwang, um zu seiner Ranch zurückzureiten. Trey hätte sich beinahe das Genick gebrochen, als er die Treppe hinunterstürzte und durch den Saloon eilte. Er stürmte durch die Schwingtür wie ein Mann, der Großes zu verkünden hatte.

Rachel, die immer noch in der Tür der Schule stand,

wirkte leicht verwirrt, als überlegte sie, ob sie ins Haus huschen und die Tür hinter sich verriegeln sollte. Trey verlangsamte seine Schritte, einmal aus Selbstachtung – und natürlich, um sie nicht zu beunruhigen, jedenfalls redete er sich das ein.

»Sind Sie wieder zurück?«, fragte er und hätte sich selbst ohrfeigen mögen. Er benahm sich wirklich wie ein vertrottelter Narr. Natürlich war sie zurück. Sie stand ja schließlich lebensgroß vor ihm in der Sonne.

Sie lächelte und es lag dabei so ein weicher Zug um ihren Mund, was ihn mehr aus der Fassung brachte als ihre üblichen Spötteleien.

»Es war ein wunderbarer Besuch«, sagte sie, »aber hier wartet auch Arbeit auf mich. Evangeline ist so voller Tatenkraft und Energie, dass man gar nicht glauben kann, dass sie gerade erst entbunden hat.« Kaum hatte sie die Worte ausgesprochen, als sie spürte, wie ihr das Blut in die Wangen stieg, denn natürlich war es nicht korrekt, wenn eine Lehrerin aus dem Osten so ein Thema mit einem fremden Mann – und dazu noch auf der Straße – besprach.

Trey beschloss, nicht weiter auf die Sache einzugehen, denn erstens war er selbst ziemlich nervös und zweitens wollte er ja etwas von ihr. Er blieb vor dem weißen Zaun in der Nähe der alten Mähre stehen, die ein Nickerchen zu halten schien. Trey hatte beide Daumen in seinen Gürtel gehakt, damit Rachel nicht sehen konnte, dass seine Hände zitterten.

»Meine Tochter Emma hat erfahren, dass Sie den Bellweathers einen Besuch abgestattet haben«, sagte er ohne lange Umschweife. Besser, er fackelte nicht lange, sondern brachte die Sache schnellstens hinter sich. »Emma ist nun ganz verrückt danach, dass Sie … ihr auch einen formellen Besuch abstatten.« Um Haaresbreite hätte er *uns* gesagt, aber das hatte er gerade noch verhindern können. Er sah, wie sie den Blick hob und über die Fassade des Saloons gleiten ließ. Er machte ein Gesicht, als erwartete er gleich den vernichtenden Urteilsspruch am Tag des Jüngsten Gerichts. Er wusste nicht, wie er auf eine Absage reagieren würde, er wusste nur, dass Emma am Boden zerstört sein würde, wenn die Lehrerin sie wegen ihres Vaters nicht besuchen würde.

»Natürlich besuche ich … Emma sehr gerne«, sagte Rachel.

Er starrte sie ungläubig an. Er hatte sich schon innerlich halb auf eine Ablehnung eingestellt, hatte sich Argumente überlegt, um sie vielleicht doch noch umzustimmen, aber er hatte nicht damit gerechnet, dass sie sofort zustimmen würde. »Ja … schön. Und … äh … wann?« Er stammelte verlegen und nun war sein Gesicht feuerrot angelaufen.

»Wann immer es passt«, erwiderte sie leicht. »Morgen Nachmittag vielleicht?«

Trey schluckte und dachte daran, wie einfach er mit seiner Tochter über dem Saloon lebte. Es gab nur ein Schlafzimmer – für Emma natürlich. Er war ja ohnehin die halbe Nacht unten in der Bar und zum Schlafen streckte er sich dann einfach auf dem alten Sofa aus, das neben dem Herd stand. Sie besaßen kein schönes Geschirr und an den Wänden hingen keine Bilder – abgesehen von einem Kalenderblatt, das Emma vor einigen Jahren aus einem Wandkalender gerissen hatte und auf dem ein Indianermädchen auf einem Pony zu sehen war, das den Mondaufgang betrachtete. »Morgen Nachmittag«, bestätigte er und hätte sich dabei fast an seinen Worten verschluckt.

»Sagen wir um zwei Uhr?«, fragte Rachel mit ausdruckslosem Lehrerinnen-Gesicht. Er konnte nicht sagen, ob sie ihn verlachte oder nicht, aber das war ihm im

Augenblick auch vollkommen egal. Sie hatte eingewilligt, Emma zu besuchen. Das Kind würde nicht enttäuscht werden und das war wirklich das Einzige, das im Augenblick zählte.

»Um zwei Uhr.« Er drehte sich um und ging so schnell davon, dass er fast über seine eigenen Füße gestolpert und mit dem Gesicht beinahe in einer Pfütze aus Regenwasser und Schlamm gelandet wäre. Dass ihn diese Frau so aus der Fassung brachte!

4

Für den Besuch im Haus der Hargreaves hatte Rachel ihre besten Sachen angezogen, den schwarzen Satin-Rock und dazu die blütenweiße hoch geschlossene Bluse. Die Haare hatte sie in einem kleinen Nackenknoten zusammengesteckt. Ohne zu zögern und mit festem Schritt, ganz so, als ob das ihre normale Gangart wäre, ging sie mit hoch erhobenem Kopf auf den Saloon zu.

Vor der Tür des Brimestone blieb sie stehen und überlegte, wie sie die Bar betreten sollte. Seltsam, dass sie das nicht früher überlegt hatte, dachte sie unbehaglich. Einen Schüler zu Hause zu besuchen war eine Sache, aber im hellen Tageslicht so ein Etablissement zu betreten, das war etwas vollkommen anderes. Schullehrer waren angehalten, die moralischen Standards besonders hoch zu halten und sich persönlich auch danach zu richten. Man hatte schon viele Lehrer aus dem Dienst entlassen, die sich weniger verwerflich verhalten hatten. Vielleicht gibt es ja eine Hintertür, dachte sie und kaute auf ihrer Unterlippe.

»Haben Sie Ihre Meinung geändert?«, fragte Trey und riss Rachel damit aus ihren Gedanken. Er stand im Inneren des Saloons und hielt die eine Seite der Schwingtür weit für Rachel geöffnet. »Die Sache ist für Emma mächtig wichtig.«

Rachel war entrüstet, dass er ihr zuzutrauen schien, sie könnte so feige und unhöflich sein, kurzerhand vor der

Tür einer Schülerin kehrt zu machen und den Besuch abzublasen. »Ich habe mich nur gefragt«, sagte sie mit gedämpfter Stimme, »ob es noch einen anderen Eingang gibt.«

Ein Grinsen umspielte seine Lippen. »Natürlich gibt es noch einen anderen Eingang«, meinte er. »Sie hätten ihn ganz einfach gefunden, wenn Sie sich die Mühe gemacht hätten, hinter dem Saloon nachzusehen. Ich habe nämlich die Erfahrung gemacht, dass sich Hintertüren meistens auf der Rückseite der Gebäude befinden. Aber da Sie sich ja nun schon mal hier vor der Vordertür produziert haben, können Sie auch diesen Eingang benutzen.«

Mit der Grazie einer Königin schritt sie an ihm vorbei, obwohl Rachel sich mit ihrer Statur von einsfünfundfünfzig gar nicht königlich vorkam. Sobald sie im Saloon stand, blickte sie sich neugierig um, denn natürlich hatte sie noch nie einen Fuß über die Schwelle eines solchen Etablissements gesetzt. Sie war immer offen für neue Eindrücke, die sie in sich aufsaugte und sammelte, wie andere Menschen Briefmarken sammelten oder sich ein Album für getrocknete Blumen anlegten.

Es brannten keine Lampen und im schummrigen Dämmerlicht wirkte der langgezogene Raum so geheimnisvoll, wie Rachel sich das Innerste eines Harems vorstellte und die Geheimkammer eines Märchenschlosses. Es gab zwei große Tische für Pool-Billard sowie einige kleinere Tische, einige nur mit nackten rohen Tischplatten, während andere mit Filz bespannt waren. An der einen Wand stand ein Roulette-Rad – und dadurch wurde natürlich Rachels naive Annahme, dass unter Treys Dach kein Glücksspiel stattfand, zunichte gemacht. Die Theke der Bar schien ihr so lang wie ein Güterwagen zu sein und durch den glänzenden Wandspiegel wirkte der Tresen noch beeindruckender. Zwar fehlten Rachel die Vergleichsmaßstäbe, aber sie hatte den Eindruck, dass der Brimestone Saloon für eine Bar im Wilden Westen ziemlich gut ausgestattet war. Es gab ein paar Gäste, die die Köpfe gesenkt hielten, die Krempen ihrer Hüte tief ins Gesicht gezogen hatten und schweigend, jeder für sich, ihre Drinks einnahmen.

Aus den Augenwinkeln heraus sah Rachel, dass Trey es offensichtlich genoss, dass sie sich in dieser Umgebung unbehaglich fühlte, obwohl sie das sorgfältig zu verbergen versuchte. Sein Verhalten irritierte sie, denn sie hätte gar nicht versucht, ihre Gefühle zu verbergen, wenn sie nicht gewusst hätte, wie wichtig dieser Besuch für Emma war. June war den ganzen Morgen damit beschäftigt gewesen, Plätzchen zu backen, und erst vor einer Stunde hatte sie Toby mit ihrem besten und einzigen Teeservice in den Saloon geschickt, zusammen mit einem Berg von Gebäck, mit dem man ein ganzes Kavallerie-Regiment hätte versorgen können. Als Toby wieder zur Kutschstation zurückgekommen war, hatte er seine Belohnung in Form von Gebäck bekommen, das June für den Jungen aufgehoben hatte. Anschließend hatte Toby Bauchschmerzen bekommen und musste sich ins Bett legen, wo er sich den Magen gehalten hatte. Jacob nahm sich vor, dem Jungen mal einen Vortrag über die Kunst der Mäßigung zu halten. Die McCaffreys waren sich sogar in die Haare geraten, denn Jacob hatte seiner Frau erklärt, dass sie dem Jungen nichts Gutes antat, wenn sie ihn auch noch ermunterte, kräftig zuzulangen und gierig alles in sich hineinzuschlingen. Miss June hatte erwidert, dass der arme Kerl in seinem ganzen Leben wahrscheinlich noch nie verwöhnt worden war und dass ihre Zuneigung ihm sicher mehr Gutes tat, als ein paar Plätzchen Schaden anrichten konnten.

Gerade als Rachels Augen sich an das Dämmerlicht gewöhnt hatten, entdeckte sie Emma, die auf der obersten Stufe der Treppe stand, die sich in der einen Ecke des Saloons befand. Das Mädchen hatte sich eine blaue Schleife ins Haar gesteckt, die farblich zu dem hübschen Kleid passte, das sie bei dieser besonderen Gelegenheit trug. Das Mädchen lächelte so herzlich und so einladend, dass Rachel augenblicklich ihre Differenzen mit Trey vergaß und ihre ganze Aufmerksamkeit auf das Kind richtete.

»Du siehst aber hübsch aus, Emma«, sagte sie.

Emma senkte für einen Moment ihre langen, schwarzen Wimpern. »Vielen Dank, Miss English«, erwiderte sie scheu, aber erfreut. »Wir haben Gebäck und wir haben auch Tee. Jedenfalls werden wir welchen haben, wenn ich kochendes Wasser über die Orange-Pekoe-Blätter in Mrs. McCaffreys Porzellankanne gegossen habe.«

Rachel ging unaufgefordert zur Treppe und stieg nach oben, wobei Trey ihr folgte. »Ich habe mich wirklich sehr über die Einladung gefreut, Emma. Seit dein Vater sie mir gestern überbracht hat, habe ich nur noch an diesen Besuch gedacht. Erzähl mir doch mal, Emma, was du in der Schule am liebsten machst. Ich weiß, dass du gerne liest – das hast du mir ja schon erzählt, als ich dich auf der Wainwright-Ranch kennen gelernt habe. Aber was magst du außerdem? Geschichte? Geografie? Rechnen?«

Emmas dunkle Augen begannen zu leuchten. »Ich schreibe gerne, Miss English. Eines Tages möchte ich Bücher schreiben.«

Rachel griff nach dem Treppengeländer, um sich selbst davon abzuhalten, das Mädchen zu umarmen. Aber wenn man neue Schüler kennen lernte, musste man ganz vorsichtig vorgehen, besonders, wenn ie so sensibel wie Emma waren. Sie könnte ein zu starkes Interesse missverstehen und für Herablassung oder Mitleid halten, was zu einem Bruch in der Schüler-Lehrerbeziehung führen konnte, der nicht wieder gutzumachen war. »Welche Art Bücher?«, fragte sie und legte eine Hand leicht auf die Schulter des Mädchens, das den Gast in den Wohnbereich führte. »Wahre Geschichten oder Romane?«

Emma strahlte. »Romane«, gestand sie freimütig, wenn auch ein wenig atemlos.

»Dann müssen wir daran arbeiten, dass du lernst, wie man so einen Roman aufbaut«, sagte Rachel ernst. »Aber vergiss nicht, dass Geschichte und Rechnen auch wichtig sind und natürlich auch Geografie. Wir können diese Fächer nicht zu kurz kommen lassen.«

»Wir kurz?«, fragte Emma mit gerunzelten Brauen. Rachel erklärte die Bedeutung des Ausdrucks und fand sich dann in der Mitte eines einfach, aber liebevoll eingerichteten Raumes. Drei Stühle standen um einen alten, aber stabil aussehenden Eichentisch herum, auf dem Junes Teeservice so sorgfältig dekoriert war, dass es Rachel eine Freude war, dieses Arrangement auch nur anzuschauen. In der Mitte des Tisches stand ein Teller, auf dem die Plätzchen hübsch angerichtet waren. Im Raum gab es keinen richtigen Herd, sondern nur eine Kochstelle, über der an einer eisernen Kette ein Kessel hing. Es gab auch keine Sitzecke mit Polstermöbeln und an den Wänden hingen keine Bilder, abgesehen von einem alten Kalenderblatt, auf dem ein junges Indianermädchen auf einem Pony vor der Silhouette eines riesigen Mondes zu sehen war.

Es war natürlich nicht schwer zu erraten, warum Emma gerade ein solches Bild aufgehängt hatte. Sie war stolz auf ihre Herkunft und Rachel war froh, das zu wissen. Zu viele Kinder aus gemischten Ehen – und leider viele Erwachsene auch – wurden in der Gesellschaft behandelt, als seien sie weniger wert als andere Menschen. Die Entscheidung, ob sich jemand zu seiner Herkunft bekannte und auf sein Erbe stolz war, musste natürlich – jedenfalls nach Rachels Meinung – jedem selbst überlassen bleiben. Das war eine Sache des Einzelnen und seines Charakters.

Trey räusperte sich und Rachel wandte sich zu ihm um. Nun fühlte er sich offensichtlich unwohl. Unbehaglich, weil sie in seinem Haus war und weil er sich sogar das Geschirr von Miss June hatte ausleihen müssen, die ja auch noch die Plätzchen gebacken hatte. Aber er war bereit, das alles auf sich zu nehmen, nur um seiner Tochter eine Freude zu machen. Dadurch stieg der Mann in ihrer Achtung – wenn auch nur ein bisschen, wie sie sich sagte. Wenn er wirklich so daran interessiert wäre, seiner Tochter ein normales Leben zu bieten – wie er ihr gegenüber ja betont hatte – würde er sie dann über einem Spiel-Saloon aufwachsen lassen?

Und sie fragte sich auch, ob sie in der Wand über der Kochstelle wirklich die Einschüsse von Revolverkugeln sah. Sie hoffte, dass es nicht so war, aber ganz sicher war sie nicht.

Emma rückte einen der Stühle zurück, den des Ehrenplatzes, wie Rachel vermutete. Das kleine Gesicht war ganz ernst. »Setzen Sie sich, Frau Lehrerin.« Sie blickte auf und schaute ihren Vater fragend an, der hinter Rachel stand, sodass sie sein Gesicht nicht sehen konnte. »Ich meine, *bitte* setzen Sie sich.«

Rachel machte eine kleine Show daraus, auf dem Stuhl Platz zu nehmen. Das war Emmas große Stunde und Rachel würde alles tun, dass das Kind sich noch lange gerne an diesen Besuch erinnern würde. Sie würde den Tee genießen und sie würde sicher auch ein Stück Gebäck essen, obwohl die Plätzchen so groß wie Suppenteller waren und sie sich den Appetit für das Abendessen verderben würde. »Vielen Dank, Emma«, sagte sie.

»Jetzt kannst du dich auch setzen, Pa«, sagte Emma zu Trey. Die Nervosität des Kindes hatte sich etwas gelegt, aber ein bisschen aufgeregt war sie immer noch.

»Danke … äh … vielen Dank«, erwiderte Trey mit einer leichten Verbeugung in Richtung seiner Tochter, die ihn freudig anstrahlte. Was für ein liebenswertes Kind Emma doch war, dachte Rachel erneut und wieder verspürte sie einen kleinen Stich im Herzen.

Nachdem auch Trey sich gesetzt hatte, nahm Emma den Kessel mit beiden Händen, wobei sie ein Handtuch benutzte. Dann brachte sie den dampfenden Kessel zum Tisch und goss das kochende Wasser über die Teeblätter in Miss Junes Teekanne. Rachel spürte, dass Trey auf dem Sprung war, um seiner Tochter zu helfen, falls sie mit dem schweren Kessel Schwierigkeiten bekommen sollte. Rachel ging es ebenso, aber keiner von ihnen bewegte sich und Emma bewältigte die Herausforderung allein, auch wenn es ein bisschen ungeschickt aussah.

Rachel würde in der nächsten Zeit – tatsächlich über viele Jahre hinweg – versuchen, sich an die Unterhaltung zu erinnern, die dann folgte, aber es wollte ihr nicht gelingen. Rachel erinnerte sich, dass sie alle drei viel gelacht hatten, und sicher hatten sie auch über die Schule und den Unterricht gesprochen, aber sie konnte sich weder an die präzisen Worte erinnern noch an die einzelnen Themen.

Als der Besuch zu Ende ging, hatten sie und Emma Freundschaft geschlossen, aber Rachel hatte immer noch ihre Bedenken, was Trey anging. Er war und blieb ihr ein Rätsel, denn einerseits versorgte dieser Herrscher über eine Spielhölle seine Kunden mit Whiskey, diesem Teufelszeug, aber andererseits war er ein fürsorglicher und aufmerksamer Vater. Rachel war klar, dass es nur wenige Männer seines Gewerbes geben dürfte, die eine solche Teegesellschaft auf sich genommen hätten, nur um einem Kind eine Freude zu machen.

Man verabschiedete sich und Rachel stand auf, um zu gehen. Diesmal würde sie allerdings die Hintertür benutzen, obwohl das nun wahrscheinlich auch keine Rolle mehr spielte. Emma summte leise vor sich hin und räumte den Tisch ab, während Trey den Gast die Hintertreppe hinunterbegleitete.

»Mr. Hargreaves«, sagte Rachel, als sie den rückseitigen Ausgang des Saloons erreichten, »Sie haben wirklich eine bemerkenswerte Tochter großgezogen.«

»Danke.«

»Ich muss Ihnen ja nicht sagen, dass es mich natürlich bekümmert, dass sie über einem Saloon aufwächst.« Sie musste wieder an die Löcher in der Wand über dem Herd denken, die sie für Einschüsse von Revolverkugeln hielt. Da war sie sich inzwischen ganz sicher.

Treys Augen verengten sich ein wenig und sein Lächeln gefror. »Wir leben ziemlich einfach, Miss English«, erwiderte er, »aber Emma fehlt es an nichts. Wenn Sie mir schon nicht glauben, können Sie ja Miss June fragen. Sie ist nun wirklich kein Fan von mir, aber sie wird Ihnen bestätigen, dass ich mich immer um meine Tochter kümmere. Zum Beispiel, vielleicht haben Sie es ja gar nicht bemerkt, aber Emma trägt Schuhe, gute Schuhe sogar. Wenn im August Ihre Schüler zum Unterricht kommen, werden Sie sehen, dass so etwas hier keineswegs selbstverständlich ist. Die meisten Kinder dürften froh sein, wenn sie Schuhe bekommen, bevor es im Herbst zu schneien beginnt.«

Rachel stemmte ihre Hände in die Taille. »Ich behaupte keineswegs, dass Sie nicht gut für Emma sorgen, und ich zweifle keine Sekunde daran, dass Sie die Kleine wirklich lieben. Was mir jedoch Sorgen macht, ist dieser ...«, sie machte eine Handbewegung in Richtung des klotzigen Saloons, »... ist dieser Ort, Mr. Hargreaves. Ich gebe ja gerne zu, dass ich ein Greenhorn bin, aber ich bin nicht so unerfahren, dass ich die Einschusslöcher von Kugeln nicht erkenne, wenn ich sie sehe. Sicher ist Ihnen selbst klar, in welcher Gefahr Emma ...«

Trey biss die Zähne so fest zusammen, dass es ihm schwer fiel, die Kiefermuskeln wieder zu entspannen. Fasziniert und ein bisschen irritiert beobachtete Rachel sein Mienenspiel. »Emma selbst hat die Kugeln in die Wand geschossen. Das passierte, als sie vor sechs Monaten mit einem meiner Revolver hantierte – und es war das erste und sicher auch letzte Mal, dass ich ihr den Hintern versohlt habe. Gütiger Himmel, glauben Sie denn wirklich, ich würde ruhig dastehen und zusehen, wie irgendein Verrückter in dem Zimmer, wo meine Tochter lebt, mit seiner Pistole herumballert?«

Rachel holte tief Luft und ließ sie langsam wieder entweichen. Er hatte sie durch die Art seiner Reaktion, seine unverhüllte Empörung, überzeugt. »Vielleicht war ich ein wenig zu vorlaut ...«

»Ein wenig? Sie haben mir doch praktisch direkt ins Gesicht gesagt, dass Sie mir nicht zutrauen, auf meine Tochter aufzupassen!«

Rachel schloss einen Moment die Augen. »Es tut mir leid. Ich wollte nicht ...« Sie schwieg verlegen. »Es ist ja nur so ...«

Trey atmete hörbar aus. Er wirkte wütend, aber sie hätte nicht sagen können, ob er ihretwegen so aufgebracht war oder ob er sich über sich selbst geärgert hatte. Wahrscheinlich von beidem etwas. »Vielleicht hätte ich selbst in so einem Fall auch etwas zu heftig reagiert«, räumte er ein und überraschte sie mit diesem Bekenntnis. »Wenn Leute glauben, dass sie ihren Senf zu Emmas Erziehung dazugeben müssen, schlagen sie normalerweise vor, dass ich sie doch wieder wegschicken soll, in eine Internatsschule zum Beispiel. Ich kann es aber nicht haben, wenn man sich in meine Angelegenheiten mischt – und schon gar nicht, wenn es um Emma geht.«

Rachel, die inzwischen wieder ganz ruhig war und sich voll unter Kontrolle hatte, hob die Hand, um Trey zu unterbrechen und in einem Punkt nachzuhaken. »Moment mal, bitte, Mr. Hargreaves. Was meinen Sie mit ›… sie doch wieder wegschicken …‹? Wollen Sie damit sagen, dass Sie Emma gar nicht aufgezogen haben?«

Trey sah einen kurzen Moment zur Seite und ihr dann wieder in die Augen. »Bis Emma acht war, lebte sie in Choteau bei Verwandten meiner Mutter. Genauer gesagt, bei Miss Ionie, der Witwe von Cousin Jimpson. Miss Ionie war schon alt und ist vor vier Jahren gestorben. Da habe ich Emma nach Hause geholt und seitdem lebt sie bei mir.«

Rachel stand regungslos da und verarbeitete zuerst mal, was sie gerade gehört hatte. Sie kam zu dem Schluss, dass sie wohl doch zu voreilig gewesen war, Trey zu den guten Manieren und der Intelligenz seiner Tochter zu beglückwünschen. Vielleicht gebührte dieses Lob viel eher der verstorbenen Mrs. Jimpson. »Ich verstehe«, sagte sie.

»Nein«, erwiderte Trey scharf und knapp. »Sie verstehen überhaupt nichts. Sie denken doch jetzt sicher, dass ich Emma nur los sein wollte, damit ich in aller Ruhe meinen Saloon führen konnte. Tatsache ist jedoch, dass sie noch ein Baby war, als ihre Mutter starb. Ich war außer mir vor Schmerz und Trauer und deshalb fragte ich Miss Ionie, ob sie Emma zu sich nehmen würde – und das hat sie dann ja auch getan. Aber es gab nicht einen Tag in der ganzen Zeit, in der Emma und ich voneinander getrennt waren, an dem ich nicht an sie gedacht habe und mir wünschte, ich könnte sie zu mir holen.«

»Aber das haben Sie nicht getan«, sagte Rachel ruhig. »Nicht, bevor Miss Ionie gestorben war und Ihnen gar nichts anderes übrig blieb.«

»So war es nicht, verdammt noch mal«, zischte er.

»Und das soll ich Ihnen glauben?«, fauchte sie zurück, aber zu ihrer eigenen Überraschung merkte sie, *dass* sie ihm glaubte. Was natürlich nicht bedeutete, dass sie sich nicht auch weiterhin Sorgen um Emmas Sicherheit und Wohlergehen machte, aber sie hielt es für klüger, das Thema zu wechseln. »Vielleicht könnten Sie ja ein Haus für sie bauen, nicht groß, aber ...«

Trey machte eine Handbewegung, um nach der Hutkrempe zu greifen und den Hut gegen seinen Schenkel zu schlagen. Rachel wusste inzwischen, dass dies eine Geste war, die er immer dann machte, wenn er wütend war, aber in diesem Fall griff seine Hand ins Leere, weil er gar keinen Hut trug. »Ich bin nicht Scully Wainwright«, schnaubte er. »Praktisch jeder Cent, den ich besitze, steckt in diesem Saloon!«

Rachel runzelte die Stirn. »Was um alles in der Welt hat Scully mit der Sache zu tun?«

»Natürlich nichts. Aber er besitzt ein großes, schönes Haus, er hat Pferde, Rinder – und Geld.«

»Ja und?«

»Ich habe nichts von alldem. Jedenfalls jetzt noch nicht, obwohl ich das eines Tages auch alles haben werde, das können Sie mir glauben. Aber bis es soweit ist, Frau Lehrerin, werden Emma und ich dort oben in den Räumen leben.« Mit dem Daumen deutete er über seine Schulter, ohne sich dabei umzublicken. »Falls Sie noch mehr gute Ratschläge anzubieten haben, würde ich es begrüßen, wenn Sie sie für sich behalten würden.«

»Sie sind wirklich unglaublich reizbar«, antwortete Rachel und stemmte wieder die Hände in die Taille. »Es tut mir leid, dass wir dieses Gespräch überhaupt begonnen haben.« Es hatte sie ja auch wirklich keinen Schritt weitergebracht.

»Mir tut es auch leid«, knurrte er. Dann machte er auf dem Absatz kehrt und stürmte davon.

So endete also die erste Teegesellschaft, die in den Mauern des Brimestone Saloon abgehalten worden war. Und so wie es aussah, würde man künftig dort keinen Tee mehr servieren.

»Nun?«, fragte June neugierig, als Rachel noch nicht ganz durch die Tür der Kutschstation getreten war. »Wie ist die Sache drüben bei Trey gelaufen?«

Rachel runzelte die Stirn und fragte sich, was die Gute wohl von einem ganz normalen Besuch erwartete, den die Lehrerin einer Schülerin abstattete. Eine ähnliche Reaktion, eine gespannte Erwartungshaltung hatte sie allerdings auch schon bei Evangeline bemerkt – damals am ersten Abend auf der Ranch –, als die Freundin sie und Trey beobachtet hatte. Das musste wohl an der Spannung zwischen ihnen liegen, die zwar ganz schwach, aber eben doch vorhanden war.

Rachel zuckte mit den Achseln, aber sie hatte nicht die geringste Hoffnung, dass mit dieser nichts sagenden Geste Junes Neugier gestillt sein würde. »Es lief alles sehr gut«, erklärte sie, während sie zu dem kleinen Tisch ging, der vorm Fenster im Tageslicht stand und wo June eifrig damit beschäftigt war, eine zweite Hose für Toby zu schneidern. »Sie hatten vollkommen Recht, was Emma anbelangt. Sie ist wirklich ein außergewöhnliches Kind, eins, das einem Lehrer vermutlich höchstens ein oder zwei Mal in seinem Berufsleben begegnet.«

June nickte. Rachel wusste, dass die ältere Frau schon lange die besonderen Fähigkeiten Emmas erkannt hatte. Das war für sie eine Tatsache, über die man nicht lange reden musste. »Und Trey? Hat er durchgehalten oder ist er in die Berge geflüchtet?«

Rachel lachte leise. »Ich glaube, er *wollte* wie ein Hase davonrennen«, sagte sie, »aber Emma zuliebe ist er geblieben. Es sah teilweise so aus, als würde man einen Mann beobachten, dem das Feuer unterm Hintern brennt, der aber trotzdem ganz ruhig sitzen bleibt.«

June lachte laut. »Trey ist ja nun Umgang mit gewissen Frauen gewöhnt, aber vermutlich ist es doch etwas anderes, sich mit zwei respektablen jungen Frauen an den Tisch zu setzen, um Tee zu trinken und Plätzchen zu knabbern. Mein Gott, ich hätte meine beste Legehenne dafür gegeben, dieses Schauspiel zu sehen.«

Rachel blickte zu der geschlossenen Tür hinter dem Herd, die zur Kammer führte, in der Toby schlief. »Wie geht es dem Jungen?«

June lächelte mitfühlend. »Keine Sorge. Der kleine Nimmersatt hat nur zu viele Plätzchen auf einmal gegessen. Nachdem er sich erbrochen hat, wird er bald wieder auf den Beinen sein.«

Rachel nickte und ging in ihr eigenes Zimmer, um ihre gute Kleidung auszuziehen und statt dessen ein einfaches Kleid anzuziehen, das besser geeignet war, um in der Kutschstation zu arbeiten. Wenn June mit ihren Näharbeiten beschäftigt war – und das war in letzter Zeit häufig der Fall –, war sie für Rachels Hilfe doch ganz dankbar.

Am folgenden Morgen, direkt nach dem Frühstück, machte sich Rachel ein Sandwich und eine Flasche Tee zurecht und sattelte Sunflower, um ihre Besuchsrunde fortzusetzen. Zuerst würde sie auf der Kildare-Ranch vorbeischauen. Nach den Notizen, die sie sich gemacht hatte und die sie in der Tasche ihres Rockes mit sich trug, war Mr. Kildare ein Witwer mit zwei jungen Söhnen. Irgendjemand – aber sie konnte sich nicht mehr erinnern, wer es gewesen war – hatte sie vor den ›wilden‹ Jungs gewarnt, aber Rachel machte sich darüber keine allzu großen Gedanken. In den zehn Jahren ihrer Lehrtätigkeit hatte sie es mit Kindern aus den verschiedensten Gesellschaftsschichten zu tun gehabt, aber sie hatte nicht einmal den Kürzeren gegen einen ihrer Schüler gezogen.

Als das Haus der Kildare-Ranch in Sicht kam, dachte sie auch gar nicht an ihre künftigen Schüler, sondern an Trey Hargreaves. Das Haus war nicht sonderlich groß, aber eindrucksvoller als das der Bellweathers. Hier gab es sogar eine weiß gestrichene Scheune und in dem Corral davor standen zwei Pferde. Das eine war schwarz mit drei weißen ›Socken‹ und einer weißen Blesse auf der Nase, das andere war ein kleiner Rotfuchs, der mit dem Vorderhuf scharrte.

Ihr Herz schien einen Moment lang auszusetzen, als sie in den dichten Ästen, unter denen sie durchritt, plötzlich zwei undefinierbare Schatten entdeckte, die sich aus den Blättern fallen ließen und dicht vor ihr auf dem Weg landeten. Sie schlugen in schnellem Rhythmus mit den Händen gegen den Mund und schrien wie wilde Indianer auf dem Kriegspfad. Die Jungs ähnelten einander wie ein Ei dem anderen. Ihre Gesichter waren mit Sommersprossen bedeckt und ihre karottenroten Haare erinnerten an verzottelte Wolle. Sie trugen nur Lendenschurze, die aus grobem Sackleinen gefertigt waren. Ihre Kriegsbemalung bestand aus roten Streifen – wobei Rachel inständig hoffte, dass es sich dabei um Beerensaft handelte.

»Halt!«, befahl der Kleinere von den beiden, obwohl der Größenunterschied so gering war, dass er kaum zu erkennen war. »Wer da?«

Rachel hätte am liebsten laut losgelacht, nachdem sich ihr Herzschlag wieder beruhigt hatte, aber sie beherrschte sich und stellte sich so ernst wie möglich vor. Dann fügte sie hinzu: »Ich bin die neue Lehrerin von Springwater.«

»Pah!«, schrie der größere Wildein dem Versuch, sie einzuschüchtern.

Wer da? Pah? Das mussten ja seltsame Indianer sein. Wieder musste Rachel sich beherrschen, ihre Belustigung nicht zu zeigen, denn man konnte nie etwas damit gewinnen, wenn man ein Kind lächerlich machte. »Auf jeden Fall«, sagte sie mit der ganzen Würde, die sie als ›Gefangene‹ aufbringen konnte, die in die Hände von schrecklichen Barbaren gefallen war, die sie wahrscheinlich an den Marterpfahl binden und ein Freudenfeuer anzünden wollten, »werdet ihr ab August in die Schule gehen. Dort werdet ihr allerdings Hose und Hemd tragen müssen, denn einen Lendenschurz dulde ich in meiner Klasse nicht.«

Die beiden Wilden schauten einander verblüfft und sprachlos an.

»Ich würde gerne mit eurem Vater reden«, fuhr Rachel freundlich fort, als das Schweigen sich in die Länge zog. »Ist er hier?«

Der kleinere Indianer wirkte mit dem Arm in Richtung Scheune. »Er ist dort hinten, um ein Pferd zu beschlagen.« Dann ließ er die Schultern fallen.

Es musste ein herber Schlag für einen tapferen Indianer sein, plötzlich einer leibhaftigen Lehrerin gegenüberzustehen.

Rachel saß ab und streckte ihre Hand aus. »Wie geht es dir?«, fragte sie den Jungen, der ihr am nächsten stand. »Bist du nun Jamie oder Marcus Aurelius?«

Einer der Jungs brach in ein so schallendes Gelächter aus, dass er sich verschluckte, während der andere unter seinen Sommersprossen bis unter die Haarwurzeln errötete. Daraus schloss Rachel, dass der lachende Junge Jamie war, während der andere – offensichtlich peinlich berührt – Marcus Aurelius sein musste.

Im nächsten Moment bestätigte sich ihre Vermutung, denn der ›rote‹ Indianer trat auf sie zu, schüttelte zögernd ihre Hand und nickte ihr leicht zu. »Einfach nur Marcus, bitte.«

»Natürlich«, sagte Rachel, die vollstes Verständnis für den Wunsch des Jungen hatte. Sie machte immer noch ein ernstes, strenges Gesicht. »Also, Marcus, ich freue mich, dich kennen zu lernen.« Sie wandte sich Jamie zu. »Und dich natürlich auch«, fügte sie hinzu.

Jamie blieb stehen, wo er war, und hielt die Hände hinterm Rücken verschränkt. Seine Augen waren schmal und wachsam. »Ich brauche nicht mehr in die Schule zu gehen«, erklärte er. »Ich kann lesen und schreiben und bis tausend zählen. Das hat Ma mir beigebracht.« Er warf seinem Bruder einen Blick zu. »Das hat sie uns beiden beigebracht.«

»Ma ist tot«, sagte Marcus zu seinem Bruder. Es klang nicht gerade besonders freundlich. »Es gibt noch so viel zu lernen, was wir nicht wissen. Ich bin jedenfalls dafür. Ich meine, in die Schule zu gehen.«

»Eine kluge Entscheidung«, bemerkte Rachel. Als sie

aufschaute, sah sie einen Mann, der mit einem breiten Lächeln auf sie zukam. Er trug natürlich Arbeitskleidung, war etwa dreißig Jahre alt, hatte leuchtende haselnussbraune Augen und dichtes, hellbraunes Haar, das von der Sonne leicht gebleicht war – ein Zeichen dafür, dass er oft ohne Hut im Freien arbeitete.

»Tag«, sagte er. »Ich bin Landry Kildare. Diese beiden Frechdachse, Sie haben sie ja wohl schon kennen gelernt, sind meine Söhne Jamie und Marcus …«

»Einfach nur Marcus«, unterbrach der Junge seinen Vater schnell.

Rachel bemerkte, dass Mr. Kildare, der so schön lächeln konnte, noch eine Spur mehr lächelte. »Dann eben ab sofort einfach nur Marcus«, meinte er zustimmend.

»Rachel English«, stellte sie sich vor. »Ich hoffe, ich störe nicht. Ich bin auch nur vorbeigekommen, um mich persönlich vorzustellen und um Ihnen mitzuteilen, dass der Unterricht am letzten Montag im August beginnt.«

»Es wäre mir eine Ehre, wenn Sie ins Haus kommen würden, um eine Tasse Kaffee zu trinken, Miss English«, sagte Mr. Kildare in seiner freundlichen Art. Rachel fragte sich, wo der Mann wohl ursprünglich herkam, denn sie konnte nicht die geringste Spur eines Akzentes aus seiner Stimme heraushören. »Hier draußen haben wir nur selten Besuch. Ich hoffe nur, dass diese beiden kleinen Racker Sie nicht allzu sehr erschreckt haben. Sie haben nämlich die schlechte Angewohnheit, sich als Indianer oder afrikanische Kannibalen zu verkleiden und sich wie Affen von den Bäumen fallen zu lassen, wenn sich jemand dem Haus nähert. Einen Hausierer, den armen alten Calvin T. Murdoch, haben sie so eingeschüchtert, dass der vor Schreck in den Fluss gestürzt ist.«

Rachel führte die Mähre am Zügel und ging neben

Landry Kildare auf das Haus zu. Sie wunderte sich, dass in dieser abgelegenen Wildnis so ein attraktiver sympathischer Mann unverheiratet blieb. June hatte Rachel nur wenig von ihm erzählt, eigentlich nur, dass er zu allen Menschen freundlich war, aber meistens für sich allein blieb, aber sie hatte auch angedeutet, dass er wohl irgendwo eine Freundin hatte.

Das Innere des Hauses war erstaunlich sauber und aufgeräumt, wenn man bedachte, dass dies ein Drei-Männer-Haushalt war. Die Planken des Holzfußbodens waren nicht nur gewischt, sondern sogar poliert. Vor dem Kamin lag ein farbenfroher, wenn auch schon abgewetzter Patchwork-Teppich. Mehrere geschlossene Türen führten wahrscheinlich in die Schlafzimmer. Der Herd und das Drumherum waren so sauber, dass dieser Teil wohl ständig mit Seifenlauge und einer kräftigen Bürste geschrubbt wurde.

»Bitte setzen Sie sich doch«, sagte Landry und deutete auf einen stabilen Schaukelstuhl vor dem Kamin. Neben dem Stuhl stand eine umgedrehte Holzkiste, auf der ein offenes Buch – soweit Rachel das erkennen konnte, hatte es etwas mit Pferdezucht zu tun –, eine Pfeife aus Kirschholz und eine Dose Tabak lagen. »Kann natürlich auch sein, dass Sie es vorziehen zu stehen, da Sie ja den ganzen Weg von Springwater im Sattel gesessen haben.«

Rachel zog es tatsächlich vor, stehen zu bleiben, da ihre Beine leicht verkrampft waren.

»Ich könnte uns einen Kaffee machen«, bot Landry erneut an, während er sich in einem Becken neben dem Herd die Hände wusch.

Rachel wollte schon dankend ablehnen, als ihr bewusst wurde, wie wichtig es für Mr. Kildare war, ihr seine Gastfreundschaft zu beweisen. Wie er zuvor schon gesagt hatte, empfing er hier draußen nur selten Gäste. »Sehr gerne«, erwiderte sie.

Er erlaubte den Jungen, ins Freie zu gehen, die offensichtlich heilfroh waren, sich wieder ihrem Indianerspiel widmen zu können. Dann füllte er etwas Wasser in einen Emaille-Topf, maß Kaffeemehl ab, das er dazugab, und setzte dann den Topf auf den Herd. Nachdem er das Feuer entzündet hatte, ging er quer durch den Raum, nahm sich den einzigen anderen Stuhl und setzte sich rittlings darauf, wobei seine Arme locker über der Lehne lagen. Er blickte Rachel mit seinen treuherzigen Augen an.

Wenn sie sich schon zu einem Mann hingezogen fühlen musste, wenn sie schon noch einmal die süße heimliche Erregung spüren musste, wieder Freude und Herzweh durchleben musste, warum konnte es dann nicht ein Mann wie Landry Kildare sein – sondern ausgerechnet Trey Hargreaves? Mit Sicherheit waren die Gefühle, die sie spontan für Mr. Kildare empfand, vollkommen harmlos und hatten nichts mit Romantik zu tun. Es waren Gefühle, wie sie ein Freund für einen Freund empfand – oder bestenfalls eine Schwester für ihren Bruder.

»Ich schätze, dass Ihnen inzwischen klar geworden ist, dass Sie mit meinen Jungen alle Hände voll zu tun haben werden«, sagte Landry, wobei seine Mundwinkel leicht zuckten und seine Augen vergnügt blitzten. In diesem Moment war Rachel klar, dass Landry – als er so alt gewesen war wie seine Söhne heute – ebenfalls ein ungestümer Wildfang gewesen war, der es liebte, anderen Streiche zu spielen.

Rachel gestattete sich selbst ein amüsiertes Lächeln, das sie sich in Gegenwart von Jamie und Marcus nicht erlaubt hätte. »Ich nehme die Herausforderung an«, sagte sie bescheiden.

Für einen kurzen Moment schloss Landry die Augen und versank in Erinnerungen. »Ich muss zugeben, dass sie wirklich wie die Wilden herumlaufen. Seit ihre Mutter tot ist, bringe ich es nicht übers Herz, sie streng an die Kandare zu nehmen. Dabei weiß ich genau, dass Caroline mir das Fell über die Ohren ziehen würde, wenn sie sehen könnte, dass ihre Kinder keine Manieren mehr haben.«

»Es sind gute Jungs«, erwiderte Rachel ruhig.

Landry nickte. »Sicher sind sie das, aber was für Männer werden sie einmal werden, wo sie nicht mal regelmäßig zur Kirche gehen und erst im Alter von acht und zehn Jahren mit der Schule beginnen? Caroline hat sie unterrichtet und ihnen auch eine Menge beigebracht, aber ich kann mir nicht vorstellen, dass es außer ihr noch ein menschliches Wesen auf Gottes Erdboden gibt, das die beiden dazu bringen kann, nicht nur *einen* Tag still zu sitzen und dem Unterricht zu folgen, sondern fast jeden Tag – und das über Wochen und Monate hinweg.«

»Das werden wir schon schaffen«, versicherte Rachel ihm, obwohl sie weit weniger zuversichtlich war, wie ihre Stimme vermuten ließ.

Der Kaffee begann zu kochen und das köstliche Aroma durchzog den Raum. Landry stand auf, gab einen Schuss kaltes Wasser dazu und eine Prise Salz, damit sich der Kaffeesatz am Boden absetzte. Danach füllte er zwei große Tassen, goss reichlich frische Sahne dazu und fügte auch noch braunen Zucker hinzu – nachdem er Rachel um Erlaubnis gefragt hatte. Der Kaffee schmeckte hervorragend und Rachel war doch froh, dass sie Landrys Angebot angenommen hatte, denn die kräftige Mischung belebte ihre Lebensgeister. Wenn sie die Kildare-Ranch verließ, wollte sie die Johnsons besuchen, die letzte Familie auf ihrer Liste, die am weitesten von Springwater entfernt hoch oben in den Bergen lebte. In diesem Haushalt gab es – wie bei den Bellweathers – nur ein Kind namens Christabel, ein scheues ängstliches Mädchen, das einen Klumpfuß hatte, wie June Rachel erzählt hatte.

Nachdem sie sich von Jamie und Marcus verabschiedet hatte – und natürlich auch von derem Vater –, bestieg Rachel wieder ihr Pferd. Unterwegs aß sie das Sandwich, das sie am Morgen in der Station zubereitet hatte, und ritt dann immer tiefer in die Wildnis, immer höher hinauf, wo die Wölfe ihr Zuhause hatten, die Grizzly-Bären und die Berglöwen.

Die Stille wurde immer wieder durch Geräusche unterbrochen, die Rachel fremd waren. Mal war es der Schrei eines Vogels, mal das Rascheln der Blätter, wenn kleine Tiere über den Waldboden huschten, mal knackte irgendwo ein Ast. Sie sah zwar nie eines dieser Tiere, aber sie strengte ihre Ohren an und lauschte intensiv, um die Geräusche voneinander unterscheiden zu lernen. Als die Hütte der Johnsons schließlich in Sicht kam, war Rachel voller böser Vorahnungen.

5

Ein Schuss zerriss die Stille – laut genug, um den Himmel zum Einsturz zu bringen. Sunflower riss erschrocken den müden Kopf in die Höhe und stieg mit den Vorderbeinen in die Luft. Rachel hatte alle Mühe, den alten Klepper zu beruhigen, aber dabei rutschte die Flasche mit dem Tee aus der Satteltasche und zersplitterte auf dem steinigen Boden. Ein altes Weib mit einer Flinte in der Hand stand auf der schiefen Veranda des halb zerfallenen Hauses der Johnsons. Auf dem Lauf des Gewehrs stieg blauer Rauch auf.

»Das ist gerade nahe genug«, rief die Alte.

Der Schreck war Rachel in alle Glieder gefahren, aber nachdem sie die Mähre erst mal wieder beruhigt hatte, wich ihre Angst der Sorge, das Pferd könnte in die Glassplitter treten und sich den weichen Teil des Innenhufes verletzen. Sie ließ sich vom Rücken des Tieres gleiten und schob mit dem Fuß die Reste von Miss Junes Flasche so gut es ging zur Seite. Dann richtete sie sich auf, um sich ihrem Empfangskomitee zu stellen. »Tun Sie das Ding weg, Ma'am«, sagte sie mit ihrer ganzen Autorität, »bevor noch jemand verletzt wird.«

Offensichtlich hatte Mrs. Johnson – oder wer immer die Frau war – nie eine Schule besucht, denn der strenge Ton schien sie überhaupt nicht zu beeindrucken. Im Gegenteil, sie balancierte das schwere Gewehr so leicht und geschickt in der Hand wie jeder erfahrene Mann, der es gewohnt war, mit so einer Waffe umzugehen. »Niemand außer Ihnen wird verletzt, Miss. Und jetzt nehmen Sie diese Jammergestalt von einem Gaul und verschwinden Sie von hier.«

Rachel band Sunflowers Zügel an einem kräftigen Strauch fest, weit weg von der Stelle, wo die Flasche zersplittert war, und ging furchtlos ein paar Schritte vorwärts. »Bitte, dann schießen Sie eben, aber ich gehe erst wieder, wenn ich erledigt habe, wozu ich hergekommen bin.«

Die beiden Frauen starrten einander an und Rachel hätte nicht sagen können, ob der Blickwechsel nur eine Sekunde oder ein paar Minuten gedauert hatte. Beide warteten vergeblich darauf, dass die andere nachgeben würde.

»Und weshalb sind Sie hergekommen?«, fragte die alte Frau schließlich. Sie hatte schneeweißes Haar und ihre braunen Augen schienen in dem faltigen Gesicht zu versinken. Die Frau war von kleiner Gestalt und wog wahrscheinlich kaum mehr als eine nasse Stallkatze. »Spucken Sie es aus und verschwinden Sie dann.«

Rachel räusperte sich und straffte die Schultern. Sie hatte im Laufe der Jahre schon eine Menge Hausbesuche gemacht, aber noch nie war sie mit einem Gewehrschuss empfangen worden. Deshalb achtete sie jetzt besonders auf ihre Worte. »Mein Name ist Rachel English und ich bin die neue Lehrerin. Ich würde gerne Christabel sprechen und wenn möglich ihren Vater oder ihre Mutter.«

Die Alte spuckte verächtlich auf den Boden. »Ihren Pa haben sie vor fünf Jahren in Virginia City gehängt und nur Gott weiß, wo sich ihre Ma rumtreibt. Wahrscheinlich hat sie sich wieder mit so einem Tagedieb zusammengetan – falls sie überhaupt noch lebt.«

Rachel achtete darauf, dass sie weder in ihrer Stimme noch in ihrem Gesichtsausdruck das Mitleid zeigte, das sie für das Mädchen empfand. »Dann sind Sie …?«

»Ihre Granny. Ich habe natürlich auch einen christlichen Namen wie jeder anständige Mensch, aber den brauchen Sie nicht zu kennen.«

»Aber Sie kümmern sich um Christabel?«

»Christabel kümmert sich um sich selbst. Und manchmal auch um mich, wenn mein Rheuma allzu schlimm wird. Jedenfalls hat sie keine Lust und keine Zeit, in die Schule zu gehen. So und jetzt nehmen Sie endlich Ihre Schindmähre und machen, dass Sie nach Hause kommen, wo immer das sein mag.«

Inzwischen war Rachels Irritation einem verstärkten Interesse an der ganzen Angelegenheit gewichen, ein Interesse, das sie jedoch keinesfalls offen zeigen würde. »Ich möchte trotzdem gerne mit Christabel sprechen, wenn das möglich ist.«

Wieder spuckte Granny Johnson, die so vertrocknet und zerbrechlich wie ein alter Grashüpfer aussah. Diesmal schien es jedoch der braune Saft von Tabak zu sein, den sie offenbar kaute. Sie spuckte in den Hof und brachte damit ein paar mickrige Hühner dazu, gackernd in alle Richtungen davon zu rennen. Wieder richtete sie das Gewehr auf Rachel. »Das ist nicht möglich. Und nun verschwinden Sie.«

In diesem Moment öffnete sich quietschend die Tür der Hütte und ein Mädchen, das etwa in Emmas Alter war, humpelte auf die Schwelle und blinzelte ins Tageslicht. Sie war eine kleine, unscheinbare Person, ging in Lumpen und die Farbe ihrer verfilzten ungewaschenen Haare war undefinierbar. Selbst auf diese Entfernung stieg Rachel ein übler Geruch in die Nase, der aus der Hütte kam. Beinahe hätte sie einen Schritt rückwärts gemacht und sie hoffte nur, dass ihre Nase ihr jetzt keinen Streich spielen würde und sie niesen musste.

»Bitte erschieß die Lehrerin nicht, Granny«, sagte Christabel. »Da bekommen wir nur Ärger mit dem Gesetz.«

Wieder spuckte Granny. Rachel hatte noch nie einen Menschen gesehen, der in so kurzer Zeit so viel Speichel ansammeln konnte – aber vielleicht war das eine Frage des Willens. »Ich habe ihr gesagt, sie soll verschwinden, aber sie scheint taub zu sein und nicht gut zu hören. Sag du ihr, dass du nichts aus Büchern lernen willst, vielleicht werden wir sie dann endlich los.«

Rachel verschränkte die Arme vor der Brust. »Stimmt es, was deine Großmutter sagt, Christabel? Willst du wirklich nicht lesen und schreiben lernen und wie eine Lady zu sprechen?«

Das sehnsüchtige Verlangen in dem schmutzstarrenden Gesicht war deutlich zu erkennen und Rachel verspürte einen Stich im Herz. »Wozu sollte das gut sein?«, fragte das Kind. »Hier gibt es keine Bücher und zum Reden habe ich nur Granny.«

Rachel deutete mit der Hand auf die bewaldeten Hügel, die von Tälern mit Flüssen durchzogen waren. »Dort draußen gibt es die ganze Welt zu entdecken, Christabel, und ein großer Teil davon ist wunderschön. Mit einer guten Schulausbildung würdest du weit kommen.«

Wieder zeigte sich im Gesicht des Kindes, in ihrer ganzen Körperhaltung die verzweifelte Sehnsucht, mehr aus sich zu machen, mehr zu haben, als sie hatte. Aber schließlich zuckte sie doch nur die Schultern. »Und wer soll sich um Granny kümmern, wenn ich mich irgendwo in der Gegend herumtreibe und mich amüsiere?«

Granny schwieg und senkte das Gewehr, wobei es ein

scharfes, dumpfes Geräusch gab, als sie den Stutzen auf die hölzerne Veranda aufsetzte.

Rachel atmete tief durch. »Bei allem gegebenem Respekt«, sagte sie mit fester Stimme, »aber deine Großmutter wird nicht ewig leben. Und selbst wenn du bis zum Ende deiner Tage hier in dieser Hütte leben wirst, gibt es genug Bücher, die dir Gesellschaft leisten können, damit du nicht alleine bist. Aber dazu musst du natürlich erst einmal lesen lernen – und dazu müsstest du in die Schule kommen.«

»Wir brauchen keine Bücher«, grummelte Granny. »Wir sind bis jetzt auch ganz gut ohne welche zurechtkommen.«

Christabel machte einen Schritt vorwärts. Wegen des Klumpfußes wirkte ihre Gangart ungeschickt. Das Kind war ein Bettnässer – das wurde Rachel sofort klar, als ihr der Uringeruch in die Nase stieg – und dieses Wissen bestärkte Rachel noch in dem Verlangen, dieses Kind unter ihre Fittiche zu nehmen. Von allen Kindern, die vielleicht zu ihr in die Schule kommen würden, brauchte dieses Mädchen – vielleicht mit Ausnahme von Toby Houghton – am meisten ihre Zuneigung und Hilfe.

»Könnte ich wirklich lesen lernen?«, fragte Christabel ungläubig.

»Die anderen Kinder würden dich auslachen«, sagte Granny, die nicht gerade eine Unterstützung war. »Und sie würden dir Schimpfworte hinterherrufen.«

Rachel wurde zornig. »Niemand wird lachen, es sei denn, er hat Lust, für den Rest des Tages mit der Nase in der Ecke zu stehen. Und wer auch nur ein Schimpfwort sagt, kann sich gleich dazustellen.«

Christabel hinkte einen weiteren Schritt vorwärts. »Ich habe aber kein anständiges Kleid zum Anziehen«, sagte sie traurig. »Und Schuhe habe ich auch nicht. Wenn der Winter kommt, wird es ein langer kalter Weg von hier bis Springwater sein.«

Rachel hatte einen Meter Stoff aus Pennsylvania mitgebracht und sie nahm an, dass ihre Sonntagsschuhe Christabel einigermaßen passen würden. Sie würde sich mit Miss June zusammentun und gemeinsam würden sie einen Weg finden, das Mädchen in eine Wanne mit heißem Wasser zu stecken. Seife, kräftiges Schrubben und Haarekämmen würden Wunder bewirken. »Ich selbst werde dir ein Kleid nähen«, erklärte sie entschlossen und voller Optimismus, »und ich habe auch noch ein paar Schuhe für dich.«

»Wir nehmen keine Almosen an«, sagte Granny stur. Ihre Augen blitzten und sie packte das Gewehr mit ihrer verknöcherten Hand fester, als hätte sie größte Lust, Rachel ein Loch in den Kopf zu pusten.

Christabel hinkte langsam auf Rachel zu. In dem mondförmigen Gesicht des Kindes spiegelte sich eine zögernde Hoffnung. »Das sind keine Almosen, Granny«, sagte das Mädchen, ohne sich zu der alten Frau umzudrehen oder stehen zu bleiben, aber Rachel hatte den Eindruck, dass es schmerzhaft sein musste, mit so einem verkrüppelten Fuß zu laufen. »Jedenfalls nicht, wenn ich dafür arbeite. Ich kann Böden wischen und Fenster putzen, Miss English, und kehren kann ich auch. Ich kann auch entlaufene Kühe einfangen, Maultiere satteln und Heu einholen. Es gibt kaum eine Arbeit, von der ich nicht weiß, wie man sie macht. Ich gebe zu, dass ich gerne in die Schule kommen würde, wenn es nur einen Weg dazu gibt.«

Aus dieser Nähe war der Gestank, den das Kind verströmte, fast unerträglich, aber Rachel wich keinen Millimeter zurück, obwohl ihre Augen brannten. Sie legte eine Hand auf die Schulter des Mädchens und vertraute auf

Gott, June McCaffrey und ihre eigenen Fähigkeiten, um aus Christabel einen Menschen zu machen, der sich von den anderen nicht weiter unterschied. »Der Unterricht beginnt am letzten Montag im August«, sagte sie. »Hast du einen Kalender?«

»Ich brauche keinen«, erwiderte Christabel und zum ersten Mal huschte der Anflug eines Lächelns über ihr Gesicht. Dieses Lächeln veränderte auf ungeahnte Weise ihr ganzes Aussehen. »Granny und ich können an Hand der Zeichen immer genau sagen, welcher Tag gerade ist.« Als sie Rachels irritierten Gesichtsausdruck bemerkte, fügte sie hinzu: »Die Zeichen eben, die Zahl der Ringe um den Mond, die Farbe des Mooses und solche Sachen halt. Das markieren wir dann auf einem Stück Papier.«

Obwohl Rachel den intensiven Körpergeruch des Mädchens kaum noch ertragen konnte, hätte sie das Kind am liebsten in den Arm genommen. Sie hätte es wahrscheinlich auch getan, wenn sie nicht deutlich gespürt hätte, dass Christabel in ihrem Stolz äußerst verletzlich war. »Ich werde auf dich warten«, sagte sie. »Ein paar Tage bevor die Schule beginnt, kommst du zur Springwater-Station. Aber jetzt muss ich noch deine Maße nehmen, damit ich dir das Kleid nähen kann.« Es war ja nicht nötig zu erwähnen, dass sie selbst einige Zweifel hatte, was ihre Nähkünste betrafen.

Zum Messen benutzten sie Bindfäden, die Granny mürrisch und widerwillig brachte. Für die Arm- und Beinlänge schnitt Rachel jeweils einen entsprechenden Faden ab, ebenso für Brust- und Taillenumfang. Dann verabschiedete sich Rachel schnell, denn sie spürte, das Grannys Geduld erschöpft war. Während Rachel auf ihr Pferd stieg, versprach Christabel ihr noch einmal, ganz bestimmt zum Unterricht zu kommen.

Rachel wartete, bis sie außer Sicht- und Hörweite der erbärmlichen Hütte war, in der die Johnsons hausten, und ließ dann ihren Tränen freien Lauf. Sie weinte aus Verzweiflung und Hilflosigkeit, aus Mitleid und Mitgefühl.

Sie hatte schon etwas mehr als die Hälfte der Wegstrecke zurückgelegt und konnte in der Ferne bereits den Schornstein der Station sehen, aus dem eine dünne Rauchfahne in den blassblauen Himmel aufstieg, als Sunflower zu lahmen begann. Rachel saß ab, hob die linke Vorderhand der Stute und untersuchte den Huf. Tatsächlich war das weiche Fleisch in der Mitte des Hufs gerötet, aber Rachel konnte nicht erkennen, ob das Tier in eine Glasscherbe getreten war oder nicht.

»Armer Liebling«, murmelte sie und tätschelte den Hals des Tieres. Zu Fuß ging sie in Richtung der Station, wobei sie Sunflower am Zügel hinter sich führte. Sie war sicher, dass Jacob die Wunde behandeln konnte, aber bis die Stute wieder normal laufen konnte, blieb ihr nichts übrig, als sich auf ihre eigenen Füße zu verlassen.

Die Sonne ging unter, als Rachel die kleine Siedlung erreichte, und die Fenster der Kutschstation waren schon hell erleuchtet. Sie kam am Brimestone Saloon vorbei und sah, dass vor der Tür ein gutes Dutzend Pferde angebunden war. Aus dem Inneren der Bar waren laute Stimmen und Schreie zu hören. Da schien eine Schlägerei im Gange zu sein.

Aus Sorge um Emma – das redete Rachel sich jedenfalls ein – ließ sie Sunflowers Zügel los und sprang die drei hölzernen Stufen hoch, die zum Eingang des Saloons führten, um über den Rand der Schwingtür in die Bar zu schauen.

Trey saß in der Mitte des Raumes an einem kleinen Tisch. Er trug keinen Hut und er hatte die Ärmel seines weißen Hemdes – sein Spielerhemd, wie Rachel vermutete – hochgeschlagen. In seinem Mundwinkel hing eine dünne Cheroot. Trey gegenüber saß ein anderer Mann, ein wahrer Koloss, der zweimal so breit wie Trey war. Die beiden Männer hatten die Ellbogen auf den Tisch gestützt, die Handflächen gegeneinander gelegt und jeder versuchte den Arm des anderen auf die Tischplatte zu drücken. Das war ein beliebter Männersport, wie Rachel wusste. Die Schreie und Anfeuerungsrufe kamen von den Zuschauern, die im Halbkreis um die Kämpfer standen, wodurch Rachel ungehinderte Sicht auf die ganze Szene hatte. Als sie den Blick hob, sah sie Emma, die auf der Treppe nach oben saß. Sie hatte das Kinn in die Handfläche gestützt und beobachtete das Geschehen durch die Geländerstäbe hindurch.

Rachel wäre wahrscheinlich stillschweigend gegangen und hätte sich um ihre eigenen Sachen gekümmert, wenn sie nicht Emma gesehen hätte. Das Kind schien zwar überhaupt nicht verstört oder verängstigt zu sein und es schien auch nur mäßiges Interesse an dem Geschehen unten im Saloon zu haben, aber in Verbindung mit dem, was Rachel an diesem Nachmittag oben in den Bergen gesehen hatte, war das einfach zu viel für sie. Sie fühlte sich wie ein Kreuzritter, der gegen das Böse in der Welt kämpft, um dem Guten zum Sieg zu verhelfen. Ohne in ihrer Entrüstung lange nachzudenken, stieß sie mit beiden Händen die Schwingtüren auf und stürmte in den Brimestone Saloon, um ihrer Empörung Luft zu machen.

Als Trey sie sah, war er offensichtlich so überrascht, dass er seine Armmuskeln für den Bruchteil einer Sekunde entspannte, aber das genügte seinem Gegner, um Treys Hand auf die Tischplatte zu hämmern und damit den Kampf zu gewinnen. Die Zuschauer jubelten und beklatschten den Sieger – nur Trey natürlich nicht, dessen Gesicht hochrot angelaufen war und der aussah, als würde er gleich seinen Zigarillo verschlucken. Der Gewinner und seine Freunde riefen nach Whisky, während sie amüsiert Rachel beobachteten, die wie eine Dampfmaschine auf den Tisch zukam.

Trey erhob sich ganz langsam und sah ihr ins Gesicht. »Was zum Teufel ...?«, begann er, aber er war offensichtlich so wütend, dass er nicht mehr sprechen konnte. Er schwieg, ballte die Hände zu Fäusten, entspannte sie und ballte sie wieder.

Es war Rachel ziemlich gleichgültig, dass sie ihm diesen dummen Wettstreit verdorben hatte, ihr ging es schließlich nur um Emma, die das Ganze mit weit aufgerissenen Augen und außer Atem von der Treppe aus beobachtete. Emma hatte mit jeder Hand eine der Geländerstangen umfasst und ihr Gesicht dazwischen gepresst, als wollte sie den ganzen Kopf durchs Geländer stecken.

Nachdem Rachel tapfer in die Höhle des Löwen gestürmt war, wusste sie plötzlich nicht so recht, was sie eigentlich sagen oder tun sollte. Sie hatte einem Impuls folgend den Saloon betreten und ihre ehrliche Empörung hatte ihr die Kraft dazu verliehen, aber als sie jetzt Trey gegenüberstand und in seine wutblitzenden Augen schaute, schien ihr Mut sie zu verlassen.

Aber sie gab sich innerlich einen Ruck und wich keinen Millimeter zurück. »Sind Sie sich eigentlich darüber im Klaren, dass Ihre Tochter Zeugin eines ganz traurigen Spektakels war?«, fragte sie mit einem grimmigen Unterton.

Trey hob die Augenbraue. Er wirkte etwas ruhiger, obwohl seine Augen immer noch funkelten. »Welches Spektakel ist denn das Schlimmere, Miss English?«, gab er kalt zurück. »Dieses – oder das andere?«

Rachel war plötzlich verärgert, denn – der Teufel sollte

Trey holen – damit hatte er gut gekontert. Was sie hier bot, war nicht gerade ein gutes Beispiel für korrektes Benehmen, aber sie würde nicht klein beigeben. Nicht in Gegenwart von Emma und all diesen heruntergekommenen Viehtreibern. »Wenn Ihnen das Wohl dieses Kindes auch nur ein bisschen am Herzen liegt, dann schicken Sie diese Trunkenbolde weg und machen diesem Laster ein für allemal ein Ende.«

Trey stützte seine Hände auf die Hüften und beugte den Oberkörper so weit vor, dass sein Gesicht Rachels Gesicht unangenehm nah war. »Wenn ich den Saloon dichtmache, Miss English«, erwiderte er mit wohl überlegten Worten, »wird *dieses Kind* Hunger leiden. Ihretwegen habe ich gerade zum ersten Mal in meinem Leben beim Armdrücken verloren – und damit gleichzeitig fünf Golddollar!«

Rachel schluckte und befeuchtete ihre Lippen hastig mit der Zungenspitze. »Dann werden Sie in Zukunft vielleicht zweimal darüber nachdenken, bevor Sie so eine Summe noch einmal bei so einem windigen Wettkampf einsetzen«, erwiderte sie.

Einer der Umstehenden lachte. »Soll das heißen, dass du am nächsten Sonntag nicht am Pferderennen teilnimmst, Trey?«

Trey brachte den Mann mit einer Handbewegung zum Schweigen, ohne dabei den Blick von Rachel abzuwenden. Sie fühlte sich wie festgenagelt, wie in Trance versetzt, unfähig, sich vorwärts oder rückwärts zu bewegen, bis er sie aus seinem Bann entlassen würde – und das machte sie angriffslustig wie ein wilder Bienenschwarm.

»Was ist das für ein Pferderennen?«, fragte sie streng.

»Eines, das ich zu gewinnen gedenke«, brummte Trey.

»Das Rennen findet am kommenden Sonntag nach Jacobs Predigt und dem großen Picknick statt«, erklärte ein anderer Mann, der nur hilfreich sein wollte ohne sich etwas dabei zu denken.

Rachel runzelte irritiert die Stirn. »Ein Picknick? Davon weiß ich ja gar nichts.«

»Das liegt daran«, sagte Trey gedehnt, »weil es eigentlich eine Überraschung hätte sein sollen. Das Ganze findet Ihnen zu Ehren statt. Miss June hat das Fest geplant, nachdem Sie zugestimmt hatten, als Lehrerin nach Springwater zu kommen.« Er schwieg einen Moment und fügte dann spöttisch hinzu: »Aber vielleicht sind Sie ja gekommen, um uns vor unserem sündigen Leben und unserer Unwissenheit zu erretten.«

Rachel errötete – und bestimmt nicht wegen des Picknicks, das eine Überraschung für sie hätte sein sollen. Verlegen blickte sie sich um und vermied es dabei, Emma in die Augen zu sehen, obwohl sie den Blick des Kindes spürte, so wie man auch mit geschlossenen Augen einen Sonnenstrahl spürte. »Ich weiß gar nicht, was ich sagen soll«, murmelte sie.

»Wie wäre es mit ›Auf Wiedersehen‹?«, schlug Trey vor »Wir gehen hier nämlich *unserer* Art von Geschäften nach, falls Ihnen das entgangen sein sollte.« Er hob seinen Zeigefinger und wagte es – *er wagte es* –, ihr damit vor der Nase herum zu fuchteln. »Und noch etwas, Miss English, ich habe die Absicht, das Pferderennen zu gewinnen, denn es geht dabei für mich um viel Geld. Hüten Sie sich also davor, mir noch einmal in die Quere zu kommen, denn falls Sie es tun, werde ich verdammt ungemütlich werden.«

Rachel öffnete den Mund, schloss ihn aber sofort wieder, denn sie war ganz einfach sprachlos. Das war keine einfache Drohung, das war fast schon eine Kampfansage. Der aufgeblasene Kerl kann froh sein, dass ich ihm nicht den Finger abgebissen habe, dachte sie, während sie krampfhaft überlegte, wie sie sich einen guten Abgang verschaffen konnte. »Mein Pferd lahmt«, sagte sie und ihre Stimme klang bedauernd. »Ich muss gehen und mich um die Stute kümmern.«

Sie drehte sich mit der ganzen Würde, zu der sie noch fähig war, um und verließ mit hoch erhobenen Kopf den Brimestone Saloon. Erst draußen ließ sie die Maske fallen. In ihrem Kopf drehte sich alles, sie war voller Gefühle, die sie jedoch nicht genau benennen konnte.

Die Auseinandersetzung mit Mr. Trey Hargreaves war nicht gerade freundschaftlich verlaufen, aber dennoch fühlte sie sich seltsamerweise in einer Art Feierstimmung, wie sie es noch nie empfunden hatte. Gleichzeitig spürte sie ein dunkles, tiefes Verlangen, das ihr Herzschmerzen machte und ihr die Tränen in die Augen trieb. Sie hatte Lust, auf der Straße zu tanzen, aber der Wunsch sich auf den Boden zu werfen und sich die Augen aus dem Kopf zu weinen war ebenso stark.

Während sie im purpurfarbenen Zwielicht in Richtung der Station ging, wobei die arme Sunflower ihr lahmend folgte, war sie so in Gedanken versunken, dass sie ihre Umgebung kaum wahrnahm. Sie versuchte sich zu erinnern, ob Langdon jemals solche zwiespältigen Gefühle in ihr geweckt hatte, und kam zu dem Schluss, dass er das nicht getan hatte. Diese Situation war neu für sie, sie war so angsterregend wie die Begegnung mit einem Grizzlybär im Wald und so herrlich wie der Tanz mit einem Engel.

June saß neben dem Herd in ihrem Schaukelstuhl und hielt ihr Nähzeug im Schoß. Die Nadel in ihrer Hand blitzte silbrig, während sie eine Naht stichelte, aber als sie aufschaute und Rachel sah, die in der offenen Tür stand, ließ sie die Nadel sinken. »Gütiger Himmel«, sagte sie, »was ist denn mit Ihnen los?«

Jacob, der an einem geöffneten Fenster stand und seine Pfeife rauchte, betrachtete Rachel schweigend. Aber dieses nachdenkliche Schweigen war auf seine Art ebenso beredt, wie die Worte eines Dichters es gewesen wären.

Rachel erinnerte sich daran, dass die Eingangstür noch offen stand. Sie schloss sie mit einer Hand, damit nicht zu viele Fliegen ins Haus kamen. »Sunflower ist am Vorderhuf verletzt«, sagte sie zu dem Leiter der Station. Selbst in ihren Ohren klang ihre Stimme fremd und hilflos, so als hätte jemand anderes durch ihren Mund gesprochen. »Da war zerbrochenes Glas ... Ich fürchte, die Stute ist in eine Scherbe getreten, aber vielleicht hat sie sich auch an einem scharfkantigen Stein oder einem spitzen Dorn verletzt. Jedenfalls lahmt sie.«

Jacob nickte, ging zum Kamin, wo er seine Pfeife ausklopfte und auf den Sims legte, und trat dann ins Freie, um nach der Stute zu sehen. Toby war auch schon da, denn Rachel hörte seine aufgeregt fröhliche Kinderstimme durch die geschlossene Tür hindurch.

»Ich glaube, ich habe Ihnen eine Frage gestellt, junge Lady«, sagte June freundlich und mit so viel Zärtlichkeit, dass Rachel der älteren Frau am liebsten um den Hals gefallen wäre und sich an ihrem mütterlichen Busen wie ein verwirrtes Kind ausgeweint hätte.

»Es ist etwas Schreckliches passiert«, sagte Rachel und ging langsam durch den großen Raum, wobei sie sich mit ihren Armen selbst umarmte. »Etwas vollkommen Unerwartetes – etwas, das nicht sein darf.«

June drängte Rachel nicht, sie saß einfach nur still da und wartete, während das nächste Hemd, das sie für Toby nähte, halb fertig in ihrem Schoß lag.

»Ich glaube …« Rachel senkte die Stimme. »Ich fürchte, ich habe mich in Trey Hargreaves … verliebt.«

Die lebhaften blauen Augen blitzten, aber ansonsten verzog June keine Miene. »Nein!«, sagte sie mit gespieltem Entsetzen.

Rachel blieb mitten im Raum abrupt stehen und umarmte sich noch fester. »Sie verstehen mich nicht. Er ist der falsche Mann für mich und ich bin die falsche Frau für ihn.«

»Aha«, sagte Mrs. McCaffrey und nickte.

»Er … er führt einen Saloon!«, weinte Rachel.

»Tja, das ist nun mal so.«

»Und ich bin doch eine Lehrerin!«

»Ganz sicher.«

»Er hasst mich!«

»Das glaube ich nicht«, erwiderte June und war zum ersten Mal, seit dieses Gespräch begonnen hatte, ernsthaft. »Ihr beide habt vom ersten Tag an gestritten, als Trey Sie aus der sinkenden Kutsche gerettet hat. Aus vielen Beziehungen, die mit Blitz und Donner beginnen, werden später oft die besten Ehen. Nehmen Sie zum Beispiel meinen Jacob und mich. Als wir uns kennen gelernt haben, wären wir uns am liebsten gegenseitig ständig an die Gurgel gegangen. Es hat eine ganze Weile gedauert, bis wir gemerkt haben, dass wir uns doch eigentlich sehr gut leiden konnten – und danach haben wir kaum noch gestritten.«

Rachel schlug die Hände vors Gesicht und schluchzte. »Warum nur? Warum?«

»Es ist sinnlos, sich so eine Frage zu stellen«, sagte June mitfühlend. »Wenn es um unsere Gefühle geht, gibt es keine logischen Antworten mehr.«

Rachel lugte zwischen den leicht gespreizten Fingern

durch. Sie war noch nicht bereit der Welt mit ihren Tatsachen ins Gesicht zu sehen. June nähte weiter, schnell und mit gleichmäßigen Stichen. »Ich hätte überhaupt nicht herkommen sollen.«

»Unsinn«, erwiderte die andere Frau, ohne von dem grünen Stoff aufzublicken, aus dem sie Tobys neues Hemd fertigte. »Die Kinder brauchen Sie. Und Trey auch. Wenn ihm das erst mal so richtig klar ist, wird er eines Tages hier auftauchen und mit Blumen und schönen Worten um Ihre Hand anhalten, ganz wie es sich für einen Gentleman gehört.«

Bei dieser Vorstellung musste Rachel denn doch laut lachen. Das passte ebenso wenig zu Trey – wie, nun ja, wie aus einer zarten Porzellantasse Tee zu nippen und an Hafermehl-Plätzchen zu knabbern. »Selbst wenn er das täte«, sagte sie, »– und die Wahrscheinlichkeit, dass er es tut, ist etwa so hoch wie die, dass Petrus persönlich mit der nächsten Postkutsche nach Springwater kommt –, ich könnte ihn nicht heiraten. Unsere Prinzipien und unsere moralischen Wertvorstellungen sind, vorsichtig gesagt, doch sehr unterschiedlich. Abgesehen davon würde ich niemals meinen Beruf als Lehrerin aufgeben.«

»Hm«, machte June, schaukelte vor und zurück und stichelte ruhig weiter.

Rachel ließ sich auf eine Bank fallen und lehnte sich mit dem Rücken gegen die Tischkante. Sie fühlte sich müde und ausgebrannt. Sie musste das Thema wechseln oder sie würde noch verrückt werden. »Ich habe heute Christabel Johnson besucht«, erklärte sie.

June nickte. »Sie haben erwähnt, dass Sie das tun wollten.«

»Granny hat angeboten, mich zu erschießen – vermutlich dachte sie, dass ich keine Lust mehr zu leben habe.«

Die Stationsmeisterin lachte leise in sich hinein. »Das ist typisch für Granny. Mit ihr ist nicht zu spaßen. Einmal stiegen ein paar angetrunkene Cowboys, die auf der Durchreise waren – im Grunde waren es noch halbe Kinder, die nicht wirklich etwas Böses im Schilde führten – auf den Berg. Sie wollten Grannys Klohäuschen umkippen, aber sie kannten Granny eben nicht. Die hat den Burschen eine Schrotladung verpasst, dass Jacob und ich den halben nächsten Tag damit beschäftigt waren, den Jungs das Blei aus den Hintern zu holen.« Bei der Erinnerung an diese Geschichte seufzte sie leise, schüttelte den Kopf und lachte wieder in sich hinein.

»Natürlich ist es Christabel, um die ich mir Gedanken mache«, sagte Rachel, die im Augenblick keine Lust hatte, sich mit einer Horde angetrunkener Cowboys zu befassen, die mit runtergelassenen Hosen dastanden, weil ihnen die Schrotkugeln im Hintern brannten. »Ich denke, es ist mir gelungen, sie zu überzeugen, in die Schule zu gehen, aber da gibt es eine Reihe von Problemen. Zum einen hat das Kind weder Kleid noch Schuhe. Ich könnte ihr ein oder vielleicht sogar zwei Kleider aus dem Stoff nähen, den ich mitgebracht habe, und ich kann ihr auch ein Paar Extraschuhe von mir geben. Aber außerdem gibt es da noch das Problem der Hygiene. Christabel ist vollkommen verwahrlost und sie stinkt buchstäblich bis zum Himmel.«

»Tss, tss«, machte June mit der Zunge. »Die arme kleine Kreatur. Bringen Sie sie einfach zu mir und ich werde sie in die Badewanne stecken. Vielleicht kann ich auch Granny dazu bringen, dass sie das Mädchen hier bei uns wohnen lässt. Wenigstens im Winter.«

»Ich kann mir kaum vorstellen, dass die alte Frau damit einverstanden sein wird«, seufzte Rachel. »Sie behauptet, dass sie Christabels Hilfe im Haus braucht – und damit hat sie ja vielleicht sogar Recht.«

»Bullendreck«, stieß June hervor. Für ihre Verhältnisse war das schon ein kräftiger Fluch. »Granny Johnson ist nicht hilflos. Ihr macht es nur Spaß, das arme Mädchen zu schikanieren. Sobald ich Zeit dazu habe, fahre ich persönlich mit dem Einspänner zu ihr, um ihr einen Besuch abzustatten und ihr mal gründlich die Meinung zu sagen. Am liebsten gleich morgen – falls die Kutsche pünktlich kommt und ich alle abgefüttert habe, bevor ich schon wieder mit den Vorbereitungen fürs Abendessen beginnen muss.«

Wenn überhaupt irgendjemand mit Granny fertig würde, dann war es June. Rachels Stimmung, die durch die Ereignisse des Tages gedrückt war, besserte sich sofort etwas und sie sah einen kleinen Hoffnungsschimmer. »Wenn Sie die sture alte Frau übernehmen, kümmere ich mich morgen ums Abendessen.«

»Ein faires Angebot«, meinte June zustimmend und lächelte dabei. »Ich nehme zwar nicht an, dass Granny *mich* erschießen wird, aber man weiß ja nie.«

Rachel ging in ihr Zimmer, wusch sich gründlich, wechselte die Kleidung, bürstete ihr Haar aus und steckte es wieder hoch. Es tat ihr gut, sich um sich selbst zu kümmern, und sie fühlte sich gleich besser, als sie sauber präsentabel war. Durch das Haus zog mittlerweile der Duft eines Bratens, der im Ofen schmorte, und da merkte sie erst, wie hungrig sie war.

Ihre Theorie, dass Sauberkeit ein wunderbares Heilmittel war, wurde wieder einmal bestätigt. Als sie in den großen Saal zurückkam, standen Jacob und Toby Seite an Seite am Waschstand und schrubbten ihre Hände und die Gesichter. Toby blickte Rachel mit strahlenden Augen an.

»Sunflower wird sich bald wieder erholen, Miss English. Sie hat nur einen kleinen Kratzer im Huf. Wir haben den Huf gesäubert und etwas Salbe auf die Wunde geschmiert. Jacob hat die Stute dann auf unsere beste Weide geführt, damit sie sich dort ausruhen und erholen kann.«

Jacob lächelte nur verhalten, aber er legte seine große Hand auf die schmale Schulter des Jungen, als wollte er damit ohne Worte bestätigen, was Toby gesagt hatte. Aber es lag noch ein tieferer Sinn in dieser schlichten Geste – es war die Bestätigung dafür, dass Toby ein würdiges Mitglied der menschlichen Gesellschaft war, es war die Geste, die der Vater machte, wenn er dem Sohn seinen Segen gab – einen Segen, den Mike Houghton Toby nicht hatte geben können oder ihm einfach verweigert hatte.

»Das ist ja wunderbar, Toby«, sagte Rachel und ließ ihren Blick von Jacobs Gesicht zu dem des Jungen gleiten. »Vielleicht wirst du eines Tages mal ein Tierdoktor sein.«

Toby schüttelte energisch den Kopf. »*Ich* will später mal diese Kutschstation leiten wie Jacob.«

»So schnell wie die Eisenbahn in den Westen vordringt, wird es bald keinen Bedarf mehr an Stationen wie dieser geben«, bemerkte Jacob, aber dadurch ließ Toby sich nicht weiter beirren.

»Ich werde jedenfalls nicht mehr aus Springwater weggehen«, erklärte der Junge. »Auch nicht, wenn mein Pa kommt und mich mit sich nehmen will.«

Bei diesen Worten wechselten Rachel und Jacob erneut einen Blick. Sollte Mike Houghton tatsächlich eines Tages wieder auftauchen, um Toby mitzunehmen, würde ihn niemand daran hindern können – und das wussten sie beide. Die Tatsache, dass Houghton seinen Sohn vernachlässigt und wahrscheinlich geschlagen und misshandelt hatte, zählte in den Augen des Gesetzes kaum. Kinder hatten – wie Frauen oder Hunde – in dieser Zeit praktisch keine Rechte.

Jacob drückte leicht die schmale Schulter des Jungen. »Ich denke, damit sollten wir uns erst dann beschäftigen, wenn es – falls überhaupt – jemals so weit kommt. In der Zwischenzeit arbeiten wir, so gut wir können, einfach weiter wie bisher. Was hältst du davon?«

Toby drehte sich um und schaute dem älteren Mann in die Augen. In seinem Blick lag etwas, was Rachel nur als scheue Bewunderung bezeichnen konnte. »In Ordnung«, sagte der Junge und nickte. Es war klar, dass er Jacob vollkommen vertraute.

Am folgenden Morgen kam die Kutsche pünktlich in Springwater an und die drei Passagiere waren froh, sich ein bisschen die Beine vertreten zu können, eine warme Mahlzeit einzunehmen und mal wieder eine Toilette benutzen zu können. Alle drei wollten noch am gleichen Tag weiterfahren und so stiegen sie wieder in die Kutsche, sobald die Pferde gewechselt und die Fracht geladen war. June zog ihre Schürze aus und reichte sie Rachel.

»Jacob«, sagte June, »ich brauche den Einspänner und ein anständiges Gewehr. Ich fahre hoch in die Berge, um Granny Johnson zu besuchen.«

»Willst du sie erschießen?«, fragte Jacob ernst, doch seine Mundwinkel zuckten ganz leicht und verrieten, dass er es wohl doch nicht so ganz ernst gemeint hatte.

»Ich brauche kein Gewehr, um mit Granny fertig zu werden, Jacob McCaffrey. Aber wenn mir eine Bärin mit ihren Jungen über den Weg läuft, sieht die Sache schon vollkommen anders aus.«

»Vielleicht sollte ich dich besser begleiten«, meinte Jacob etwas verunsichert.

June schüttelte den Kopf. »Du musst dich um das Gespann kümmern, das gerade reingekommen ist«, sagte sie. »Die Pferde müssen Futter und Wasser bekommen und gründlich mit Stroh abgerieben werden.« Sie deutete auf die acht Tiere, die gerade die Strecke von Choteau nach Springwater zurückgelegt hatten. Wie üblich hatte Jacob zusammen mit dem Kutscher ausgeruhte Pferde eingespannt. »Kümmere du dich um die armen Tiere«, fuhr sie fort. »Rachel wird den Abwasch erledigen, den Boden wischen und später das Abendessen vorbereiten.«

Jacob hob zwar erstaunt eine Augenbraue, aber er gab keinen Kommentar dazu. Es war absolut unüblich, dass June jemand die Arbeiten erledigen ließ, die sie als ihre eigenen Pflichten ansah. Um das zu wissen, musste man nicht erst über vierzig Jahre mit dieser Frau verheiratet sein.

»Ich werde eine Portion Plätzchen mitnehmen«, meinte June, während sie zur Vorratskammer ging. »Auch Butter und Eier. Sie haben dort oben zwar ein paar Hühner, aber jetzt – wo der Winter gerade erst mal einen Monat vorbei ist – sehen die wahrscheinlich genauso spindeldürr und verhungert aus wie Granny selbst.«

Rachel konnte sich ein leichtes Lachen nicht verkneifen. Für jemand, der behauptete, Granny Johnson nicht zu kennen, wusste June ausgesprochen gut Bescheid, wie es um die schießwütige Alte stand und wie es in ihrer Umgebung aussah. Das Geschirr zu spülen und den Boden zu wischen war eine gute Therapie für Rachel. Sie summte bei der Arbeit leise vor sich hin und fühlte sich so wohl wie schon lange nicht mehr.

»Vielleicht hätte ich Miss June begleiten sollen«, meinte Toby, der am Fenster stand und beobachtete, wie sich der kleine Einspänner den Berg hinauf wand und manchmal gefährlich schräg hing. »Ich meine, um sie gegen die Indianer zu beschützen und so.«

Jacob saß auf der anderen Seite des Raumes und zündete sich seine Pfeife an. »Mach dir mal um meine Miss June keine Sorgen, Toby«, sagte er, wobei seine dunklen Augen belustigt funkelten. »Wenn es zu einem Streit kommt, müssen die Indianer beschützt werden, aber bestimmt nicht Miss June.«

Jacobs Vertrauen in seine Frau war vollkommen berechtigt, wie sich bald herausstellte. Vier Stunden später rumpelte der Einspänner in den Hof und Miss June war unversehrt und mit heiler Haut zurück.

Aufgeregt und mit weit aufgerissenen Augen sprang Christabel auf dem Sitz neben ihr auf und ab.

6

Toby musterte Christabel von Kopf bis Fuß, hielt sich die Nase mit Daumen und Zeigefinger zu und quäkte: »Puh, du stinkst ja schlimmer als unser Klo!«

»Das will ich nicht gehört haben, Toby«, sagte Jacob streng, der hinter dem Jungen stand. Rachel, Toby und Jacob waren vor den Eingang der Station getreten, um die Ankömmlinge zu begrüßen.

Miss June schüttelte drohend den Zeigefinger. »Du gehst jetzt sofort in dein Zimmer, Toby Houghton, und überlegst dir, warum es falsch und böse war, so eine Bemerkung zu machen. Wenn dir das im Kopf klar ist und du bereit bist, dich bei Christabel zu entschuldigen, kannst du wieder rauskommen. Vorher nicht – und dann gibt es auch kein Abendessen.«

»Aber …« Toby drehte sich Hilfe suchend zu Jacob um, aber der deutete nur mit der Hand auf das Haus und sagte streng: »Geh jetzt!«

Toby wurde rot und wahrscheinlich tat es ihm auch schon leid, aber er war noch nicht soweit, sich für seine Worte zu entschuldigen. Mit gesenktem Kopf verschwand er im Haus.

»Wer ist das?«, wollte Christabel wissen. Sie schaute Rachel vorwurfsvoll an, als überlegte sie, ob sie nicht besser auf der Stelle wieder in die Berge zurückgehen sollte. Ihr anklagender Blick schien zu sagen: *Du hast gesagt, niemand wird gemein zu mir sein. Das hast du mir versprochen.*

»Sein Name ist Toby Houghton«, erklärte Rachel dem Mädchen. »Ärgere dich nicht über ihn und mach dir seinetwegen keine Sorgen. Er ist ein guter Junge und er wird bald dein Freund sein. Warte es nur ab.«

Christabel machte ein zweifelndes Gesicht. Höchstwahrscheinlich hatte sie in ihrem ganzen Leben noch keinen Freund gehabt – wenn man von ihrer Großmutter einmal absah. »Ich habe nicht gewusst, dass ich nicht so wie die Menschen in der Stadt rieche«, meinte sie besorgt.

»Wir werden uns gleich um ein Bad für dich kümmern«, sagte Miss June, die sich so eine günstige Gelegenheit nicht entgehen lassen wollte. Sie sagte das so beiläufig, als sei es ebenso selbstverständlich, einem Gast ein Bad anzubieten, wie man ihm eine Tasse Tee oder einen Schattenplatz an einem heißen Tag anbot. In diesem Fall war es Glück, dass Christabel so unerfahren war und nicht wusste, dass die persönliche Hygiene eines Menschen seine Privatsache war. »Ich denke, ich habe auch noch einige Dinge, die du anziehen kannst, während Miss English dir ein oder zwei Kleider näht.«

Rachel hatte mit dem Nähprojekt noch gar nicht angefangen, denn sie hatte nicht erwartet, dass June ihre ›Mission‹, Christabel Johnson vom Berg zur Station zu bringen, so schnell erfüllen würde. Sie war zwar ein bisschen ängstlich, aber trotz ihrer zweifelhaften Fähigkeiten als Näherin freute sie sich doch darauf, mit der Arbeit zu beginnen. Ihr Herz schien bersten zu wollen, als sie einen Arm um die Schulter des Mädchens legte, denn sie wusste sehr gut, wie viel Mut es Christabel gekostet haben musste, ihre vertraute Umgebung – so schäbig sie auch sein mochte – zu verlassen und in eine unbekannte Zukunft aufzubrechen.

Sie stellten einen großen Badezuber in das hohe Gras hinter der Station und Jacob, June und Rachel schleppten Eimer mit heißem Wasser ran, bis die Wanne randvoll war. Die Aufgabe, Christabel von Kopf bis Fuß zu schrubben, fiel natürlich den Frauen zu, die zum Schluss ebenso nass wie das strahlende Mädchen waren.

Als Christabels Haar schließlich so sauber war, dass June zufrieden war – die Strähnen mussten leise »quietschen«, wenn sie sie vorsichtig durch ihre Finger zog –, halfen sie dem Kind aus dem Waschtrog und wickelten es in eine Decke, damit es sich nicht erkältete. Inzwischen ging die Sonne unter und alle freuten sich schon aufs Abendessen. Rachel hatte früher am Tag einen Topf mit gebackenen Bohnen in den Ofen gestellt. Dazu gab es Karotten, die sie in der Vorratskammer entdeckt hatte, und Weizenbrot, das vom Frühstück übrig geblieben war.

Christabel aß, als hätte sie noch nie so etwas Gutes gegessen – und vielleicht war es wirklich so, wenn man bedachte, in welcher Armut sie mit ihrer Großmutter gelebt hatte. Toby kam während des Essens vorsichtig aus seiner Kammer hinter dem Herd und machte ein bekümmertes Gesicht.

»Ich schätze, es tut mir leid, was ich zu dir gesagt habe«, wandte er sich an Christabel und schaute sie treuherzig an. »Das war wirklich ungezogen von mir.« Er lächelte scheu, wobei sein Magen so laut knurrte, dass alle es hören konnten. »Sauber siehst du übrigens richtig nett aus.«

Jacob, June und Rachel bemühten sich krampfhaft, ihre Freude und Belustigung nicht deutlich zu zeigen, aber ihre Gesichter waren *so* ernst, dass es schon wieder übertrieben wirkte.

»Danke«, sagte Christabel mit wachsamen Augen. Ihr feines, dünnes Haar – unter dem Schmutz war eine wunderschöne hellbraune Farbe zum Vorschein gekommen – war noch feucht vom Waschen und es glänzte im Schein der Lampen. Voller Stolz trug sie das geliehene Kleid, das zwar ein bisschen zu groß, aber sauber war. »Du setzt dich jetzt besser zu uns und nimmst dir eine Portion von den Bohnen hier«, meinte sie. »Sie schmecken gar nicht so schlecht, wie sie aussehen.«

Rachel biss sich auf die Unterlippe. Sie wagte es nicht, Jacob oder seine Frau anzusehen, denn sonst wäre sie wohl doch noch in Lachen ausgebrochen.

Toby schaute dem Mädchen über die Schulter, um Rachels Bohnen zu begutachten. »Vermutlich hast du recht«, meinte er und nahm den Platz auf der gegenüber liegenden Tischseite neben Jacob ein, wo schon für ihn gedeckt war. Die beiden Kinder verdrückten erst eine zweite und dann noch eine dritte Portion Bohnen und gemeinsam vertilgten sie das ganze Brot.

Alles in allem war es eine angenehme Mahlzeit, auch wenn meistens geschwiegen wurde.

Christabels Augen wirkten besonders groß, als sie vom Tisch aufstand und ihren leeren Teller nahm. »Ich spüle das Geschirr«, erklärte sie, »und dann möchte ich mich hinlegen, denn ich bin müde und völlig erschöpft.«

June erhob sich von ihrem Sitz und nahm Christabel den Teller aus der Hand. »Du kannst sicher sein, dass ich dir noch genug Arbeit zuteilen werde. Aber damit fangen wir erst morgen an.«

»Ich weiß gar nicht, wo Sie mich unterbringen wollen«, bekannte das Mädchen so scheu, dass es Rachel in der Seele weh tat. »Gibt es vielleicht einen Heuboden oder einen Strohsack, auf dem ich schlafen könnte?«

»Wenn Reisende hier in der Station übernachten, vermieten wir gewöhnlich jedes freie Bett, das wir haben«, erklärte June dem Mädchen, »aber heute kannst du dir auswählen, in welchem Bett du schlafen möchtest.« Sie legte ihre Hand auf die magere Schulter des Kindes. »Aber mach dir mal keine Sorgen, wir werden schon ein Plätzchen für dich finden, wo du ständig bleiben kannst – falls du das möchtest.«

Christabel schaute die ältere Frau ungläubig erstaunt an. »Eine Kammer? Ganz für mich allein?«

June lächelte. »Komm mit und dann machen wir dir erst mal ein Bett für heute Nacht. Mit frischer Wäsche, damit du besonders gut schläfst.« Gemeinsam verließen sie den großen Speisesaal, wobei June ihre Schritte denen des Mädchens anpasste.

Rachel, die schon lange mit dem Essen fertig war, stand auf, räumte den Tisch ab und machte sich an den Abwasch, während Jacob und Toby in den Stall gingen, um wie jeden Abend noch einmal nach den Tieren zu sehen. Rachel stand am Arbeitstisch in der Küche und blickte durchs Fenster auf die Lichter des Brimestone Saloons, die in der Dunkelheit leuchteten. Sie ließ ihren Gedanken freien Lauf, die jedoch nur ein Ziel zu haben schienen: Trey Hargreaves. Und sie fanden ihn nur allzu leicht.

Am Sonntagmorgen, nach dem Frühstück und den üblichen Arbeiten, die regelmäßig auf der Station erledigt werden mussten, kündigte Jacob an, dass er das Bedürfnis hatte, eine aufrüttelnde Predigt zu halten. Zu diesem Zweck zog er seinen guten schwarzen Anzug und eine Krawatte an und holte seine alte Bibel hervor, nachdem die Arbeit in Stall und Scheune erledigt war. Man hätte glauben können, dass sein Entschluss, einen Gottesdienst abzuhalten, die ganze Nachbarschaft zum Leben erweckt hätte, aber Rachel wusste ja inzwischen, dass dieser Tag schon lange geplant war.

Es wehte eine frische Brise, aber die Frühjahrssonne lachte an einem blitzblauen Himmel. Farbenprächtige Wildblumen bedeckten die Wiesen und ließen die ganze Landschaft wie eine bunte Patchwork-Decke aussehen.

Mit Hilfe von Toby und Christabel schob Rachel die Tische im großen Saal der Station an die eine Wand. Dann stellten sie Bänke in schmalen Reihen vor dem Kamin auf, denn June hatte ihr erklärt, dass Jacob bei seinen Predigten am liebsten vor dem Kamin stand. Das war ihm im Laufe vieler Winter in Montana so zur Gewohnheit geworden, hatte sie gesagt, wenn das Land mit Eis und Schnee überzogen war.

June selbst hatte alle Hände voll zu tun, Hühner zu braten und Kartoffeln und Eier zu kochen, woraus sie eine riesige Portion Salat machen wollte.

Kurz vor Mittag trafen die Nachbarn, die alle Jacobs Predigt hören wollten nach und nach auf der Station ein. Landry Kildare und seine zwei Söhne, ohne Kriegsbemalung und mit ordentlich gekämmten Haaren, waren die ersten, dann kamen die Bellweathers, denen ein paar ältere Junggesellen folgten – Händler, Jäger und Fallensteller, die allesamt aussahen, als hätten sie schon seit zwanzig Jahren nicht mehr die Wälder verlassen. Diese Männer, die einsam und allein in den Bergen lebten, waren sehr scheu und zurückhaltend, aber es war ihren Augen deutlich anzusehen, dass sie unbedingt an diesem Ereignis teilhaben wollten. Auch einige Cowboys kamen, die sich gewaschen und zurecht gemacht hatten und ihre besten Manieren an den Tag legten. Diese Cowboys befanden sich nur auf der Durchreise. Sie machten mit ihren riesigen Rinderherden, die sie von Denver oder von Städten, die noch weiter südlich lagen, nach Norden trieben, nur ein paar Tage Rast in Springwater. Rachel erkannte einige der Männer, die beim Armdrücken im Brimestone Saloon zugeschaut hatten, aber sie musste zugeben, dass die Burschen heute ganz anders aussahen, denn sie hatten saubere Haare und trugen neue, noch steife Dungaree-Hosen.

Emma Hargreaves betrat ein wenig schüchtern die Station. Sie trug ein hellgelbes Sonntags-Kleid, das ihr auf den Leib geschnitten war – im Gegensatz zu dem übergroßen Gewand, das Christabel trug, oder den Hosen und Hemden, aus denen die Kildare-Jungs eigentlich längst herausgewachsen waren. Kathleen Bellweather lief sofort zu Emma, die etwa im gleichen Alter war, um sie zu begrüßen, während sie vorher einen weiten Bogen um Christabel gemacht hatte. Rachel hatte sich herausgehalten, denn sie wusste, dass sie die Kinder nicht zwingen konnte, Freunde zu werden. Mit Zwang würde sie eher das Gegenteil erreichen und es konnte ein unüberbrückbarer Graben entstehen. Trotzdem war es schwer für sie, nicht einzugreifen.

Durch die geräuschvolle Ankunft eines Einspänners wurde Rachels Aufmerksamkeit von den Kindern abgelenkt. Sie schaute aus einem der vorderen Fenster und stieß einen kleinen Freudenschrei aus, als sie die Wainwright-Familie sah, deren Mitglieder – dem Anlass entsprechend – alle festlich gekleidet waren. Rachel lief ins Freie, um ihre Freunde zu begrüßen, wobei sie zuerst Abigail umarmte und dann Evangeline. Scully hielt das Baby in der einen Armbeuge und den kleinen J. J. an der Hand. Der Farmer strahlte übers ganze Gesicht, als er sah, wie sehr seine Frau sich über das Wiedersehen mit Rachel freute.

»Ich hatte nicht zu hoffen gewagt, dass ihr den weiten

Weg auf euch nehmen würdet«, schluchzte Rachel vor Freude und hielt Evangeline an beiden Schultern fest.

Evangeline lächelte. »Wir würden uns doch Jacobs Predigt nicht entgehen lassen. Außerdem ist Scully auch wegen des Pferderennens hier.«

Das erinnerte Rachel an Trey Hargreaves und sie verspürte einen leichten Stich ganz tief in ihrem Herzen. Trey war nirgends zu sehen und wenn sie sich begegneten, würden sie wahrscheinlich doch nur wieder streiten, aber dennoch hielt sie weiter verstohlen Ausschau nach ihm. »Wirst du am Rennen teilnehmen?«, fragte sie Scully und streckte die Hände nach dem eingemummelten Baby aus. Er reichte ihr das Kleinkind. »Ich denke mir, dass dein Hengst schnell wie der Wind ist.«

»Das ist er tatsächlich«, erwiderte Scully mit einem spitzbübischen Grinsen, »aber ich bin ja inzwischen ein alter verheirateter Mann, der unter dem Pantoffel steht. Meine liebe Frau ist der Meinung, dass ich schon auf Grund meines Berufes als Pferdezüchter genug Zeit im Sattel verbringe und nicht auch noch einen Sport daraus machen muss.«

Bevor Rachel darauf antworten konnte, trat June mit ausgebreiteten Armen aus der Eingangstür der Station.

»Lasst mich auf der Stelle das Baby bewundern!«, verlangte sie und strahlte dabei freudig.

Evangeline und Rachel lachten und sie legte die kleine Rachel Louisa in die Arme der älteren Frau, die sie inzwischen längst als liebe Freundin betrachtete.

»Oh!«, rief June entzückt, als sie die Decke, in die das Kind eingewickelt war, zurückgeschlagen hatte. »Sie ist das liebenswerteste kleine Geschöpf, das ich je gesehen habe. Der reinste Engel!«

Das war eigentlich genau das, was Leute gewöhnlich

sagten, wenn sie ein Neugeborenes betrachteten, und in diesem Fall entsprach es der absoluten Wahrheit. Das Kind der Wainwrights war so hübsch wie die Cherubine auf den Bildern der Alten Meister und Rachel war überzeugt, dass auch Rachel Louisa einmal eine legendäre Schönheit werden würde. Evangeline dankte June für das Kompliment mit einer gewissen freudigen Bescheidenheit und dann gingen alle ins Haus, um Jacobs Predigt zu hören.

Er hatte den 91. Psalm als Ausgangspunkt gewählt und war in der Tat ein begnadeter Redner, aber Rachel bekam nur die Hälfte der Botschaft mit, da Trey Hargreaves etwa in der Mitte des Gottesdienstes in den Saal schlüpfte. Er setzte sich ganz hinten, nahe bei der Tür, auf einen Stuhl, da die Bänke alle besetzt waren.

Rachel hatte sich umgedreht, als sie das Knarren der Tür hörte, und ihn kurz gesehen. Von diesem Moment an, war sie nicht mehr fähig, sich auf Jacobs wohlgesetzte Worte zu konzentrieren, denn sie konnte nur noch an Trey denken. Obwohl sie ihn nur einen kurzen Moment angeschaut hatte, hatte sie gesehen, dass er einen eleganten gut sitzenden Anzug mit einem seiner weißen Rüschenhemden trug und dass seine Stiefel auf Hochglanz poliert waren. Seine dunklen Haare waren sauber und in Form gebürstet und zur Feier des Tages hatte er sich sogar rasiert.

Als die Predigt nach gut zwei Stunden zu Ende war, gingen alle ins Freie und standen in Gruppen unter den beiden Schatten spendenden Bäumen zusammen. Die Frauen fächelten sich selbst Luft zu und die Männer fachsimpelten über Pferde und das Wetter. Alle Frauen hatten etwas zu essen mitgebracht, wie es bei solchen Gelegenheiten üblich war. Die Tische und Bänke im Haus wurden auf ihre Plätze zurückgerückt und die Schüsseln und Platten mit dem Essen auf die Tische gestellt. Es war so viel, dass niemand hungrig würde nach Hause gehen müssen. June war in ihrem Element, als sie all diese Aktivitäten überwachte und koordinierte, so wie vorher Jacob in seinem Element gewesen war, als er mit der Bibel in der Hand vor seiner bunt gemischten Zuhörerschar gestanden und mit seiner sonoren Stimme so überzeugend gepredigt hatte.

Die Kinder, die froh waren endlich nicht mehr still sitzen zu müssen, tobten lachend und kreischend um die ganze Station herum. Nur Christabel war nicht Teil der fröhlichen Schar. Still saß sie abseits auf der Kante eines Stuhles, den ihr jemand in den Schatten des Hauses gestellt hatte, und beobachtete das ausgelassene Treiben mit ausdruckslosen Augen.

Rachel war schon drauf und dran, ihre eigene Regel zu brechen und mit den anderen Kindern zu reden, damit sie Christabel in ihr Spiel einbezogen, als sie sah, wie Trey, der im Kreis der anderen Männer stand, die Hand ausstreckte und Emma festhielt, als sie an ihm vorbeirannte. Er beugte sich zu ihr, sprach mit ihr und deutete mit dem Kopf in Christabels Richtung.

Rachel stand still da und beobachtete, wie Emma langsam zu Christabel ging und sie ansprach. Christabel lächelte, schüttelte dann den Kopf und senkte scheu den Blick.

Aber Emma nahm sie einfach bei der Hand, zog sie hoch und mit sich und schon wenig später – es war wie ein kleines Wunder – gehörte Christabel dazu, auch wenn sie immer ein bisschen am Rand blieb. Das war nur natürlich, denn wegen ihres verkrüppelten Fußes konnte sie oft mit den anderen nicht Schritt halten, obwohl sie sich alle Mühe gab und Emma zu ihr zurücklief, um sie aufzumuntern.

Rachel schloss einen Moment gerührt die Augen. Sie dachte, sie könnte im Moment kein Wort sprechen – aber zum Glück war ja überhaupt niemand da, mit dem sie hätte reden können.

Aber es war doch jemand ganz in der Nähe. Trey Hargreaves stand plötzlich – den Hut in der Hand – neben ihr.

Rachel blinzelte überrascht. »Guten Tag, Mr. Hargreaves«, begrüßte sie ihn, wobei ihre Stimme merkwürdig piepsig klang.

Er nickte. »Tag«, sagte er. Er machte zwar ein ernstes Gesicht, aber darunter verbarg sich ein schelmisches Grinsen. Er gab sich alle Mühe, das nicht zu zeigen, aber hin und wieder blitzte es in seinen Augen doch durch. »Heute Abend findet ein Tanz statt«, erklärte er. »Der alte Zeb Prudham hat seine Fiedel mitgebracht.«

Rachels Herz schlug ein wenig schneller, obwohl sie sich gar nicht erklären konnte weshalb. Himmel noch mal, sie hatte früher doch schon getanzt – wenn auch nicht mehr, seit Langdon in den Krieg gezogen war. Sollte er sie also heute Abend zum Tanz auffordern, würde sie dankend ablehnen und ihre Füße unterm Tisch stillhalten. »Ja und?«, fragte sie.

Für einen Moment glaubte sie zu sehen, dass Trey leicht errötete, aber sie war nicht ganz sicher, da sein Gesicht von der Sonne tief gebräunt war. »Ich denke mir, dass jeder Mann hier Lust hat, Sie einmal um die Tanzfläche zu wirbeln«, sagte er, wobei ihm jedes einzelne Wort schwer zu fallen schien. »Um des lieben Friedens zwischen uns … nun …« Er schaute zur Seite, holte tief Luft und blickte ihr dann entschlossen in die Augen. »Ich möchte der Erste sein. Ich … äh … meine, der Erste, der mit Ihnen tanzt.«

Rachel war vollkommen sprachlos. Von allen Männern in und um Springwater herum war Trey der Letzte, von dem sie so eine Bitte erwartet hätte. Sie war doch schließlich gar nicht sein Typ! Oder? Ihr Herzschlag beschleunigte sich noch mehr.

»Aber gerne«, hörte sie sich sagen und fühlte sich wie ein verknalltes Schulmädchen.

Trey beugte seinen Kopf näher zu ihr und schlug einen vertraulichen Ton an. »Ganz unter uns, ich glaube, dass Landry Kildare ein Auge auf Sie geworfen hat und Sie gerne zu seiner Frau machen würde. Na ja, er sieht ja ganz passabel aus, besitzt ein schönes Stück Land und hat auch anständige Pferde im Stall. Solvent ist er auch – er versucht nämlich seit einem Jahr, mir ein Stück Land abzukaufen, das an seine Ranch grenzt, und er hat mir immer Bargeld angeboten.« Er schwieg und runzelte die Stirn, als sei ihm gerade bewusst geworden, dass er seinen Freund vielleicht ein bisschen *zu* gut aussehen ließ. »Also eins garantiere ich Ihnen jedenfalls, wenn Sie sich mit ihm einlassen sollten, werden seine beiden Jungen Sie innerhalb eines Jahres so weit bringen, dass Sie freiwillig in eine Irrenanstalt gehen.«

Rachel hätte beinahe laut gelacht. Zum einen aus Nervosität, zum anderen aus übermütigem Frohsinn. »Verstehe«, sagte sie. »Ich werde mir Ihre Warnung zu Herzen nehmen.«

»Sehr gut«, meinte Trey zufrieden und – wie es schien – auch ziemlich erleichtert.

Bevor sie das Gespräch fortsetzen konnten, erschien Miss June in der Tür und informierte die Anwesenden, dass die Mittags-Mahlzeit bereitstand. Sie forderte alle auf, ins Haus zu kommen, um sich reichlich zu bedienen, bevor die Fliegen sich satt gefressen hätten. Die Nachricht wurde begeistert aufgenommen, aber bevor die erste Gabel erhoben wurde, sprach Jacob ein kurzes Gebet und dankte dem Herrn.

Rachel hatte das wunderbare Gefühl, dass sie endlich zu Hause war. Es war, als hätte sie schon immer nach Springwater gehört, obwohl sie nichts von der Existenz des Ortes gewusst hatte. Aber schließlich hatte sie den Weg hierher gefunden, nachdem sie über viele verschlungene Pfade gewandelt war.

Das Essen war großartig, ein rauschendes Fest, in das plötzlich Granny Johnson platzte, die auf dem Rücken eines braunen Maultiers in den Hof der Station ritt. Sie trug ihr altes, abgewetztes Kleid, hatte ein Leinenhäubchen auf dem Kopf und hielt ihr Gewehr – ohne das sie keinen Schritt zu machen schien – im Schoß. »Habe ich die Predigt verpasst?«, fragte sie, als Jacob ihr half, vom Rücken des Tieres zu steigen.

»Ja, Ma'am«, erwiderte Jacob ernst, »das haben Sie allerdings.«

»Verdammt«, fluchte Granny. »Ich habe seit zwanzig Jahren keine anständige Predigt mehr gehört. Ich hoffe nur, dass Sie den Leuten die Schrecken der Hölle und der ewigen Verdammnis klargemacht haben, Prediger.«

Jacobs Mundwinkel zuckten leicht, aber er war klug genug nicht zu lächeln. In seiner Botschaft an die kleine Gemeinde hatte er viel über die Kraft des Herrn gesprochen und über seine Liebe zu den Menschen, aber er hatte darauf verzichtet, mit großen Worten die Hölle und den Teufel zu beschwören, wie viele Prediger es taten. Persönlich war Rachel Jacob dafür dankbar, obwohl sie wusste, dass viele Menschen niemals auf die Gnade des Herrn gebaut hätten, wenn sie nicht solche Angst vor dem Teufel gehabt hätten.

In der Art eines Gentlemans legte Jacob seine Hand leicht auf den schmalen Rücken der alten Frau. »Es ist noch eine ganze Menge zu essen übrig, Mrs. Johnson«, sagte er.

»Gehen Sie doch ins Haus und nehmen sich einen ordentlichen Teller voll.«

Granny nickte und reichte ihm ihr Gewehr. »Ich wäre Ihnen dankbar, junger Mann, wenn Sie das für mich in Verwahrung nehmen würden«, sagte sie. Dann trottete sie langsam zur Tür der Station, wobei sie kurz stehen blieb, um mit Rachel zu reden. »Ich bin nur gekommen, um zu sehen, wie Sie mein Mädchen behandeln«, verkündete sie. »Wenn Christabel hier nicht glücklich ist, nehme ich sie gleich wieder mit mir nach Hause.«

Rachel lächelte. Sie war froh, dass Granny an dem Fest teilnahm, auch wenn sie eine schwierige alte Frau war. Sie hatte sich nicht wenige Gedanken darüber gemacht, dass Granny so einsam und allein in ihrer verfallenen Hütte lebte und sie hatte die Hoffnung noch nicht aufgegeben, dass Mrs. Johnson vielleicht doch Teil der Gemeinschaft von Springwater werden würde. Dadurch würde nicht nur das Leben der älteren Frau viel einfacher werden, sondern es wäre gleichzeitig auch ein Segen für Christabel.

Kurz darauf entdeckte Rachel die beiden, die Seite an Seite auf einer Mähmaschine saßen. Granny hielt einen Teller im Schoß, der randvoll mit gebratenem Huhn, Kartoffelsalat und eingelegten Gurken beladen war, während Christabel ernst auf sie einredete und dabei mit der Hand gestikulierte. Rachel lächelte zufrieden und suchte Evangeline, die gerne einen Blick ins Schulhaus werfen wollte.

Als die beiden Freundinnen von dort zurückkamen, stand der Start des Pferderennens kurz bevor. Die Strecke war identisch mit dem Weg, den die Kutschen nahmen, und führte von der Station zum Willow Creek und wieder zurück. Alle Teilnehmer verpflichteten sich bei ihrer Ehre, keine Abkürzungen zu nehmen. Dem Gewinner winkte ein Preis von zwanzig Golddollar. Sieben Reiter – Trey eingeschlossen – nahmen an dem Rennen teil. Die Pferde tänzelten nervös hinter dem Seil, das Jacob quer über die Straße gelegt hatte und das Start und Ziel markierte.

Dann wurden die Regeln verkündet. Es war verboten, nach einem Gegner zu treten, zu schlagen oder einen anderen Reiter zu behindern. Es durfte auch niemand auf dem weichen Grasboden neben der steinigen harten Kutschspur reiten. Fluchen war erlaubt, da keine Ladys am Rennen teilnahmen. Auch gegen Spucken war nichts einzuwenden. Sollte zwischen den Reitern ein Streit ausbrechen, würden alle, die daran beteiligt waren, disqualifiziert werden.

Nachdem Jacob das alles mit seiner ruhigen klaren Stimme verkündet hatte, hob er seine Pistole in die Luft und feuerte. Die Reiter preschten los, zuerst eine einzige Menge aus Tieren und Menschen, die eine dichte Staubwolke hinter sich zurückließ. Schon bei der ersten Kurve hatte sich das Feld in die Länge gezogen und Rachel war insgeheim erfreut, als sie sah, dass Trey bereits knapp in Führung lag, aber diese Freude konnte sie natürlich nicht offen zeigen. Es wäre doch sehr undiplomatisch gewesen, wenn alle merken würden, dass die Schullehrerin einen der Teilnehmer den anderen vorzog. So stand sie nur still da und beobachtete die Reiter, bis sie außer Sicht waren. Toby und die Kildare-Jungs rannten quer über die Wiese, um die Pferde noch eine Weile länger im Blick zu haben, und zweifellos sehnten die drei schon den Tag herbei, an dem sie alt genug sein würden, um selbst an so einem Wettrennen teilnehmen zu können.

Die Strecke bis zum Creek und zurück betrug mehrere Meilen, aber die Tatsache, dass die Zuschauer die Pferde und ihre Reiter für längere Zeit nicht sehen würden, tat der guten Stimmung keinen Abbruch. Hier in der einsamen

Wildnis des Westens gab es nicht viele Feste dieser Art und deshalb amüsierte sich jeder so gut er konnte. Vor allem für die Kinder war es ein Abenteuer, mit mehr oder weniger Gleichaltrigen zusammen zu sein.

Fast fünfundvierzig Minuten später kam der erste Reiter in Sicht, der das Feld mit weitem Abstand anführte, und als Rachel sah, dass es Trey war, fiel es ihr wirklich schwer, nicht vor Freude in die Luft zu springen. Als der Schecke – kaum außer Atem – über die Ziellinie schoss, brandete Beifall auf und die Zuschauer gratulierten dem Sieger lauthals. Wäre nicht Sonntag gewesen, dachte Rachel, würden die meisten Männer wohl jetzt in den Brimestone Saloon ziehen, um mit dem Gewinner des Rennens mit einem Glas Whiskey – oder auch zwei – anzustoßen.

Zwischen all dem Händeschütteln und Schulternklopfen blickte Trey auf und winkte Rachel zu. Das war natürlich eine unerhörte Sache und sicher würde es nun Gerede geben, aber trotzdem freute Rachel sich über die Geste.

Während des Nachmittags vertrieben die Männer sich die Zeit mit Hufeisen-Werfen, während die Frauen an einem von Junes Tischen im Inneren der Station saßen und die letzten Neuigkeiten austauschten. Die kleinen Kinder hielten ein Schläfchen in den verschiedenen Betten und die älteren Kinder schienen eine unerschöpfliche Energiequelle zu haben, denn sie tobten bis Einbruch der Dunkelheit, als die Lampen angezündet wurden, im Freien herum. Wieder wurde Essen aufgetischt. Gegessen wurde, was vom Mittagsmahl übrig geblieben war, aber es verhielt sich wie in der biblischen Geschichte von der wundersamen Brot- und Fischvermehrung: es war genug für alle da – und es blieb immer noch etwas übrig.

Nach dem Essen räumten die Frauen ab und erledigten

gemeinsam den Abwasch. Jede Familie hatte ihre eigenen Teller, Tassen und Besteck mitgebracht – und natürlich hatten alle etwas zu den Mahlzeiten zugesteuert. Die Männer trugen die Tische in den Hof, um im Saal Platz für den Tanz zu schaffen. Inzwischen war es kühl geworden und es wehte eine frische Frühjahrs-Brise.

Zeb Prudham holte seine Fiedel raus, stellte sich vor den Kamin, in dem ein wärmendes Feuer brannte, und machte eine große Show daraus, die einzelnen Saiten seines Instrumentes zu stimmen. Rachel wusste, dass seine Späßchen und Albernheiten Teil der Lustbarkeit war, und sie genoss dieses ›Gekasper‹ von ganzem Herzen.

Wie abgesprochen, kam Trey, der sich seit seinem Sieg beim Pferderennen von Rachel fern gehalten hatte, quer durch den Raum zu ihr, um sie zum ersten Tanz zu bitten. Als er sie in seine Arme zog, begegneten sich für einen Moment Evangelines und Rachels Blicke und sie sah, dass ihre Freundin übers ganze Gesicht strahlte, aber schon in der nächsten Sekunde galt ihre Aufmerksamkeit nur noch Trey. Sie hatte nur noch Augen für ihn und konnte den Blick nicht von seinem Gesicht abwenden. Nach einer Weile schien es ihr, als wäre sie ganz allein in dem großen Raum mit ihm, den Blicken und der Aufmerksamkeit der anderen entzogen.

Rachel errötete leicht, als das Lied, die schwermütige Ballade *Lorena*, endete. Dass Trey sie so eng und so fest gehalten hatte, hatte eine starke verwirrende Wirkung auf sie. Sie hatte das Gefühl, sie würde in Ohnmacht fallen, wenn sie nicht sofort frische Luft bekam. Ihr ganzer Körper schmerzte, das Blut pulste in ihren Adern und brachten jeden Nerv zum Vibrieren.

Die Nacht war angenehm kühl, am Himmel stand ein Sichelmond und die Sterne funkelten um die Wette.

Rachel ging mit schnellen Schritten und da sie keinen Fächer hatte, wedelte sie sich mit der Hand Luft zu. Sie fragte sich, was genau sie jetzt tun sollte. Es war klar, dass sie sich unglaublich stark zu Trey Hargeaves hingezogen fühlte – und das war das Schlimmste, was ihr hatte passieren können. Wenn sie die Wahl gehabt hätte, hätte sie keine schlechtere treffen können. Männer wie er heirateten nicht, wurden nicht sesshaft, um eine Familie zu gründen – wahrscheinlich war die Sache mit Emma eher ein Zufall gewesen. Rachel war sicher, dass er sie haben wollte – er wollte wahrscheinlich eine Menge Frauen haben –, aber wenn er sie erst einmal erobert hätte, würde er ihrer bald überdrüssig werden und sich die nächste suchen.

Während ihr all diese schrecklichen Gedanken durch den Kopf gingen und sie sich bewusst mit dem Handrücken über die Wangen strich, um die Tränen abzuwischen, merkte sie, dass sie ganz in der Nähe der Schule war und dass ihr jemand folgte. Sie drehte sich um und hoffte Evangeline zu sehen oder June oder Jacob, aber statt dessen entdeckte sie Trey.

Mit zwei Schritten war er bei ihr und ging neben ihr her. »Das war ein schöner Tanz, Miss English«, sagte er. »Danke, dass Sie mir die Ehre gegeben haben.«

Sie drehte sich zu ihm, ballte die Fäuste und starrte ihn wütend an. »Warum tust du das?«, schrie sie.

»Was tue ich denn?«, fragte er. Seine Stimme klang zwar erstaunt, aber seinem Gesichtsausdruck sah sie deutlich an, dass er ganz genau wusste, worüber sie sprach.

Rachel hob die Arme und ließ sie wieder fallen. »Du bist so nett zu mir!«, fuhr sie ihn an. »Dabei haben wir uns erst gestern angeschrien!«

»Ich denke, wir schreien uns jetzt schon wieder an«,

erklärte er ruhig und ohne die Stimme zu heben. Seine Augen waren voller Zärtlichkeit. »Das heißt *du* schreist«, stellte er klar.

Sie standen in der Mitte eines Rinder-Pfads, von dem alle hofften, dass daraus einmal eine Straße werden würde, und Rachel schüttelte ihren Zeigefinger unter Treys Nase. »Ich bin zwar keine Jungfrau mehr, aber deshalb bin ich noch lange kein lockeres Frauenzimmer!«

Trey hob zwar eine Augenbraue, aber seine Augen funkelten belustigt. »Du bist keine Jungfrau?«, fragte er. »Das ist ja nun wirklich ein Skandal, Frau Lehrerin!«

Rachel war entsetzt. Sie konnte nicht glauben, dass sie so etwas tatsächlich ausgesprochen hatte – aber sie hatte es getan. Möge der Himmel ihr gnädig sein, aber sie hatte Trey ins Gesicht gesagt, dass sie nicht mehr unschuldig war. Nun gut, das war nicht mehr zu ändern und vielleicht würde sich dadurch ihr Problem von selbst lösen. Jetzt, da er wusste, dass sie nicht mehr rein und unberührt war, würde er sie ja vielleicht gar nicht haben wollen.

Als sie umdrehen und weglaufen wollte, umfasste er mit seinen kräftigen Händen ihre Schultern. »Jetzt hör mir bitte mal zu, Rachel«, sagte er. »Gerade ist etwas ganz Entscheidendes geschehen und wir finden besser heraus, was das war, bevor wir beide verrückt werden.«

Rachels Augenlider flatterten. Sie hatte erwartet, dass er ihr einen Fußtritt geben und sie verächtlich zurückweisen würde – die meisten Männer glaubten ja, dass es auf der Welt einen unerschöpflichen Vorrat an Jungfrauen geben müsste, die sie deflorieren konnten, wann immer sie Lust dazu hatten, aber Trey schien es nicht zu stören, dass sie schon mit einem anderen Mann intim gewesen war. »Wir brauchen gar nichts zu wissen«, sagte sie barsch. »Es ist doch vollkommen egal, was geschehen ist. Wir beide können doch einfach so weiter leben wie bisher und so tun, als ob sich nichts geändert hätte.«

»Vielleicht kannst du das«, erwiderte Trey stirnrunzelnd und schüttelte sie dabei leicht, »aber *ich* kann es nicht. Ich muss es wissen!«

»Aber warum?«

»Deshalb«, sagte er, zog sie eng an sich, beugte seinen Kopf und bedeckte ihre Lippen mit seinem Mund. Rachel wehrte sich einen Moment, aber mehr gegen sich selbst als gegen ihn, dann gab sie verwundert nach. Er öffnete ihre Lippen und schob seine Zunge in ihren Mund. Wäre sie bei einem Gewitter von einem Blitz getroffen worden, dann hätte die Energie, die sie durchfuhr, auch nicht intensiver sein können als dieser Kuss. Schließlich löste er sich von ihr und hielt sie auf Armlänge von sich. Seine Augen glänzten heller als alle Sterne am Himmel zusammen. »Ich denke, ich habe mich damit klar genug ausgedrückt«, sagte er schwer atmend.

Rachel stand auf der Straße, die noch keine war, und hatte das Gefühl, dass sie sich nicht mehr auf den Beinen halten konnte. Ihre Knie waren weich wie Pudding und sie musste ihre ganze Willenskraft aufbringen, aufrecht stehen zu bleiben. Sie hatte eine Hand gegen den Busen gepresst, als versuchte sie, ihr Herz, das wild hämmerte, daran zu hindern, aus ihrer Brust auszubrechen und wie ein Vogel davonzufliegen. »Was sollen wir denn jetzt machen?«, fragte sie schließlich.

»Ich weiß schon, was *ich* machen möchte«, antwortete Trey wehmütig und strich sich mit der Hand durchs Haar. »Aber das ist leider nicht möglich. Tatsache ist allerdings, dass sich die Leute die Mäuler zerreißen werden, wenn wir jetzt nicht sofort wieder zum Tanz zurückgehen. Für mich ist das nichts Neues, aber für dich könnte es der Ruin und das Ende deiner Karriere sein.«

Rachel wusste, dass er Recht hatte, aber sie wollte um nichts in der Welt in die Station zurückgehen und den Menschen dort ins Gesicht sehen. Sie war sicher, dass Treys Kuss etwas in ihr zum Leuchten gebracht hatte, was man meilenweit sehen konnte.

Ganz zärtlich nahm er ihre Hand und legte sie in seine Armbeuge. »Komm, Frau Lehrerin. Es gibt nur eine Möglichkeit deinen guten Ruf zu wahren: du musst für den Rest des Abends mit jedem Mann tanzen, der dich dazu auffordert.«

Sie nickte, schniefte einmal und erlaubte ihm, sie zur Station zurückzuführen. Das Licht der Lampen, so schwach es auch war, wirkte grell, nachdem sie aus der Dunkelheit kam, und im gleichen Augenblick, als sie mit Trey den Saal betrat, endete die Musik – was jedoch sicherlich ein Zufall war.

Jacob, Gentleman wie immer, trat sofort auf Rachel zu und reichte ihr seine große Hand. »Darf ich um die Ehre dieses Tanzes bitten, Miss English?«, fragte er.

Rachel hätte den Mann küssen mögen, denn Jacob war in und um Springwater herum die unbestrittene Autoritäts-Person und die Menschen richteten sich nach ihm. Sie nahm seine Hand, nickte und ließ sich von ihm in einen wirbelnden Tanz führen. Wenig später war die Tanzfläche voller lachender Paare und Rachel verlor Trey aus den Augen. Sie folgte seinem Rat und ließ keinen Tanz aus. Zwischendurch tanzte Evangeline in Scullys Armen an ihr vorbei und selbst Granny Johnson schwang mit einem älteren Cowboy das Tanzbein. Die Mädchen, Emma und Abigail, Kathleen und Christabel, tanzten miteinander, während die Jungs mit entsetzt-versteinerten Gesichtern am Rande der Tanzfläche standen. Zweifellos fürchteten sie das Schlimmste, was einem Jungen passieren konnte: ein *Mädchen*, das sie zum Tanz aufforderte und in die Arme nahm.

Als der vergnügliche Abend endete, riefen die Familien nach ihren Kindern und suchten ihre Sachen zusammen, um nach Hause zurückzukehren. Alle schienen vergessen zu haben, dass die neue Lehrerin alleine mit dem Besitzer des Brimestone Saloons nach draußen gegangen war – eine Ungeheuerlichkeit, die schon so manch andere Lehrerin ihre Stellung gekostet hatte, denn es war einfach unschicklich, wenn eine unverheiratete Frau sich ohne Begleitung mit einem Mann traf. Aber daran dachte nach diesem wunderschönen Tag niemand mehr – niemand, außer der Frau Lehrerin selbst.

7

Eine Woche nach dem Tanzabend war Rachel im Schulhaus, um ein paar Dinge zu ordnen, die anders arrangiert werden mussten. Emma und Christabel hatten ihr dabei den ganzen Morgen über geholfen und später hatte sie die beiden Mädchen zur Station geschickt, um einige Sachen zu besorgen, die noch fehlten. Kurz danach begann die Erde zu beben und die Wände des Hauses fingen bedenklich zu wackeln an.

Rinder! schoss es Rachel sofort durch den Kopf. Sie musste so mit der Organisation beschäftigt gewesen sein, dass sie die Ankunft der Tiere nicht schon früher bemerkt hatte. Jetzt preschte die Herde, begleitet von ausgelassenen Cowboys, die sinnlos mit ihren Pistolen in die Luft knallten, durch Springwater. Wütend rannte sie durch den Raum und riss die Tür auf.

Tiere brüllten, Schüsse krachten, Cowboys fluchten und schrien – es war eine Geräuschkulisse, die nur noch von der Staubwolke übertroffen wurde, die die Tiere aufwirbelten und die sich langsam auf Rachel und dem Schulhaus niederließ. Die vielen Stunden, die sie damit verbracht hatte, das Fenster und die Wände zu schrubben – alles umsonst!

Emma und Christabel!

Bei dem Gedanken, dass die Mädchen von der Herde überrannt worden waren, stockte ihr der Atem. Voller

Angst stürzte sie auf die Straße, um nach ihnen zu suchen, aber wegen der dichten Staubwolke konnte sie fast nichts sehen. Wie auf einem surrealen Bild sah sie nur die verschwommenen Schatten der Rinder, Pferde und Cowboys.

Sie rief die Namen der Mädchen, aber sie konnte kaum ihre eigene Stimme hören. Das Gebrüll der Tiere, das Stampfen der Hufe, das peitschende Knallen der Schüsse übertönte alles.

Die Herde, die in panischer Angst durch die kleine Siedlung galoppierte, wirkte wie ein graubraunes Band aus Fleisch, Hufen und Hörnern.

Wieder rief Rachel die Namen der Kinder, aber ihr blieb die Luft weg und sie begann keuchend zu husten. Sie versuchte, den Trail zu überqueren, weil sie hoffte, die Kinder auf der anderen Seite zu finden. Sie spürte den heißen Atem der Tiere, das raue Fell, sie roch ihren Schweiß und sie schluckte den Staub, den sie aufwirbelten. Sie kämpfte, um sich auf den Beinen zu halten, aber im nächsten Moment wurde sie zu Boden gerissen.

So würde also ihr Leben enden, dachte sie. Sie war ganz klar im Kopf, sie spürte nichts mehr und dachte nur daran, dass sie immer geglaubt hatte, eines Tages im hohen Alter friedlich im Bett einzuschlafen und nicht mehr aufzuwachen. Aber nicht jedem war so ein Tod vergönnt.

Im nächsten Moment erhaschte sie aus ihren staubverklebten Augen den Blick auf eine Hand, die man ihr entgegen streckte. Ganz instinktiv griff sie danach. Sie spürte einen schmerzhaften Ruck und hatte das Gefühl, dass ihre Schulter ausgerenkt wurde. Dann riss man sie hoch und in der nächsten Sekunde landete sie auf dem Rücken eines Pferdes. Es war der Schecke von Trey, der mit einer Hand die Zügel des Pferdes und mit der anderen Hand sie festhielt. Er war über und über mit gelbbraunem Staub bedeckt und sein Gesicht war finster vor Wut.

»Die Mädchen«, keuchte sie, als ihr bewusst wurde, dass sie immer noch am Leben war. In der Staubwolke um sich herum sah sie nur Rinder und Cowboys.

»Sie sind in Sicherheit«, brüllte Trey, um den Lärm zu übertönen, während er seinen Hengst geschickt durch die Rinderherde dirigierte.

Wenig später erreichten sie die Kutschstation und waren in Sicherheit. Zwei schuldbewusst blickende Cowboys folgten ihnen, aber Rachel hatte nur Augen für Emma und Christabel, die mit blassen Gesichtern hinter dem Zaun standen und offensichtlich immer noch geschockt waren. Dem Himmel sei Dank, dachte Rachel, dem Himmel sei Dank. Den Mädchen war es gelungen, sich rechtzeitig bei den McCaffreys in Sicherheit zu bringen.

»Ich muss mich für meine Männer entschuldigen«, sagte der eine Cowboy, der wohl der Trailführer war, und tippte mit zwei Fingern an seinen Hutrand. »Sie haben hier wohl nicht mit einer Siedlung gerechnet.«

Treys Gesicht war hart und kein Muskel zuckte. Am liebsten wäre Rachel in seinem Arm geblieben, wo sie sich sicher und behütet fühlte – aber das war natürlich undenkbar. Vorsichtig ließ Trey sie vom Rücken des Pferdes gleiten und stellte sie auf ihre Füße. Dann wandte er sich dem Cowboy zu, der sich entschuldigt hatte.

»Deine Männer sind in meinem Saloon willkommen«, sagte er scheinbar ganz ruhig, aber der Ausdruck seiner silbrigen Augen besagte das Gegenteil. Sie blitzten scharf wie Rasiermesser in der Sonne. »Das war unverantwortlich. Fast wäre ein Mensch zu Tode getrampelt worden. Ich gebe dir genau eine Viertelstunde, um deine Leute auf Vordermann zu bringen und die Herde aufs Land zu treiben, bevor ich mein Gewehr hole und zu schießen anfange. Ich sage es dir nur einmal: Ich werde auf alles schießen, was sich bewegt und was nicht zu Springwater gehört.«

Niemand – und schon gar nicht Rachel – zweifelte daran, dass Trey es ernst meinte. Sie hatte noch nie einen Menschen gesehen, der so wütend war wie Trey jetzt, und ihr war klar, dass er keine leere Drohung ausgestoßen hatte, sondern dass er fähig war seine Worte wahr zu machen.

Bei dieser Erkenntnis lief ihr ein kalter Schauer über den Rücken. Sie starrte Trey an und er schien zu spüren, dass sie ihn anschaute, denn er drehte sich zu ihr um, aber sie sagten beide kein Wort.

Mit einem *›tss tss‹* schüttelte June den Kopf, während Jacob Rachel am Arm nahm, um sie zu stützen, worüber sie unendlich dankbar war, denn ihre Beine schienen sie – wieder einmal – nicht zu tragen und sie fürchtete, dass sie ohne die Hilfe des Fremden zusammengebrochen wäre.

Trey blickte erst seine Tochter an und dann Rachel, zügelte sein Pferd und ritt in Richtung seines Saloons davon. Rachel beobachtete ihn, während sie an Jacobs Schulter lehnte. Als Trey verschwand, schien ein Damm in ihr zu brechen, ein Damm, hinter dem sie all ihre geheimsten Gefühle verborgen hatte. Sie fühlte sich so schuldig, weil es ihr nicht gelang, ihr Herz für Langdon aufzubewahren, weil sie sich nach einem Ehemann und eigenen Kindern sehnte – ein Wunsch, den sie jahrelang unterdrückt hatte, weil sie einen Mann liebte, der ihr kein Heim und keine eigenen Kinder geben würde, ein Mann, der ein schreckliches Geheimnis mit sich trug, das er ihr nicht offenbaren wollte. Sie schmiegte sich an Jacobs Brust und begann hemmungslos zu weinen.

Jacob stand einfach da, wie ein fest verwurzelter Baum,

hielt sie, den einen Arm um ihre Schulter, und streichelte mit der anderen Hand ihre Schulter. »Ist ja gut«, sagte er immer und immer wieder. Und irgendwie wirkten diese nichts sagenden Worte doch sehr beruhigend.

Nach einer Stunde hatten sich alle wieder gefasst und alles war wieder in Ordnung. June hatte die Kinder bei der Hand genommen und sie mit ihrer liebevoll-zuversichtlichen Art beruhigt. Rachel selbst hatte sich in ihr Zimmer zurückgezogen, wo sie sich gründlich gewaschen und die Kleidung gewechselt hatte. Nachdem sie sich den Staub aus den Haaren gebürstet hatte, steckte sie sie wieder zu dem üblichen Nackenknoten zusammen, straffte die Schultern und ging in die Halle der Station zurück, um der Welt wieder in die Augen zu sehen. Sie fürchtete nämlich, dass sie sich unter der Bettdecke verkriechen würde, wenn sie länger in ihrem Zimmer blieb.

»Was hatten diese Tränen vorhin zu bedeuten?«, fragte June leise und mitfühlend, während sie Tee einschenkte, sobald Rachel erschien. Jacob und Toby waren inzwischen gegangen und die Mädchen schnatterten aufgeregt in Christabels Zimmer.

Rachel seufzte tief und ließ die Schultern fallen. »Ich denke, das wissen Sie genau.«

»Sie sind in Trey Hargeaves verliebt«, bemerkte June, »und Sie glauben, dass es keine Hoffnung für Sie beide gibt, dass sich doch noch alles zum Guten wenden wird.«

Rachel nickte und setzte sich auf eine Bank. Sie war von Herzen dankbar für den frischen heißen Tee, denn sie fühlte sich seltsam matt und schwach – sie, die ihr Leben lang stark gewesen war, unabhängig von jedem anderen Menschen. Und wieder war sie den Tränen nahe. »Ich habe mir selbst etwas vorgemacht«, bekannte sie leise, »als ich mir eingeredet habe, dass ich keinen Menschen brauche.

Aber ich brauche jemanden, June ... ich brauche den falschen Mann!«

Die ältere Frau, die sich selbst auch Tee eingeschenkt hatte, setzte sich Rachel gegenüber und gab zwei Stücke Zucker und einen Schuss Sahne in ihre Tasse. »Vielleicht ist Trey ja gar nicht der *falsche* Mann«, sagte sie nach einer Weile. »Ist Ihnen denn nie der Gedanke gekommen, dass er der *richtige* sein könnte? Der Mann, der Ihnen von den Sternen bestimmt ist?«

Rachel hätte die ältere Frau, die so einfühlsam und klug war, gerne umarmt. Sie wünschte sich ja nichts sehnlicher, als dass June Recht hätte, aber ihre Zweifel überwogen. »Es kann einfach nicht funktionieren«, sagte sie traurig. »Ich kann doch nicht über einem Saloon leben – nicht, weil ich zu hochnäsig bin oder weil ich mich für etwas Besseres halte, aber ich bin nun mal der Ansicht, dass ... dass eine Familie nicht in so einem Haus wohnen sollte. Und ich weiß – ohne Trey vorher fragen zu müssen –, dass er seine Beteiligung am Brimestone Saloon ebenso wenig aufgeben wird, wie ich bereit bin, meinen Beruf als Lehrerin aufzugeben. Wie könnte dieses Problem also jemals gelöst werden?«

June zuckte leicht mit den Schultern, aber ihr Blick strahlte Zuversicht aus, als sie an ihrem Tee nippte. »Ich schätze, Trey und Sie werden dieses Problem selbst lösen müssen, aber ich kann Ihnen versichern, dass Menschen schon ganz andere Probleme gelöst haben.«

»Das scheint mir unmöglich zu sein.«

»So genannte *unmögliche* Probleme werden jeden Tag gelöst.«

Wieder seufzte Rachel. »Jetzt bin ich vollkommen verwirrt«, bekannte sie. »Ich hatte immer den Eindruck, dass Sie *gegen* eine Verbindung zwischen mir und Trey wären.«

»Ich mag seinen Saloon nicht – das steht fest. Ich würde wahrscheinlich nicht mal ins Feuer spucken, wenn die Hütte lichterloh in Flammen steht, aber ich habe nichts gegen Trey als Mensch. Ehrlich gesagt, habe ich große Hochachtung vor ihm – und wenn es nur wegen seiner Art ist, wie er sich um seine kleine Tochter kümmert«, erwiderte June, wobei sie mit dem Kopf in Richtung des Zimmers deutete, aus dem Emmas Lachen zu hören war. »So wie ich das sehe, sagt es eine ganze Menge über einen Mann aus, wenn er bereit ist, die Verantwortung für ein Kind zu übernehmen. Viele tun das nämlich nicht – nehmen Sie zum Beispiel nur Mike Houghton. Wenn Trey gewollt hätte, hätte er sicher eine andere weibliche Verwandte gefunden, bei der er Emma hätte unterbringen können. Aber das tat er nicht, denn als er spürte, dass sie ihn brauchte, da nahm er sie zu sich.«

Dagegen konnte Rachel natürlich nichts einwenden – und Treys Charakter war ja auch gar nicht das eigentliche Problem. Wäre er nicht ein Mensch gewesen, hinter dessen sture unnachgiebige Fassade sie einen kurzen Blick geworfen hatte, hätte sie sich wahrscheinlich gar nicht in ihn verliebt. Der Saloon, das Spielen um Geld und ihr Wunsch, weiter als Lehrerin zu arbeiten, machten ihr weniger Sorgen, als die Gewissheit, dass er ihr eines Tages etwas über sich selbst erzählen würde, das sie nicht hören wollte, etwas, das sie gar nicht wissen wollte. Das hatte sie in seinen Augen gesehen, als sie da draußen auf der Straße, die noch keine war, gestanden hatten.

Nicht ganz unerwartet erschien Trey am Abend in der Station und fragte Rachel fast schüchtern, ob sie einen Spaziergang mit ihm machen würde. Er machte dabei ein ernstes Gesicht und wirkte wie ein Mann, der zu seiner eigenen Hinrichtung ging, obwohl er in der Hand einen

Wildblumenstrauß hielt, den er offensichtlich gerade gepflückt hatte.

Sie nahm die Blumen zögernd, stellte sie ins Wasser und stimmte mit einem Nicken seiner Einladung zu. Sie borgte sich von June einen Umhang, denn der Abendwind war noch kühl, obwohl es bald Sommer sein würde.

»Du musst wissen, dass ich dich sehr mag«, sagte er, sobald sie die Quelle erreicht hatten, der der Ort seinen Namen verdankte. Das Wasser sprudelte glasklar in ein kleines Becken, in dem sich die Sterne spiegelten. »Und deshalb muss ich dir etwas sagen, was ich noch keinem Menschen erzählt habe – mit Ausnahme eines Richters unten in Colorado.«

Rachel wagte kaum zu atmen und schlang die Arme um sich selbst.

Ihre Blicke trafen sich.

»Meine Frau – Emmas Mutter – wurde getötet, als zwei Banditen einen Laden in Great Falls überfielen«, begann er. Sie sah, wie sich die Erinnerung an diesem Tag in seinem Gesicht spiegelte, sie litt mit ihm, sie trauerte mit ihm, aber sie sagte kein Wort.

Er seufzte tief. »Ich habe die beiden Männer erschossen, Rachel«, fuhr er fort. »Den einen habe ich zwischen den Augen getroffen, den anderen mitten ins Herz.«

Rachel schluckte. »Einfach so? Ganz kaltblütig?«, flüsterte sie. Natürlich empfand sie keinerlei Sympathie für die toten Banditen – es waren schließlich Diebe und Mörder –, aber sie war auch dagegen, dass jemand das Gesetz in seine eigenen Hände nahm.

»Ich habe sie nicht aus dem Hinterhalt abgeknallt«, sagte er. »Ich denke, dass es ein fairer Kampf war – aber ja, ich war in diesem Moment eiskalt.«

»Wirst du deshalb gesucht?«

Er schüttelte den Kopf. »Nein«, erwiderte er. »Ich habe mich freiwillig dem Marshal von Colorado gestellt, denn ich hatte ja ein gutes Gewissen. Der Richter lehnte es ab, Anklage gegen mich zu erheben, und das war das Ende der Geschichte – juristisch gesehen.«

Rachel stand nur da und wusste nicht, was sie sagen sollte. Sie liebte den Mann – ob es nun Recht oder Unrecht war, was er getan hatte. Es war nicht ihre Sache, hier und jetzt ein Urteil über ihn zu fällen, zumal sie an seiner Stelle vielleicht ebenso gehandelt hätte. »Dann ist also alles vorbei?«, fragte sie leise.

Er trat einen Schritt auf sie zu, blieb aber plötzlich verunsichert stehen. »Du musst das verstehen, Rachel«, sagte er. »Ich bedaure nicht, was ich getan habe, und ich würde es jederzeit wieder tun.«

Sie biss sich auf die Unterlippe. »Verstehe.«

Es folgte ein langes Schweigen, bevor er sie mit seinem schrägen Grinsen zögernd anlächelte. »Tja, Miss English, das wollte ich nur gesagt haben, aber jetzt möchte ich wissen, was ich tun muss, um dich zu meiner Frau zu machen.«

Rachel starrte ihn fassungslos an. Das Herz schlug ihr im Hals. Sie war sich zwar ihrer eigenen Gefühle sicher gewesen, aber sie hatte natürlich nicht gewusst, wie er für sie empfand. »Du willst mich heiraten?«

Trey räusperte sich umständlich. Er hielt seinen Hut in beiden Händen und drehte ihn nervös zwischen den Fingern. »Ja«, sagte er nach einer Sekunde, die ewig zu dauern schien. »Ich liebe dich nämlich, Rachel. Vielleicht wäre es besser, wenn es nicht so wäre, aber so ist es nun mal.«

Rachel wäre ihm am liebsten um den Hals gefallen und hätte laut jubiliert, aber sie hielt sich zurück, denn es gab noch zu viele Punkte, die ungeklärt waren. »Ich kann – und ich werde nicht – mein Lehramt aufgeben!«

»Verstehe«, erwiderte Trey trocken. »Und ich kann – und ich werde nicht – meinen Saloon schließen. Damit wären wir also quitt.«

Rachel atmete tief durch und ließ die Luft langsam aus den Lungen entweichen. »Dir ist doch wohl klar, dass die Räume über deinem Saloon nicht der richtige Platz sind, um Emma – oder ein anderes Kind, das wir vielleicht haben werden – aufzuziehen«, sagte sie nervös.

»Ich werde uns ein Haus bauen, wenn du das willst«, antwortete er. »Zum Teufel, ich werde den Großteil meines Landes an Landry Kildare verkaufen und bei der Bank in Choteau einen Kredit aufnehmen. Dann werde ich so ein Fertighaus aus dem Katalog bestellen, den Miss June zu Hause hat. So eins mit Badewanne, mit heißem Wasser und allem Drum und Dran.«

Rachel schlug die Hände vor die Brust. »Das würdest du wirklich tun?«

»Natürlich«, erwiderte Trey ernst. »Ich habe dir doch gesagt, dass ich dich liebe. Abgesehen davon, Frau Lehrerin, wenn ich dich nicht bald in mein Bett bekomme, werde ich die meiste Zeit im kalten Wassertrog verbringen müssen, um meinen aufgeregten ›Freund‹ abzukühlen.«

Bei der Vorstellung, dass Trey im Sauftrog der Pferde saß, musste Rachel lachen, wobei ihr Tränen vor Glück und vor Schmerz in die Augen traten. »Aber da war doch schon … ein Mann«, sagte sie. »Er hieß Langdon und wir haben uns geliebt. Wir … wir wollten …«

Trey legte seinen Zeigefinger über ihre Lippen. »Das ist doch Vergangenheit«, meinte er sanft. »Es bedeutet nur, dass unsere Hochzeitsnacht für dich ein bisschen einfacher sein wird. Abgesehen davon, Rachel, ich bin ja auch nicht mehr so ganz unschuldig. Nimm zum Beispiel nur Emmas Mutter.«

Sie schluckte und nickte dann. »Gut, Trey Hargeaves, ich werde dich also heiraten, deine Tochter wie mein eigenes Kind erziehen und dir so viele Kinder schenken, wie du mir geben wirst. Ich werde sogar über diesem schrecklichen Saloon leben – aber nur so lange, bis unser Haus fertig ist.«

Er nahm sie in die Arme, zog sie an sich und gab ihr einen langen Kuss, um ihre Worte zu besiegeln. »Abgemacht«, sagte er und küsste sie erneut.

Einen Monat später fand die Hochzeit statt. Trey hatte mittlerweile ein Fertighaus bestellt, dessen Einzelteile von Chicago zuerst per Eisenbahn und dann weiter mit der Kutsche nach Springwater geliefert wurden. Aufgebaut würde das Haus auf einem Stück Land, das weit abseits des Brimestone Saloons lag. Die Schule würde in zwei Wochen beginnen und bis jetzt hatte sich – zu Rachels Verwunderung – noch niemand beschwert, dass der Unterricht von einer Lehrerin abgehalten wurde, die mit einem Barbesitzer verheiratet war.

Die Leute aus der ganzen Gegend kamen, um bei der Hochzeitsfeier dabei zu sein. Granny Johnson war ebenso anwesend wie Evangeline, Scully und ihre Kinder. Evangeline hatte eingewilligt, Rachels Trauzeugin zu sein, Jacob würde natürlich die Eheschließung vollziehen und June wollte singen.

Es war ein wunderschöner Sommertag, an dem sich die Hochzeitsgesellschaft im Garten der Kutsch-Station versammelt hatte. Die Tische standen im Freien und die Bäume waren mit bunten Papiergirlanden geschmückt.

Rachel hatte sich Junes elfenbeinfarbenes Hochzeitskleid, das mit kostbaren Spitzen besetzt war, ausgeliehen, während Trey, der nervös wie ein Pferd ohne Hufeisen herumtänzelte, einen schwarzen Anzug trug.

Emma und Christabel hatten ein Bogengeflecht errichtet, das sie mit Wildblumen geschmückt hatten, unter dem Jacob stand, während er Braut und Bräutigam anschaute.

Junes Gesang trieb allen anwesenden Frauen – Rachel eingeschlossen – die Tränen in die Augen. Trey, der zu hoffen schien, dass die ganze Sache endlich vorüber war, versuchte, seinen Kragen mit einem Finger zu lockern. Aber es würde noch eine Weile dauern, bis dieser Wunsch in Erfüllung ging, denn nach der Zeremonie würde erst die gemeinsame Mahlzeit – Suppe, Roastbeef und Hochzeitskuchen – folgen und dann würde man tanzen. Natürlich sehnte sich Rachel danach, endlich allein mit Trey zu sein – es war schließlich ihr Hochzeitstag ... Aber sie wollte jeden Augenblick dieses Tages genießen. Die Freude der Nacht würde dann später schon noch kommen.

Die eigentliche Zeremonie dauerte dann nur ein paar Minuten. Nachdem sie sich beide Treue geschworen hatten, nahm Trey Rachel in seine Arme, hob sie hoch und küsste sie. Die Gäste riefen ›hurra‹ und klatschten begeistert.

Beim anschließenden Essen – Rachel war nun Mrs. Hargreaves – knabberte sie nur herum, denn sie hatte keinen Hunger. Trey dagegen schaufelte mächtig in sich rein – Hühnerschenkel, Roastbeef, harte Eier, Kartoffelsalat und eingelegte Gurken. Danach machte er sich über den Kuchen her, während die Frauen Rachel mit gehäkelten Tüchern und selbst gestrickten Decken beschenkten. Dann hing Trey seine Jacke an einen Ast, schob die Ärmel hoch und forderte jeden anwesenden Mann auf, gegen ihn beim Hufeisen-Werfen anzutreten.

Rachel versuchte zwar ihren Ehemann bei diesem Wettspiel *nicht* anzusehen, aber immer wieder schweifte ihr Blick zu ihm. Sie liebte ihn und sie sehnte sich nach ihm. Sie war zwar keine unerfahrene Jungfrau, aber sie wollte Trey haben, sie wollte ihn spüren – so wie er sie haben wollte.

Der Nachmittag schien kein Ende zu nehmen und als schließlich der Abend kam, gab es wieder zu essen und unter den Bäumen leuchteten Lampions aus Papier. Der alte Mr. Prudham stimmte wieder einmal seine Fiedel und erneut wurde getanzt.

Natürlich war der erste Tanz ein Walzer und Trey und Rachel wirbelten verliebt über die Tanzfläche. Der Mond schien hell und das Gras duftete süßlich.

»Du siehst wunderschön aus, Lehrerin«, sagte Trey leise und schaute ihr dabei tief in die Augen. Sie senkte den Blick und tat so, als wäre sie entsetzt. Sie waren allein auf der Tanzfläche, denn dieser erste Hochzeitstanz gehörte ihnen ganz allein – allein der Braut und dem Bräutigam.

»Ich kann es kaum erwarten, dass du endlich mir ganz allein gehörst.«

Ein Schauer lief über Rachels Rücken. »Aber Mr. Hargreaves«, murmelte sie. »Das gehört sich doch nicht. Willst du mir etwa einen unsittlichen Antrag machen?«

»Aber ja, Mrs. Hargreaves«, flüsterte er und gab ihr einen leichten Kuss auf den Mund. »Wir sind jetzt verheiratet. Ist es da immer noch *unsittlich*?«

Rachel zitterte – das spürte Trey und er lächelte sie an.

»Du bist mächtig zuversichtlich – als Liebhaber.«

»Wieso auch nicht?«, erwiderte er schamlos. »Das werde ich dir schon noch beweisen. Auch wenn es noch eine Weile dauern wird, bis ich dir zeige, was für ein Mann ich bin.«

Sie lachte leise. »Armer Schatz!«, spottete sie und strich mit dem Handrücken über seine weich rasierte Wange. »Ich hoffe nur, dass ich deine Lust befriedigen kann.«

Er grummelte, wirbelte sie herum, hob sie leicht hoch und setzte sie dann wieder auf die Füße, um den Walzer fortzusetzen. Natürlich hatten die Hochzeitsgäste kein Wort verstanden, aber sie schienen die Bedeutung der Worte begriffen zu haben, denn sie applaudierten und lachten laut.

Irgendwann endete auch der letzte Tanz. Die Gäste, die nicht über Nacht in der Station bleiben würden – wie die Wainwrights zum Beispiel – sagten adieu, spannten die Wagen an, schwangen sich aufs Pferd oder gingen zu Fuß nach Hause.

Emma, die überglücklich war, Rachel als Stiefmutter und als Lehrerin zu bekommen, blieb bei den McCaffreys, damit die neu Verheirateten das Zimmer über dem Saloon für sich allein haben konnten.

Hand in Hand schritten sie durch die Dunkelheit und sie hielten sich fester, je weiter sie gingen. Als sie zur Treppe kamen, nahm er sie auf die Arme, stieß die Tür mit dem Fuß auf und trug sie über die Schwelle.

Rachel, die Sekunden vorher noch so selbstsicher gewesen war, war plötzlich nervös. Es war eine Sache, Trey zu necken oder herauszufordern, aber es war eine vollkommen andere Sache, mit ihm allein in einem dunklen Zimmer zu sein. Ihr Herz begann zu rasen – war es Vorfreude oder war es etwa Angst?

Trey küsste sie so heftig, dass ihr der Atem wegblieb. Sie wäre fast in Ohnmacht gefallen, aber sie konnte sich gerade noch am Bettpfosten festhalten, während er ein

Zündholz anriss und damit die Lampe anzündete, sodass sie ihre Umgebung sehen konnte.

Sie starrte das herrliche, aus Holz geschnittene Bett an, das sie beim letzten Mal, als sie in Treys Wohnung gewesen war, um Tee zu trinken, nicht gesehen hatte, aber damals war sie ja auch nur in der Wohnküche gewesen.

Trey schien ihre Gedanken zu lesen. Er streifte seinen Mantel ab und deutete mit dem Kopf auf das wunderschöne Möbelstück. »Ziemlich groß«, meinte er grinsend. »Ich habe es aus Choteau kommen lassen und du kannst mir glauben, dass es gar nicht so einfach war, den Transport so zu arrangieren, dass du nichts davon mitbekommen hast.«

Rachel prüfte die Matratze mit einer Hand. Sie war fest, aber sehr einladend. Es war in der Tat bemerkenswert, dass so ein riesiges Bett in Springwater angekommen war, ohne dass sie es bemerkt hatte – und ohne dass ihr zumindest etwas zu Ohren gekommen war. Die Menschen hier schätzten Trey offensichtlich so sehr, dass sie die Überraschung, die er für sie geplant hatte, vor ihr geheim gehalten hatten. »Es ist … wunderschön«, hauchte sie.

Trey knöpfte den Kragen ab, der ihn seit Stunden beengt hatte, und warf ihn achtlos zur Seite. »Nichts ist so schön wie du«, sagte er. Seine Stimme klang rau, männlich – und sehr verlangend. Er ging auf Rachel zu, schob seine Finger in ihre Haare und löste ihre Frisur, wobei es ihm egal war, dass die Haarnadeln zu Boden fielen. Wieder küsste er sie und machte sie damit trunken vor Lust und Begierde, sodass sie sich kaum noch auf den Beinen halten konnte. Für einen kurzen Moment fragte sie sich, ob sie wirklich jemals mit Langdon Liebe gemacht hatte, denn das, was sie jetzt erlebte, war vollkommen anders.

Er löste seinen Mund von ihrem Mund und strich ihr zärtlich mit den Lippen über die Wange, wobei er ihr scheinbar tausend süße Nadelstiche versetzte, die wie Feuer brannten, die aber zugleich das Schönste waren, was Rachel je empfunden hatte. »Weißt du eigentlich, wann ich mich in dich verliebt habe?«, flüsterte er mit heiserer Stimme.

»Wa… wann?«, stotterte sie. Sie war so erregt, dass sie kaum noch an sich halten konnte, sich ihm nicht an den Hals zu werfen.

»Als du deinen Kopf aus dem Fenster der Kutsche gestreckt hast und diese lächerliche Feder auf deinem Hütchen im Wind getanzt hat und du mich allen Ernstes gefragt hast, ob ich ein Outlaw bin.«

Rachel lächelte leicht und schloss die Augen. »Und ich habe mich in dich verliebt«, sagte sie, »als du mich aus der Kutsche gehoben und auf dein Pferd gesetzt hast.«

Zärtlich knabberte er an ihren Lippen, was sie noch mehr erregte. »Dann frage ich mich, was uns so lange aufgehalten hat«, meinte er, während er die vorderen Knöpfe des Kleides einen nach dem anderen aufspringen ließ. Dann schob er den zarten Stoff des geliehenen Kleides über die Schulter und ließ es zu Boden fallen, bis sie nur noch in Hemdchen und gesteiftem Unterrock vor ihm stand. Liebevoll fordernd legte er seine Hände über ihre Brüste und Rachel stöhnte leise, als ihre Nippel anschwollen und sich hart gegen seine Handflächen schmiegten.

»Lass mich nicht zu lange warten«, flehte sie.

Er streifte seine Hosenträger ab, knöpfte sein Hemd auf und zog es aufreizend langsam aus. »Bestimmt nicht«, meinte er. »Zumindest nicht beim ersten Mal, denn so viel Beherrschung habe ich auch nicht.«

Rachel legte ihre Hände mit weit gespreizten Fingern

auf seine muskulöse Brust und kraulte ihn zärtlich. Wieder küssten sie sich, wobei er die Schnüre ihres Hemdchens löste und ihre Brüste entblößte. Er streichelte ihren nackten Busen, bis Rachel fast wahnsinnig wurde.

Trey zog sich weiter aus, streifte seine Stiefel ab und ließ dann seine Hose fallen, bevor er sie sanft mit dem Rücken auf das neue Bett aus Choteau legte. Auf das Bett, in dem ihre Kinder gezeugt und geboren werden würden.

Er streckte sich neben ihr aus, saugte spielerisch an ihren Brüsten und schob seinen Körper über sie, wobei er sein Gewicht mit beiden Armen abstützte. Sie konnte im schwachen Licht der Lampe sein Gesicht deutlich erkennen, sie sah die Liebe und Leidenschaft in seinen Augen … und die stumme Frage.

Sie nickte und er öffnete ihre Schenkel mit seinem Knie. Sie spürte seinen Penis, der sich ihr entgegenpresste. Er war hart und so unglaublich groß, dass sie für einen Moment Angst bekam.

Trey hielt sich zurück und wartete.

Wieder nickte sie und im nächsten Augenblick drang er mit einer weichen Bewegung tief in sie ein. Sie spürte, wie die Luft aus ihren Lungen entwich, sie wurde von einer heißen Welle der Begierde erfasst, die ihren Verstand außer Kraft setzte.

Sie schrie seinen Namen und schlug ihre Fingernägel in seinen Rücken, während er sich schnell in ihr bewegte und tiefer, immer tiefer in sie eindrang, bis sie beide völlig erhitzt waren. Dann war da plötzlich nur noch gleißendes Licht und die Welt schien in einem glühenden Feuerball unterzugehen, als sie beide ihren Höhepunkt erreichten und sich ihre erlösenden Lustschreie übertönten.

Langsam ebbten die Wogen des Orgasmus ab und Trey ließ sich neben Rachel fallen. Immer noch schwer atmend zog er sie eng an sich. Sie waren beide schweißgebadet und sie spürte, dass sein Herz immer noch wild schlug.

»Wenn ich geahnt hätte, wie es mit dir sein würde«, sagte er, nachdem er endlich wieder zu Atem kam, »hätte ich wahrscheinlich schreckliche Angst gehabt.«

Rachel lachte leise, aber in ihren Augen standen Tränen – Tränen der Freude, Tränen der Hoffnung. »Ich dachte, ich würde sterben«, bekannte sie. »Ich konnte nichts mehr sehen, nichts mehr hören und nichts mehr denken. Ich konnte nur noch fühlen und dich spüren.«

Trey rollte zur Seite und gab ihr dabei einen Kuss, der mehr versprach. »Lass mir ein paar Minuten Zeit und ich werde dir die Sterne zeigen, die auf der anderen Seite des Mondes scheinen.«

Sie rekelte sich und spürte ihren Herzschlag immer noch pochen. »Vielleicht sollten wir ein bisschen länger warten«, schlug sie vor. »Jedenfalls so lange, bis mein Puls sich wieder beruhigt hat.«

Er beugte sich zu ihr, nahm einen ihrer harten Nippel zwischen seine Lippen und lutschte daran, bis sie anfing zu stöhnen und sich ihm entgegenwölbte. »Ich denke ja nicht daran«, flüsterte er belustigt, als er merkte, wie scharf sie auf ihn war. »Heute bist du die Schülerin und ich bin der Lehrer. Du musst warten, mein Liebling.«

Rachel wimmerte. Es kam ihr vor, als hätte sie gerade einen hohen Berg bestiegen und nun würde man sie kopfüber in die Tiefe stürzen. Bei dem Gedanken, dass er ihr noch mehr Lustgefühle verschaffen würde, spürte sie, wie ihre Knie bebten. »Nimm mich, Trey«, stöhnte sie, »ich halte das nicht länger aus.«

Er küsste ihren Hals und knabberte an ihren Ohrläppchen. »Du hältst das schon noch aus«, versprach er und küsste erneut ihre Brüste. Und dann machte er es ihr. Und wieder und wieder. Als sie gegen Morgen endlich einschliefen, war Rachel vollkommen erschöpft. Sie träumte von Babys mit silberfarbenen Augen, von einem Katalog-Haus mit einem weißen Zaun, sie träumte von einem Vorgarten, in dem bunte Blumen blühten, und sie träumte von Emma, die erwachsen war und ein eigenes Hochzeitskleid trug. Sie träumte von einer aufblühenden Stadt namens Springwater, in der es ein aus Ziegelstein gemauertes Schulhaus und eine weiß gekalkte Kirche mit einem hohen Glockenturm gab.

Es war so schön, in Treys Armen – in diesem breiten Bett – zu träumen.

Am ersten Schultag war Rachel reichlich nervös. Ihre Schüler starrten sie grinsend an und flüsterten hinter vorgehaltenen Händen miteinander, wenn sie glaubten, dass die Lehrerin nicht aufpasste. Rachel war nicht sicher, ob sie überhaupt wissen wollte, was die Kinder einander sagten, aber es war klar, dass sie für Ordnung sorgen musste.

Zweimal klatschte sie fest die Hände. »Das reicht jetzt«, sagte sie streng. »Schluss mit dem Geschwätz und dem albernen Gekicher.«

Marcus Kildare hob seinen Arm und Rachel forderte ihn zum Sprechen auf, obwohl sie Schlimmes ahnte. »Emma hat gesagt, dass sie bald ein Brüderchen oder ein Schwesterchen bekommen wird. Ist das wahr?«

Emma verschränkte die Arme vor der Brust und hob trotzig das Kinn.

Rachel spürte, wie ihr das Blut in die Wangen schoss, aber sie ließ weder die Schultern sinken, noch wandte sie den Blick ab. Sie selbst war ziemlich sicher, dass sie ein

Kind von Trey erwartete, aber das hatte sie nur ihm und June erzählt. Es war ihr schleierhaft, wieso Emma das wissen konnte, denn das Mädchen wohnte doch bei den McCaffreys, solange das Haus noch nicht stand.

Rachel straffte die Schultern. »Ja«, sagte sie, »Mr. Hargreaves und ich hoffen, dass wir bald Nachwuchs haben werden.«

Emma drehte sich empört zu Marcus um und streckte ihm die Zunge raus. Der Junge war nun wirklich nicht schüchtern und streckte ebenfalls seine Zunge raus.

»Das reicht jetzt«, sagte Rachel streng, »wir sind hier schließlich, um zu lernen.« Damit begann ihre erste Unterrichtsstunde. Als die Schule um drei Uhr nachmittags endete, ermahnte sie die Kinder, nicht unachtsam über die Straße – die ja noch keine war – zu laufen und einen weiten Bogen um den Brimestone Saloon zu machen.

Als sie selbst nach Hause kam, stand Trey am Herd und nippte an seinem Kaffee. »Na, Mrs. Hargreaves?«, fragte er. »Wie war der erste Tag?«

Rachel schloss die Tür hinter sich und schob den Riegel vor. »Lang«, antwortete sie, aber sie war kein bisschen müde – und das wussten sie beide. Sie wollte sich ausziehen, aber Trey ging auf sie zu und bog ihr die Hände auf den Rücken. Dann küsste er sie leidenschaftlich und sie erwiderte seinen Kuss ebenso wild.

»Lass mich dich ausziehen«, murmelte sie, als er seinen Mund von ihren Lippen löste.

»Nein«, sagte er, wobei er ihren Rock hob und den Schlüpfer runterzog. Sie wandte nicht einmal den Blick ab, als sie sich mit gespreizten Beinen über ihn setzte, er seinen Hosenschlitz öffnete, den harten Langen rauszog und tief in sie steckte.

Sie kamen zusammen. Rachel ließ sich fallen und barg

ihren Kopf an seiner Schulter. Sie spürte immer noch, wie er in ihr zuckte.

»Wie lange wird das so bleiben?«, fragte sie, als sie wieder atmen konnte.

»Oh«, meinte er nachdenklich. »Sehr lange, Mrs. Hargreaves. Vielleicht sogar für immer.« Dann schob er sich wieder über sie und machte noch einmal Liebe mit ihr und dann noch einmal.

»Das ist doch nicht möglich«, keuchte sie, als sie endlich wieder sprechen konnte.

»Oh, doch, Mrs. Hargreaves«, murmelte er. »Ich denke, das wird so bleiben. Für immer … wahrscheinlich.«

Sie hörten beide nicht, wie die Kutsche pünktlich in der Station einlief. Sie hörten nicht, wie der Kutscher fluchte, sie hörten nicht, wie die Pferde wieherten und die Bremsen quietschten. Mr. und Mrs. Hargreaves lebten und liebten sich in ihrer eigenen Welt. In einer Welt, die ganz weit weg von Springwater war.

2. Teil

Sommer 1875

1

Das Mädchen, das Savannah in der Kutsche gegenübersaß und leise stöhnte, war noch sehr jung – höchstens siebzehn, aber vielleicht war sie sogar noch jünger. Unter anderen Umständen hätte man sie wohl als hübsch bezeichnen können. Sie hatte walnussfarbenes Haar und schöne große Augen, aber jetzt war sie nur schrecklich verängstigt, wirkte allein und verloren. Der dick geschwollene Bauch unter dem schlichten Leinenkleid schien jeden Moment platzen zu wollen und das Gesicht der jungen Frau war schmerzverzerrt, aber sie tat alles, um nicht laut loszuschreien.

Savannah stieß den dunkelhaarigen Mann an, der neben ihr auf der Bank saß. Der Mann war unrasiert und starrte angestrengt aus dem Fenster, als könnte er sich dadurch der qualvollen stickigen Enge der Kutsche entziehen, die springend über den Fahrweg rumpelte, denn von einer Straße konnte nicht die Rede sein. Der Mann war nicht älter als dreißig, aber wenn man ihm in die Augen schaute, hätte man glauben können, Methusalems älteren Bruder anzusehen. »Nun tun Sie doch was«, flüsterte Savannah ungeduldig. Man hatte ihr erzählt, dass der Mann irgendein Doktor war, aber Genaueres wusste sie auch nicht. Sie wusste nur, dass der Mann die meiste Zeit in verräucherten Kneipen am Spieltisch gesessen hatte, seit er vor knapp einer Woche in Choteau aufgetaucht war. Bei einem Würfelspiel hatte er sein Pferd verloren und Savannah sah es als böses Omen an, als dieser Mann plötzlich zu ihr in die Kutsche nach Springwater gestiegen war.

Er stank nach Whiskey und kaltem Rauch, sein Haar war fettig und strähnig und er sah so sorgenvoll aus, dass Savannah schon beinahe Mitleid für ihn empfand. Aber eben nur beinahe. Der Mann war seit Tagen unrasiert, er brauchte dringend ein Bad und frische Kleidung, wahrscheinlich auch endlich mal wieder etwas zu essen und ganz bestimmt brauchte er ein Bett, um sich richtig auszuschlafen.

Er hatte sich ihr gegenüber gesetzt und gedankenverloren geschwiegen, bis der Kutscher irgendwann unterwegs – in der sprichwörtlichen Mitte von Nichts – das Gespann zum Halten gebracht hatte, um die hochschwangere junge Frau mitzunehmen. Da hatte sich der Mann neben Savannah gesetzt, um dem neuen Fahrgast Platz zu machen. Immerhin hatte er sich dabei kurz verbeugt – was ein Zeichen dafür war, dass er noch ein Minimum an guten Manieren besaß.

Wieder stieß Savannah ihm in die Rippen, denn sie war es gewohnt, dass man ihren Anordnungen augenblicklich folgte. »Hören Sie schlecht oder wollen Sie mich nicht verstehen?«, flüsterte sie zischend, obwohl es natürlich illusorisch war, zu glauben, dass die junge Frau auf dem Sitz gegenüber ihre Worte nicht genau verstehen würde, denn der Platz in der Kutsche war so beengt, dass man es kaum vermeiden konnte, mit den Knien aneinander zu stoßen, wenn die Räder über einen dicken Stein holperten oder durch ein tiefes Loch rumpelten. »Das Kind braucht Ihre Hilfe!«

»Mit Schwangeren kenne ich mich nicht aus«, erwiderte er seufzend. Neben seinen Füßen stand ein abgeschabtes Arztköfferchen, das offensichtlich sein einziges Gepäckstück war – ein trauriger Beweis für seinen Berufsstand, denn seine Kleidung war so erbärmlich, dass es schon eine Schande war. Abgetragene Stiefel – aus Armeebeständen wahrscheinlich – eine dunkle Hose, die schon durchscheinend war, ein Leinenhemd, das früher mal weiß gewesen war, und Hosenträger aus schwarzem Leder. Wunderschöne Zähne hatte der Mann, stellte Savannah zu ihrer Verwunderung fest, und seine Gesichtszüge hatten etwas Aristokratisches. Die Kinnlinie unter den Bartstoppeln war kräftig und sein Mund mit den sinnlichen Lippen war ausdrucksvoll und schön geformt.

»Mir ist es schnuppe, was für ein Arzt Sie sind«, gab Savannah scharf zurück. »Meinetwegen können Sie ein Pferde-Doktor sein.« Wieder stieß sie ihm in die Rippen – und diesmal etwas fester. Sie würde nicht länger zögern, ihren Derringer aus ihrer Handtasche zu ziehen, um den Mann notfalls mit Waffengewalt zu zwingen, seine Pflicht als Arzt zu tun. »Entweder Sie kümmern sich jetzt um das Mädchen oder Sie bekommen es mit mir zu tun.«

»Sie kriegt ein Baby«, erklärte er, als wäre mit dieser simplen ›Diagnose‹ alles gesagt und das Thema damit endgültig abgehakt.

Savannah hätte ihm am liebsten ihre Tasche mit dem Revolver um die Ohren gehauen, aber sie hielt sich zurück, da der Mann ja bei Bewusstsein bleiben musste, wenn er überhaupt von irgendeinem Nutzen sein sollte. »Bei Zeus und Jupiter«, fluchte sie. »Dass sie gleich niederkommt, kann doch der letzte Idiot sehen!« Sie machte eine Pause und suchte nach diplomatischeren Worten. »Sie braucht Hilfe bei der Geburt, Herr Doktor. Wir beide, Sie und ich, sind doch die Einzigen, die ihr diese Hilfe geben können. Ich flehe Sie an, mein Herr, Sie sind doch ein Christenmensch.«

Das Mädchen auf der Bank gegenüber biss sich fest auf die Unterlippe. Sie wimmerte und stöhnte und presste beide Hände fest auf ihren dicken Bauch. Sie sah so entsetzlich aus, wie sie sich fühlte.

Der Arzt seufzte tief und setzte sich aufrecht. »Wie heißen Sie denn eigentlich, mein Kind?«, fragte er rau aber herzlich. Sein freundlicher Ton bewirkte, dass Savannahs Achtung für ihn etwas anstieg – ein wenig zumindest.

»Mir… Miranda«, erwiderte die junge Frau. »Miranda Leebrook.«

Er griff nach seinem Köfferchen, setzte es auf die Knie und öffnete es. Er nahm eine Flasche und ein – erstaunlicherweise – sauberes Tuch heraus, um sich mit der Chemikalie die Hände zu säubern. »Woher kommen Sie und wohin wollen Sie?«, fragte er die Schwangere. »Soweit ich informiert bin, gibt es hier im Westen nur wenige Siedlungen.«

Savannah hatte den Eindruck, dass Miranda zu lächeln versuchte, aber es konnte natürlich ebenso gut ein Zucken ihres Gesichts gewesen sein, weil sie wieder von einer schmerzhaften Wehe gepeinigt wurde. »Mein Pa und ich hatten Streit wegen des Babys. Er hat mich aus dem Haus gejagt und ich wollte mein Glück irgendwo oben im Norden versuchen.«

»Was ist mit dem Vater des Babys?«, fragte der Doktor. Seine Stimme klang weder vorwurfsvoll noch anklagend. »Wo ist er?«

Tränen glitzerten in Mirandas ausdrucksvollen Augen.

»Der hat sich aus dem Staub gemacht und wird bestimmt nie wieder zurückkommen.«

Savannahs Herz zog sich zusammen, aber sie hatte in ihrem Leben schon so viele schreckliche Geschichten gehört, dass sie die Erfahrung gemacht hatte, dass es besser war, sich nicht zu sehr mit den Problemen anderer Menschen zu befassen. Deshalb sagte sie nichts, sondern hielt sich nur am Knauf ihres Sonnenschirmes fest, als die Kutsche wieder einmal durch eine Querrinne polterte.

Der Kutscher brachte die Pferde zum Halt, während der Arzt und die Patientin weiter redeten. Er, sanft und beruhigend, sie, atemlos und immer wieder gequält aufschreiend.

Der Rotschopf des jungen irischen Kutschers, dessen Gesicht von Staub bedeckt war, tauchte kopfunter im Fenster auf. »Gibt es hier etwa ein Problem, Ma'am?«

Savannah holte tief Luft, um sich zu beruhigen. »Ja«, sagte sie. »Einer von uns wird gleich ein Kind bekommen. Der Doktor ist auch auf die Geburt vorbereitet, aber es wäre sicher ganz hilfreich, wenn die Kutsche etwas ruhiger fahren und nicht in jedes verdammte Loch krachen würde!«

Der Kutscher grinste bedauernd und tippte mit den Fingern an seinen Hut, der schräg auf seinem Kopf saß. »Wir sind nur noch drei Meilen von der Springwater-Station entfernt, Ma'am. Sie liegt direkt auf der anderen Seite des Willow Creek.« Er deutete mit der Hand in westlicher Richtung. »Ich muss mich dran halten, da es bald dunkel wird, denn das ist keine Zeit, um in dieser Gegend noch unterwegs zu sein.«

Savannah war fuchsteufelswild. »Sehen Sie denn nicht, dass dieses Mädchen …«

Der junge Mann schüttelte den Kopf und rückte seinen

Hut zurecht. »Tut mir leid, Ma'am, aber Miss June McCaffrey drüben in der Station wird sich um alles kümmern. Wir müssen uns allerdings beeilen.« Damit schwang er sich auf den Kutschbock zurück und ließ die Zügel knallen. Ruckartig sprang die Kutsche an, nur um gleich wieder in ein Schlagloch zu krachen.

Der Doktor hatte inzwischen damit begonnen, seine Patientin sorgfältig zu untersuchen. Savannah schaute schnell zur Seite, aber nicht schnell genug. Sie sah, wie der Mann den Rock der Frau hochschob und mit seinen Händen ihren nackten Unterleib abtastete. Die Sache war ihr doch ziemlich peinlich. Sie hatte zwar nicht den besten Ruf, aber sie war bestimmt keine unmoralische Frau – und so etwas ging ihr doch nahe.

»Können Sie denn nicht noch mal mit dem Kutscher reden?«, fragte sie. Sie fühlte sich hilflos und hatte das Gefühl, dass ihre Ratschläge nicht gerade willkommen waren.

Der Doc zuckte kurz mit der Schulter. »Ich denke, dass sich der Mann nicht mehr umstimmen lässt«, meinte er und deckte Mirandas Schenkel wieder mit dem Rock zu. Dann säuberte er erneut seine Hände mit dem Tuch, das er vorher desinfiziert hatte. »Sicher hat der Mann sogar Recht, denn was könnten wir hier schon tun?«

»Wird mein Baby gesund sein?«, fragte Miranda mit schwacher Stimme.

Er streifte sich das Stethoskop vom Hals und steckte es in seine abgeschabte Arzttasche. Dann lächelte er Miranda so warmherzig an, dass Savannah geradezu geschockt war – wenn auch nur für einen kurzen Augenblick. »Ich gehe jede Wette ein, dass es ein wunderbares Kind sein wird. Schätzungsweise drei bis vier Kilo schwer und so zäh wie ein Maulesel.«

Savannah dachte an das herrliche Pferd, das dieser Mann bei einem Wettspiel verloren hatte, und sie dachte, dass Wetten wohl nicht gerade die Stärke dieses Menschen waren. Miranda schrie vor Schmerzen auf, als der Wagen wieder einmal mit dem Hinterrad in ein Loch ratterte, und Savannah musste sich an dem Mann neben ihr festhalten, um nicht auf die schwangere Frau gegenüber zu fallen.

»Werden wir es bis zur Kutsch-Station schaffen?«, keuchte sie mit zusammengepressten Zähnen, wobei ihr klar war, dass Miranda ihre Frage verstanden hatte.

Der Doc hob eine Augenbraue. »Wir schaffen es bestimmt – aber vielleicht sind wir schon zu viert, wenn wir endlich ankommen.«

Savannah wurde von Panik erfasst. Ihr Puls raste und sie musste heftig schlucken. In ihrer Kindheit in Kansas City hatte sie ihrem Vater – er war dort Barbier, der die Wunden versorgte, und der Bestatter, wenn es keine Wunden mehr zu versorgen gab – oft geholfen, den Männern Kugeln aus dem Leib zu schneiden oder indianische Pfeilspitzen zu entfernen. Ihre Großmutter war so eine Art Hebamme gewesen, die viele Geschichten erzählt hatte, aber trotz dieser Erfahrung, wurde Savannah schwummrig bei dem Gedanken, dass sie jetzt vielleicht leibhaftig Zeugin einer Geburt werden würde.

Sie schwankte von einer Seite zur anderen und presste ihre Fingerspitzen gegen die Schläfen.

Das Gesicht des Arztes versteinerte. »Ich bin gerade etwas knapp mit Riechsalz«, meinte er flüsternd. »Fallen Sie mir jetzt also nicht in Ohnmacht.«

Savannah war empört, aber seine Bemerkung hatte auch etwas Gutes an sich, denn sie straffte sofort ihre Schultern und funkelte ihn mit blitzenden Augen an. »Um *mich* müssen Sie sich nun wirklich keine Gedanken machen«, fauchte sie.

Miranda, deren Gesicht von Schweiß überströmt war, begann zu wimmern. »Es tut so weh«, jammerte sie. »Es tut so schrecklich weh.«

Er fuhr sich mit der Hand durch sein strähniges Haar. »Tja«, seufzte er, »das tut es wohl.«

Wieder hatte Savannah das Bedürfnis, diesem Mann etwas über den Kopf zu hauen, aber statt dessen setzte sie sich auf die andere Bank neben Miranda und legte ihren Arm um das arme Wesen. »Wir werden bald in der Kutsch-Station sein«, meinte sie tröstend, wobei sie wütend den Doktor anschaute, der einfach nur dasaß und nichts tat. »Dort wird es ein schönes, sauberes Bett für Sie geben und alles wird gut werden.«

»Wohin wollten Sie eigentlich ursprünglich reisen?«, fragte der Doktor die Schwangere mit zusammengekniffenen Augen, wobei er großzügig über Savannahs missbilligenden Blick hinwegsah.

»Ich habe kein genaues Ziel«, erwiderte die junge Frau traurig. Sie legte die Hand ins Kreuz und presste sie dagegen. »Ich ... wahrscheinlich wären das Baby und ich hier draußen in der Wildnis gestorben, wenn die Kutsche nicht gehalten hätte.«

Savannah verfluchte insgeheim den verantwortungslosen Mann, der Miranda ein Kind gemacht hatte, aber sie sagte nichts dazu, denn das war jetzt nicht der richtige Zeitpunkt, so ein Thema zu erörtern.

»Was ist mit Ihrer Mutter?«, fuhr der Doc fort. »Hat sie denn nicht interveniert?«

»Ich weiß nicht, was das heißt«, erwiderte Miranda und senkte den Blick. »Ich meine ›interveniert‹. Aber es ist ja auch egal, denn meine Mutter ist schon lange tot. Die Frau, die mein Pa zu sich genommen hat – die hatte nie viel übrig für mich.«

»Ganz ruhig«, sagte er dann zärtlich und nahm die Hände des Mädchens in seine beiden Hände. Groß und schön waren sie, wie Savannah bemerkte. »Langsam und gleichmäßig atmen«, befahl er. »Ganz tief und ganz ruhig. Wir werden uns beide um Sie kümmern ... diese ... äh, Dame ... und ich.«

»Ich wäre froh, wenn ich Ihre Namen kennen würde«, keuchte Miranda. »Das würde mir irgendwie helfen.«

»Ich heiße Savannah Rigbey«, erwiderte Savannah spontan, wobei sie wünschte, dass sie mehr für die schwangere Frau tun könnte, um deren Schmerzen zu lindern.

»Parrish«, sagte der Doktor. Seine Stimme klang freundlich, aber der Blick, mit dem er Savannah anschaute, sprach eine andere Sprache. »Prescott Parrish.«

Die Kutsche jagte einen Hügel hinunter, wobei der Wagen von Seite zu Seite sprang, die Türen aufflogen und wieder zufielen, bevor die Pferde mitsamt dem Gefährt in den Fluss rasten. Herzklopfend starrte Savannah durch das Fenster auf das schäumende Wasser des Willow Creek. Sie hatte so viel Angst, dass sie hätte beten mögen, aber einem Gott hatte sie vor vielen Jahren schon abgeschworen. Der Fluss war nicht sehr tief, aber die Strömung war so stark, dass die Kutsche in Gefahr geriet umzukippen.

»Gleich haben wir es geschafft«, versicherte Dr. Parrish der Schwangeren, die ängstlich seine Hände umklammert hielt.

Miranda warf den Kopf in den Nacken und schrie wie eine Wildkatze. Ihre Lippen zogen sich zurück und sie entblößte ihre Zähne wie eine hilflose Löwin, deren Kinder von Hyänen geraubt wurden. Als sie wieder atmen konnte, flehte sie Gott um Gnade an – und Savannah und der Doc wechselten wieder einen Blick, ernst diesmal und weder spöttisch noch aggressiv.

Das Achtergespann zog die Kutsche am anderen Ufer aus dem Wasser. Von einer Seite zur anderen schwankend polterte die Kutsche die Böschung hoch, wobei das Wasser, das in den Fahrgastraum eingedrungen war, langsam wieder entwich.

»Das Fruchtwasser hält«, meinte er.

Savannah hoffte, dass dies ein gutes Zeichen war, aber sicher war sie nicht, denn sie sah die Besorgnis in den Augen des Arztes, während Miranda zum Glück ganz zuversichtlich aussah.

Die letzte Wegstrecke nach Springwater war die reinste Tortur, wobei die werdende Mutter sich fast die Lunge aus dem Hals schrie. Endlich war es dann soweit und der Kutscher rief etwas Unverständliches, die Pferde sprangen noch einmal über einen Graben und kamen dann zum Halt, wobei die Bremsen quietschten.

Die werdende Mutter schrie und jammerte. Ihr farbloses Kleid war nass, aber als Savannah den Arzt fragend anschaute, schüttelte er den Kopf.

»Immer noch kein Fruchtwasser«, sagte er.

Endlich, endlich rief der Kutscher den Pferden etwas zu und die Tiere blieben stehen. »Spriiiiiiingwater!«, rief der Kutscher, als ob seine Passagiere das nicht auch gewusst hätten.

Doktor Parrish riss die Tür auf, sprang heraus und nahm Miranda auf seine Arme. »Bringen Sie mir meinen Koffer«, befahl er Savannah.

Ein großer Mann mit dunklen Haaren trat auf die Veranda des Hauses. Er hatte freundliche Augen und erkannte die Situation mit einem Blick. »Bringen Sie die junge Frau gleich ins Bett«, sagte er. »Durch den Speisesaal und dann gerade den Flur entlang.«

Parrish nickte und trat ins Haus, während Savannah hustend folgte. Sie war am Ziel ihrer Reise angelangt, denn sie würde hier in der Station ein Zimmer mieten, da Trey Hargreaves und seine Frau noch über dem Brimestone Saloon lebten. Trey war Savannahs Geschäftspartner und sie musste abwarten, bis er ein Haus für seine Familie gebaut hatte.

»Jacob McCaffrey«, sagte der Mann, als sie über die Schwelle trat. Er reichte ihr eine große Hand, die viel gearbeitet hatte.

»Savannah Rigbey«, erwiderte sie und beobachtete aus den Augenwinkeln, wie Doc Parrish mit der Schwangeren im Flur verschwand. »Der Kutscher hat erwähnt, dass Ihre Frau dem Doktor vielleicht helfen kann …«

Jacob schüttelte bedauernd den Kopf. »Meine Miss June ist droben in den Bergen, weil sie sich um Granny Johnson kümmern muss. Die alte Frau hat es mal wieder mit ihrem Rheuma.«

Savannah spürte, dass ihr die Knie weich wurden. »Gibt es denn vielleicht eine andere Frau …?«

»Wo bleiben Sie denn, Miss Rigbey?«, rief der Doktor. Er musste irgendwo in den hinteren Räumen der Station ein Zimmer für die Schwangere gefunden haben. »Bewegen Sie Ihren Hintern, denn ich brauche Sie hier!«

Sie blickte Mr. McCaffrey verzweifelt an, aber der zuckte nur die Schultern.

»Bei Jupiter und Zeus«, fluchte Savannah leise, zog die Nadeln aus ihrem Hut und setzte ihn ab. Dann streifte sie sich notdürftig den Staub von der Kleidung. »Komme schon«, rief sie, straffte die Schultern und schritt mutig vorwärts, um einem Kind auf die Welt zu helfen.

Parrish hatte die Frau vorsichtig auf ein freies Bett gelegt und streifte sich gerade die Ärmel hoch, als Savannah ins Zimmer kam. Er warf ihr nicht einmal einen kurzen Blick zu. »Heißes Wasser und so viele saubere Tücher, wie Sie finden können«, befahl er barsch.

Unter anderen Umständen hätte Savannah diesem Menschen eine entsprechende Antwort gegeben, aber es war nun mal so, dass er der Arzt war und in dieser Situation gebraucht wurde – egal, welche Meinung sie von ihm hatte. Sie setzte die Tasche in seine Reichweite und verschwand, um seine Anforderungen auszuführen.

Eine halbe Stunde später war das Baby geboren. Ein kräftiger kleiner Junge, der die Fäuste geballt und die Zehen verkrümmt hatte. Parrish trennte säuberlich die Nabelschnur durch, wusch das Baby und legte es der atemlosen, strahlenden Mutter auf die Brust.

»Ein Prachtkerl«, meinte er, »genauso hübsch wie Sie.«

Savannah, die immer noch ein bisschen geschockt von der neuen Erfahrung war, fragte sich, was wohl aus Miranda und ihrem Kind werden würde. Ohne Geld waren die beiden hier gestrandet und die Aussichten für die Zukunft waren nicht gerade rosig. Schnell wand Savannah den Blick ab, damit Miranda nicht die Tränen in ihren Augen sah.

»Ich hatte Ihnen ja gesagt, dass das Baby stark und kräftig sein würde«, meinte der Arzt, während er sich die Hände in dem Waschbecken wusch, das auf der Kommode stand. Er nickte Savannah zu und gab ihr zu verstehen, dass sie das Bettzeug wechseln sollte, ohne dabei Mutter und Kind zu sehr zu belästigen.

Ohne ein weiteres Wort verließ er das Zimmer und Savannah vermutete, dass er am folgenden Morgen in die nächste Kutsche steigen würde, um dahin zu fahren, wo immer er hin wollte. Sie war zwar froh, dass er Mirandas Baby zur Welt gebracht hatte, aber sie würde diesen Mann bestimmt nicht vermissen. Sie wünschte ihm trotzdem insgeheim alles Gute – auch wenn sie nicht wusste, warum sie das tat. Als Miranda und das Neugeborene friedlich eingeschlafen waren, verließ Savannah das Zimmer und fragte Jacob nach ihrem Raum, der jedoch nur eine kleine Kammer hinter der Küche war. Immerhin gab es zwei Eimer mit heißem Wasser, sodass sie sich gründlich waschen konnte, nachdem sie sich hinter einem Wandschirm ausgezogen hatte. Auch ihre Koffer hatte man inzwischen ins Haus gebracht. Sie zog frische Kleidung an – einen weiten blauen Rock und eine taillierte weiße Bluse, einfach, aber ordentlich. Sie warf einen Blick in den kleinen Spiegel, der über der Kommode angebracht war, richtete ihre rotblonden Haare, die ihr ins Gesicht fielen, und steckte sie mit Nadeln hoch. Dann kniff sie sich kurz in die Backen, um etwas Farbe in ihre Wangen zu bringen. Das half zwar ein wenig, aber der Ausdruck ihrer blassblauen Augen war immer noch etwas getrübt.

Sie verließ die winzige Kammer und ging in den großen Saal zurück, wo Mr. McCaffrey und Mr. Parrish am Tisch saßen, Kaffee tranken und sich leise unterhielten. Beide Herren standen bei Savannahs Erscheinen sofort auf – Mr. McCaffrey galant wie ein Gentleman, während Mr. Parrish schon etwas Mühe hatte, auf die Beine zu kommen, und leicht schwankte.

»Guten Abend, Ma'am«, sagte Jacob McCaffrey höflich und erst jetzt bemerkte Savannah die beiden Kinder, die ›Checkers‹ spielten und nur kurz von dem Brett aufschauten. Der Junge war ein hübscher, blondhaariger Bursche und das Mädchen war eine entzückend aussehende Halbblut-Indianerin.

»Guten Abend«, sagte Savannah, die sich immer als Dame darzustellen versuchte – aber das war eine Fassade und sie war sicher, dass jeder sie durchschaute. Sie war überzeugt, dass es auch diesmal nicht anders war und dass sogar die Kinder sie durchschauten. Sie wandelte eben auf einem schmalen Grad.

»Das ist Toby«, erklärte Jacob McCaffrey mit seiner ruhigen, tiefen Stimme. »Bring Miss Rigbey bitte ein paar Klöße und etwas Huhn. Ich denke, dass sie hungrig ist.«

Savannah hatte nichts mehr gegessen, seit sie am frühen Morgen Choteau verlassen hatte, nachdem die Frau, bei der sie zur Untermiete gewohnt hatte, seit sie in den Westen gekommen war, ihr mürrisch noch eine Kleinigkeit zurecht gemacht hatte. Savannah schüttelte den Kopf. »Ich hätte nur gerne eine Tasse Tee.«

Das indianische Mädchen stand sofort auf. »Das mache ich gerne für Sie.« Die Kleine schaute Savannah einen Moment an. »Ich vermute, dass Sie die Partnerin von meinem Pa sind.«

Savannah lächelte, als ihr bewusst wurde, dass sie Treys Tochter gegenüberstand. »Du musst also Emma sein.«

Emma nickte. »Vor einem Jahr hat Pa wieder geheiratet.«

Savannah wusste, dass das Mädchen, der Junge und die beiden Männer sie neugierig anstarrten. »Ich hoffe, dass die beiden glücklich sind.«

Emma strahlte übers ganze Gesicht. »Sehr glücklich«, sagte sie. »Pa wird uns ein großes Haus bauen, das er sich aus Chicago kommen lässt. Die Fenster werden natürlich hier eingesetzt und die Terrasse wird auch hier gebaut. Na ja, dann werden wir, Pa und ich und Rachel, in Springwater wie eine richtige Familie leben.« Sie lächelte noch ein bisschen mehr. »Natürlich musste Pa eine Hypothek bei der Bank aufnehmen!«

Savannah legte ihre Hand auf die Schulter des Kindes und lächelte. »Vermisst du es denn nicht, bis dahin nicht bei deinem Vater zu leben?«

Emma strahlte die fremde Frau an. »Ach nein. Toby und ich spielen meistens ›Checker‹ und wir machen auch unsere Hausaufgaben gemeinsam. Ich sehe ja meinen Pa jeden Tag – und Rachel ist ja meine Stiefmutter, aber sie verlangt, dass ich sie in der Schule Mrs. Hargeaves anrede. Blöd, nicht?« Emma lächelte verschmitzt und senkte verschwörerisch ihre Stimme. »Natürlich darf ich abends, bevor ich schlafen gehe, Mom zu ihr sagen.«

Die Männer unterhielten sich leise und achteten nicht weiter auf Savannah, was ihr ganz lieb war. »Ich bin sicher, dass es nicht mehr lange dauern wird, bis ihr gemeinsam in dem neuen Haus wohnen werdet.«

Emma runzelte nachdenklich die Stirn. Die junge Frau da drinnen hat mächtig geschrien, als sie ihr Baby bekommen hat. Es muss ihr schrecklich weh getan haben.«

Savannah sah keinen Sinn darin, die Sache zu beschönigen. »Ja, es hat wohl sehr weh getan«, erwiderte sie, »aber nun hat sie alles überstanden und das Kind wird sie sicher für die Schmerzen entschädigen.« Viel nützen würde es der jungen Mutter allerdings nicht, sagte sie sich selbst, denn das Leben im Montana-Territorium war hart – besonders für eine Frau, die völlig mittellos war und nicht wusste, wohin sie sich überhaupt wenden sollte.

»Miss Rachel … ich glaube, dass sie auch ein Baby bekommt«, fuhr Emma in dem gleichen vertrauensvollen Ton fort. »Ich kann mir nicht vorstellen, dass ich oder mein Pa es aushalten werden, wenn sie so schrecklich leiden muss.«

Savannah legte dem Mädchen den Arm um die Schulter und drückte sie herzlich. »Zerbrich dir darüber nicht den

Kopf«, sagte sie. »Die Geburt ist eine ganz natürliche Sache und deine Stiefmutter wird das schon hinkriegen.« Sie war nicht sicher, wieso sie mit so viel Zuversicht über dieses Thema sprach, denn sie selbst hatte ja keine praktische Erfahrung, und so konnte sie es sich nur damit erklären, dass sie Treys Tochter einfach mochte.

»Sie sollten wirklich etwas von dem Huhn und den Knödeln essen«, sagte Emma und hob den Eisendeckel von einem großen Topf, um Savannah hineinschauen zu lassen. »Jacob hat heute gekocht, aber es schmeckt wirklich gar nicht so übel.«

Savannah lachte entspannt. »Vielleicht bin ich ja doch ein bisschen hungrig«, meinte sie, nahm einen Teller aus dem Regal und setzte sich weit von den Männern entfernt ans andere Ende des Tisches. Später spülte sie dann ihren Teller und das Besteck ab und ging leise in das Zimmer, um noch einmal nach Miranda und dem Baby zu sehen.

Die junge Frau lag wach und betrachtete bewundernd ihren Sohn, aber als sie zu Savannah blickte, sah diese im Blick Mirandas auch die Sorgen, die sie quälten. »Er ist Jack Worgan, seinem Daddy, wie aus dem Gesicht geschnitten.«

Savannah atmete tief durch und ließ die Luft langsam wieder entweichen. Wenn man wie sie in einer Bar arbeitete, kannte man jede Geschichte, die es zu diesem Thema gab. Vermutlich war Worgan entweder tot oder saß im Gefängnis, er war entweder mit einer anderen Frau verheiratet oder er hatte sich einfach nur so aus dem Staub gemacht, um sich vor seiner Verantwortung für Mutter und Kind zu drücken. Aber da Savannah es sich zur Regel gemacht hatte, sich aus dem Privatleben anderer Menschen möglichst immer herauszuhalten, sagte sie nur: »Schön.«

Miranda traten Tränen in die Augen. »Ich habe nicht die

geringste Ahnung, was aus mir oder dem Baby werden soll. Ich habe Gott gebeten, mir ein Zeichen zu geben, aber es gab weder Blitz und Donner noch einen brennenden Busch.«

Wenn Savannah eine gläubige Frau gewesen wäre – was sie nicht war –, hätte sie vielleicht erwidern können, dass viele Menschen schon das Auftauchen der Kutsche als Antwort auf Mirandas Beten angesehen hätten. Und das Gleiche konnte man auch von Doc Parrish sagen, der ihr anfangs allerdings nur widerwillig geholfen hatte, oder Gottes Antwort war vielleicht die Tatsache, dass Miranda hier in der Springwater Station überhaupt Aufnahme gefunden hatte. »Es wird uns schon noch etwas einfallen«, sagte sie aufmunternd, obwohl Savannah sehr gut wusste, dass einer Frau nur wenige Wege offen standen, um ihren Lebensunterhalt zu verdienen.

Frauen arbeiteten gewöhnlich als Lehrerin, aber selbst wenn diese Stelle in Springwater nicht schon mit Rachel, Treys Frau, besetzt gewesen wäre, lag es auf der Hand, dass Miranda für diesen Beruf alle Voraussetzungen fehlten. Frauen konnten natürlich heiraten, aber dazu musste eine Mutter mit einem unehelichen Kind, dem Bastard eines anderen, erst mal einen geeigneten Ehemann finden oder sie konnte als Hausmädchen arbeiten. Der Unterschied zu einer Ehefrau bestand im Wesentlichen darin, dass man die Angestellte für ihre Dienste bezahlte. Aber in Springwater und der näheren Umgebung gab es keine vornehmen Häuser, in denen Hausangestellte gebraucht wurden. Blieb Miranda wohl nur die Möglichkeit, in irgendeiner Form als Prostituierte zu arbeiten. Die meisten Menschen betrachteten auch Savannah als eine Art Dirne, auch wenn sie noch nie für Geld mit einem Mann geschlafen hatte.

»Ich kann so hart wie jeder Mann arbeiten«, sagte Miranda eifrig. »Wenn mir nur jemand eine Chance geben würde …«

Savannah schaute zur Seite und biss sich auf die Unterlippe. Sie selbst könnte dem Mädchen ja eine Arbeitsstelle im Brimestone Saloon anbieten, wo sie die männlichen Gäste animieren und unterhalten müsste, aber damit würde sie der jungen Frau sicher keinen großen Gefallen tun. Und was sollte dann aus dem Kind werden, das in so einer Umgebung aufwuchs? Sie zwang sich, Miranda wieder anzusehen. »Ich werde ein Bettchen für das Baby machen«, sagte sie, zog eine Schublade aus der Kommode, stellte zwei hochlehnige Stühle gegeneinander und platzierte auf die Sitzflächen die Schublade, die sie mit einer Decke und einem Betttuch auspolsterte. Danach nahm sie vorsichtig den schlafenden Jungen aus Mirandas Armen und legte ihn in das provisorische Bettchen. »So, das sollte fürs Erste genügen«, meinte sie. »Wie wollen Sie den Kleinen denn nennen?« Sie hoffte, dass Miranda ihn nicht gerade ›Jack‹, wie sein verschwundener Vater hieß, nennen würde.

»Ich möchte ihm einen schönen, alten biblischen Namen geben«, erwiderte Miranda, die sich in ihrem weichen Bett aufsetzte, wobei sie jedoch leise stöhnte. »Isaiah vielleicht oder Ezechiel.«

Savannah lächelte. »Soll ich Ihnen etwas zu essen holen? Mr. McCaffrey, der Stationsmeister, hat Huhn mit Klößen gemacht.«

Miranda schüttelte den Kopf und legte sich wieder leise stöhnend zurück. »Vielen Dank, Ma'am, aber im Moment will ich mich nur mal richtig ausschlafen.«

»Das ist sicher eine gute Idee«, meinte Savannah mitfühlend und ging zur Tür.

»Einen Moment noch bitte«, sagte Miranda, in deren Stimme eine Spur von Dringlichkeit mitschwang.

Savannah drehte sich um. Das Zimmer lag inzwischen in einem dämmerigen Zwielicht und wenig später würde es stockfinster sein. Sie nahm daher an, dass das Mädchen sie bitten würde, ihr eine Kerze oder eine Laterne zu bringen.

»Ich bin Ihnen sehr dankbar«, sagte Miranda leise. »Ihnen, dem Doktor und natürlich auch dem Kutscher. Ich schätze, Isaiah oder Ezechiel und mir würde es jetzt nicht so gut gehen, wenn Sie drei nicht gewesen wären.«

Savannah nickte nur kurz, denn sie wusste nicht, was sie darauf erwidern sollte. Sie schlüpfte zur Tür raus, die sie leise hinter sich schloss.

»Sie machen einen ziemlich besorgten Eindruck«, bemerkte Jacob McCaffrey, als Savannah in die Große Halle der Station trat. Er stand mit dem Rücken gegen den Kaminsims gelehnt und schmauchte eine Pfeife. Die Kinder waren nirgends zu sehen und auch Dr. Parrish war verschwunden.

Wahrscheinlich saß er inzwischen längst im Brimestone Saloon, wo er sein letztes Geld in Whiskey umsetzte oder es beim Kartenspiel verjubelte.

»Ich mache mir Sorgen wegen Miranda«, antwortete sie offen, obwohl sie erst weiter in den Raum getreten war, damit die junge Frau im Zimmer sie keinesfalls hören konnte. »Sie hat keine Familie, die sich um sie kümmern könnte, und einen Mann hat sie natürlich auch nicht.«

»So etwas Ähnliches habe ich schon vermutet«, erwiderte Jacob, »aber ich bin sicher, dass meiner guten Miss June eine Lösung einfallen wird. Sie hat ein Händchen dafür, sich um verlorene Schafe zu kümmern. Sie haben es ja sicher schon bemerkt, dass wir mehrere heimatlose Streuner bei uns aufgenommen haben.«

Savannah ließ sich auf die Bank an einen Tisch sinken, stützte die Ellbogen auf und legte ihr Gesicht in ihre Hände. »Emma und der Junge? Wie war doch gleich sein Name? Toby?«

Jacob nickte. »Genau, Toby. Emma würde ich allerdings nicht als heimatlose Streunerin bezeichnen, denn Trey und Rachel haben das Kind sehr lieb. Nein, Emma wohnt ja auch nur vorübergehend bei uns, nur so lange, bis das Haus ihrer Eltern fertig ist. Aber Toby lebte wirklich mutterseelenallein in der Wildnis, bis wir ihn hier bei uns in der Station aufgenommen haben. Und dann ist da ja auch noch Christabel – sie ist heute mit meiner Miss June unterwegs, um nach ihrer Granny zu sehen, die mal wieder von ihrem Rheuma geplagt wird. Christabel hat einen verkrüppelten Fuß, aber ein Herz, das größer als sie selbst ist. Jedenfalls glaube ich nicht, dass Sie sich wegen Miss Miranda und ihrem Baby zu große Sorgen machen müssen.«

»Ja, wollen Sie damit sagen, dass sie die beiden einfach hier wohnen lassen wollen und sie mit Essen und Trinken versorgen werden?«

»Ich wüsste nicht, was wir sonst tun sollten. Wir können Sie kaum einfach auf die Straße setzen.«

Savannah wischte sich schnell die Augen mit dem Handrücken ab, denn die Herzlichkeit und das Mitgefühl dieses Mannes beeindruckten sie. In ihrem Leben war ihr nur selten echte Hilfsbereitschaft begegnet und sie hatte fast schon die Hoffnung aufgegeben, dass es so etwas noch gab. Und nachdem sie immer wieder die traurige Erfahrung gemacht hatte, dass die meisten Menschen sie nur ausnutzten, dass sie gerne nahmen, aber nie bereit waren, selbst einmal etwas zu geben, hatte sie ihre Gefühle tief in sich begraben, denn es schien ihr besser, wenn sie sich nicht zu sehr für einen anderen Menschen oder für eine gute Sache engagierte. »Danke, Mr. McCaffrey«, sagte sie schniefend und wischte sich erneut über die Augen. Sie war einfach nur müde von der Reise, sagte sie sich, weil sie sich nicht eingestehen wollte, dass sie von Mr. McCaffreys Reaktion so tief beeindruckt war.

»Sagen Sie doch bitte Jacob zu mir«, bat er und lächelte dabei schwach. Savannah kannte den Mann ja erst kurz, aber so viel war ihr schon klar, dass es eine ganz besondere Ehre war, wenn er einen anderen Menschen mit einem Lächeln bedachte.

Sie streckte ihre Hand aus und nickte. »Dann müssen Sie aber Savannah zu mir sagen.«

Er legte seine Pfeife auf dem Kaminsims ab, kam zu ihr an den Tisch und setzte sich ihr auf die Bank gegenüber. »Sie sehen eigentlich gar nicht wie eine Barfrau aus«, meinte er. »Eher wie eine Lehrerin oder die Frau, die einem vornehmen großen Haus vorsteht.«

Wenn jemand anderes so eine Bemerkung gemacht hätte, hätte Savannah wahrscheinlich sofort eine böse Absicht dahinter vermutet, aber bei Jacob McCaffrey war sie ganz sicher, dass er sie nicht aus Neugierde ausfragen und aus der Reserve locken wollte. Er war eine ehrliche Haut und meinte, das, was er sagte. Sie seufzte tief. »Ach, Jacob«, meinte sie, »das ist eine lange Geschichte und ich bin nicht sicher, dass ich schon so weit bin, darüber offen zu sprechen.«

»In Ordnung«, antwortete er ruhig. »Wir tragen alle unsere größeren oder kleinen Geheimnisse mit uns herum.« In diesem Moment wurde die Tür der Station geöffnet und ein Schatten fiel in den Raum.

Dr. Parrish trat durch die Tür, die er hinter sich wieder schloss. Er war nüchtern, aber er sah nicht besser aus als zuvor. Welche Geheimnisse hatte dieser Mann, fragte Savannah sich stumm. Welche Skandale, welche Probleme hatten ihn zu dem gemacht, was er heute war?

2

In dem flackernden Schein des Kaminfeuers wirkte Savannah Rigbey eher wie ein feenhafter Engel, als das, was sie – wie Pres – wusste, war: eine Barfrau nämlich – und vielleicht noch etwas ganz anderes. Jetzt sah sie wie eine ganz normale ehrbare Frau aus. Sie hatte sich während der Geburt wacker gehalten. Es war eine schwierige Sache gewesen – jedoch nichts im Vergleich zu dem, was er in der Vergangenheit miterlebt hatte. Er hatte gemerkt, wie sich ihre Gesichtsfarbe geändert hatte und wie sie immer wieder entschlossen die Schultern gestrafft und ihr Kinn energisch gereckt hatte. Aber jedes Mal, wenn das Mädchen Miranda aufgeschrien hatte, war Savannah zusammengezuckt, als müsste sie selbst die Schmerzen der Wehen ertragen.

Jetzt, als er sie so unerwartet in der Halle der Station sah, schien sie kleiner und zerbrechlicher zu sein. Und sie schien von innen heraus zu leuchten und zu strahlen.

»Guten Abend«, grüßte Jacob McCaffrey und nickte dem Arzt kurz zu.

Pres strich sich mit gespreizten Fingern durch die Haare und erwiderte den Gruß ebenfalls mit einem Nicken. Er war nicht mehr betrunken, aber er spürte immer noch den Alkohol in seinem Körper, den er beim letzten Besäufnis in Choteau in sich hineingekippt hatte. Aber inzwischen war er sich seiner ganzen schäbigen Erscheinung bewusst geworden, die ihm lange Zeit vollkommen gleichgültig gewesen war. Er sehnte sich nach einem Bad und einer Rasur, nach sauberer Kleidung und nach einem Platz in netter Gesellschaft.

»Ich habe nicht gesehen, dass Sie großes Gepäck bei sich haben, Doc«, bemerkte Jacob, während Savannah nur stumm an einem der langen Tische saß und Pres mit einer gewissen Neugier beobachtete. »Sind Sie nur auf der Durchreise oder wollen Sie sich vielleicht in Springwater niederlassen?«, fuhr Jacob fort. »Die Stadt blüht und gedeiht. Erst kürzlich hat ein Interessent ein Stück Land gekauft, um hier eine Zeitung zu gründen und einen großen Krämerladen werden wir auch bald bekommen. Der Gouverneur des Montana Territoriums hat mir persönlich versprochen, dass er einen U. S. Marshal ernennen wird, damit die Ordnung gewahrt wird. Wir könnten hier einen Arzt gut gebrauchen.«

Pres kam gerade von der Quelle, der der Ort seinen Namen verdankte. Er hatte zuvor noch einmal kurz nach dem Mädchen und dem Baby gesehen, bevor er sich entschlossen hatte, einen Spaziergang zu machen, um die Beine etwas zu bewegen und seine Nerven etwas zu beruhigen. Soweit es ihn betraf, war Springwater noch weit davon entfernt, eine Stadt zu werden. Es gab zwar diese Kutschstation, ein kleines Schulhaus und einen Saloon, der ganz ordentlich aussah, aber nach dem Geschmack des Docs war das für eine richtige Stadt doch zu wenig. Er sah jedoch keinen Sinn darin, seine Ansicht den anderen mitzuteilen. Stattdessen schüttelte er nur den Kopf und ging zum Herd in der anderen Ecke des Saales.

»Ich verlasse Springwater mit der nächsten Kutsche«, erklärte er, nahm einen Emaillebecher aus dem Regal und schenkte sich aus einem Topf einen großen Schluck schwarzen Kaffee ein. Wenn er den richtigen Ort für sich gefunden hätte, würde er ihn schon erkennen. Dort würde er sich niederlassen, aber nicht um zu arbeiten, sondern um sich langsam zu Tode zu saufen und darüber die Dämonen zu vergessen, die ihn so quälten. Er hatte mit der Sauferei schon vor einer ganzen Weile angefangen und wie es schien, war es nur eine Frage der Zeit, wann er sein Ziel erreichen würde.

Er drehte sich mit der Tasse in der Hand um und hob sie zum Mund, um zu trinken. Dabei bemerkte er Savannah, die ihn anstarrte. In diesem Licht konnte er ihren Gesichtsausdruck nicht erkennen und sie wandte schnell ihren Blick ab. Aber doch nicht schnell genug. »Ich bin ohnehin nicht der richtige Doc für euch«, fühlte er sich bemüßigt zu erklären. Darüber wunderte Pres sich selbst, denn er hatte sich schon lange abgewöhnt, seinen Mitmenschen irgendwas über sich zu erzählen, da er der Ansicht war, dass seine Vorlieben und seine Probleme niemanden etwas angingen und allein seine Sache waren.

Jacob McCaffrey hob eine buschige dunkle Augenbraue. »Ehrlich gesagt sind wir hier nicht sonderlich wählerisch«, meinte er. »Wenn Sie also besser mit Pferden umgehen können als mit Menschen, ist das auch in Ordnung.«

Bei dieser Vorstellung musste Pres lachen, aber diese Reaktion war so überraschend und ungewöhnlich für ihn, dass nur ein hohles Krächzen aus seiner Kehle kam. Diesmal glaubte er eine Spur von Verärgerung in Savannahs Augen zu erkennen. Es erfüllte ihn mit einer gewissen Befriedigung, dass sie sich über ihn ärgerte, auch wenn er sich diese Befriedigung nicht erklären konnte. »Ich bin – oder besser gesagt – ich war Chirurg«, sagte er und setzte sich Savannah gegenüber, während Jacob aufstand und sich wieder mit dem Rücken an den Kamin lehnte.

»Sie *waren* Chirurg?«, fragte Savannah schließlich leise, aber ohne jede Spur von Mitleid in der Stimme. »Und was ist dann passiert?«

Pres sah den ganzen Schrecken wieder deutlich vor Augen. Das viele Blut, die zersplitterten Knochen und die zerfetzten Leiber. Er hörte die Kanonenschläge, er hörte die Schüsse und er hörte die Schreie der Verwundeten, er hörte die Stimmen der Soldaten, die ihn anflehten, sie von ihren Qualen zu erlösen, die sich nichts sehnlicher als den Tod wünschten. Und er hatte nichts für diese Menschen tun können. Er verschüttete etwas Kaffee, als er die Tasse hart auf den Tisch setzte. »Der Krieg«, sagte er mit rauer Stimme. »Das ist passiert.«

»Wir haben zwei Söhne in der Schlacht bei Chattanooga verloren«, sagte Jacob. »Es waren Zwillinge und sie hießen Will und Wesley.« Er schwieg und als er schließlich wieder sprach, schien seine Stimme von ganz weit weg zu kommen. »Es waren gute Jungen. Freunde von uns haben gesehen, wie sie gefallen sind. Erst der eine und im nächsten Moment dann auch der andere. Sie wurden gemeinsam geboren und sie starben auch zusammen. Ich schätze, für sie musste das so sein, aber ihrer Mutter hat es fast das Herz gebrochen. Und ich – ich glaube nicht, dass ich die Trauer um meine Jungen jemals ganz überwinden werde.« Der große Mann schüttelte den Kopf und Pres hatte das Gefühl, dass dies noch nicht das Ende von Jacobs Erzählung war. »Wir wissen nicht mal, wo man sie begraben hat. Wohl in einem anonymen Massengrab, aber wenigstens in ihrer Heimaterde in Tennessee.«

Savannah beobachtete mitfühlend den Stationsmeister und Pres beobachtete sie. Er konnte gar nicht anders. Sie sah so verändert aus in ihrem einfachen bürgerlichen Kleid – und irgendwie viel aufregender als in dem leuchtenden Satinfummel mit den Rüschen und Federn, den sie in Choteau im Hell-bent Saloon getragen hatte, um zu singen oder den Gästen Drinks zu servieren. Und er fragte sich, welches Schicksal Savannah dazu gebracht hatte, dass sie sich auf diese Weise ihren Lebensunterhalt verdiente.

Aber wozu sich darüber noch Gedanken machen, rief Pres sich selbst zur Ordnung. Sie war ein – zugegeben – hübscher Nachtfalter, aber sicher keine Frau fürs normale Alltagsleben. Und er war ein heruntergekommener Säufer, ein elender Zyniker, der bis auf den sprichwörtlich letzten Nickel abgebrannt war. Ein schönes Paar würden sie abgeben, zwei Gestrandete, zwei verlorene Seelen.

Wieder schob er sich die gespreizten Finger durch die Haare.

»Ich zeige Ihnen jetzt wohl mal, wo Sie schlafen können«, sagte Jacob. »Sind Sie sich ganz sicher, dass Sie kein Abendessen wollen?«

Pres schüttelte den Kopf, denn schon bei dem Gedanken an Essen würde ihm übel.

»Wie wäre es dann mit heißem Wasser?«

Die Vorstellung, in einer Wanne mit heißem Wasser zu sitzen, hatte in der Tat etwas sehr Verführerisches an sich. »Ein Bad würde mir sicher nicht schaden«, antwortete er und sah dabei Savannahs zustimmenden Blick. Beinahe hätte er wieder gelacht, aber er war zu müde, zu verzweifelt und zu lange aus der Übung. Aber für einen kurzen Moment wünschte er, dass er hier in Springwater bleiben könnte, wieder zu sich finden würde und eines Tages eine kleine Landarzt-Praxis eröffnen könnte, wie sein Vater zu Hause in Maine eine betrieben hatte. Es war so friedlich gewesen, als er vorhin an der Quelle gestanden hatte und den Stern am Himmel hatte aufgehen sehen. Die Sterne waren in Wahrheit natürlich nur eine große Illusion, hatte er sich gesagt und er sagte es sich jetzt noch einmal. Die Wirklichkeit sah ganz anders aus. Die Wirklichkeit bestand aus diesen entsetzlichen Alpträumen, von denen er jede Nacht gequält wurde, wenn er wieder die Schreie der Menschen hörte, wenn er die zerschossenen Leiber sah, auf denen fette, schwarze Schmeißfliegen herumkrabbelten. Nein, er musste vorwärts, immer weiter, bevor die Erinnerungen an den Krieg ihn überrollten und unter sich begruben.

»Dann kommen Sie mal mit«, sagte Mr. McCaffrey in seiner ruhigen Art. »Ich bringe Ihnen das heiße Wasser und sicher finde ich auch noch saubere Kleidung für Sie.«

Pres trank seinen Kaffee aus und stellte seinen Becher in das Waschbecken neben dem Kochherd. Dann folgte er dem Stationsmeister den Flur entlang zu einer kleinen Kammer ganz am Ende des Flurs. Das Zimmer war kaum größer als ein Kleiderschrank, aber es war herrlich sauber und durch das geöffnete Fenster drang aus der Ferne das Plätschern der Quelle ins Zimmer. Das Bett war schmal und mit einer altmodischen Häkeldecke bedeckt, in die in der Mitte das Datum 1847 und ein Bibelvers eingestickt waren. *Du sollst aber immer suchen das Reich des Herrn …*

»Ich habe nicht das Geld, um für dieses Zimmer zu bezahlen«, gestand Pres, der von der freundlichen Hilfsbereitschaft des großen, ernsten Mannes gerührt war. »Für Wasser und Seife habe ich auch kein Geld. Ich besitze nämlich nur noch fünf Cent und ein Kutschbillett auf meinen Namen – und beides brauche ich.«

»Ich habe auch nicht angenommen, dass Sie gut bei Kasse sind«, erwiderte Jacob, der offensichtlich ein Meister in der Kunst der Untertreibung war. »Wasser und Seife haben wir genug und der Raum steht ja ohnehin leer. Da können Sie ihn doch auch benutzen, bevor Sie in der Scheune auf der nackten Erde schlafen. Ich hole Ihnen jetzt erst mal das Wasser und Sie machen es sich hier gemütlich.«

Gemütlich! Wann hatte er diesen Zustand eigentlich zuletzt erlebt? Ja, zu Hause in Maine, als er das Essen seiner Mutter gegessen hatte, seinen Vater auf seinen Runden begleitet hatte und er in sauberer Bettwäsche geschlafen hatte. Das war alles schon so lange her und schien ihm so unwirklich zu sein, dass Pres das Gefühl hatte, sich eher an das Leben eines Fremden zu erinnern als an seine eigene glückliche Jugendzeit.

Während er so dastand und nachdachte, musste Jacob McCaffrey leise das Zimmer verlassen haben, wobei er die Tür hinter sich zugezogen hatte. Pres ging zum Fenster. Seine Hände zitterten so stark, dass er sich am Fensterrahmen festhalten musste, und er verspürte einen Stich in der Brust, als er in die mondlose Dunkelheit blickte. Dieses schwarze Nichts war die passende Metapher für den Zustand seiner eigenen Seele.

Er fuhr sich mit der Hand über seine stacheligen Bartstoppeln. Es war schon eine Ironie des Schicksals, dass er glaubte, er würde verrückt werden, wenn er jetzt nicht sofort ein Glas Whiskey trinken würde. Er hasste das Zeug wirklich, aber es gab immer wieder Augenblicke wie diesen gerade, wo er nach dem Stoff gierte, obwohl der Alkohol Kehle und Magen wie flüssiger Stahl verbrannte.

Ohne den Stoff würde allerdings nicht die geringste Chance bestehen, dass er die Augen schließen und schlafen würde. Ohne die Hilfe von Whiskey oder Laudanum hatte er keine Nacht mehr geschlafen, seit er sich im Sommer 1862 freiwillig zur Armee gemeldet hatte. Damals war er voll mit Idealen frisch vom medizinischen College gekommen und er hatte an seine Fähigkeit geglaubt, dass er die Welt würde retten können. Zum Glück kam in diesem Moment Jacob zurück und unterbrach Pres' trübe Gedanken. Jacob brachte einen runden Badetrog, der mit Kupfer ausgeschlagen war. Dann begann er den Trog mit Tobys Hilfe zu füllen. Es gab Handtücher, ein Stück Kernseife, einen Extra-Eimer zum Abduschen, ein Rasiermesser und das dazugehörige lederne Schleifband. Auch sein Versprechen, dem Arzt frische Kleidung zu besorgen, hielt der Stationsmeister ein – ein weites helles Hemd, das durchs Tragen ganz weich geworden war, und eine grobe Hose, die schwarz wie seine eigene Hose war.

»Das sind Sachen von Will oder Wesley«, erklärte Jacob ruhig. »Miss June hat viele Jahre darauf gewartet, dass unsere Jungs vielleicht doch noch eines Tages zurückkommen würden. Sie hatte gehofft, dass die Nachricht von ihrem Tod falsch sein würde, und deshalb viele ihrer Sachen aufgehoben. Aber unsere Jungen werden das nicht mehr brauchen.«

Pres spürte, wie sich seine Kehle zuschnürte. Sie war völlig ausgedörrt und er hätte wer-weiß-was für einen Schluck Whiskey gegeben. Vielleicht war er den McCaffrey-Jungens sogar einmal begegnet, vielleicht hatte er sie auch behandelt, denn er hatte sich um die Verwundeten beider Seiten gekümmert, als er von Schlachtfeld zu Schlachtfeld gezogen war, von einem Feldlazarett zum nächsten. Aber nie hatte er den Menschen wirklich helfen können – so sehr er sich darum auch bemüht hatte – und schließlich hatte er erkannt, dass er kein Arzt, sondern ein Versager war.

»Danke«, murmelte er und nahm die Kleidung in Empfang. »Ich sollte vielleicht noch mal einen Blick auf die Mutter und das Baby werfen.«

»Miss Savannah ist gerade bei den beiden«, erwiderte Jacob ruhig. »Nehmen Sie Ihr Bad und versuchen Sie etwas zu schlafen. Die nächste Kutsche verlässt Springwater übrigens um die Mittagszeit.«

Pres nickte und der ältere Mann verschwand mit dem Jungen. Pres schälte sich aus seiner Kleidung, die vor Dreck starrte. Er konnte sich nicht daran erinnern, wann er zum letzten Mal die Kleidung gewechselt hatte, und schon gar nicht, wann er zum letzten Mal ein Bad genommen hatte. Vorsichtig stieg er in den Trog, der voll mit Wasser war, das inzwischen etwas abgekühlt war, aber das sich wunderbar anfühlte.

Er seifte sich von Kopf bis Fuß ein, tauchte unter und wusch sich dann die Haare. Dann stand er auf und goss sich mit dem Eimer so lange Wasser über den Körper, bis die Seife abgespült war. Als er damit fertig war, schwamm der Fußboden. Er stieg aus dem Badezuber, griff nach dem Handtuch und trocknete sich gründlich ab. Dann band er sich das Handtuch um den Körper. Abgesehen von dem Schein einer Kerosinlampe, die auf dem Nachttisch stand, war es dunkel in der kleinen Kammer.

Natürlich würde er ohne die Hilfe von Whiskey nicht schlafen und er verspürte auch immer noch keinen Hunger, aber er fühlte sich doch ein bisschen besser als zuvor. Er schärfte das Rasiermesser am Lederriemen, seifte sich den Bart gründlich ein und rasierte sich. Als er damit fertig war, sah er wieder manierlich aus – auf eine verwegene Art sogar ausgesprochen gut.

Plötzlich wirkte das Bett sehr anziehend. Er warf das Handtuch zur Seite, machte die Lampe aus und schlug die Decke zurück. Dann legte er sich hin und spürte die sauberen kühlen Laken auf seiner nackten Haut. Das Nächste, woran er sich erinnerte, war die Sonne, die ihm ins Gesicht schien und ihn mit ihren Strahlen weckte.

An ihrem ersten Morgen in der Springwater-Station wurde Savannah von vertrauten Küchengeräuschen geweckt und von der Stimme einer Frau, die leise vor sich hin trällerte. Für einen kurzen Moment glaubte sie, dass sie wieder zurück in Kansas sei, wo sie als anständige respektierte Frau aufgewachsen war, und dass die Frau, die auf der anderen Seite der Wand sang, ihre Großmutter wäre, die alle ihre bekannten Kirchenlieder sang, während sie das Frühstück zubereitete. Aber schnell wurde Savannah wieder bewusst, dass sie weit weit weg von ihrem Zuhause war und dass sie die Gesellschaft auch nicht mehr für eine ehrbare Frau hielt. Sie zwinkerte eine Träne weg und atmete tief durch, um ihre Gefühle wieder unter Kontrolle zu bekommen. Dann stand sie auf, zog wieder den Rock und die Bluse vom Vortag an, schlüpfte in ihre weichen Lederslipper und verließ ihr Zimmer, um sich dem Tag zu stellen.

Eine hübsche Frau mit silbernen Strähnen in den dichten braunen Haaren und mit wunderschönen blauen Augen stand am Herd. Sie hielt einen Bratenwender in der Hand und ihr Lächeln, mit dem sie Savannah begrüßte, war wie goldener Sonnenschein. »Guten Morgen«, sagte die Frau. »Sie müssen Treys Freundin Savannah sein.«

Savannah nickte. Niemand brauchte ihr zu sagen, dass die Frau vor ihr Miss June McCaffrey war, die offensichtlich von ihrem Trip zu Granny Johnson aus den Bergen zurück war. June stellte sich trotzdem selbst vor und Savannah schloss die Frau sofort in ihr Herz. Es war unschwer zu erkennen, warum die Stationsmeisterin einer von Treys Lieblingsmenschen in Springwater war. Sie strahlte Herzenswärme aus und hatte einen ganz natürlichen Charme, der sich sofort übertrug.

Mrs. McCaffrey lachte. »Setzen Sie sich und ich gebe Ihnen schon mal eine Tasse Kaffee. Das war ja eine Überraschung, als ich heute Morgen hier ankam und das ganze Haus voll fand ... Die Kinder und der Doc und dieses arme Mädchen mit dem Baby und Sie natürlich.« Es schien ihr jedoch Spaß zu machen, dass sie für so viele Leute kochen konnte, denn ihre Augen strahlten und ihre Wangen schimmerten rosig.

»Wie geht es Miranda denn?«, fragte Savannah. »Hat der Arzt heute schon nach ihr gesehen?«

»Soweit ich weiß, schläft der Doktor noch«, erwiderte June vertraulich, während sie in einer Folge schneller Bewegungen aus dem Handgelenk heraus ein halbes Dutzend Pfannkuchen in der Pfanne wendete. »Aber Miranda geht es gut. Sie hat bereits gefrühstückt und ihre Milch fließt, sodass Klein-Isaiah oder Ezechiel ganz munter und zufrieden ist. Und Sie setzen sich jetzt endlich oder wollen Sie, dass ich es Ihnen noch mal sage?«

Savannah war sich sofort im Klaren, dass sie gegen June bei einer Diskussion den Kürzeren ziehen würde. Also nahm sie an einem der langen Tische Platz und ließ sich Kaffee und eine Portion Pfannkuchen servieren, die in frischer Butter und braunem Zucker schwammen. Sie aß mit gutem Appetit und war gerade fertig, als Dr. Parrish in der Halle der Station auftauchte. Er war sauber und ausgeruht und da er sich sogar rasiert hatte, war sein Erscheinungsbild ein vollkommen anderes. Auch die Kleidung war eine wesentliche Verbesserung zu den Lumpen, die er tags zuvor noch am Leib getragen hatte.

Savannah hatte den Eindruck, dass der Mann ein bisschen erstaunt war – so, als hätte er erwartet, an einem anderen Ort aufzuwachen oder vielleicht auch gar nicht mehr. In diesem Moment wurde ihr blitzartig klar, dass dieser Mann – genau wie sie auch – immer ein Außenseiter bleiben würde, der nirgends ganz dazugehörte.

»Guten Morgen«, sagte er irgendwie vergnügt. Er nickte erst Savannah und dann June kurz zu. »Vielen Dank für das Hemd und die Hose.«

Junes Gesicht verzog sich einen Augenblick lang schmerzhaft, aber dann glätteten sich ihre Züge wieder. »Ich habe das Hemd Weihnachten '59 für Wesley genäht«, sagte sie. »Er hat es ganz besonders gerne getragen.« Sie seufzte leise. »Es tut gut, dass es wieder jemand trägt.«

Einen Moment herrschte bedrückendes Schweigen, aber dann öffnete sich die Tür und Jacob kam herein. Die Kinder schienen schon in der Schule zu sein, denn sie waren weder zu sehen noch zu hören.

»Sie sind ja sauberer, als ich mir hatte vorstellen können«, sagte der Meister der Kutschstation.

Savannah lachte hinter der vorgehaltenen Hand, denn sie war ebenfalls vollkommen verblüfft, wie sich der Doktor verändert hatte. Er sah einerseits höllisch gut aus, aber er strahlte auch von innen ein Vertrauen in seine Kraft und seine Fähigkeiten aus, eine Zuversicht, die sie diesem Mann gar nicht zugetraut hätte. Obwohl sie ihm gegenüber immer noch misstrauisch war, musste sie sich selbst zugestehen, dass sie den Mann vielleicht doch unterschätzt hatte.

June trat hinter den Doktor und schob ihn zum Tisch, wie eine Mutterglucke ihr streunendes Kleinchen eingefangen hätte. Er setzte sich und schaute zweifelnd auf den Teller mit Pfannkuchen, den sie ihm vorsetzte.

»Essen Sie das«, befahl June. Es klang zwar freundlich, aber trotzdem ließ sie keinen Zweifel aufkommen, dass sie keinen Widerspruch dulden würde. »Sie sehen halb verhungert aus.«

Savannah sollte eigentlich schon längst im Brimestone Saloon sein, wo sie mit Trey verabredet war, um mit ihrem Partner die Arbeitseinteilung festzulegen. Sie vermutete, dass auch auf Jacob eigentlich jede Menge Arbeit wartete, aber trotzdem lungerten sie in der Halle der Station herum und beobachteten den Fremden mit Verwunderung und Neugier. Es schien fast so, dass ein Mensch, der vage an Dr. Parrish erinnerte, während der Nacht in die Haut des Doktors geschlüpft sei, um seinen Platz einzunehmen.

Parrish seufzte, hob die Gabel und schob sich vorsichtig ein kleines Stück in den Mund. Dann noch eines und noch eines. Es war irgendwie ein erhebender Moment, diesen Mann essen zu sehen, auch wenn Savannah sich nicht erklären konnte, wieso eine so normale Sache etwas Besonderes sein konnte. Als der Doktor merkte, dass alle ihn anstarrten, wirkte er ein bisschen indigniert und Savannah und Jacob wandten schnell ihre Blicke ab.

Da sie entschlossen war den Tag gut zu nutzen, lief Savannah zuerst in ihr Zimmer, um ihre Handtasche zu holen, und dann ging sie mit entschlossenen Schritten zum Brimestone Saloon. Sie brauchte nicht lange, um die Bar zu finden, denn das Gebäude lag nur knapp einhundert Meter von der Station entfernt; man musste nur dem ausgewaschenen Trampelpfad folgen, aus dem eines Tages mal eine Straße werden sollte. Das kleine Schulhaus lag der Bar direkt gegenüber und sie fragte sich, wessen ›brillante‹ Idee es gewesen sein mochte, die Schule direkt neben den Saloon zu bauen. Aber dann entschied sie, dass es ihr ja im Grunde gleichgültig sein konnte. Beide

Gebäude waren nun mal da, sie wirkten solide und keines würde dem anderen weichen.

Für Savannah war es gleichzeitig eine Enttäuschung und eine Erleichterung, dass keine Kinder im hohen Gras auf dem Schulhof spielten, der die Schule umgab. Sie war vernarrt in Kinder, aber sie hatte gelernt, dass es besser war, wenn sie sich fern von ihnen hielt und sie vor allem nicht in Gegenwart ihrer Eltern anzusprechen. Zu oft hatte sie die schmerzhafte Erfahrung machen müssen, dass ein Vater oder eine Mutter das Kind von ihr weggerissen hatte, als wäre sie eine Art Monster oder hätte eine ansteckende Krankheit.

So wandte Savannah – mit diesem ihr vertrauten leichten Schmerz ums Herz – der Schule den Rücken zu und betrachtete den Saloon, in den sie jeden Dollar gesteckt hatte, den sie in den zehn Jahren zur Seite gelegt hatte, seit sie zum ersten Mal in einer Bar gesungen hatte. Sie konnte gut mit Geld umgehen, legte keinen Wert auf billigen Schmuck oder andere Kinkerlitzchen wie viele andere Frauen, die sie im Laufe der Jahre kennen gelernt hatte. So war es ihr gelungen, eine hübsche Summe anzusparen und sie hatte das Geld auch immer klug investiert.

Bisher jedenfalls. Sie ging über die Straße, die noch keine war, und blieb vor dem Eingang der Bar stehen. Sie stützte die Hände auf die Hüften und betrachtete die Schwingtüren und die eleganten Messinggeländer zu beiden Seite der Treppenstufen. Ihr Blick fiel auf die vielen Fenster, deren Scheiben bei der ersten wüsten Schlägerei sicher alle zerbrechen würden, und zum ersten Mal kamen ihr Zweifel. Was um alles in der Welt hatte sie dazu gebracht, die gesamten Ersparnisse ihres Lebens in so ein Geschäft an so einem Ort zu investieren? Plötzlich fühlte sie sich ziemlich verzweifelt.

Savannah seufzte. Trey Hargreaves war mit Sicherheit nicht der Grund für ihre Entscheidung – obwohl er ein Mann war, dem kaum eine Frau hätte widerstehen können. Nein, Savannah hatte zum Glück nie mehr für ihn empfunden als Freundschaft und das war sicher gut so, denn Trey empfand wohl ähnlich für sie.

In diesem Moment öffneten sich die Schwingtüren und Trey trat auf den hölzernen Gehweg. Er lächelte sein berühmtes Lächeln, das schon so viele Frauenherzen zwischen hier und Choteau – und wahrscheinlich darüber hinaus – hatte höher schlagen lassen.

»Schön, dass du da bist, Partnerin«, begrüßte er sie. Obwohl es Hochsommer war, trug er ein tailliertes Jackett, dessen Stoff auf die Entfernung in der Sonne und vor dem dunklen Holz der Tür in hunderten Schattierungen von Gelb und Grün schimmerte. Es war heiß, aber auf Treys Stirn war kein Tropfen Schweiß zu sehen. Er trug ein weißes Rüschenhemd und dazu eine Weste aus blauem Brokat, aus deren Tasche eine goldene Uhrkette baumelte. Schwarze Hosen und glänzende Stiefel rundeten das Bild des Mannes ab. »Ich kann zwar einen anständigen Whiskey servieren, aber meine Singstimme ist nicht unbedingt erinnerungswert.«

Savannah lächelte ihren Freund an. »Im Gegenteil«, gab sie zurück, »jeder, der dich einmal singen hörte, wird dieses Erlebnis nie wieder im Leben vergessen.«

Er lachte und die Absätze seiner Stiefel klangen dumpf auf den hölzernen Planken des Gehwegs, als er auf Savannah zukam. Dann stand er vor ihr, legte beide Hände auf ihre Schultern und gab ihr einen brüderlichen Kuss auf beide Wangen.

»Komm, ich stelle dich meiner Frau vor«, sagte er und zog sie in Richtung Schule.

Savannah blieb abrupt stehen. »Jetzt?«

»Ja, jetzt«, erwiderte er und ahmte ihre entsetzte Stimme nach.

»Aber wir würden den Unterricht stören.«

Trey betrachtete Savannah verwundert. »Was ist denn plötzlich in dich gefahren? Du bist doch sonst nicht so schüchtern.«

Savannahs Herz schlug ihr im Hals. Sie schaute in Richtung der Station, dann zur Quelle, die in der entgegengesetzten Richtung lag, und erkannte, dass weder von der einen noch von der anderen Seite Hilfe zu erwarten war. »Ich bin doch eine Barfrau, Trey«, erinnerte sie ängstlich flüsternd. »Es gibt genug Leute, die entsetzt wären, wenn sie erfahren, dass ich mit ihren Kindern im gleichen Raum war.«

Trey presste ihren Arm liebevoll und schob sie dann vorwärts. »Zum Teufel mit Ihnen, wenn sie solche verstaubten Ansichten haben«, sagte er. »Und jetzt komm. Rachel wird dir gefallen. Sie ist eine energische kleine Person, aber mich hat sie gezähmt und ich fresse ihr aus der Hand.«

Savannah biss sich auf die Unterlippe, aber sie erlaubte es Trey, dass er sie über die Straße durch das hohe, grüne Montanagras und zur Tür der Schule führte. Trey klopfte leicht und wenig später öffnete sich die Tür, die aus rohen Planken gezimmert war und leise in den Angeln quietschte. Savannah sah eine zierliche, dunkelhaarige Frau, deren Gesichtszüge wunderschön geschnitten waren und deren Augen Intelligenz und Klugheit ausstrahlten.

»Rachel«, verkündete Trey stolz, »darf ich dir Savannah Rigbey vorstellen. Sie ist meine Partnerin im Saloon. Savannah, das ist Rachel, meine Frau.«

Wenn Savannah gesagt hätte, dass Rachel überrascht

war, hätte das nur unzureichend den Ausdruck beschrieben, der sich für einen kurzen Moment in Rachels Gesicht spiegelte. Es war offensichtlich, dass Trey seiner Frau gegenüber nicht erwähnt hatte, dass sein Geschäftspartner eine Frau war. Diese Männer sollte doch alle der Teufel holen! Wahrscheinlich hatte Trey die Sache als so unwesentlich betrachtet, dass er sie gar nicht der Rede wert empfunden hatte – vielleicht hatte er sie aber in seiner männlichen Ignoranz auch schlicht und einfach vergessen. Jedenfalls war Savannah entsetzt. Ihre Knie wurden weich und sie hatte nur den Wunsch sich umzudrehen und sich irgendwo in den Bergen zu verstecken. Das war natürlich unsinnig, denn *sie* hatte schließlich nichts falsch gemacht – jedenfalls nichts, was Trey Hargreaves betraf.

»Hallo«, sagte Rachel, die sich inzwischen vom ersten Schock erholt hatte, und streckte der anderen Frau eine schmale kühle Hand entgegen.

Savannah nickte, schüttelte kurz Rachels Hand und murmelte ein verlegenes »Hallo«. »Ich denke, dass Sie viel mit Ihren Schülern zu tun haben. Da gehe ich besser wieder …« Sie machte auf dem Absatz kehrt, aber Trey versperrte ihr den Weg.

»Ich hoffe, dass Sie heute zum Abendessen zu uns kommen«, sagte Rachel Hargreaves. »Passt es Ihnen um sechs Uhr?«

Savannah atmete nur ganz flach. Sie war es nicht gewohnt, dass man sie zum Essen einlud, und so hatte sie auch fast schon vergessen, wie man auf eine Einladung reagierte. »Ja, nun … ich weiß nicht …«, murmelte sie.

»Sie wird kommen«, versicherte Trey seiner Frau lächelnd. Der elektrisierte Blick, den die beiden wechselten, war so intensiv, dass förmlich die Funken stoben. Selbst Savannah spürte die Hitzewelle zwischen den beiden.

Rachel warf der Partnerin ihres Mannes einen letzten nachdenklichen Blick zu, nickte dann kurz und schloss die Tür von innen.

»Du hattest es ihr nicht mal erzählt«, zischte Savannah wütend, als sie mit Trey wieder den Viehtrieb überquerte, der einmal eine Straße werden sollte, und auf den Saloon zuging.

»Was habe ich Rachel nicht erzählt?«, fragte er und schien ehrlich verblüfft zu sein.

»Dass ich eine Frau bin, verdammt noch mal! So kann man doch mit Menschen nicht umgehen!«

Trey schien sich immer noch keiner Schuld bewusst zu sein. »Natürlich habe ich ihr gesagt, dass mein Partner aus Choteau kommt und in der Station ein Zimmer mieten wird, bis unser Haus fertig ist und die Räume über der Bar frei werden. Sie hat mir keine weiteren Fragen gestellt.«

»Weil sie *natürlich* von der Voraussetzung ausgegangen ist, dass ich ein Mann sei!«, schimpfte Savannah. »Wahrscheinlich hat sie irgendeinen dicken Schmerbauch erwartet, mit einer Zigarre im Mund und einer glänzenden Glatze.«

Bei dieser Vorstellung musste Trey lachen, und da sie inzwischen die Tür zum Saloon erreicht hatten, hielt er ihr den einen Flügel auf, damit sie vor ihm eintreten konnte. Obwohl vor dem Brimestone weder Pferde angebunden waren, noch irgendwelche Wagen zu sehen waren, war die Bar erstaunlich gut besetzt – und dabei war es ja noch relativ früh am Morgen. Savannah wusste nicht recht, ob sie über diese Tatsache verärgert sein sollte oder sie als gutes Zeichen dafür ansehen sollte, dass sie ihr Geld vielleicht doch nicht so falsch angelegt hatte.

»Du machst dir natürlich Sorgen darüber, dass Rachel eifersüchtig sein könnte«, sagte Trey so laut, dass alle Männer im Raum, angefangen bei dem Bartender, der mehr wie ein englischer Butler aussah, bis zum letzten Viehtreiber in der hintersten Ecke, aufblickten, wobei Savannah vor Verlegenheit leicht errötete. »Mach dir darüber keine Gedanken«, fuhr Trey fort, »denn sie weiß, dass ich absolut verrückt nach ihr bin – und nur nach ihr.«

Aus dem Augenwinkel beobachtete Savannah den Bartender, der inbrünstig ein Glas polierte, wobei er ein bisschen vor sich hin grinste.

Sie hob die Arme und ließ sie resigniert wieder fallen. »Ich gebe es auf«, sagte sie, »aber mach mich später nicht dafür verantwortlich, wenn sie dir die Haut vom Leib zieht, sobald sie allein mit dir ist.«

Trey wirkte überaus selbstbewusst und er schien sich seiner Frau sehr sicher zu sein. »Es wird bestimmt nicht die Haut sein, die sie mir …«

Savannah fiel ihm ins Wort. »Wage es nicht auszusprechen, was dir gerade auf der Zunge liegt, Mr. Trey Hargreaves!«

Er lachte leise in sich hinein und ließ erneut seinen Blick über ihre strenge Kleidung gleiten. »Willst du so etwa hier arbeiten und singen?«, fragte er. »Diese Bluse und dieser Rock scheinen mir für ein Damenkränzchen beim Nachmittagstee passender zu sein.«

Savannah senkte ihre Stimme und stemmte wieder die Hände auf ihre Hüften. »Weder du noch irgendein anderer Mann braucht mir zu sagen, was ich anzuziehen habe, wenn ich in einem Saloon meiner Arbeit nachgehe, Trey. Und außerdem solltest du immer daran denken, dass ich nur singe und nur Whiskey verkaufe – und sonst gar nichts.«

Trey hob abwehrend die Hände und zog die Brauen hoch. »Ist ja gut, Partnerin, ich wollte dir nicht zu nahe treten und dich auch bestimmt nicht beleidigen. Ich wollte ja nur sagen, dass ich den Saloon allein gemanagt hatte, seit er erbaut worden ist. Aber jetzt muss ich ein anderes Haus bauen, bevor der erste Schnee fällt.« Er grinste und strahlte stolz übers ganze Gesicht. »Es ist eines dieser Fertighäuser. Die Einzelteile kommen den ganzen Weg von Seattle mit der Bahn und mit der Kutsche.«

Plötzlich verspürte Savannah einen scharfen Stich in der Brust, aber sie wollte gar nicht so genau wissen, was dahinter steckte: Sorgen, Einsamkeit, Neid?

»Sobald das Haus fertig ist«, fuhr Trey fort, als sie nicht antwortete, »kannst du in die Räume über dem Saloon ziehen.«

Savannah hob den Kopf und sah zum ersten Mal die Treppe in der Ecke, die nach oben führte. Wunderbar, dachte sie verbittert. Eine kleine Wohnung über einer Bar in einer Stadt, in der es gerade mal drei Häuser gab. Aber im gleichen Moment fragte sie sich, was sie denn erwartete. Das war nun mal ihr Leben – Saloons und darüber ein Zimmer, weit ausgeschnittene Kleider und zu den Klängen eines verstimmten Pianos zu singen, Sägemehl auf dem Fußboden und Männer, die mehr von ihr wollten als ein Glas Whiskey. Nichts würde sich jemals ändern – jedenfalls nicht für sie.

Jacob McCaffrey setzte das Checker-Brett so hart in die Mitte des Tisches, dass dies Pres eigentlich eine Warnung hätte sein müssen. Aber er verstand die Warnung nicht. »Was meinen Sie«, sagte der ältere Mann, während er sich auf die gegenüberstehende Bank setzte. »Wie wär's mit einem Spielchen – nur um Pennys, natürlich?«

June rollte am Nebentisch einen Teig aus. Ihre wachsamen Augen schienen zu funkeln. »Jacob McCaffrey«, sagte sie streng, »du weißt doch ganz genau, dass ich Wetten und Spiele verabscheue! Du bist schließlich ein Prediger und ein Mann Gottes.«

Jacob lächelte nicht, als er Pres anschaute und dabei ein so beleidigtes Gesicht machte, dass jeder Schauspieler vor Neid erblasst wäre. »Nun, June«, fuhr er fort, während er die runden, roten Spielsteine vor Pres aufbaute, wobei er sie so rhythmisch auf die Tischplatte knallen ließ, dass man an das Hufgeklapper von Pferden erinnert wurde, die über Kopfsteinpflaster trabten. »Checkers ist doch nur ein harmloses Gesellschaftsspiel. Der Herr wird bestimmt nichts dagegen haben, wenn der Doc und ich uns ein bisschen amüsieren.«

»Ich will gar nicht hören, was du zu sagen hast, wenn du eines Tages feststellst, dass du mit dem Teufel persönlich Checkers gespielt hast«, jammerte June, verdrehte die Augen und walkte mit dem hölzernen Nudelholz noch heftiger ihren Teig durch. Sowohl ihrem Ton als auch ihrer ganzen Haltung fehlte es zwar an letzter Überzeugungskraft, aber der Doc merkte nicht, dass hier ein abgekartetes Spiel stattfand.

»Wenn der Herr einen Menschen in die Verdammnis der Hölle schickt, weil er gelegentlich mal ein paar Pennys beim Checkers verwettet hat«, erwiderte Jacob mit stoischer Ruhe, wobei er seine eigenen – schwarzen – Spielsteine vor sich aufbaute, »dann würden Er und ich sicher nicht so gut miteinander auskommen.«

Pres unterdrückte ein Lächeln. Es war schon lange seine feste Überzeugung, dass der Herr – falls er überhaupt existierte – seinen eigenen Geschöpfen gegenüber entweder feindlich eingestellt war oder sie ihm vollkommen gleichgültig waren, aber Jacobs hausgemachte Philosophie war doch leichter zu ertragen, als das Geschwätz der Pfaffen oder Heilsbringer, die mit der Bibel in der Hand herumliefen und ständig daraus predigten oder einen klugen Spruch zitierten. Er legte – unverbesserlicher Narr, der er war – sein letztes Geld auf den Tisch und nach einer Stunde, in der die Männer schweigend ihre Züge ausgeführt hatten, hatte Jacob Dr. Pres Parrish nicht nur das Geld abgewonnen, sondern auch noch das Billett für die Kutsche.

Der Stationsmeister bot gar nicht erst eine Revanche an, sondern sammelte ruhig die roten und schwarzen Spielsteine ein und klappte das Brett in der Mitte zusammen. Dabei warf er Pres einen Blick zu, der fast schon einem Lächeln gleichkam.

»Ich schätze, nun müssen Sie doch in Springwater bleiben«, meinte er, stand vom Tisch auf und ging davon. Pres konnte nur hinter dem alten Fuchs herschauen, der ihn reingelegt hatte – ohne ihn jedoch zu betrügen.

»Verflucht soll ich sein«, murmelte er, aber dann fiel ihm ein, dass er das ja schon lange war.

3

Savannah war allein in ihrem kleinen Zimmer hinter Miss Junes Kochstelle. Die Tür stand offen und vor ihr auf dem Bett lagen Kleider aus Seide und Satin, die ebenso farbenprächtig waren wie die Blumen eines Sommergartens. Aber keines dieser Kleider war geeignet, um damit an Rachel Hargreaves Tisch Platz zu nehmen – auch nicht, wenn diese Frau vorübergehend über einem Saloon wohnte. Der Gedanke, so zu tun, als sei sie in Wirklichkeit eine Lady, und einfach ihren schlichten Rock und ihre hochgeschlossene Bluse anzuziehen, war Savannah verhasst. Nach eigener Einschätzung hatte sie sicher eine Menge Sünden auf sich geladen, aber sie hatte in Gesellschaft nie vorgegeben, etwas anderes zu sein als das, was sie war.

Sie runzelte die Stirn und tippte sich mit dem Zeigefinger gegen das Kinn, während sie erneut ihre Garderobe durchsah.

Das blaue war wahrscheinlich das unpassendste von allen, denn es hatte weit gerüschte Ärmel, glitzernde Knöpfe aus Bergkristall und war tief dekolletiert. Zudem endete der Saum schon auf Wadenhöhe. Wenn sie dieses Kleid anziehen würde, würde Rachel mit Sicherheit annehmen, dass sie es auf Trey abgesehen hatte – und das lag nicht in Savannahs Absicht. Das gelbe war so schrill, dass es schon an Schamlosigkeit grenzte. Das grüne brachte ihre Haare und ihre Figur bestens zur Geltung, aber es war rückenfrei, wenn man mal von den schmalen Bändern absah, die sich überkreuzten. Das Kleid betonte ihre Brüste, da der tiefe V-Ausschnitt mit schwarzer Spitze besetzt war. Dieses Kleid machte sogar die anständigsten Männer rasend, und wenn Savannah es trug, achtete sie immer darauf, dass sie ihren Derringer in einer Tasche bei sich trug, die in einer Rockfalte verborgen war.

An der Tür war ein leichtes Klopfen zu hören, und als Savannah sich etwas verwundert umschaute, sah sie Emma, die in der offenen Tür stand. Sie riss ihre braunen Augen weit auf, als sie die Kleider auf dem Bett sah. Das Mädchen ließ langsam die Luft aus ihren Lungen entweichen. »Seide?«, flüsterte sie, denn sie schien es nicht zu wagen, dieses magische Wort laut auszusprechen.

Savannah nickte. Sie war sicher, dass Emma – wie die meisten Kinder, die im Grenzland des Westens lebten – in ihrem Leben nur Kleidung aus Leder, aus rauer Wolle und einfachem Kalico gesehen hatte. »Satin auch«, sagte sie. »Möchtest du die Stoffe mal berühren?«

Emma kam zögernd vorwärts, und als sie wieder stehen blieb, leuchteten die Farben der Kleider in ihrem Gesicht, wie Licht, das durch buntes Glas fiel. Sie streckte ihre kleine braune Hand aus und ihre Finger zitterten, als sie die Hand mit einer schnellen Bewegung wieder zurückzog.

»Sie beißen dich nicht und du machst sie auch nicht kaputt, Emma«, sagte Savannah, wobei sie ihren Arm um die schmale Schulter des Kindes legte, das regungslos dastand. »Geh nur.«

Mit neuem Mut streckte Emma erneut den Arm aus, wobei sie den Atem anhielt. Dann strich sie mit den Fingern vorsichtig über das eine Kleid, dann über das nächste und das nächste. Sie machte das mit so viel Ehrfurcht, dass Savannahs Herz, das doch schon so lange verhärtet war, von Wärme erfüllt wurde.

»So schön«, hauchte Emma, »und so zart wie die Federn eines roten Kardinal-Vogels oder eines blauen Eichelhähers ...«

»In der Tat«, ertönte eine männliche Stimme, »passend für einen wahrhaften Paradiesvogel, der sich immer nur in einem bunten Gefieder zeigt und die süßesten Melodien singt, bevor er wieder verschwindet.«

Savannah wirbelte herum, obwohl sie wusste, dass sie Dr. Parrish sehen würde. Er lehnte mit der einen Schulter im Türrahmen, hatte die Arme vor der Brust verschränkt und machte ein etwas gelangweiltes Gesicht. Sie spürte, wie ihr das Blut in die Wangen stieg, und verfluchte sich innerlich dafür, dass sie überhaupt auf diesen Mann reagierte. »Ich habe den Eindruck, dass hinter der Bemerkung eine Beleidigung steckt«, sagte sie gleichmütig, um das Kind nicht zu beunruhigen. »Pech für Sie, dass mich Ihre Meinung so wenig interessiert, Sir.«

Er änderte seine provozierende Haltung nicht, hob aber eine Augenbraue. »Eine Beleidigung? Gott bewahre«, sagte er. »Ich denke, dass Sie ein bisschen zu empfindlich sind, Miss Rigbey. Das ist doch wohl die korrekte Anrede? *Miss* Rigbey!«

Savannah hatte nie geheiratet, denn der Skandal hatte alle ihre Chancen zunichte gemacht. Burke Eldon – sie mochte gar nicht mehr an ihn denken und schon gar nicht daran, was für ein schrecklicher Irrtum und Fehler es gewesen war, diesem Mann zu vertrauen.

Natürlich lag das jetzt schon lange zurück und sie war ja auch nicht die erste Frau gewesen, die von einem Mann ausgenutzt worden war. Sie hatte die Sache verdrängt und sich ihr Leben neu eingerichtet, obwohl es verdammt schwer gewesen war. »Ja«, sagte sie mit der ganzen Würde, die sie aufbringen konnte. »*Miss* ist vollkommen in Ordnung.«

Emma, die sich durch Savannahs Einladung, die Kleider zu berühren, ermutigt fühlte, hatte das blaue hochgenommen und hielt es vor ihre flache Brust, wobei sie sich wohl vorstellte, dass sie später, wenn sie erwachsen war, auch einmal so ein schönes Kleid tragen würde. Savannah ließ der Kleinen ihren Spaß, denn sie hatte im Moment genug mit sich und ihren aufgewühlten Gefühlen zu tun und sie fürchtete, dass ihr übel werden könnte. Vergessen war nicht so einfach und jetzt merkte sie, dass sie immer noch die Wut und die Scham, den Schmerz und die Angst in sich trug. »Ist es in Ihren Kreisen üblich, einfach in das Zimmer einer Frau zu kommen, ohne dass man Sie dazu aufgefordert hat?«

Emma verfolgte mit mäßigem Interesse den Schlagabtausch der beiden, aber sie dachte sich nichts weiter dabei. So waren sie eben, die Erwachsenen.

Dr. Parrish neigte seinen Kopf. »Ich bitte um Entschuldigung«, sagte er. »Miss June hat mich gebeten, Sie zu fragen, ob Sie eine Flasche ihres selbst gemachten Holunderbeer-Weins heute Abend als Präsent mitbringen möchten. Sie wäre sicher selbst zu Ihnen gekommen, aber sie ist draußen, um dem Stationsmeister bei einem lahmen Pferd zu helfen.«

Savannah dachte über das freundliche Angebot nach. Sie selbst trank keinen Wein, aber ohne Junes Angebot würde sie mit leeren Händen zu ihren Gastgebern kommen und sie hasste es, wenn sie sich jemandem verpflichtet fühlte – selbst wenn es wegen einer Kleinigkeit wie ein Abendessen war.

Der Blick des Arztes glitt über die glitzernden bunten Kleider auf dem Bett. »Ziehen Sie das rote an«, schlug er unverfroren vor und dann – während Savannah immer noch um Fassung rang und gegen ein süßes, fremdes Gefühl in ihrer Brust kämpfte – löste er sich endlich langsam vom Türrahmen, drehte sich um und ging davon.

»Ich mag ihn«, bekannte Emma.

Savannah seufzte. »Na, wenigstens einer«, meinte sie, während sie immer noch Ordnung in ihre verwirrten Gefühle zu bringen versuchte.

»Aber nein«, widersprach die Kleine und schaute dabei Savannah mit ihren großen, ausdrucksvollen Augen ernst an. »Jacob mag ihn auch und Miss June sowieso. Sie sagen, dass der Doc in Springwater leben wird – obwohl er selbst es noch nicht weiß.«

Gegen ihren Willen musste Savannah lächeln, aber Dr. Parrish hatte etwas an sich, dem sie sich nicht entziehen konnte. Er hatte ihre Gefühle vollkommen durcheinander gewirbelt und sie hatte zwischendurch geglaubt, Schmetterlinge im Bauch zu haben. Sie konnte nur hoffen, dass es nicht das bedeutete, wovor sie sich am meisten fürchtete. Nach der Sache mit Burke hatte sie sich geschworen, dass sie keinem Mann mehr vollkommen vertrauen würde – und dass sie sich bestimmt nicht noch einmal in einen verlieben würde.

Zum Schluss entschied Savannah sich dann doch für den schlichten Rock und die hochgeschlossene Bluse, die sie den ganzen Tag schon getragen hatte. Pres schien ein bisschen enttäuscht zu sein, denn er hatte wohl gehofft, wenigstens einen kurzen Blick auf das rote Abendkleid mit den schwarzen Spitzen werfen zu können. Aber statt dessen huschte sie nur schnell durch die große Halle der Station. Um die Schultern hatte sie eine gestrickte Stola gelegt und in einem Arm hielt sie einen Korb mit dem Holunderbeer-Wein. Die Flasche war diskret mit einem karierten Tuch bedeckt.

»Trey wird Sie sicher nach Hause begleiten«, meinte Miss June, die neben der Eingangstür stand und ein besorgtes Gesicht machte. Man hätte fast glauben können, dass Miss June Springwater für die Metropole des Verbrechens hielt anstatt für eine ruhige Siedlung, in der einmal am Tag eine Kutsche hielt und durch die gelegentlich ein Rindertreck zog. »Ich denke, dass Sie nach Einbruch der Dunkelheit nicht mehr allein draußen herumlaufen sollten.«

Savannah lächelte beruhigend und Pres wandte schnell seinen Blick ab. Er ärgerte sich über die Gefühle, die er plötzlich empfand, und fühlte sich wie Lazarus, der schon im Grab gelegen hatte und plötzlich zum Leben erwacht war. Pres hatte seine Gefühle systematisch unterdrückt und abgetötet und er wollte, dass es auch weiter so blieb und er nicht von Empfindungen gestört wurde. Pres schaute Jacob an, der an seiner Lieblingsstelle vor dem Kamin stand. Er hielt zwar seine Pfeife in der Hand, aber die hatte er nicht angezündet, da Miss June es nicht mochte, wenn in ihrer Gegenwart geraucht wurde. Natürlich lehnte sie auch harten Alkohol aufs Schärfste ab, aber es war bekannt, dass sie in Gesellschaft manchmal ein Gläschen Holunderbeer-Wein trank.

Pres konzentrierte sich wieder auf seine eigenen Probleme. Er hielt sich selbst für einen ausgezeichneten Checker-Spieler, doch in Jacob McCaffrey hatte er seinen Meister gefunden. Nun besaß er nichts mehr, was ihm gehörte, außer der abgeschabten Arzttasche, die sein Vater ihm vermacht hatte. Selbst die Kleidung, die er auf dem Leib trug, gehörte jemand anderem, – denn seine eigenen waren auf mysteriöse Weise verschwunden und vermutlich in Miss Junes Küchenherd verbrannt worden. Er hatte kein Geld mehr und kein Billett für die Kutsche, die pünktlich in Springwater angekommen war. Der Kutscher hatte eine herzhafte Mahlzeit erhalten, während Jacob und Toby frische Pferde eingespannt hatten. Bis zu dem Moment, in dem die Kutsche rumpelnd losgefahren war, hatte Pres die Hoffnung gehabt, der Stationsmeister würde ihm sein Billett zurückgeben, damit er Springwater verlassen konnte, um sein Glück woanders zu versuchen. Stattdessen hatte McCaffrey eine große Show daraus gemacht, den Fahrschein vor den Augen des Doktors in kleine Fetzen zu zerreißen, die er dann in die Jauchegrube warf. Damit war Dr. Pres Parrish endgültig in Springwater gestrandet.

Pres stand vom Tisch auf. Er war aufgeregt und brauchte Bewegung. Er durchquerte die Halle von einem Ende zum anderen, lief wieder vor und zurück. Er ähnelte einem nervösen Pferd, das eine Lücke im Zaun suchte, durch das es in die Freiheit entkommen konnte. Inzwischen war Savannah gegangen und zugleich war dieses freudige Gefühl verblasst, das sie in ihm auslöste. Gut, dass sie endlich weg war. Die Kinder, Emma, Christabel und Toby, spielten vor dem Haus ein lautes Spiel. Dass Kinder immer so laut sein mussten! Miss Miranda Leebrook und ihr Baby schliefen endlich, nachdem die Mutter den ganzen Tag über unruhig gewesen war und das Baby dauernd gequengelt hatte. Miss June stand wieder am Herd und war vollkommen damit beschäftigt, das Abendessen für all die Leute zuzubereiten, die in ihrem Hause lebten – und nichts bezahlten. Viele andere Stationsmeisterinnen hätten sich in diesem Fall geweigert, auch noch für solche ›Gäste‹ zu kochen, aber für Mrs. McCaffrey schien es keine größere Freude zu geben, als ein großes Haus zu versorgen.

»Nur gut, dass wir keinen Teppich haben«, bemerkte Jacob nach einer ganzen Weile. Er verzog keine Miene, nur in seinen Augen zeigte sich eine Spur von Belustigung. »So wie Sie auf und ab laufen, hätten Sie schon längst ein Loch in den Teppich getreten.«

Pres blieb stehen und stemmte verbittert die Fäuste in die Taille. »Haben Sie vielleicht eine bessere Idee, was ich in meiner Lage tun könnte?«

Jetzt lächelte Jacob tatsächlich, aber nur so kurz, dass Pres sich fragte, ob er sich das nicht nur eingebildet hatte. »Ja, ich habe tatsächlich eine bessere Idee. Sie könnten zur Hütte der Johnsons reiten und sich um Grannys Rheuma kümmern. Miss June sagte mir, dass die alte Frau Tag und Nacht darunter leidet.«

Rheuma! Und das nach den schrecklichen Dingen, die er auf beiden Seiten im Krieg miterlebt hatte, die entsetzlichen Folgen der sinnlosen Schlachten, die er gesehen hatte. Und jetzt sollte er sich mit dem Rheumatismus einer alten Frau beschäftigen. Das konnte doch nur als Witz gemeint sein. »Heiße Umschläge«, knurrte er. »Sie braucht nur heiße Umschläge – und vielleicht ein klein wenig Laudanum.«

»Wenn aber ein richtiger Doktor sie besuchen würde, könnte das Grannys Besserung wesentlich beschleunigen«, fuhr Jacob ungerührt fort, als hätte er gar nicht gehört, dass Pres bereits eine Behandlung für das Leiden der alten Frau vorgeschlagen hatte. »Es wäre doch sicher einen Versuch wert, denn die Psyche eines Menschen spielt ja bei der Behandlung eine große Rolle.«

Pres stieß einen tiefen Seufzer aus. Zum einen wusste er

ja nicht, wo Mrs. Johnson im Wald lebte, und zum anderen hatte er kein Pferd, da er seinen Hengst in Choteau beim Spiel gesetzt und verloren hatte – was nur ein weiterer Beweis für seine traurige Situation war. Pres war wütend auf sich selbst, haderte mit dem Schicksal und verfluchte insbesondere Jacob McCaffrey, da er ihm die Schuld an seiner Lage gab.

»Ich führe Sie morgen zu der Hütte«, fuhr Jacob fort, als Pres nicht antwortete. »Vorausgesetzt natürlich, dass hier in der Station alles unter Kontrolle ist.«

»Wenn ich zustimme, wäre es dann zu viel verlangt, dass Sie mir mein Geld zurückgeben?«, erkundigte sich Pres.

»Viel zu viel«, antwortete Jacob, aber seine Stimme klang mitfühlend und verständnisvoll. »Es dauert lange, bis man hier in der Gegend so viel Geld verdient. Selbst wenn Sie hier als Arzt arbeiten, werden Sie nur selten Bargeld sehen. Ein Huhn vielleicht oder einen Korb Bachforellen, eine Kiste Rüben oder einen kleinen Sack Kartoffeln. Ja, Sir, es wird wohl eine ganze Weile dauern, bis Sie das Geld zusammenhaben, Springwater wieder mit der Kutsche zu verlassen. Außerdem müssen June und ich Ihnen natürlich Miete für Kost und Logis berechnen, aber das können Sie hier auf der Station abarbeiten, indem Sie sich um die Pferde kümmern. Ich werde ja auch allmählich älter und meine Knochen wollen nicht mehr so wie früher.«

Der Doktor presste seine Zähne so fest zusammen, dass die Backenmuskeln hervortraten. Es kostete ihn seine ganze Willenskraft, diese Muskeln wieder zu entspannen. Es störte ihn nicht, dass er seinen Lebensunterhalt durch seiner Hände Arbeit verdienen sollte – das hatte er auf die eine oder andere Weise getan, seit er von zu Hause weggegangen war, um das medizinische College zu besuchen. Es machte ihn jedoch rasend, dass er Jacobs ruhige Art nicht durchschaut hatte, dass er diesem Mann wie ein Greenhorn auf den Leim gegangen war. Jetzt fühlte er sich wie ein Fuchs, der in der Falle saß und aus Verzweiflung seinen eigenen Schwanz jagte. Wieder hatte er dieses Lazarus-Syndrom, denn seine Nerven lagen blank, da er sich so lange weder um den Zustand seines Körpers noch um den seiner Seele gekümmert hatte. »Das kann ich tun«, erwiderte er. »Ich werde allerdings im Stall auf dem Heuboden schlafen und nur wenig essen.«

Jacob betrachtete die schlanke Figur des Mannes, bevor er ihm wieder in die Augen schaute. »Der Heuboden ist immer noch warm genug, dass ein Mann dort schlafen kann. Aber das wird sich ändern, wenn die ersten Frostnächte kommen – und das kann hier in Montana auch schon im Spätsommer sein. Was das Essen betrifft, so ist es eine Tatsache, dass der Mensch nicht darauf verzichten kann, wenn er bei Kräften bleiben will. So wie eine Dampfmaschine Wasser und Kohlen braucht, brauchen wir Nahrung – und ich schätze mal, die ist bei Ihnen in letzter Zeit vor allem aus der Flasche gekommen. Zeit, dass Sie damit aufhören.« Von sich aus hätte Pres nie so ein persönliches Thema angeschnitten und er hätte sich auch von keinem anderen Menschen in so ein Gespräch verwickeln lassen, aber in diesem Moment hatte er gar keine andere Wahl. Er war ein gebrochener Mann, der gar nicht mehr tiefer fallen konnte. Kein Geld und kein Pferd, kein Billett für die Kutsche und kein spezielles Ziel, wo er hätte hingehen können. Ob es nun hier in Springwater mit ihm zu Ende ging, war letztlich egal.

»Vielleicht werden Sie es eines Tages noch bedauern, dass Sie mich zum Bleiben gezwungen haben«, sagte er mit so viel Würde, wie er noch aufbringen konnte.

Jacob verzog die Mundwinkel, was bei einem Gesicht, das weniger ernst war, vielleicht wie ein Lächeln gewirkt hätte. »Das glaube ich kaum«, sagte er freundlich. »Und jetzt kommen Sie mit, damit ich Ihnen den Heuboden zeigen und Ihnen erklären kann, was Ihre Arbeiten sein werden, während Miss June unser Abendessen fertig macht. Morgen früh nach Sonnenaufgang sehen wird dann zuerst mal nach Granny Johnson.«

Pres verspürte den Wunsch, nach etwas Schwerem zu greifen und etwas zu zertrümmern, aber er beherrschte sich und gab diesem Impuls nicht nach. Statt dessen folgte er Jacob hinaus auf den Hof der Station und weiter in den Stall, wo er – wie es aussah – für den Rest seines Lebens schlafen und arbeiten würde.

Rachel hatte für Savannahs Besuch ihre Spitzentischdecke aufgelegt. Dünne Wachskerzen flackerten in den Messingleuchtern, in einer Vase standen frische duftende Wildblumen. Mehrere Kerosinlampen brannten und im Raum roch es verführerisch nach geröstetem Truthahn, Rüben in Butter geschwenkt, und frischen Biskuits. Dazu würde Miss Junes Wein sicher wunderbar schmecken.

Trey, der stolz wie ein Pfau war, begrüßte Savannah und nahm ihr den Korb und die Stola ab. Rachel, die Frau Lehrerin, die über einem Saloon lebte, nahm ihre Schürze ab und kam aus der Kochnische, in der sie das Essen gezaubert hatte. Sie lächelte und auf ihrem Gesicht war nicht die Spur von Vorbehalt oder gar Ablehnung zu sehen. Im Gegenteil, sie schien froh zu sein und diese warmherzige Freude übertrug sich sofort auf Savannah, die vor einer Sekunde noch das Gefühl gehabt hatte, gar nicht hierher zu gehören.

»Bitte setzen Sie sich«, sagte Rachel, nahm Savannahs beide Hände in ihre Hände und drückte sie. »Es ist so schön, Sie hier bei uns zu Gast zu haben.«

Trey hatte inzwischen den Wein geöffnet und die Flasche zwischen die zugedeckten Schüsseln auf den Tisch gestellt. Er zog erst Savannahs Stuhl zurück und dann den seiner Frau. Nachdem sich die beiden gesetzt und ihre Servietten in den Schoß gelegt hatten, nahm er selbst Platz. Insgeheim war Savannah erstaunt darüber, wie Trey sich verändert hatte, und sie nahm sich vor, ihn wegen seiner guten Manieren ein bisschen aufzuziehen, sobald sie außer Rachels Hörweite waren. Zum ersten Mal war Savannah Trey begegnet, als er gerade aus dem Kittchen kam, in das man ihn gesteckt hatte, weil er mit seinem Pferd durch die Tür des Two-Hole Saloon in Missoula direkt zur Theke geritten war. Dabei hatte er beinahe zwei Brüder von der *Mission gegen Alkoholmissbrauch* niedergeritten, die in der Bar waren, um die Säufer und Sünder wieder auf den rechten Pfad der Tugend zu bringen. Und heute benahm sich Trey beinahe schon wie ein richtiger Gentleman.

»Trey wird morgen früh mit den Ausschachtungsarbeiten für unser Haus beginnen«, erzählte Rachel, während sie die köstliche Mahlzeit genossen. Ihre Wangen waren leicht gerötet und ihre Augen glänzten, wenn sie ihren Mann ansah. Das zeugte von ihrer Zuneigung für Trey. »Es wird wunderbar sein, wenn Emma wieder bei uns leben wird. Dann werden wir auch endlich eine richtige Küche mit einem richtigen Herd haben und natürlich auch ein schönes Badezimmer.«

Savannah beneidete Treys Frau – sie beneidete sie sogar sehr. Nicht weil sie bald in einem schönen großen Haus wohnen würde, sondern es war die Aussicht, dass Rachel bald ein *Heim* haben würde, eine Familie, die man fast als

›normal‹ bezeichnen konnte. Im Osten wäre es natürlich fast unmöglich, dass eine verheiratete Frau als Lehrerin arbeitete, und Trey würde als Barbesitzer auf der sozialen Leiter ziemlich weit unten stehen. Hier im Westen, wo sich neue Traditionen bildeten, würden Trey und Rachel jedoch als respektable Bürger angesehen werden.

Ganz im Gegensatz zu ihr selbst, dachte Savannah. Denn neue Traditionen hin oder her, sie konnte von der Zukunft nicht mehr erwarten als von der Vergangenheit. In den Augen der Gesellschaft würde sie immer als Prostituierte dastehen.

Natürlich war das ungerecht und sie hätte am liebsten manchmal deshalb geweint. Aber wozu sollte das gut sein? Sie konnte das Rad der Geschichte nicht mehr zurückdrehen, sie konnte nicht den Weg, den sie gegangen war, noch einmal gehen und dabei die Fehler vermeiden, die sie gemacht hatte. Sie konnte den tiefen Absturz nie mehr ungeschehen machen – und deshalb musste sie heute und hier so leben, wie es nun einmal war, und sie konnte nur das Beste daraus machen, so wie sie es immer getan hatte.

»Ich werde morgen hier übernehmen«, sagte Savannah, als der Abend seinem Ende zuging, und meinte damit natürlich die Arbeit unten im Saloon. Trey hatte mehr als seinen Teil getan und er hatte die Zeit verdient, die notwendig war, um die Vorbereitungen für den Hausbau zu treffen, das Heim, in dem er mit Emma und Rachel und den Kindern wohnen würde, die sie ihm in der Zukunft noch schenken würde.

Später dachte Savannah, dass sie ein gewisses Glänzen in Rachels Augen gesehen hatte. Sie kannte dieses Phänomen, denn sie hatte es schon gesehen – wenn dann auch meist die Umstände weniger glücklich waren. Ihre Großmutter, die ja eine Art Hebamme gewesen war, hatte Savannah gelehrt, worauf sie achten musste. Das war damals gewesen, als alle noch geglaubt hatten, Savannah würde einmal in die Fußstapfen der Großmutter treten. Es war ein ganz bestimmter Ausdruck im Blick der Frauen, der verriet, dass sie ein Baby erwarteten, ob die werdenden Mütter das nun wussten oder nicht.

»Trey wird Sie sicher zur Station bringen«, sagte Rachel, nachdem der Tisch abgeräumt war und sie noch eine Weile beieinander gesessen hatten, um Kaffee zu trinken. An der Hintertür, als Trey schon fast die Treppe herunter war, legte Rachel ihre Hand auf Savannahs Arm und redete mit leiser Stimme zu ihr. »Ich bin so froh, dass Sie nach Springwater gekommen sind, Savannah, und ich hoffe, dass wir gute Freundinnen werden.«

Nicht zum ersten Mal, seit sie in Springwater angekommen war, spürte Savannah, dass ihre Gefühle sie zu überwältigen drohten. Sie musste wirklich mit den Tränen kämpfen. Es hatte in ihrem Leben eine Reihe von männlichen Freunden gegeben – der beste von ihnen war Trey –, aber die Frauen hatten sie stets abgelehnt und ihr misstraut. Sie nahm das diesen Frauen nicht einmal übel, denn sie konnte ja kaum erwarten, dass man sie zu einem Teekränzchen oder einem Häkelnachmittag einlud – aber sie hatte doch immer darunter gelitten, dass sie keine weiblichen Freunde hatte. Und dann bot ihr Rachel Hargreaves, eine Lehrerin, wohlerzogen und im Osten aufgewachsen, ihre Freundschaft an.

Savannah seufzte leise. Vielleicht würde Rachel ihre Meinung schnell wieder ändern, wenn sie die Geschäftspartnerin ihres Mannes erst einmal in einem mit Strass besetzten Kleid gesehen hatte, wenn sie die offenen Haare gesehen hatte, die mit Bändern und Federn geschmückt waren, wenn sie einen Blick in ihr Gesicht geworfen hatte, das mit einem großen Make-up vollkommen verändert aussah. Zweifellos würden auch die Worte ihrer Lieder, die sie zu den Klängen des schäbigen Pianos unten in der Bar zum Vergnügen der männlichen Gäste sang, bis in ihre Räume dringen. Das waren Lieder, deren Texte man geschrieben hatte, um die Cowboys zu animieren, damit sie ihr Geld in Whiskey umsetzten, Lieder, um die Einsamen und Verlorenen zu erheitern, aber diese Worte waren nicht für die Ohren einer Lady bestimmt. Und eine Lady war Rachel, auch wenn sie über einem Saloon wohnte.

»Das würde mir gefallen«, sagte Savannah zum Abschied. »Ich meine … Ihre Freundin zu sein.«

Trey nahm ihren Arm und führte sie die Treppen hinter dem Saloon herunter. Durch die dünne Holzwand hindurch hörte sie das Klicken von Billard-Kugeln und das Gelächter der Gäste. Am späten Nachmittag war ein halbes Dutzend Cowboys angekommen, die Trey in der Obhut des Bartenders gelassen hatte.

»Ich könnte mich rasch umziehen und zurückkommen«, schlug Savannah vor, die sich ein wenig schuldig fühlte, weil sie Trey bislang die ganze Arbeit überlassen hatte. Immerhin hatte er den Saloon aufgebaut und seitdem allein geführt.

»Morgen ist früh genug«, erwiderte Trey. Es stand kein Mond am Himmel und da man kaum die Hand vor den Augen sah, hatte Trey eine Kerosinlampe mitgenommen, die er in einer Hand hielt. »Rachel hat sich wirklich über deinen Besuch gefreut«, fuhr er fort. »Seit sie am Nachmittag aus der Schule kam, hat sie sich allerdings ständig über den mickrigen Herd beschwert. Es kann hier draußen manchmal schon sehr einsam sein, besonders für eine Frau.«

»Aber Miss June hat sie doch sicher ganz herzlich aufgenommen.«

Trey lachte leise vor sich hin. »Miss June nimmt jeden Menschen herzlich auf. Sie ist immer beschäftigt, sie kocht und putzt oder sucht nach irgendeinem halb verhungerten Küken, das sie aufpäppeln kann. Im Ernst, sie ist eine Seele von Mensch und sie ist auch immer für Rachel da, aber deren beste Freundin, Evangeline Wainwright, lebt auf einer Ranch etwa zehn Meilen von Springwater entfernt. Wegen der großen Entfernung sehen sich die beiden natürlich nur selten und sie könnte sicher noch eine gute Freundin mehr gebrauchen.«

Savannah ging im Kreis des Lichtes, den Treys Laterne warf. »Ich mag deine Frau, Trey«, sagte sie ehrlich. »Rachel ist ein wunderbarer Mensch und ausgesprochen intelligent. Aber ich bin nun mal nicht die Art Frau, mit der sie Umgang haben will. Sie hat nur versucht, höflich zu sein. Das ist alles.«

Trey blieb abrupt stehen und riss die Laterne hoch, sodass Savannah für einen Moment geblendet war. Er schaute ihr in die Augen.

»Und was für eine Art Frau bist du?«, wollte er wissen. »Wie schätzt du dich denn selbst ein?« Natürlich wusste Trey nichts von der Nacht, als sie mit Burke durchgebrannt war, weil sie geglaubt hatte, dass er sie heiraten würde, dass sie ein glückliches Leben führen würde, dass sie echte Partner sein würden, glücklich für Jahre. Was für ein naives Dummchen sie doch gewesen war, das noch an Märchen geglaubt hatte.

Sie lächelte, denn es tat ihr gut, dass er offensichtlich so loyal zu ihr stand. Aber er war eben ein Mann und mit dem männlichen Geschlecht war sie schon immer ganz gut ausgekommen – abgesehen von Dr. Prescott Parrish.

Jedes Mal, wenn sie sich in die Quere kamen, flogen die Funken, als würde man Metall auf Metall schlagen. Das konnte man ja wohl kaum als ›gut auskommen‹ bezeichnen – und diese innerliche Erregung, dieses nervöse Kribbeln im Bauch, das machte ihr nur Angst. »Es gibt in unserer Gesellschaft gewisse Vorstellungen davon, was es bedeutet, in einem Saloon zu arbeiten. Das weißt du selbst genau, Trey. Dir kann das egal sein – man sieht dich doch höchstens als liebenswerten Halunken an, aber du bleibst deshalb immer noch ein mehr oder weniger geachteter Geschäftsmann. Bei mir dagegen sieht die Sache ganz anders aus. Ich singe in Bars und ich verkaufe Whiskey an Leute, denen es ohne das Zeug wahrscheinlich besser ginge.« *Ich bin von einem Mann verführt worden, dem ich vertraut habe, und mein eigener Vater hat mich daraufhin aus dem Haus gejagt.* Sie seufzte. »Die Leute glauben eben, dass ich auch noch andere Sachen … mit Männern tun würde.«

Trey fluchte. »Wenn das jemand zu sagen wagt, werde ich seine Nase mit dem Spaten platt machen«, knurrte er und es klang nicht, als würde er Spaß machen.

Savannah lachte, obwohl ihr eigentlich zum Heulen zumute war, weil die Erinnerungen wieder kamen, weil sie sich ein ganz anderes Leben wünschte. »Das würde an meiner Situation auch nichts ändern«, sagte sie. »Komm, Trey, ich muss in die Kutschstation zurück. Die Leute werden sich über dich und mich schon bald die Mäuler zerreißen. Da brauchen wir uns nicht auch noch in der Dunkelheit herumdrücken, um den Gerüchten auch noch Nahrung zu geben.«

Trey machte ein finsteres Gesicht, aber er ging weiter auf die Lichter der Station zu. »Glaubst du eigentlich, dass es Jacob gelingen wird, diese Jammergestalt von einem Doktor in Springwater zu halten?«, fragte er, als sie kurz vor dem Eingang der Kutschstation waren.

Seltsamerweise verspürte Savannah den Wunsch, Dr. Parrish zu verteidigen, sie wollte erklären, dass er inzwischen ganz passabel aussah, nachdem er gebadet hatte und wieder mal eine Nacht in einem anständigen Bett geschlafen hatte, aber sie hielt sich selbst zurück. Es war nicht ihre Aufgabe im Leben, diesem abgefahrenen Herumtreiber auch noch den Weg zu ebnen. Sie hatte alle Hände voll damit zu tun, sich um ihre eigenen Angelegenheiten zu kümmern.

»Er wird wohl eine Weile bleiben«, erwiderte sie, als sie die Treppen zur Veranda hochstiegen. »Er hat sein Pferd bei einer Wette in Choteau verloren und heute Morgen hat Jacob ihm sein letztes Geld und sein Kutschbillett beim Checker abgewonnen.«

»Wir könnten hier in der Gegend schon ganz gut einen Arzt gebrauchen«, meinte Trey nachdenklich und Savannah fragte sich, ob er dabei wohl daran dachte, dass Rachel in einigen Monaten niederkommen würde und sicher froh über den Beistand eines Doktors sein würde. Aber natürlich würde sie es nie wagen, Trey direkt danach zu fragen. Sie und Trey waren zwar Freunde, aber *so* enge Freunde nun auch wieder nicht.

»Gestern war er nüchtern, als Miranda ihr Baby zur Welt brachte«, sagte sie, »und mir schien, dass er auch alles richtig gemacht hat. Aber wer weiß, wie lange er nüchtern bleibt?« Sie erinnerte sich daran, wie Pres im Hell-bent Saloon Unmengen von Whiskey in sich geschüttet hatte – so, als wollte er ein Feuer in seinem Magen damit schüren oder als wollte er ein Feuer in seiner Seele löschen.

Treys Gesicht wirkte im Halbschatten des Laternenlichts zerfurcht. »Er hat nicht einen Schluck getrunken, als er heute in den Saloon kam. Er saß einfach nur da und starrte die Wand an, als könnte er durch sie hindurch in weite Ferne sehen. Ich habe eine Unterhaltung mit ihm versucht, aber er wollte nicht reden, sondern hat mir nur seinen Namen gesagt.«

Savannah trat die erste Stufe hinauf. Durch die dicken Wände der Station hörte sie Mirandas Baby. Es war ein vergnügtes Quietschen, fast schon ein Juchzen, und es war irgendwie Herz erwärmend, obwohl es doch eigentlich eine ganz normale Sache war, dass ein Baby sich lautstark bemerkbar machte. »Du kannst jetzt ruhig wieder nach Hause gehen, Trey. Ich möchte noch ein bisschen hier draußen stehen bleiben, um meine Gedanken zu sortieren.«

»Aber es ist doch alles in Ordnung mit dir, oder?« Er klang ein wenig besorgt – so wie es ein älterer Bruder wohl gewesen wäre, der seine kleine Schwester beschützen wollte. »Na ja, die Kutschfahrt von Choteau nach Springwater hat es in sich. Klar, dass du davon immer noch erschöpft bist. Ich erinnere mich noch daran, wie es war, als Rachel kam. Damals ist die Kutsche im Willow Creek fast abgesoffen und ich musste Rachel mit meinem Pferd aus dem Fluss holen und ans Ufer bringen. Das war ganz schön aufregend – vor allem, weil sie nicht wollte, dass ich sie in meine Arme nahm, nur um sie zu retten. Die Schulbücher waren ihr nämlich viel wichtiger.«

Wieder lächelte Savannah und griff mit der Hand nach dem hölzernen Geländer. Sie schaute zum dunklen Nachthimmel hoch, wo nur ein paar vereinzelte Sterne funkelten. Der Wind hatte zugenommen und die schwülwarme Luft deutete auf ein Gewitter mit Blut und Donner hin. »Mit mir ist wirklich alles in Ordnung, Trey. Geh jetzt zu deiner Frau zurück.« Sie hatte sich ja schon bei beiden für den schönen Abend bedankt und deshalb verzichtete sie darauf, noch mal zu betonen, wie sehr sie sich über die Einladung gefreut hatte. »Ich sehe dich dann morgen früh.«

Trey zögerte einen Moment und schaute in Richtung des Saloons, wobei er zweifellos an Rachel dachte, die ihn wohl schon sehnlich im Schlafzimmer erwartete. Dieser Gedanke war genug, um ihn nach Hause zu treiben. »Gute Nacht«, sagte er, schwenkte seine Laterne und ging mit schnellen Schritten davon.

»Das war also Ihr Partner«, sagte Prescott Parrish aus der Dunkelheit hinter ihr.

Savannah erschrak so sehr, dass sie sich fast auf die Zunge gebissen hätte. Um ihren Herzschlag wieder zu beruhigen, presste sie eine Hand auf den Busen und als sie sich langsam umdrehte, sah sie den Mann, der wie ein Gespenst vor ihr auftauchte. »Ich verachte Sie, Dr. Parrish«, fauchte sie, als sie ihre Stimme wieder gewonnen hatte. Sie zitterte vor Wut und Furcht. »Wie können Sie es wagen, hier in der Dunkelheit herumzulungern und ein Privatgespräch zu belauschen?« *Und wie ist es möglich, dass ich so vor dir erschrecke, dass dein Erscheinen so eine Wirkung auf mich hat?* In Gedanken sagte sie schon ›du‹ zu ihm.

Er lachte leise und blieb seelenruhig stehen. Er besaß also tatsächlich die Unverfrorenheit, in der Dunkelheit allein mit einer fremden Frau auf der Veranda des McCaffrey-Hauses zu stehen. Dabei lehnte er sich betont lässig mit einer Schulter gegen eine der Säulen. »Ich habe nicht herumgelungert«, meinte er. »Ich kam gerade vom Stall, als ich hörte, dass Sie über mich gesprochen haben. Es ist doch wohl klar, dass mich dieses Thema brennend interessiert hat.«

Savannah versuchte, sich an jede Einzelheit des Gesprächs mit Trey zu erinnern und sie war doch erleichtert, dass beide wohl keine abfälligen Bemerkungen über den

Doktor gemacht hatten. »Trotzdem«, sagte sie, »ein richtiger Gentleman hätte sich bemerkbar gemacht.« Seine weißen Zähne blitzten in der Dunkelheit. Savannah konnte ihn nun deutlicher erkennen, da er in den Lichtschein getreten war, der schwach aus einem der Fenster der Station auf die Veranda fiel. »Tja, Miss Rigbey, das ist eben der springende Punkt. Ich bin nun mal kein Gentleman und deshalb können Sie kaum erwarten, dass ich mich wie einer benehme.«

So leicht gab Savannah sich nicht geschlagen. »Das sehe ich vollkommen anders«, erwiderte sie. »Sie wurden nämlich als Gentleman *geboren.* Wenn Sie sich also nicht entsprechend benehmen, dann liegt das nicht an Ihrer Herkunft oder Ihrer Erziehung. Ich denke, dass Sie sich ganz bewusst so abscheulich benehmen, weil Sie wütend und verbittert sind und weil sie möchten, dass die ganze Welt Sie bemitleidet und Sie bedauert.«

Er beugte sich zu ihr vor und sprach mit leiser Stimme zu ihr. Seine Haut roch nach Seife und frischem Wasser, aber kein bisschen nach Whiskey oder schalem Rauch. »Ich kann mich nicht erinnern, Sie um Ihre Meinung über mich gebeten zu haben«, erwiderte er spitz. »Aber da Sie es schon so freimütig getan haben, scheue ich mich nicht, Ihnen auch meine Meinung zu sagen. Sie, Miss Rigbey, sind bestimmt keine Lady. Und da ich kein Gentleman bin, haben wir uns gegenseitig nun wirklich nichts vorzuwerfen.«

Die beiden standen da und starrten einander an. Die Sekunden schienen zu Stunden zu werden. Zwischen ihnen hatte sich eine Spannung aufgebaut, die sie daran hinderte, sich vorwärts oder rückwärts zu bewegen. Savannahs Herz pochte so heftig, dass sie das Gefühl hatte, ihre Brust würde zerspringen.

Dann streckte er langsam seine Hand aus und berührte ihre Lippen mit seinem Zeigefinger. »Was ist das, was hier passiert?«, murmelte er, aber sie war nicht sicher, ob er diese Frage an sie gerichtet hatte. Genauso hätte er mit sich selbst reden können, vielleicht hatte er die Berge in der Ferne gefragt oder die zwei einsamen Sterne am Himmel.

Seine Berührung ging ihr durch und durch. Sie wusste keine Antwort auf seine Frage und deshalb schwieg sie. Sie rührte sich aber nicht von der Stelle, sie floh nicht ins Innere der Station, wie es jede anständige Frau getan hätte.

Wie ein Mensch, der gerade aus einem Traum erwacht, umfasste er schließlich Savannahs Schultern, zog sie ganz eng an sich und gab ihr einen langen zarten Kuss, der immer stürmischer wurde.

Verschwommen dachte sie, dass sie sich wehren müsste – ihn treten, schlagen, beißen oder sonst etwas, aber sie tat nichts. Sie ließ sich von ihm küssen, küsste ihn zurück – und genoss es unendlich. Als es vorbei war und er seine Lippen von ihrem Mund löste, schienen ihre Beine unter ihr nachzugeben, aber da er sie immer noch an den Schultern hielt, stützte er sie. Während des Kusses hatte sie deutlich gespürt, dass sie mehr wollte – mehr brauchte, aber sie wäre eher gestorben, als ihm das zu gestehen. Sie konnte ihn nur erstaunt anschauen.

Seine dunklen Augen glitzerten im schwachen Licht der Kerosin Lampen, die in der Halle der Station brannten. Aus der Ferne war ein Donnergrollen zu hören und der Horizont schien plötzlich in Flammen zu stehen, als ein Blitz vom Himmel fuhr. Wenn Savannah es nicht besser gewusst hätte, hätte sie in diesem Moment geschworen, dass der Teufel persönlich sie geküsst hatte.

Er lächelte sie – fast schon unverschämt – an, drehte sich um und verschwand leise pfeifend in der Dunkelheit.

Savannah stand eine Weile still da und atmete ein paar Mal tief durch, wobei sie Hoffnung hatte, dass sich ihr Pulsschlag wieder normalisieren würde und die Wangen wieder ihre normale Farbe annehmen würden. Dann öffnete sie die Tür und trat in die große Halle der Station. Die McCaffreys saßen in ihren Schaukelstühlen vor dem Kamin und June hielt Mirandas Baby in den Armen.

»Ah, da sind Sie ja wieder«, sagte die Stationsmeisterin, deren Stimme immer wie Musik klang, auch wenn sie nicht sang. »Hat Trey Sie nach Hause gebracht?«

Savannah zwang sich zu einem Lächeln, als sie den nun leeren Korb absetzte und ihre Stola abnahm. Innerlich zitterte sie weiter, denn sie spürte immer noch die Lippen des Doktors auf ihrem Mund. Verlangend und fordernd war sein Kuss gewesen – ganz anders, als Burke sie jemals geküsst hatte. »Ja, das hat er. Rachel ist eine liebenswerte Frau und eine gute Köchin.«

June nickte und murmelte ein paar unverständliche, aber wohl beruhigende Worte, als das Baby sich im Schlaf drehte. »Sie hat aus Trey einen vollkommen anderen Menschen gemacht und Emma tut es auch gut, wieder eine Mutter zu haben. Ich denke, dass Rachel schon ganz aufgeregt wegen des neuen Hauses ist.«

Bei dieser Bemerkung seiner Frau wiegte Jacob seinen Kopf langsam von einer Seite zur anderen, bevor er sich in das Gespräch einschaltete. »Ich kann mir nicht vorstellen, dass es vor dem nächsten Frühjahr fertig ist. Vielleicht sollten sich Trey und Rachel nicht allzu große Hoffnungen machen.«

»Unsinn«, erwiderte June, deren Stimme leicht tadelnd klang. »So weit ist Seattle ja auch nicht entfernt. Die Frachtkutsche muss jeden Tag hier eintreffen. Verlass dich auf mein Wort.«

Jacobs Antwort war wie üblich freundlich, aber trocken. »Ich hoffe natürlich, dass du Recht hast, Miss June. Doch, das hoffe ich wirklich.«

Wieder blitzte und donnerte es und inzwischen schien das Gewitter näher zu sein. Besorgt hob June den Blick. »Du solltest den Doktor ins Haus, holen, Jacob. Er könnte sich den Tod holen, wenn er in so einer Nacht auf dem Heuboden schläft.«

Auch bei einer besseren Beleuchtung hätte man kaum sagen können, ob Jacob wirklich lächelte. »Mach dir keine Sorgen, meine Liebe«, sagte er. »Dr. Parrish ist jung und zäh. Und er ist genau dort, wo er hingehört.«

4

Es war noch sehr früh am Morgen, die Luft kühl und der Himmel perlgrau. Orangerote Streifen der aufsteigenden Sonne waren am Horizont über den Wipfeln der immergrünen Bäume zu sehen. Der Waldboden, mit Nadeln und Blättern bedeckt, war weich wie ein Teppich und er hatte ein ebenso bizarres Muster. Jacob ritt neben Pres – der eine auf einem Maultier namens Nero, der andere auf einer alten Stute, die auch schon besser Tage gesehen hatte. Weiter oben in den Bergen, wo Birken und Erlen wuchsen, stieg eine kräuselnde Rauchfahne in den Himmel.

»Dort oben lebt Granny«, erklärte Jacob. »Jetzt wissen wir wenigstens, dass sie auf den Beinen ist und sich ein Feuer angemacht hat.«

Pres rieb sich den Nacken, aber er antwortete nicht.

»Da gibt es eine Sache, die ich Ihnen vielleicht noch sagen sollte, bevor wir Granny Johnsons Grundstück erreichen«, meinte Jacob nachdenklich.

»Und was wäre das?«, fragte Pres seufzend. Er war ungeduldig und mit den Nerven fertig. Vielleicht, weil seinem Körper doch der Whiskey fehlte und er sich innerlich so leer fühlte, dass er sich wie ein verrotteter Baumstamm vorkam, der von Termiten durchlöchert war, vielleicht aber auch, weil ihn die Gedanken an Savannah Rigbey quälten – wie Hamlet vom Geist seines Vaters gequält worden war. Der Puls jagte in seinen Schläfen, die jeden

Moment zu zerspringen schienen, und sein Magen hatte sich wie ein ausgedörrter Ledersack zusammengezogen. Wäre etwas drin gewesen, hätte er es längst wieder erbro chen.

»Könnte sein, dass Granny auf uns schießt«, meinte Jacob so trocken, als hätte er gesagt, dass die Frau es liebte, lästige Fliegen in der Hand zu zerquetschen. »Ihre Augen sind nicht mehr die Besten und bevor sie mich und den alten Nero erkennt, könnte sie verdammt ungemütlich werden.«

Pres lachte – rau und vollkommen humorlos. »Na, das ist ja wunderbar.«

»Kein Grund zur Sorge«, sagte Jacob beruhigend, »sie wird uns bestimmt nicht gleich erschießen.«

In der nächsten Sekunde brachte der Schuss aus einer alten Donnerbüchse fast den Himmel zum Einstürzen. Vögel flogen empört krächzend auf, Eichhörnchen brachten sich über die Äste springend in Sicherheit und andere Kleintiere suchten Schutz im Unterholz.

»Ihr bleibt dort, wo ihr jetzt seid!«, rief eine Frau, deren Stimme schwach und kratzig klang.

Jacob und Pres hatten alle Hände voll zu tun, um ihre Reittiere unter Kontrolle zu halten. Nero wollte auf dem geradesten Weg nach Springwater zurücklaufen, während die alte Stute von Pres nervös zur Seite tänzelte, was vielleicht ganz lustig gewesen wäre, wenn da nicht die alte Frau mit dem Gewehr in den Händen auf dem Hügel gestanden hätte.

»Ist ja gut, Granny«, rief Jacob versöhnlich. »Nimm deinen Schießprügel runter! Ich bin es doch, Jacob McCaffrey. Ich bringe dir einen Doktor, der sich um dein Rheuma kümmern wird.«

Es folgte ein langes Schweigen, bevor Grannys zerbrechliche Stimme wieder erklang, die von den Waldgeräuschen untermalt wurde. Da war wieder das fröhliche Gezwitscher der Vögel und das freche Geschnatter der Eichhörnchen zu hören. »Was für eine Art Doktor?«

Jacob schaute Pres von der Seite an, als wollte er ihn noch einmal abschätzen, um der Alten eine wahre Antwort zu geben. »Ein richtiger Arzt, der eine Medizinschule besucht hat und eine Erfahrung in seinem Beruf hinter sich hat.« Er wartete einen Moment, um seine Worte einsinken zu lassen, und trieb dann sein Maultier vorwärts. »Wir kommen jetzt, Granny«, rief er. »Wenn du mir eine Kugel verpasst, wirst du es mit Miss June zu tun bekommen. Hör also lieber mit der Ballerei auf.«

Pres war fasziniert, als er die verhutzelte kleine Frau sah, die ein Gewehr in den Händen hielt, das schwerer und größer zu sein schien als sie selbst. Es war so ein komischer Anblick, dass er beinahe laut gelacht hätte. Aber eben nur beinahe.

Als er sicher war, dass sie wirklich keine Schüsse mehr abgeben würde, folgte er mit seiner Stute Jacobs Maultier einen schmalen Weg entlang, der von dichtem grünem Gras und duftenden Föhren gesäumt war.

Die alte Frau stand vor ihrer halb eingefallenen Hütte, deren Tür schräg in den Angeln hing. Aus der Nähe gesehen wirkte die Frau noch kleiner. Sie bestand nur aus Haut und Knochen, hatte kaum noch einen Zahn im Mund und trug ein Gewand – man konnte es kaum als Kleid bezeichnen –, das aus alten Mehlsäcken unordentlich zusammengenäht war. Ihr winziger linker Fuß steckte in einer Stulpen-Stiefelette, der rechte in einem durchlöcherten Slipper.

»Das ist Prescott Parrish, Granny«, stellte Jacob seinen Begleiter vor. »Er ist Arzt, wie ich schon sagte. Wir hoffen, dass wir ihn lange bei uns in Springwater halten können.«

Granny betrachtete Pres von Kopf bis Fuß und fand ihn offensichtlich ganz sympathisch, denn sie *hmphte* dreimal und nickte dabei.

Pres unterdrückte ein Grinsen, verbeugte sich ganz leicht und sagte höflich: »Guten Morgen, Mrs. Johnson.«

Sie zog die Augen zusammen und starrte ihn an, als wollte sie seine innersten Motive ergründen, warum sich ein studierter Doktor die Mühe machte, eine alte Frau wie sie in den Bergen aufzusuchen – aber wahrscheinlich war sie nur kurzsichtig und hätte eine Brille gebraucht. »Bist du ein Yankee?«, fragte sie misstrauisch.

Pres seufzte leise. »Nein, Ma'am, aber ich bin auch kein Konföderierter. Ich bin ein ganz normaler Amerikaner.«

Sie humpelte ein paar Schritte näher und schaute ihn unter dem breiten Rand ihrer Haube noch einmal von oben bis unten an. »Mich hat noch nie ein Doktor untersucht. Ich habe auch noch nie einen gebraucht, aber wenn Jacob McCaffrey dich zu mir bringt, musst du schon ein anständiger Kerl sein.«

Das persönliche Unbehagen, das Pres empfand, wurde von seiner angeborenen Leidenschaft für die Medizinkunst hinweggefegt. Er war Arzt aus Leidenschaft – auch wenn er das zu verleugnen versuchte. Er stieg vom Pferd und band die Zügel an einem Baumstämmchen fest, das neben einer alten, verrosteten Wasserpumpe aus der Erde wuchs, löste seine Tasche vom Sattelhorn und trat zu Granny Johnson. Er musste zu ihr aufblicken, da sie auf der Treppe stand, die zu der Hütte führte. Seine Stimme klang nun ganz sachlich und nüchtern, wie immer, wenn er einen Patienten vor sich hatte. »Haben Sie im ganzen Körper Rheuma oder nur im Fuß?« Dabei deutete er mit dem Kopf auf den Fuß mit dem durchlöcherten Slipper.

»Die ganze rechte Seite tut mir weh«, gab sie widerwillig zu. »Von der Hüfte abwärts.«

Pres nickte. »Dann wollen wir uns das mal anschauen.«

Grannys Gesicht, das so verschrumpelt wie ein Herbstapfel im Frühling war, wurde bleich. »Du meinst, du willst meine nackte Haut sehen?«

Pres schluckte, um nicht zu lachen. »Ich bin Arzt, Mrs. Johnson. Von mir haben Sie nichts zu fürchten, aber wenn ich Ihnen helfen soll, muss ich Sie untersuchen.«

Granny blickte zu Jacob, der immer noch auf seinem Maultier saß. Auf Pres machte er den Eindruck, als sei er ein Prophet aus dem Alten Testament, ein einsamer Herold, der Gottes Zorn und das Jüngste Gericht verkündete. »Kommst du mir zur Hilfe, Jacob McCaffrey, wenn ich nach dir schreie?«, fragte die alte Frau.

In diesem Moment verzog sich Jacobs Gesicht tatsächlich zu einem richtigen Lächeln. Er schwang sich von seinem Nero und band die Zügel an dem brüchigen Treppen-Geländer fest. »Klar, Granny«, versicherte er ihr.

Mrs. Johnson überlegte immer noch hin und her. »Na gut«, brummelte sie nach einer Weile. »Komm mit ins Haus, Doktor, und ich hebe meinen Rock.«

Pres sah Jacob über die Schulter achselzuckend an, bevor er Granny in die Hütte folgte, die genau so aussah, wie er sich solche Behausungen in der Wildnis immer vorgestellt hatte. Es gab natürlich kein richtiges Bett, sondern nur einen Strohsack auf der blanken Erde – an einen Holzfußboden war gar nicht zu denken –, worauf eine einzige Decke lag, die so abgeschabt war, dass sie vollkommen farblos war. Der Ofen war so klein, dass er im Winter kaum genügend Hitze abgeben würde, um den winzigen Raum zu erwärmen. Es stank nach einem Nachttopf, der dringend geleert werden müsste, und es roch nach den typischen Ausdünstungen einer Frau in Grannys Alter.

»Wann haben Sie eigentlich zum letzten Mal etwas gegessen?«, fragte er absichtlich barsch, so, als wollte er sagen, dass sie jeden Tag alle Delikatessen dieser Welt zur Auswahl hätte, aber sich weigerte, diese auch zu verspeisen. Abgesehen von ihren Schmerzen tat sie ihm aber eigentlich nicht wirklich Leid, denn sie machte einen ganz zufriedenen Eindruck auf ihn.

»Ich esse regelmäßig«, erwiderte Granny ebenso barsch. »Miss June war kürzlich hier und hat mir Gemüse gebracht. Den Rest davon habe ich erst heute Morgen gegessen.«

»Gefällt es Ihnen eigentlich, so ganz allein hier zu leben?« Seine Stimme klang jetzt etwas freundlicher. Er hörte Jacobs Schritte auf der hölzernen Veranda und er roch den süßen Duft des Pfeifentabaks.

Granny schien sich etwas zu entspannen. »Dies ist mein Zuhause«, erklärte sie. »Hier habe ich mein ganzes Leben lang gelebt – seit mein Mann mich hierher gebracht hat. Ich gehe nicht runter in die Stadt nach Springwater. Versuch also gar nicht erst, mich zu überreden.«

Er grinste spitzbübisch. »Aber nein, Ma'am«, sagte er treuherzig. »Das würde ich doch niemals tun.« Er setzte sein Arztköfferchen ab, dessen Leder im Laufe der Zeit ganz grau geworden war, und ließ den Verschluss aufspringen. Wenn er die Tasche öffnete, erinnerte ihn der Geruch immer an seinen Vater, der so ein wunderbarer Arzt gewesen war.

»Jacob«, rief Granny plötzlich.

Der alte Mann streckte seinen Kopf durch die Tür und wechselte mit Pres einen Blick. »Was gibt es, Granny?«

Sie wedelte mit der Hand. »Nichts, Jacob, du kannst

wieder gehen. Ich wollte nur sagen, dass ich anfange, diesen Doktor zu mögen … obwohl er noch so jung ist.«

Jacobs Augen lächelten, auch wenn sein Mund sich nicht verzog. Er nickte. »Ich werde eins der streunenden Hühner einfangen«, meinte er. »Ich kann den Vogel auf den Herd setzen, bevor ich mit dem Doc nach Springwater zurückkehre.«

»Wage es bloß nicht, irrtümlich eine meiner Legehennen zu schlachten, Jacob, McCaffrey«, warnte Granny und schaute ihren alten Freund an. »Schnapp dir das alte, rote Huhn, das nur noch einen Flügel hat.«

Pres hätte gerne gelacht – nicht spöttisch oder ironisch, sondern freudig, so wie er früher gelacht hatte, bevor die Generäle aus dem Norden und dem Süden die Söhne des Landes in diesen blutigen, sinnlosen Krieg geschickt hatten und es ihm und den anderen Ärzten überlassen hatten, sich um die entsetzlichen Folgen zu kümmern. Pres wusste, dass er die Erinnerungen an dieses grausame Gemetzel nie vergessen würde. Er hatte sie für immer verinnerlicht, sie gehörten zu seinem Leben wie das Brot, das er aß, wie die Luft, die er atmete. Aber seltsam genug, diese Erinnerungen schienen in Momenten wie diesem ein wenig zu verblassen, weniger schmerzhaft als sonst zu sein. Angefangen hatte diese Veränderung wohl, als er Miranda Leebrooks Baby zur Welt gebracht hatte … aber mehr noch hatte das alles mit Savannah Rigbey zu tun – und dem Kuss, den er ihr gegeben und den sie erwidert hatte.

»Legen Sie sich auf die Bettstelle«, befahl er Granny ruhig, »damit ich mir ihre Hüfte ansehen kann.«

Jacob verzog die Lippen und seine dunklen Augen strahlten für einen kurzen Moment, bevor er sich zurückzog, um sich auf die Suche nach dem Huhn zu machen, das noch nicht ahnte, dass es bald im Kochtopf schmoren würde.

Granny schaute Pres einmal mehr zweifelnd an, *hmpfte* ein paarmal, hinkte dann zu ihrer Matratze, legte sich auf die linke Seite und starrte die Wand an, bevor sie langsam ihren Rock hochzog.

Pres hatte erwartet, dass das Bein entzündet war, aber er war nicht darauf vorbereitet, was er jetzt zu sehen bekam. Hüfte und Bein waren dick geschwollen, knallrot und vollkommen verhärtet. Ihre Schmerzen mussten unglaublich sein.

In solchen Situationen wünschte er sich, dass er eine bessere Ausrüstung und mehr Medizin hätte – Opiate, Kampfer und andere schmerzstillende Mittel, aber er besaß nur noch eine Viertelflasche Laudanum, ein paar Tinkturen und Puder. Seine Ausrüstung beschränkte sich auf ein Skalpell, einige Nadeln und etwas Faden, um größere Wunden zu nähen, ein Stethoskop, ein Hämmerchen, um die Reflexe zu testen – und eine Knochensäge. Wenn es einen Gott gab, dachte er, sollte er ihm beistehen, damit er diese Säge nie wieder würde benutzen müssen.

»Nun?«, raunzte Granny ihn an. Er nahm es ihr nicht übel, denn in dieser Position hatte eine Frau keine Würde mehr. »Hast du genug gesehen, Doc, oder willst du mich vielleicht auch noch betatschen?«

Pres lächelte und zog so behutsam wie möglich den schäbigen Unterrock und den Mehlsack-Rock der alten Frau herunter. »Gibt es hier eine Wanne, Mrs. Johnson?«, fragte er, während sie sich zur anderen Seite rollte und aufsetzte. »Groß genug, dass Sie darin baden könnten?«

Ihre hellen Augen blitzten ihn an. »Das ist eine verdammt persönliche Frage, junger Mann.«

»Verstehen Sie mich bitte nicht falsch, Mrs. Johnson«,

sagte er besänftigend, obwohl seine Frage durchaus persönlich gemeint und damit ausgesprochen unhöflich war. Aber es war ihm im Augenblick ziemlich gleichgültig, ob Granny wütend auf ihn war, denn ihre Haut war vollkommen mit Dreck verkrustet und hatte wohl schon seit einer Ewigkeit kein Wasser und keine Seife gesehen. »Ich bin nur der Meinung, dass heißes Wasser Ihre Schmerzen etwas lindern würde.«

»Das tut ein anständiger Whiskey auch«, erwiderte sie brummend, während sie ihre Röcke ordnete. »Ich brauche keinen überschlauen Yankee-Doktor, der mir sagt, was ich tun und lassen soll.« Sie schwieg und starrte ihn an. »Anders wäre die Sache natürlich, wenn du in deinem Köfferchen eine Flasche mit Whiskey hättest. Zu einem kräftigen Schluck würde ich nicht nein sagen.«

Pres hatte es schon mit Patienten zu tun gehabt, die noch halsstarriger als Granny gewesen waren, aber am Ende hatte er sich doch immer durchgesetzt – und das würde er ihr klar zu verstehen geben. »Ab sofort keinen Whiskey mehr«, sagte er unmissverständlich und schaute ihr dabei fest in die Augen. »Und noch etwas. Wenn es nötig ist, werde ich Sie persönlich nach Springwater schleppen und in heißes Wasser tunken. Haben wir uns verstanden?«

Granny starrte Prescott eine ganze Weile an, aber er hielt ihrem Blick eisern stand und plötzlich begann sie zu kichern. »Na schön, junger Mann«, meinte sie, »aber wenn ich einen Herzschlag bekomme, hast du mich auf dem Gewissen, du Yankee-Doc.«

Um es hinter sich zu haben, hatte Savannah für ihren ersten Arbeitstag im Brimestone Saloon das grüne Kleid mit dem schwarzen V-Ausschnitt aus Spitze gewählt. Sie hatte Lippen und Augen geschminkt und die Haare hochgesteckt, sodass die Locken lose ihr Gesicht umschmeichelten. Dazu trug sie Netzstrümpfe und hochhackige Pumps, um den Effekt noch zu verstärken.

June war der erste Mensch, dem Savannah begegnete, nachdem sie ihr Zimmer verlassen hatte, und die ältere Frau versuchte gar nicht erst, ihre Missbilligung zu verbergen. Miranda, die ein unverwüstliches Naturell zu haben schien, war auch bereits auf den Beinen. Sie saß an einem der langen Tische und blätterte in einem Buch.

»Sie liest Josef und seine Brüder«, erklärte June, die eine Hand auf ihren mütterlichen Busen gepresst hatte, als sie Savannah in die Halle kommen sah. Sie trug das schlichte braun-weiße Kaliko-Kleid mit den dezenten blauen Streifen. »Sie sehen wie ein ganz anderer Mensch aus«, meinte sie.

In diesem Moment schaute Miranda auf, senkte aber sofort wieder ihren Blick. Es war offensichtlich, dass sie ebenso geschockt war wie June.

Savannah hätte Mrs. McCaffrey jetzt natürlich erklären können, dass sie in der Tat ein anderer Mensch *war*. Ganz anders als der Mensch, den sie kennen gelernt hatte, anders als der Mensch, mit dem sie eine Art Freundschaft verband – wobei Savannah hoffte, dass Miss June sie auch weiter als eine Freundin betrachten würde. Aber es schien ihr sinnlos zu sein, zu erklären, dass ihr Kleid nur ein Kostüm war, dass ihr ganzes Aussehen nur der Rolle diente, die sie spielen musste, um ihren Lebensunterhalt zu verdienen. Ja, sicher, sie hätte dieses Problem lösen können, indem sie einfach geheiratet hätte. An Angeboten hatte es in all den Jahren gewiss nicht gemangelt, aber wenn sie eine Ehe mit einem Mann eingegangen wäre, den sie nicht liebte, wäre Savannah sich wirklich wie eine billige Hure vorgekommen. Das alles hätte sie sagen können, aber sie tat es nicht.

Als Savannah nicht sprach, nicht sprechen konnte, schaute June ihr in die Augen und schüttelte leicht den Kopf. »Ist alles in Ordnung mit Ihnen?«, fragte sie. »Sie machen auf mich den Eindruck, als würden Ihre Knie zittern – ein bisschen jedenfalls.«

Savannah schluckte. »Es gibt Gründe dafür, dass ich so … so aussehe«, erwiderte sie schließlich unglücklich.

June legte ihre Hand auf Savannahs nackte Schulter. »Vermutlich geht es uns allen so«, meinte sie leise seufzend. »Sein Schicksal kann sich niemand aussuchen.«

Von außerhalb der Station waren die Hufschläge von Pferden zu hören, Schüsse und das Muhen und Schreien von Rindern. Das bedeutete, dass durstige Cowboys in die Stadt kamen, die für ein Lied oder zwei gerne etwas lockermachten und die jede Menge Whiskey konsumieren würden. Trey hatte Savannah erzählt, dass diese Trecks bis weit in den Herbst durch Springwater ziehen würden, kleine und größere Viehherden, die alle die Quelle suchten. Die Tiere durften sich hier ein oder zwei Tage ausruhen und die Cowboys verbrachten diese Zeit natürlich meist im Brimestone Saloon. Das war ihr Leben, das war ihr Geschäft.

Savannah wäre gerne geblieben, um June ihr Herz auszuschütten, um ihr zu erzählen, wie Burke ihr seine Liebe versichert hatte, während er sie die ganze Zeit nur belogen hatte und er ein gesuchter Verbrecher war. Wie ihr Vater ihr – und nicht Burke – die Schuld an dem ganzen Desaster gegeben hatte, dass der eigene Vater seiner Tochter das

Haus verboten und sich bis zu seinem Tod geweigert hatte, je wieder mit seinem Kind zu sprechen. Sie hätte erzählen wollen, dass die Großmutter aus Gram über all diese Ereignisse gestorben war – aber Savannah fand weder den Mut noch die Worte.

»Sie müssen das doch nicht tun«, sagte June leise. »Trey hat den Saloon doch so lange allein geführt und das kann er doch auch weiter tun.«

Miranda hatte das Buch geschlossen und tat gar nicht mehr so, als würde sie nicht zuhören.

Savannah seufzte und schüttelte den Kopf. »Ich muss meinen Teil unserer Abmachung erfüllen«, sagte sie zu June, aber auch zu sich selbst. »Schließlich gehört die Hälfte der Bar mir.«

June nahm Savannahs Hände, hielt sie eine Weile fest, drückte sie und ließ sie dann wieder fallen. »Diese Cowboys da draußen begreifen aber vielleicht nicht, dass Sie eine Lady sind«, sagte sie leise.

Savannah hätte die ältere Frau umarmen und küssen mögen, weil *sie* nicht sofort das Schlechteste annahm, weil sie an Savannah glaubte. »Ich bin es gewohnt mit Cowboys umzugehen und ich könnte darüber so manche Geschichte erzählen«, sagte sie mit einem scheuen Lächeln. »Die meisten sind doch nur harmlose Kinder, die sich und den anderen beweisen wollen, dass sie schon Männer sind.« Sie sagte allerdings nicht, dass sie sicherheitshalber einen Derringer-Revolver bei sich trug. Sie hatte zwar noch nie auf ein menschliches Wesen geschossen – und sie hoffte, dass sie das auch niemals tun musste, aber trotzdem war sie bereit und sie würde notfalls auch keine Sekunde zögern.

»Aber einige von denen sind richtige Outlaws«, fuhr June unbeirrt fort. »Seit Jacob und ich die Springwater-Station gebaut haben, habe ich viele verbitterte Männer gesehen, die diese Herden begleitet haben. Der Krieg hat ihre Herzen zerstört und der Tod ist für sie ein Alltagsgeschäft.«

Savannah antwortete nichts darauf, denn sie wusste, dass es wahr war. Es würde hundert Jahre – oder vielleicht noch länger – dauern, bis die Wunden vernarbt waren, die der Bürgerkrieg geschlagen hatte.

»Ich muss jetzt gehen«, sagte sie zu June, nickte Miranda kurz zu und verließ dieses friedliche Haus, in dem es nur die normale Tagesarbeit eines normalen Hauses zu geben schien. Putzen und Kochen, Gemüse für den Winter einlagern und Fleisch einpökeln. Hier trank man gemütlich Tee, häkelte und strickte und unterhielt sich dabei leise. Alles würde so sein, wie es im Leben eben sein sollte.

Savannah hatte Tränen in den Augen, als sie zum Brimestone Saloon ging. Auf der anderen Seite des Weges stand Trey mit einer Schaufel in der Hand, um das Fundament für sein Fertighaus zu graben, in dem er mit seiner Familie leben würde. Sie tat so, als hätte sie ihn nicht bemerkt, und ging schnell vorbei.

Sie betrat den Saloon – *ihren* Saloon – durch die Vordertür. Der Bartender grüßte sie mit einem Nicken und die Gäste – ein Dutzend oder so – starrten sie mit großen Augen an. Es waren pickelgesichtige Jüngelchen, die gerade mal aus den kurzen Hosen gewachsen waren, kaum alt genug, um scharfen Whiskey zu trinken, Tabak zu kauen und ihren geringen Lohn beim Spiel zu vergeuden.

Einer von den Burschen riss sich bei ihrem Anblick den Hut vom Kopf, schlug ihn auf den Schenkel und schrie »Yippieee«. Dann forderte er Savannah mit einer Handbewegung auf, zu ihm zu kommen. Das tat sie denn auch –

aber mit solchem Stolz und so viel Verachtung, dass der junge Mann sich verschämt an die Bartheke drückte. Die anderen Cowboys lachten gehässig. Der vorlaute Schreihals errötete bis unter die Haarspitzen, seine Augen wirkten plötzlich fiebrig und sein Adamsapfel hüpfte auf und ab. Savannah spürte das Gewicht des Derringers, der einen silbernen Lauf hatte, an ihrem Schenkel, aber sie wusste, dass keine Notwendigkeit bestand, die Waffe auch zu benutzen. Der Bursche war ja nicht wirklich gemein, sondern hatte einfach nur schlechte Manieren. Wenn sie anfing, Leute schon dafür zu erschießen, würde sie bald keine Kunden mehr haben.

»Wie heißt du?«, fragte sie und stützte dabei die Hände in die Taille.

»Ji… Jimmy, Ma'am«, erwiderte der Junge. »Jimmy Franks.«

»Gut, Jimmy Franks«, sagte Savannah streng, »mir scheint, dass deine Manieren ziemlich zu wünschen übrig lassen. Ich erwarte, dass du mich ab sofort respektvoll anredest – oder ich werfe dich eigenhändig kopfüber in den Pferdetrog. Ist das klar?«

Wieder lachten die anderen Cowboys und nach einer langen Weile, in der das Gesicht des jungen Burschen noch röter wurde, zog er seinen staubigen Hut ab, nickte und sagte: »Klar, Ma'am, Entschuldigung.«

Savannah gab dem Bartender einen Wink. »Gib dem Mann einen Drink«, befahl sie. »Auf meine Rechnung.« Dann ging sie zu dem Piano, schlug die Tastenklappe hoch und setzte sich auf den klapprigen runden Drehhocker. Sie ordnete ihre Röcke, lockerte kurz ihre Finger und spielte eine allseits bekannte Melodie. Kurz danach begann sie den Text des Liedes zu singen und es dauerte nicht lange, bis alle Cowboys den Refrain mitsangen.

Als die Männer am späten Nachmittag unwillig den Saloon verließen, kam wenig später die andere Gruppe der Cowboys in die Bar, die bis dahin die Herde bewacht hatte. Die Tiere waren ständig gegenwärtig, denn ihr Geruch überlagerte ganz Springwater und ihr Brüllen war weithin zu hören – nicht zu reden von dem Staub, den die Herde immer wieder aufwirbelte.

Gerade als die Cowboys einander ablösten, kam Trey in den Brimestone, um zu sehen, wie es Savannah ging. Er überbrachte ihr mit schönen Grüßen von June ein Sandwich, das in eine Stoffserviette eingeschlagen war. »Scheint ja eine ganz lustige Bande zu sein«, bemerkte er, während sein Blick über die verstaubten ledergegerbten Gesichter der Männer glitt.

Savannah setzte sich an den einzigen freien Tisch und Trey nahm ihr gegenüber Platz. Genüsslich packte sie das Sandwich aus, wobei sie Treys Beurteilung der Lage mit einem Kopfnicken bestätigte. Sie hatte gar nicht gemerkt, dass sie so ausgehungert war. Herzhaft biss sie in das belegte Brot und verdrehte verzückt die Augen. Eier, Zwiebeln und jede Menge Butter – einfach köstlich.

»Hast du irgendwelche Probleme mit ihnen?«, erkundigte sich Trey.

Savannah kaute, schluckte und wischte sich den Mund mit der Serviette ab, bevor sie den Kopf schüttelte. »Es sind doch fast noch Kinder«, sagte sie. »Da ist keiner dabei, mit dem ich nicht fertig werden würde.«

Trey machte ein ernstes Gesicht. »Rachel meint, ich sollte dich hier nicht allein arbeiten lassen«, sagte er. »Ich werde dich in einer Stunde oder so ablösen. Ich muss mich nur zuerst gründlich waschen und ein bisschen ausruhen.«

Savannah fand es ja nett, dass Trey – ihr Partner – sich

um sie Sorgen machte, aber es rührte sie geradezu, dass Rachel – diese ehrbare Frau, deren Freundin sie gerne gewesen wäre – den Anstoß gegeben hatte. Das war zwar lieb gemeint, aber Savannah fühlte sich durchaus in der Lage, mit einer Horde rauer Cowboys fertig zu werden. Und ihrer Ansicht nach hatte Trey es wirklich verdient, eine Zeit lang nicht im Brimestone zu arbeiten. »Du wirst mich nicht ablösen«, sagte sie bestimmt. »Ich brauche etwas mehr Zeit für mich allein, um das richtige Gefühl für diesen Saloon zu bekommen. Ich habe schließlich ein hübsches Sümmchen in diese Bar gesteckt und ich werde – ohne Sonderbehandlung – hart dafür arbeiten, dass sich die Investition auszahlt.«

Trey runzelte die Stirn. »Du bist wirklich sturer ein Maulesel«, sagte er kopfschüttelnd.

Savannah lachte. »Du kennst mich jetzt doch mehr als fünf Jahre, Trey. Und da merkst du das jetzt erst? Nein, nein, du verbringst den Abend mit deiner Frau. Ich kann sehr gut allein auf unser beider Geschäft aufpassen.«

Trey schien zwar immer noch Zweifel zu haben, aber er wusste, wann eine Diskussion zwecklos war und er besser klein beigab. »Ich werde oben sein. Falls es Ärger gibt, brauchst du nur mit einem Billard-Queue an die Decke zu stoßen und ich bin sofort unten.«

Savannah lächelte, denn sie wusste, dass sie von diesem Angebot bestimmt keinen Gebrauch machen würde. »Versprochen, Partner«, sagte sie.

»Singen Sie uns noch ein Lied, Miss Savannah«, rief einer der Cowboys von der Bar, wo der Whiskey in Strömen floss. »Irgendwas Melancholisches.«

Savannah verdrehte die Augen und Trey grinste. Beide standen auf. Er verließ den Saloon und sie ging mit wiegenden Hüften zum Piano. Es gehörte zu ihrer Show, die

Röcke so schwingen zu lassen, dass die Seide raschelte. Wie üblich bejubelten die Gäste im Saloon lautstark ihren Auftritt.

Sie hatte gerade die erste Strophe des Liedes beendet – eine schwülstige Schnulze, die von einer Mutter mit silbergrauen Haaren handelte, die die Straßen nach ihrem geliebten Sohn Billy absuchte, der jedoch nicht mehr aus dem Krieg zurückkommen würde –, als Dr. Parrish den Saloon betrat. Bei seinem Anblick stockte Savannah fast der Atem. Einfach so.

Er hatte die Ärmel seines hellbraunen Hemdes aufgerollt, sodass seine kräftigen Unterarme sichtbar waren. Seine dunklen Haare waren zwar leicht verstrubbelt, aber sie glänzten so seidig wie die Federn eines Raubvogels. Seine Augen verengten sich, als er Savannah in ihrem aufreizenden Kleid sah, mit ihrem grell geschminkten Gesicht und den offenen Haaren, in die sie glitzernde farbige Federn gebunden hatte.

Savannah machte sich schon lange keine Illusionen mehr darüber, wer sie war und was sie tat, um ihren Lebensunterhalt zu verdienen – jedenfalls war es meistens so. Aber jetzt versetzte es ihr doch einen Stich, als sie sah, wie sich das Gesicht des Arztes bei ihrem Anblick veränderte – und das machte sie ungeheuer wütend.

Sie schlug fester in die Tasten und sang lauter und tat so, als bemerke sie den Doktor überhaupt nicht, obwohl sie ihn natürlich aus den Augenwinkeln heraus genau beobachtete. Es war, als wären sie beide ganz allein im Raum. Weder der Bartender, der unaufhörlich die Gläser der Gäste füllte, noch die Horde der lärmenden Cowboys, die ebenso unaufhörlich ihre ausgedörrten Kehlen mit Whiskey befeuchteten, schienen zu existieren. Pres ging nicht zur Bar, sondern trat langsam auf das Piano zu.

Savannah machte sich innerlich auf einen Streit, ein scharfes Wortgefecht mit ihm gefasst, aber er sagte kein Wort, sondern setzte sich nur an den Tisch, der am nächsten beim Klavier stand. Wortlos schob er einen Cowboy mit dem Arm zur Seite, der dort gerade auf dem letzten freien Stuhl Platz nehmen wollte. Der Mann maulte zwar, ging dann aber zu einem anderen Tisch, da er es wohl nicht auf eine Schlägerei mit dem Fremden ankommen lassen wollte.

Savannahs Stimme zitterte ein wenig, aber das schien ihr Publikum nicht zu merken, denn die Leute klatschten begeistert Beifall, als sie den Refrain wiederholte. Sie wollte ihr Gesicht abwenden, um Parrish nicht mehr ansehen zu müssen, aber ihr Blick war wie von einem magischen Zauber gefangen. Der Mann schien sie in seinen Bann geschlagen zu haben, in einen Bann, den sie nicht brechen konnte. Sie konnte ihre eigene Stimme nicht mehr hören, sie hörte nicht mehr den Lärm in der verrauchten Bar. Sie wusste, dass sie weiter sang, denn sie spürte die Resonanz ihrer Stimmbänder in ihrer Kehle.

Als das Lied zu Ende war, raste das Publikum und forderte eine Zugabe, aber diesen Wunsch konnte Savannah ihren Gästen in diesem Moment nicht erfüllen. Sie blieb einfach nur sitzen und schaute Dr. Prescott in die Augen.

Die Cowboys schrien und johlten noch eine Weile, bevor sie ihren Protest aufgaben und begriffen, dass Savannah kein anderes Lied mehr singen würde – jedenfalls im Augenblick nicht. Sie unterhielten sich laut, bestellten mehr Whiskey und umlagerten die Spieltische. Der Doktor dagegen rührte sich nicht, er ging nicht zur Bar und er orderte auch keinen Drink, wie Savannah erwartet hatte.

Irgendwann ließ der Zauber nach und der Bann war gebrochen. Sie stand auf und ging zu ihm, wobei sie mit dem Saum ihres Kleides den Staub vom Boden aufwirbelte. Inzwischen saß Pres allein am Tisch, denn die anderen Männer, die bei ihm gesessen hatten, waren längst in ein Glücksspiel vertieft, das in der anderen Ecke der Bar stattfand.

»Möchtest du einen Drink?«, fragte sie, obwohl ihr inzwischen wieder eingefallen war, dass er ja gar kein Geld hatte, um dafür zu bezahlen. Jacob McCaffrey hatte ihm ja seine letzten Cents beim Checker-Spiel abgenommen.

Er schüttelte den Kopf. »Setz dich«, sagte er gerade so, als hätte er das Recht, irgendwelche Forderungen zu stellen. Seine Stimme war allerdings leise und er schien sich Mühe zu geben, höflich zu sein.

Savannah setzte sich. Sie redete sich ein, dass sie das ja nur tat, weil es bis jetzt ein langer Tag gewesen war und sie sich etwas erschöpft fühlte, aber sie wusste, dass sie sich damit selbst etwas vormachte. In Wahrheit ging von dem Mann eine Ausstrahlung aus, der sie sich nicht entziehen konnte – der sie sich vielleicht auch gar nicht entziehen *wollte*. Die Spannung zwischen ihnen war so groß, als ob ständig Blitze zwischen ihnen hin und her schlagen würden. Sie konnte kaum atmen. »Wie war es bei Granny Johnson?«, fragte sie, denn irgendetwas musste sie einfach sagen, sonst hätte das Schweigen noch ewig andauern können.

Er ging nicht auf ihre Frage ein. »Du solltest dich so nicht mehr in der Öffentlichkeit sehen lassen«, sagte er. »Ich hätte gute Lust, dir eigenhändig die Farbe aus dem Gesicht zu wischen.«

Das Herz schlug ihr in der Kehle und sie spürte, wie ihr das Blut in den Kopf stieg, aber sie presste die Zähne zusammen. Sie war verletzt, denn seine Bemerkung hatte sie tief getroffen. Tiefer, als es ihr lieb war – aber das brauchte er nicht zu wissen. Sie würde ihm nicht zeigen, dass ihr seine Meinung etwas bedeutete. »Du kannst ja dein Glück mit Seife und Wasser bei einer Wildkatze versuchen«, erwiderte sie scheinbar gelassen. »Da wirst du nur halb so viele Kratzer abbekommen, als wenn du es bei mir versuchst.«

Er seufzte leise und fuhr sich mit seinen langen schmalen Fingern durch die Haare. Sie merkte, dass seine Hand kaum merklich zitterte. Er war zweifellos stocknüchtern – aber wer konnte schon sagen, wie lange das so bleiben würde. »Du bist doch keine Hure«, sagte er. »Oder?«

Es war eine ungeheure Beleidigung, ihr so etwas offen ins Gesicht zu sagen. Sie hätte am liebsten ihren Kopf auf die Arme auf den Tisch gelegt und hemmungslos geweint. Aber diese Genugtuung würde sie ihm nicht gönnen. Sie hielt an sich und antwortete ganz ruhig. »Nein, das bin ich ganz sicher nicht, Herr Dr. Prescott Parrish.«

Er schaute sie an, als ob sie ein seltenes Exemplar einer exotischen Spezie sei – ein Käfer mit achtzehn Beinen oder ein Kalb mit drei Köpfen, Ausnahme-Erscheinungen, wie er sie vielleicht bei seinen Studien in der Medizinschule zu sehen bekommen hatte. »Und warum zum Teufel ziehst du dich immer noch wie eine Hure an und benimmst dich so?« Er schien ernstlich irritiert zu sein, was in ihren Augen jedoch nur ein Beweis dafür war, dass er nicht nur keine Manieren hatte, sondern noch weniger Taktgefühl.

Sie atmete tief durch und ließ die Luft langsam aus ihren Lungen entweichen. Es würde absolut nichts bringen, wenn sie sich jetzt auf ihn stürzen und ihm das Gesicht zerkratzen würde – obwohl sie das plötzlich am liebsten getan hätte. Sie musste schließlich in Springwater leben und so eine Geschichte würde sich natürlich wie ein Lauffeuer verbreiten – von Treck zu Treck, von Stadt zu Stadt, wobei die Sache natürlich immer größere Dimensionen annehmen würde. Das würde im Endeffekt nur ihr und ihrem Geschäft schaden – und das war ihr der Spaß nun auch wieder nicht wert. »Wenn dir nicht gefällt, wie ich mich kleide, Herr Doktor, dann schlage ich doch vor, dass du meinen Saloon verlässt. Ich muss nämlich singen und Whiskey verkaufen. Du kannst dir gerne einen bestellen – wenn du dafür auch bezahlen kannst. Wenn nicht, habe ich dir nichts mehr zu sagen.«

Er beugte sich dichter zu ihr und seine dunklen Augen blitzten. »Aber ich habe dir noch etwas zu sagen«, zischte er mit gesenkter Stimme. »Du gehörst nicht hierher und das weißt du selbst verdammt gut.«

Auch sie beugte sich vor, wobei eine der Federn, die sie im Haar trug, verrutschte und zwischen sie fiel. Wütend schob sie die Feder mit der Hand zur Seite, aber noch wütender wurde sie, als sie seinen belustigten Gesichtsausdruck bemerkte.

»In diesem Punkt irrst du dich allerdings ganz gewaltig, Dr. Prescott Parrish. Hier ist mein Platz und sonst nirgends. Mir gehört nämlich die Hälfte dieses Saloons. Ich arbeite in Bars, seit ich sechzehn bin, und ich sehe keine Veranlassung, dir oder irgendjemand anderem Rechenschaft darüber abzulegen, wieso ich diese Entscheidung getroffen habe.«

Er griff nach dem Federchen, zog es ihr aus dem Haar, betrachtete es kurz, als ob er sich irgendetwas Besonderes davon versprach, und legte die Feder dann auf den Tisch. »Verkauf deinen Geschäftsanteil an Hargreaves«, sagte er so selbstverständlich, als hätte er das Recht solche Vorschläge zu machen. »Wenn du sparsam mit dem Geld umgehst, kannst du damit wahrscheinlich bis zum Ende deiner Tage relativ sorglos leben.«

Savannah spürte, dass in ihrem rechten Auge ein kleiner Muskel zu zucken begann. »Und was soll ich dann tun?«, zischte sie, denn sie wusste, dass sie verrückt werden würde, wenn sie nur in einem Zimmer sitzen würde und darauf warten müsste, alt zu werden und zu sterben.

»Irgendetwas Sinnvolles«, antwortete Parrish eindringlich. Er sprach ruhig und überzeugend und schien sich seiner Sache verdammt sicher zu sein. »Du könntest beispielsweise als Krankenschwester arbeiten. Du hast ein Händchen dafür. Das habe ich gesehen, als du mir bei der Geburt von Mirandas Baby geholfen hast.«

Krankenschwester? Wer würde sich wohl von ihr pflegen lassen? Von einer Barfrau, die sich wahrscheinlich für Geld an Männer verkaufte? Niemand würde das tun. »Danke«, sagte sie spöttisch. »Sehr nett, dass du dir um meine Zukunft solche Sorgen machst.«

Er lächelte, hob ein imaginäres Glas und prostete ihr damit zu. »Immer zu Diensten.«

5

Savannah hatte den Eindruck, dass diese Auseinandersetzung im Brimestone Saloon ein Zeichen für alle weiteren Begegnungen gesetzt hatte, die in den nächsten Tagen und Nächten folgten. Zwischen ihr und dem Doktor herrschte eine prickelnde Atmosphäre, sie tolerierten zwar einander, gingen beide ihrer Arbeit nach und versuchten gleichzeitig, sich möglichst aus dem Weg zu gehen. Das war natürlich nicht einfach, da Springwater nicht gerade eine Großstadt war und beide zudem auch noch in der Kutschstation wohnten.

Savannah lebte schon fast einen Monat *in der Stadt* – wie Jacob und June McCaffrey es optimistisch ausdrückten, als Rachels und Treys Fertighaus aus Seattle eintraf. Der Transport mit mehreren Kutschen zog sich über drei Sommertage hin. Mit jedem Tag stieg die Spannung und die Erwartung, ob so etwas wirklich funktionieren könnte. Savannah erschien es wie ein Wunder, als am vierten Tag immer mehr Menschen von den abgelegenen Farmen und Ranches nach Springwater kamen. Die Männer hatten alle ihr Werkzeug dabei und die Frauen brachten ihr Handarbeitszeug und etwas zum Essen mit.

Savannah beobachtete aus der Ferne, wie sich die Frauen zusammensetzten, wie sie ihre Nähsachen miteinander teilten, vergnügt tratschten und viel und herzlich lachten. Sie war ein bisschen neidisch, dass sie nicht dazugehörte. Von Emma erfuhr sie, wer Evangeline Wainwright war, die Frau von Scully, einem erfolgreichen Pferdezüchter, wer Mrs. Bellweather war, die Mutter von Kathleen, die mit Emma die Schule besuchte, und sie hörte, wer all die anderen Frauen waren. Selbst Granny Johnson hatte es sich nicht nehmen lassen, trotz ihrer Schmerzen nach Springwater zu kommen. June hatte die alte Frau, die vergnügt und lebendig wirkte, in den letzten Wochen mehrfach besucht und Savannah wusste, dass auch Dr. Parrish öfter zu ihr in die Berge geritten war.

Natürlich interessierte sich Savannah nicht dafür, was Dr. Parrish tat, es ergab sich eben einfach so. Aufgefallen war ihr allerdings, dass er weder spielte noch trank, wenn er in den Brimestone Saloon kam. Er setzte sich dann einfach an einen Tisch und hörte sich die Geschichten und Sorgen der Cowboys und der durchreisenden Händler an. Mehr als einmal war er auf das klapprige Pferd gestiegen, das Jacob ihm zur Verfügung gestellt hatte, und war querfeldein grimmig aussehenden Männern gefolgt, weil ein Trailboss mal wieder seine Hilfe angefordert hatte. Cowboys waren nun mal Cowboys – und ihr Leben war hart. Oft brauchte man einen Arzt, um gebrochene Knochen zu richten, damit er sich um einen Schlangenbiss kümmerte oder auch mal eine verstreute Kugel aus dem Fleisch zu schneiden. Pres schlief weiterhin nachts auf dem Heuboden, aber er aß mit gutem Appetit, wie June Savannah ungefragt erzählt hatte.

Nun hatten sich also mehr oder weniger alle Nachbarn aus nah und fern versammelt, um Trey beim Hausbau zu helfen. Auch Pres war dabei. Er hatte die Ärmel hochgekrempelt und packte tüchtig zu. Ein ständiges *Tack Tack* der Hämmer war zu hören, wenn die Männer lange Nägel in die Holzbohlen trieben. Daneben war das raspelnde

Geräusch der Sägen zu hören. Savannah stand allein im Brimestone Saloon und blickte durchs Fenster auf das zukünftige Haus der Hargreaves. Sie fühlte sich entsetzlich einsam und verlassen, denn selbst ihre Gäste waren zur Baustelle gegangen, um beim Aufrichten der Außenwände zu helfen.

»Du solltest auch rübergehen«, sagte Emma, die plötzlich neben Savannah stand und sie anschaute. Rachel hatte verboten, dass sich das Kind im Saloon aufhielt, aber die Kleine kannte sich trotzdem bestens hier aus – das hatte sie wohl alles vor der Heirat ihres Vaters kennen gelernt. Emma wusste genau, wo alles stand, sie kannte die einzelnen Whiskeysorten, sie kannte jedes Glücksspiel – und wusste auch, wie man dem Glück dabei etwas nachhelfen konnte.

Savannah seufzte und betrachtete ihr weit ausgeschnittenes Kleid, das mit Federn und Schleifchen verziert war. Sie sah aus wie ein tropischer Vogel – oder wie ein geschmackloses Möbelstück. Das kam ganz auf die Betrachtungsweise an. »Ich glaube nicht, dass ich in diesen Kreis passe«, sagte sie besonders freundlich, denn sie mochte Emma und wollte das Kind nicht verschrecken. »Aber was ist mit dir? Willst du nicht rübergehen?«

Emma zuckte mit den Schultern. Sie wirkte bekümmert, als sie wieder aus dem Fenster schaute und die fröhliche Szene da draußen betrachtete. Savannah kam plötzlich in den Sinn, dass Emma, die ja eine Halbblut-Lakota war, sicher genau wusste, dass sie es nicht einfach im Leben haben würde. »Pa sagt, dass jeder, der hierher in den Westen kommt, mindestens ein Geheimnis in seinem Herzen mit sich trägt oder dass er etwas an sich hat, das ihn von anderen unterscheidet. Für mich heißt das, dass wir eine Menge voneinander erfahren und lernen müssen.«

Savannah lächelte – wenn auch ein bisschen traurig. Sie war im Leben oft genug zurückgewiesen worden und deshalb wusste sie, dass diese Springwater-Frauen – mit ihren Kindern, die so fröhlich spielten, mit ihren Körben voll mit Hausmannskost, mit ihren schlichten Kalico-Kleidern –, dass diese Frauen sie niemals in ihrer Mitte akzeptieren würden. Miranda Leebrook andererseits gehörte inzwischen zu diesen Frauen – trotz ihres Sündenfalls und ihres unehelichen Kindes. Miranda hatte June bei deren Näharbeiten geholfen, war so nach und nach im Kreis der Springwater-Frauen aufgenommen worden und es war ein offenes Geheimnis, dass Miranda Landrey Kildare schöne Augen machte, einem gut aussehenden verwitweten Rancher, der zwei halbwüchsige Söhne hatte.

»Geh du mal schon vor«, sagte Savannah liebevoll zu Emma. »Ich muss hier noch ein paar Sachen erledigen.«

Emma schaute sich in dem leeren Raum um. Selbst der Bartender war gegangen, um beim Hausbau zu helfen. »Was hast du jetzt hier noch zu tun?«, fragte das Mädchen altklug, denn es konnte beim besten Willen nicht sehen, was Savannah jetzt hier zu erledigen hatte.

Savannah seufzte und legte ihren Arm um Emmas Schulter. »Wenn du erst mal älter bist, wirst du mich verstehen«, meinte sie.

Emma runzelte die Stirn, während sie nachdachte. »Ich denke, ich verstehe dich auch jetzt sehr gut. Deine Meinung steht schon fest. Du bist davon überzeugt, dass die anderen Frauen dich nicht mögen. Du versuchst aber gar nicht erst, dich mit ihnen anzufreunden, weil du Angst hast.«

Savannah fragte sich, wieso es möglich war, dass dieses Kind sie so durchschaut hatte.

»Ich habe keine Angst«, log sie.

Emma wirkte nicht gerade überzeugt, denn sie verdrehte die Augen. »Man wird dich bald vermissen«, sagte die Kleine und schüttelte drohend ihren Zeigefinger. »Miss June wird sofort merken, dass du bei diesem Fest fehlst, und Rachel wird dich früher oder später suchen. Wahrscheinlich beide. Und Mrs. Wainwright vermutlich auch. Sie ist ganz reizend und kann es nicht ausstehen, wenn jemand abseits steht.«

Savannah dachte über Emmas Worte nach. Der Gedanke, dass man sie vielleicht mit sanfter Gewalt zwingen würde, an dem Fest teilzunehmen – und sie dann mit Sicherheit im Zentrum der Aufmerksamkeit stehen würde – war noch schlimmer, als der Gedanke, davon bewusst ausgeschlossen zu sein. Emma war ein kluges Mädchen, das eine scharfe Beobachtungsgabe besaß, und es war unmöglich, diesem Kind etwas vorzumachen.

»Du hast mächtig Angst«, sagte Emma zum zweiten Mal, aber es klang nicht vorwurfsvoll, sondern mitfühlend.

Savannahs Herz begann zu holpern und sie musste tief durchatmen. Es war sinnlos zu lügen, denn Emma hatte sie längst durchschaut. »Angst ist vielleicht nicht das richtige Wort«, erwiderte sie kläglich.

»Oh, doch«, antwortete Emma. »Das ist das richtige Wort.« In diesem Moment hatte sie den gleichen Gesichtsausdruck wie ihr Vater, der ja auch eine Sache genau auf den Punkt bringen konnte, wenn er gerade dazu in der Stimmung war.

»Dem kann ich nur zustimmen«, ertönte eine männliche Stimme aus Richtung der Schwingtüren. Prescott Parrish natürlich. Der Mann war wirklich die Pest, wie Savannah sich immer wieder sagte. Sie würde alles tun, was möglich wäre, damit sie nicht jedes Mal so heftig auf ihn reagierte.

Aber genau das schien unmöglich zu sein, denn jedes Mal, wenn er den Raum betrat – und besonders, wenn es so unerwartet wie jetzt geschah – begann ihr Herz schneller zu schlagen, das Blut pulsierte in ihren Adern, und ihre Schläfen pochten. »Emma hat doch Recht, Miss Rigbey. Du bist ein verdammter Feigling. Wenn du könntest, würdest du dich mit deinem ganzen Federkram unter dem Fußboden verkriechen.«

Savannahs Augen blitzten den Doktor wütend an. Was bildete der Kerl sich eigentlich ein, so mir-nichts-dir-nichts in ihre Geschäftsräume zu kommen und solche Sachen zu sagen? Damit machte er doch alles nur noch viel schlimmer für sie – aber das war ihm ja wohl gleichgültig. »Wie reizend, dass du dir die Mühe gemacht hast, extra herzukommen, um mir deine völlig unbedeutende Meinung kund zu tun«, flötete sie zuckersüß.

Emma schaute die beiden abwechselnd an und da sie nicht dumm war, verabschiedete sie sich hastig, machte auf dem Absatz kehrt und verschwand.

Parrish bedachte Savannah mit einem schrägen Grinsen. Der Kerl sah unverschämt gut aus. Er war braun gebrannt, weil er ständig in der Sonne und in der frischen Luft arbeitete und dank des guten Essens von June hatte er auch etwas an Gewicht zugenommen und war nicht mehr so hager und abgemagert. Sein Blick glitt über ihren Körper, bevor er ihr wieder in die blauen Augen schaute. Die Wirkung auf sie war ungeheuer – so, als wäre eine Lokomotive über sie hinweggerast. »Ich hoffe, es ist so«, sagte er. »Ich meine, dass meine Ansicht dir so schnuppe ist.« Dabei grinste er. »Aber jedenfalls bin ich hier. Und zwar im Auftrag von Mrs. June McCaffrey. Ich soll dir sagen, dass man deine Abwesenheit bei dem Fest sehr wohl bemerkt hat und man bereits darüber redet, ob du dich vielleicht für etwas Besseres hältst als die Menschen von Springwater. Deshalb ist ein Dekret ergangen – zwar nicht vom römischen Kaiser Julius Caesar, aber immerhin von Miss June und deren Wort bedeutet hier im Westen mehr – dass du dich sofort einzufinden hast auf dem Platz, wo gehämmert und gesägt wird, gekocht und gesungen oder einfach nur geredet. So wie es aussieht, wird dieser Hausbau nämlich ein paar Tage dauern und das Fest auch.«

Savannah hatte ein solches Verlangen, diesem ›Befehl‹ von June zu folgen, dass sie fürchtete, Pres würde es ihren Augen ansehen. Ihr Stolz, hinter dem sie sich gewöhnlich immer verstecken konnte, fiel in sich zusammen, sodass sie dort kaum noch Schutz fand. »Wenn Miss June es nicht weiß, dann müsstest *du* doch wenigstens wissen, dass ich da nicht hingehen kann.«

Parrish hob eine Augenbraue. Er hielt die Arme vor der Brust verschränkt, starrte sie durchdringend an und ließ sie leiden. Dann wiederholte er seine Anklage. »Du bist eben ein Feigling«, sagte er.

Savannah merkte, dass sie ihre Hände im Seidenstoff zu Fäusten geballt hatte, und sie zwang sich, ihre Finger wieder zu entspannen. »Schau mich doch an«, sagte sie verzweifelt. »Nur für den Fall, dass es dir noch nicht aufgefallen ist, dass ich *kein* schlichtes Leinenkleid wie die anderen Frauen trage.«

Wieder glitt sein Blick über ihren Körper. »Oh, doch, das habe ich schon bemerkt«, meinte er trocken. »Gott helfe mir, aber das ist mir schon aufgefallen.«

»Sag June, dass ich … dass ich zu tun habe.«

»Ich bitte dich, Savannah, sie ist doch nicht blöd. Wenn ich ihr das sage, wird sie selbst herkommen und sie wird diesen Saloon betreten, auch wenn das vielleicht bedeutet, dass ihre Seele dadurch Schaden leiden wird.«

Savannah fürchtete, dass er Recht hatte. Sie schaute wieder aus dem Fenster und fühlte sich hundsmiserabel. Sie war es gewohnt, mit stinkenden Outlaws umzugehen, sie würde mit einer Horde betrunkener Cowboys fertig. Sie hatte Bergarbeiter und die Kutscher vom Pony-Express in ihre Schranken gewiesen, aber vor keinem dieser Männer hatte sie mehr Angst gehabt als vor diesen Frauen da draußen in ihren sauberen Kleidern. Erst als der Doktor ihren Arm nahm und sie zärtlich zwang ihn anzusehen, merkte sie, dass sie auf der Unterlippe kaute.

Parrish legte seine Hand auf ihre Wange und strich ihr mit dem Daumen über die Lippen, als wollte er damit ihren Schmerz, ihre Unsicherheit wegstreicheln. Sie wusste, dass sie sich sofort hätte zurückziehen müssen – aber sie tat es nicht. Es gab so viele Dinge in ihrem Leben, die sie nicht hätte tun dürfen – und die sie doch getan hatte.

»Trotz diesem ganzen Rouge und diesem Puder bist du wunderschön«, sagte er. »Aber selbst wenn du hässlich wie getrocknete Eselsscheiße wärst, hättest du immer noch das Recht, an dem Fest teilzunehmen.«

Savannahs Herz schlug einen Salto und sie konnte nur hoffen, dass sich das nicht in ihrem Gesicht widerspiegelte. »Ich vermute, dass hinter dieser Beleidigung ein Kompliment versteckt sein soll«, sagte sie, aber sie konnte nicht verhindern, dass sich ihre Mundwinkel zu einem Lächeln verzogen. *Getrocknete Eselsscheiße!* Das war mehr als unverschämt.

Er lachte, aber er nahm ihre Hand nicht von ihrem Gesicht. »Takt war noch nie meine Stärke«, sagte er. »Komm, Savannah, mach mit bei dem Fest. Oder willst du zum Beispiel June die Freude verderben? Sie wird sich die ganze Zeit Sorgen um dich machen – und viele andere auch. Denn vermutlich hast du bemerkt, dass solche Feste in und um Springwater herum immer noch etwas ganz Besonderes sind.«

Sie seufzte tief. »Wie kann ich mich denn in diesem Kleid dort blicken lassen?«

»Pass auf, ich laufe zur Station zurück und hole dir die Sachen, die du anziehen willst.« Er räusperte sich. »Ich weiß ja, dass du auch ... anständige ... Kleidung hast. Ich denke, dass deine ... äh ... Unterwäsche kein Problem sein wird.« Sie sah seinen Augen an, dass er glaubte, sie würde ohnehin keine Unterwäsche tragen, da sie schon in einer Bar als Sängerin auftrat. Natürlich trug sie Unterwäsche, aber das musste sie ihm ja nicht auf die Nase binden!

Savannah wusste, dass sie nachgeben musste. June, diese herzliche, liebevolle Seele würde sicher nach ihr suchen, so wie sie nach jedem verlorenen Küken suchte. June würde sie finden, wo immer sie sich versteckte. Und wenn sie sich dann weiter weigern würde mitzukommen, würde sie damit der älteren Frau die Freude am Fest verderben. »Den blauen Rock und die weiße Bluse«, sagte sie gepresst. »Sie hängen auf Bügeln in meinem Zimmer.«

Dr. Parrish nickte. »In ein paar Minuten bin ich wieder zurück«, versprach er und verschwand durch die Vordertür.

Durchs Fenster beobachtete sie ihn, wie er mit schwingenden Armen die Straße zur Station ging. Es schien, dass Dr. Parrish sich in Springwater eingewöhnt hatte und sich hier – trotz gewisser Nachteile – ganz zu Hause fühlte. Darum beneidete Savannah den Mann, denn sie selbst fühlte sich hier noch immer nicht heimisch. Sie merkte auch plötzlich, dass ihr seine Hand auf ihrer Wange fehlte, sein Daumen, der über ihre Lippen strich, sie vermisste diese sensiblen Chirurgen-Finger, auch wenn sie das nie zugegeben hätte.

Wie versprochen, war er in kürzester Zeit mit ihrer Kleidung über dem Arm zurück. Allerdings wäre es Savannah lieber gewesen, er hätte den Hintereingang des Saloons benutzt, damit nicht alle gesehen hätten, dass er ihr andere Kleidung brachte, denn das neue Haus von Rachel und Trey wurde in Sichtweite des Saloons erbaut.

»Vergiss nicht, dir das Gesicht zu waschen«, flüsterte er in vertraulichem Ton.

Savannah war fast dankbar, dass er sie daran erinnert hatte, aber ihre Freude war getrübt, denn dieser Mann sah eindeutig auf sie herab. Hatte er nicht immer wieder ihre Kleidung kritisiert und abfällige Bemerkungen über ihre Schminke gemacht?

»Vielen Dank, Herr Doktor«, meinte sie und riss ihm wütend ihre Kleidung aus der Hand.

Pres bewunderte ihren Mut, aber er hatte ja schon immer gewusst, dass sie eine couragierte Frau war. Er erinnerte sich daran, als er sie zum ersten Mal in Choteau bei der Arbeit im Saloon beobachtet hatte. Sie war spielend mit dieser besoffenen Meute fertig geworden. Er hatte gesehen, dass sie ihren Rücken immer gerade gehalten hatte, das Kinn kämpferisch ein bisschen vorschob und wie sie den Menschen in jeder Situation direkt in die Augen geschaut hatte – egal, um was es gerade ging.

Er hätte viel darum gegeben, wenn er Savannah auch jetzt beobachten könnte, als sie an einem der langen Tische von June saß und sich mit den anderen Frauen bekannt machte. Er zweifelte nicht daran, dass sie sich blendend anpassen würde, aber es wunderte ihn, dass es ihr so an Selbstvertrauen mangelte. Sie hatte wirklich Angst vor den anderen Frauen, dabei sah sie so hübsch in ihrem schlichten Kleid aus und ihr Gesicht hatte sie doch auch mit so viel Sorgfalt geschrubbt, dass es schon von weitem rosig glänzte. Das Haar – wenn er nur daran dachte, wurde ihm ganz anders – hatte sie züchtig zu einem losen Knoten im Nacken zusammengesteckt, sodass von der wilden Frisur nichts mehr zu sehen war. Schade eigentlich.

Ein freundlicher Schlag auf die Schulter riss Pres aus all seinen Gedanken. Er drehte sich um und sah Trey Hargreaves, den stolzen Hausbesitzer, der ihn strahlend wie ein Honigkuchenpferd angrinste. »Jacob und ich haben miteinander geredet«, sagte Trey. »So wie es aussieht, werden jede Menge Bretter übrig bleiben. Entweder haben die in Seattle sich völlig verrechnet oder wir haben ein Zimmer zu wenig gebaut. Es ist auch noch Holz von der Station übrig. Da dachten wir – ich spreche jetzt für die gesamte Stadt – also, wir … wir möchten Ihnen auch ein kleines Haus bauen. Natürlich nur zwei oder drei Zimmer und einen Raum, in dem Sie Ihre Patienten empfangen könnten. Die Leute hier in der Gegend brauchen einen Doktor wie dich. Äh … ich meine natürlich einen wie Sie.«

Pres war vollkommen sprachlos. Wie hätte er auch jemals mit so einem großherzigen Angebot rechnen können? Er hatte ja nie die Absicht gehabt, sich in Springwater – oder anderswo – als Arzt niederzulassen. Er war doch hier einfach nur gestrandet. »Das würden Sie … das würdest du … ihr … wirklich tun? Mir ein Haus bauen?«

Trey grinste und blieb bei dem persönlichen *du.* »Verdammt noch mal, Doc. Natürlich bauen wir dir ein Haus. Aber ich warne dich, reich wirst du hier nicht werden. Die Leute in dieser Gegend brauchen dich, aber sie haben nicht viel Geld. Und ich fürchte, das wird sich auch nicht ändern – es sei denn, jemand stößt auf eine Goldader. Du musst dich also entscheiden, ob du trotzdem in Springwater bleiben willst, das eines Tages eine richtige Stadt sein wird.«

Pres fuhr sich verlegen mit der Hand durchs Haar. Der Heuboden der McCaffreys war kein schlechter Schlafplatz – weder kalt noch ungemütlich, aber natürlich ziemlich bescheiden. Er nahm auch an, dass er in der Station so viel gearbeitet hatte, dass damit die Kosten für Logis und Essen gedeckt waren. Natürlich würde der Sommer nicht ewig anhalten und da wäre es schön, ein richtiges Dach über dem Kopf zu haben. Den Preis für ein Kutschbillett hatte er sich bestimmt schon sieben Mal verdient, indem er Splitter gezogen und Wunden bandagiert hatte, aber fast alle Patienten hatten ihn mit Naturalien bezahlt, Geflügel und getrocknete Bohnen, frische Eier und Kartoffeln. Das wenige Bargeld, das er bekommen hatte, war für dringend benötigtes medizinisches Material draufgegangen und die Lebensmittel hatte er June gegeben, die ja eine kleine Armee zu verköstigen hatte, all die Kinder, Miranda, die sich prächtig erholt hatte, und ihr Baby, er selbst und Savannah.

»Ich denke, ich habe gerade nichts anderes vor«, antwortete er Trey nach einer Weile.

Trey lachte und schlug dem Arzt freundschaftlich auf die Schulter. »Das freut mich«, sagte er, bevor er die Stimme zu einem vertraulichen Flüstern senkte. »Ich glaube, dass meine Rachel in anderen Umständen ist. Sie ist seit einiger Zeit ziemlich gereizt und morgens ist ihr oft übel. Ich würde mich wirklich wohler fühlen, wenn du in der Nähe bist, um das Baby zu holen.«

Das Baby holen war eigentlich ein ganz normaler Ausdruck, aber Pres musste doch immer wieder lachen, wenn er diese Redewendung hörte, denn dann stellte er sich vor, dass er mit einem Körbchen unterm Arm in den nächsten

Kramladen ging, um ein Baby auszusuchen, das er dann der Mutter brachte. Er deutete mit dem Kopf in Richtung des Hauses, dessen Außenwände schon standen. »Sieht aus, als könntest du mit deiner Frau in einer Woche schon einziehen. Fehlt ja im Grunde nur das Dach.« Er dachte an Savannah, die dann in die freien Räume über dem Brimestone Saloon ziehen würde, und bei dem Gedanken spürte er plötzlich, wie ihn eine Welle der Empörung durchfuhr.

»Sieht so aus«, meinte Trey zustimmend, der mit stolzem Gesicht sein halb fertiges Haus betrachtete und dann zur Station schaute, wo die Frauen aus Nah und Fern sich bei Miss June versammelt hatten. »Rachel ist froh, wenn sie den Saloon nicht mehr betreten muss, und wir freuen uns natürlich, dass wir dann endlich wieder Emma zu uns nehmen können.« Er schwieg einen Moment und schüttelte dann nachdenklich den Kopf. »Allerdings stecke ich jetzt bis über beide Ohren in Schulden, das kannst du mir glauben.«

»Wie ich gehört habe, wird Savannah – ich meine Miss Rigbey – dann in den Räumen leben, wo du und Rachel jetzt wohnt«, sagte Pres. Er stellte sich vor, dass liebeshungrige Cowboys nachts die Treppe zu ihrem Schlafzimmer hoch schlichen oder verirrte Kugeln von unten durch die Decke nach oben schlugen. Sein Magen verkrampfte sich und unbewusst ballte er die Hände zu Fäusten.

Trey machte plötzlich ein ganz ernstes Gesicht. Er blickte Pres an, der sich mit einemmal etwas unbehaglich fühlte. »Sie ist keine Hure«, sagte er. »Sie war es auch nie. Ich bin mit Savannah nun mehr als fünf Jahre befreundet und ich sage dir, dass es – mit Ausnahme meiner Rachel vielleicht – keine anständigere Frau auf der ganzen Welt gibt.«

Pres strich sich mit der Hand über Kinn und Wange und

spürte die Bartstoppeln. Es war Zeit, sich wieder mal zu rasieren. Aber vielleicht sollte er ganz damit aufhören und sich einen Bart stehen lassen, was ja zur Zeit große Mode war, doch bei dem Gedanken, dass sein Gesicht völlig behaart war, grauste ihm. Es war nicht nur unhygienisch, es juckte auch. »Du brauchst mir nicht zu erklären, wer oder was Miss Rigbey ist«, sagte er mit einem ungeduldigen Achselzucken.

Trey lächelte nicht, sondern seine Augen verengten sich noch eine Spur mehr. »Wirklich nicht?«, fragte er. »Ich habe gesehen, wie du sie beobachtest, Doc, und da du nicht zum Trinken oder Spielen in den Brimestone Saloon kommst, kann es ja nur wegen Savannah sein.«

Pres verschränkte seine Arme. »Soll das eine Warnung sein, mich von ihr fern zu halten?«, fragte er. »Und das nach diesem freundlichen Gerede, dass die Stadt einen Arzt braucht. Da kann ich gleich meine Sachen packen und mit dem nächsten Trail weiterziehen.«

»Nun mach mal halblang und sei nicht gleich beleidigt«, erwiderte Trey ernst. »Ich sehe doch, dass zwischen euch etwas ist, jeder kann das sehen und spüren – mit Ausnahme von euch beiden vielleicht. Nein, ich kann dir nur sagen, dass Savannah mein Freund ist, der beste, den ich jemals hatte. Schau, Pres, ich mag dich wirklich, denn du bist ein feiner Kerl, aber falls du meine Partnerin nicht wie eine Lady behandelst, werde ich dir so ein paar Dinger verpassen, dass du deinen Fehler nie mehr vergessen wirst.«

Pres war nie einem Kampf aus dem Weg gegangen – abgesehen von denen, die er mit sich selbst führte – und er würde auch jetzt nicht davonrennen. Aber vielleicht sollte er die Gelegenheit nutzen, um mehr über Savannah zu erfahren, denn er hatte nachts so manche Stunde wach gelegen und über diese Frau nachgedacht.

»Was ist ihr denn passiert?«, fragte er.

Trey setzte seinen Hut ab und fuhr sich mit der Hand durchs Haar. »Genaues weiß ich auch nicht, aber es wird wohl ziemlich schlimm gewesen sein. Meines Wissens nach hat sie keine Familie mehr und ich bin ziemlich sicher, dass ich – bevor sie nach Springwater kam – der einzige Mensch war, den sie als Freund bezeichnen konnte. Aber wenn du wissen willst, wieso Savannah zu dem geworden ist, was sie ist, musst du sie schon selbst fragen, Doc.« Pres war nicht ganz sicher, aber er glaubte die Spur eines Grinsens in Treys Augen entdeckt zu haben.

»Als Antwort könnte sie mir sehr wohl ins Gesicht spucken oder mir die Augen auskratzen«, erwiderte er seufzend.

Trey lachte. »Das wäre allerdings denkbar«, meinte er, als Jacob McCaffrey auf die beiden Männer zutrat.

Er konnte es immer noch nicht fassen, dass das Haus tatsächlich angekommen war – und dass es wirklich noch vor dem Herbst fertig sein würde. »Unglaublich«, murmelte er wohl zum hundertsten Mal und schüttelte den Kopf.

Pres schlug ihm freundschaftlich auf den Rücken. »Das Leben ist eben voller Überraschungen«, meinte er grinsend und fragte sich, ob er das zu Jacob gesagt hatte oder zu sich selbst.

Jacob, der ja von Herzen eine Frohnatur war, blickte die beiden abwechselnd an, wobei ihm Trey mit einem leichten Kopfnicken zu verstehen hab, dass Dr. Prescott Parrish in Springwater bleiben würde. »Ja, wie haben wir es denn hier?«, fragte Jacob gut gelaunt. »Ihr steht hier rum und schwätzt wie die Waschweiber und überlasst die ganze Arbeit uns anderen?«

Trey und Pres wechselten einen Blick, bevor jeder in eine andere Richtung davonging. Trey, um beim Decken des Dachs zu helfen, Pres, um zusammen mit Landry Kildare Holz und Kisten mit Nägeln zu entladen.

Als Savannah die Halle der Station betrat, blickten alle auf und Savannah hatte das Gefühl, als ob die anderen Frauen in ihr eine Hochstaplerin sahen, die in ihrem Kreis nichts verloren hatte. June strahlte Savannah an und auch Rachel lächelte ihr freundlich zu, aber die anderen beobachteten sie misstrauisch und zurückhaltend. Hatten sie etwa gerade über sie gesprochen? Bei dem Gedanken wurden Savannahs Knie weich und sie wäre am liebsten schnell weggerannt. Der Teufel sollte Dr. Parrish holen! Wie hatte sie sich nur von ihm überreden lassen können, so eine Dummheit zu begehen?

Rachel kam mit einer weizenblonden Frau, die fast ein wenig schüchtern wirkte, auf Savannah zu. »Savannah, das ist Evangeline Wainwright, die beste Freundin, die ich auf der Welt habe. Wir kennen uns aus dem Osten aus Pennsylvania. Evangeline, ich möchte dir Savannah Rigbey vorstellen. Sie ist eine … Investorin.«

Ohne zu zögern, streckte Evangeline Savannah eine schlanke, kräftige Hand entgegen. »Freut mich, Ihre Bekanntschaft zu machen, Miss Rigbey«, sagte sie mit ihrer klaren Stimme. Ihre Augen blickten warm und ihr Lächeln war nicht gespielt, sondern kam von Herzen. »Werden Sie sich dann auch in Springwater niederlassen?«

Savannah stammelte etwas, aber alles in ihrem Kopf drehte sich. *Investorin?* dachte sie. Was mochte Rachel dazu gebracht haben, sie mit so einem hochtrabenden Titel zu bezeichnen? Alle wussten inzwischen doch, dass ihr die Hälfte des Brimestone Saloons gehörte, dass sie dort auch arbeitete, dass sie sang und Whiskey verkaufte. Warum also die Sache beschönigen? Aber vielleicht war es unvorstellbar, in so einem Kreis diese Dinge überhaupt zu erwähnen! »Ja«, erwiderte sie hastig, »ja, ich werde auch hier wohnen.«

»Kommen Sie und setzen Sie sich zu uns«, sagte Rachel, nahm Savannahs Arm und führte sie an den langen Tisch, um den die anderen Frauen versammelt waren. Vor ihnen lagen verschiedene farbige Deckchen, die bestickt waren. Zusammen ergab die Stickerei ein Muster. Die einzelnen Stücke würde man aneinander nähen, so würde später eine große Decke als Überwurf für ein Bett entstehen. »June hat gerade Tee gekocht, aber es ist auch noch Kaffee da, falls Sie den vorziehen. Was halten Sie denn vom *Hochzeitsring*?«

»Hochzeitsring?«, fragte Savannah wie ein Echo. Sie hatte keine Ahnung, wovon Rachel überhaupt sprach. Sie mochte zwar im Augenblick normale dezente Kleidung tragen, aber sie hatte immer noch das Gefühl, als würde sie in Samt und Seide dastehen, mit Federn und falschen Perlen geschmückt. Sie hatte die Schminke zwar abgewaschen – und nicht nur weil Dr. Parrish das vorgeschlagen hatte –, aber sie hatte das Gefühl, dass ihre Schminke immer noch sichtbar war.

Evangeline lachte. Aber es klang nicht höhnisch oder spöttisch, sondern es war ein fröhliches, vergnügtes Lachen, so wie sie vielleicht mit Rachel oder den anderen lachte. Savannah wurde immer verwirrter, denn bisher hatten Frauen wie Evangeline nur Verachtung für sie übrig gehabt.

»Das ist der Name eines Musters für eine Decke«, erklärte Evangeline ihr. »Sehen Sie mal.« Sie deutete auf die verschiedenen Deckchen, deren Stickerei schon jetzt als Teil eines Musters zu erkennen war.

Savannah berührte den Stoff vorsichtig. Sie hatte davon geträumt, selbst mal so eine Decke zu besitzen, denn für sie war das bunte farbenfrohe Muster ein Zeichen für Normalität und Lebensfreude. »Wunderschön«, murmelte sie und blickte schnell zur Seite, weil sie fürchtete, dass ihr die Tränen kämen und sie im Kreis dieser Frauen ihren ganzen Schmerz herausschreien würde und darüber weinen würde, was ihr im Leben alles entgangen war.

Nachdem sich ihre Nerven wieder beruhigt hatten und sie ihre Fassung wieder gefunden hatte, blickte sie die Frauen der Reihe nach an und es schien ihr, als wären sie jetzt weniger zurückhaltend und stünden ihr nicht mehr so abweisend gegenüber wie am Anfang, als Savannah in die Station gekommen war. »Und Sie arbeiten an der Decke mit?«, fragte sie.

Eine Frau – Savannah erinnerte sich daran, dass ihr Name Mrs. Bellweather war – nickte. Miranda, die am anderen Ende des Tisches saß und vor der ein ganzer Stapel kleiner Deckchen lag, beobachtete jede Bewegung von Savannah. In ihren Augen lag ein Ausdruck von stummer Ermutigung – so als würde jemand ein kleines Kind ermutigen, endlich die ersten Schritte zu tun.

»Diese Decke ist für die nächste Braut von Springwater bestimmt«, erklärte Evangeline mit leuchtenden Augen. »Die letzte, die wir gemacht haben, war für Rachel. *Jakobsleiter* heißt das Muster und meine eigene Decke hat das Muster einer *Blockhütte*. June und Sue haben sie im Laufe eines langen Winters gestickt.«

Savannahs Kehle fühlte sich trocken an. »Wird denn bald jemand heiraten?«

Rachel lachte. »Wer es ist, wissen wir noch nicht. Wir suchen uns nur ein Muster aus und dann stickt jeder seinen Teil und wenn dann eine Hochzeit stattfindet, haben wir unsere Decke für die Braut fertig.«

Savannah hatte natürlich von diesem Brauch im Westen gehört, aber da sie ja nicht zu den Damen der Gesellschaft zählte, hatte sie es noch nie selbst gesehen. Es gefiel ihr, dass die Frauen in Gemeinschaftsarbeit so eine herrliche Decke als Hochzeitsgeschenk für eine Braut anfertigten. Sie setzte sich auf die Bank an dem langen Tisch, wobei sie nur ein wenig Abstand zu den anderen hielt. June setzte ihr einen Becher Tee mit Milch und Zucker vor. »Wer immer es sein wird, sie wird eine glückliche Braut sein«, sagte Savannah und es klang vielleicht eine Spur zu sehnsüchtig.

»Ich hoffe, dass es jemand für Landry ist«, sagte die Frau eines Farmers. »Der arme Mann. So ganz allein mit den beiden Bengels, die nichts als Unsinn im Kopf haben. Ich sehe schon kommen, dass sie ihm eines Nachts aus purem Übermut das Haus über dem Kopf anzünden.«

Bei der Erwähnung von Landrys Namen war Miranda, die wieder zu sticken begonnen hatte, zusammengezuckt. »Wie kommt es denn, dass er keine Frau findet?«, fragte sie scheu. »Ich meine, ein Mann, der so gut aussieht ...«

Die anderen kicherten und Miranda wurde feuerrot. Savannah hatte Mitleid mit dem Mädchen, das offensichtlich in den Rancher verschossen war, der aber wohl noch nicht angebissen hatte. Auch Savannah hatte gelächelt und für einen kurzen Moment hatte sie vergessen, dass sie niemals wirklich zu dieser kleinen Gruppe der Frauen von Springwater gehören würde. Sie war und blieb schließlich eine Barfrau und eine Sängerin. Wenn es nicht wegen June und Rachel gewesen wäre, hätten die anderen Frauen wahrscheinlich gar nicht mit ihr gesprochen – und es gab keinen Grund, warum sich das ändern sollte.

»Nun«, meinte Evangeline, die Savannah gegenüber und an der Seite von Rachel, ihrer lieben Freundin, saß. »Er sieht ja wirklich gut aus. Landry, meine ich.«

»Die Mutter seiner Kinder ist an Cholera gestorben«, fuhr eine andere Frau fort, nachdem man verstohlen über Evangelines kühne Bemerkung gekichert hatte. »Das war eine schöne Frau, zierlich und ganz ruhig. Nie ein lautes Wort, aber bei ihr haben die Lümmel pariert.«

Miranda rieb nervös die Hände. Sie schien nicht nur Landry, sondern auch seine Jungen zu mögen. »Cholera ist eine schlimme Sache«, sagte sie. »Auf dem Weg von St. Louis hierher haben wir viele gesehen, die daran gestorben sind.« Sie schwieg einen Moment. »Wie lange ist das jetzt her? Ich meine, seit Mrs. Kildare verstorben ist.«

»Das muss schon eine ganze Weile her sein«, sagte June nachdenklich. »Auf jeden Fall bevor Jacob und ich nach Springwater gekommen sind, um die Station zu leiten. Als wir kamen, hatte Landry schon seine Ranch.«

»Er war einer der Ersten, die hier gesiedelt haben«, ergänzte Mrs. Bellweather. Savannah dachte, dass die Frau erschöpft und müde aussah, als sei die harte Knochenarbeit auf der Farm zu viel für sie und als habe sie mehr Sorgen, als ein einzelner Mensch ertragen könnte. »Er kam etwa zur gleichen Zeit in diese Gegend wie Big John Keating und Scully Wainwright.« Sie schwieg und zog ihren kleinen Mund zusammen. »Sie ist auf seinem Land begraben. Man sagt, dass er früher neben diesem Grab auf der blanken Erde geschlafen hat, bis die Nächte zu kalt wurden.«

Rachel und Evangeline wechselten einen Blick und stickten etwas schneller.

»Wie war ihr Name?«, wagte Miranda zu fragen. Ihre Stimme war kaum mehr als ein Flüstern. Sie hatte ihre Hände so fest ineinander verschränkt, dass die Knöchel weiß waren. Ihre Stickarbeit schien sie vergessen zu haben.

»Caroline«, antwortete die Frau, nachdem sie einen Moment nachgedacht hatte. »Warum fragen Sie?«

Miranda wurde rot und hustete verlegen.

June legte mitfühlend ihre Hand auf die Schulter des Mädchens. »Sie ist nur neugierig«, sagte sie mit einem breiten Lächeln. »In ihrem Alter ist das doch vollkommen normal.« Und damit war dieses Thema erledigt.

Alle wandten sich wieder ihrer Handarbeit zu und man sprach über die Dinge des Alltags. Man trank Tee und Kaffee und es wurde viel gelacht. Nun war Savannah doch sehr froh, dass sie den Saloon geschlossen hatte, um an diesem Frauenkränzchen teilzunehmen. Gut, vielleicht hatte man sie nicht gerade mit Jubelschreien empfangen, aber man hatte sie auch nicht aus dem Kreis ausgeschlossen. Sie gehörte dazu – wenn auch nur am Rande – und es gefiel ihr, einen Nachmittag lang so zu tun, als sei sie eine normale Frau, die ein Haus zu versorgen und einen Ehemann zu bekochen hatte und deren einzige Sorgen die Blumen im Garten waren, die nicht so prächtig gediehen wie die bei den Nachbarn, und die Frage, was es zum Essen geben sollte.

Bald darauf begannen dann auch die Vorbereitungen für das Abendessen. Das Ganze war eine spektakuläre Angelegenheit. June koordinierte und überwachte alles, wobei sie jeder Frau eine bestimmte Aufgabe zuteilte. Auch Savannah musste mit anpacken. Da sie so gut wie nichts von Hausarbeit und Kochen verstand, wurde sie zur Kartoffelschälerin bestimmt.

Ab und zu schaute mal der eine oder andere Mann in die Station, um eine Tasse Kaffee zu trinken oder sich ein bisschen von der brütenden Sonne zu erholen, aber meistens verdrückten sie sich schnell wieder, weil sie sich in Gegenwart so vieler Frauen unwohl fühlten. Draußen dämmerte es schon, als Dr. Parrish in die Halle kam. Er ging zum Kamin und lehnte sich lässig dagegen. Seine dunklen Augen suchten Savannah und wieder schlug er sie in seinen Zauberbann. Sie blickte ihn nicht direkt an, aber sie war sich seiner Gegenwart mit jeder Faser ihres Körpers bewusst.

Sie ärgerte sich über sich selbst, dass sie schon wieder in so einem Seelenzustand war. Sie wollte weglaufen, vor ihm, weg aus Springwater, weg von diesem Tisch. Sie wollte ihre paar Sachen in eine Reisetasche werfen und gehen – egal wohin. Sie wollte – und sie würde – nicht noch einmal verletzlich sein. Das eine Mal, als sie unaufmerksam gewesen war, hatte sie ihr Leben ruiniert. Das Leben, das sie sich jetzt aufgebaut hatte, würde sie sich nicht auch noch ruinieren – auch wenn es manchmal ein jämmerliches Leben war.

Unbewusst schlug sie die Hand vor den Mund, um ihre Panik zu verbergen, aber da merkte sie, dass es schon zu spät war. In ihrem Gesicht mussten sich ihre Gefühle offen gespiegelt haben – und er hatte sie genau verstanden. Das erkannte sie am Blick seiner Augen.

Als sie von ihrem Platz aufstand, zwang sie sich zu einem Lächeln. Für einen Moment schien sich der Raum zu drehen und sie fürchtete, dass ihre Beine versagen würden. Es war lächerlich, so zu reagieren. Absolut lächerlich. Sie war weder ein dummes Schulmädchen noch eine verhuschte Jungfrau, die man allein in einer großen Stadt ausgesetzt hatte, sondern sie war eine Geschäftsfrau, ein ausgewachsener Mensch mit Sinn und Verstand. Sie durfte sich nicht noch einmal so gehen lassen. Sie musste ihre Gefühle unter Kontrolle halten, sie unterdrücken, damit sich so ein Zwischenfall nicht wiederholte.

»Gute Nacht«, sagte sie allen und niemand im Besonderen. Dann drehte sie sich um und wäre beinahe über ihre eigenen Füße gestolpert, während sie auf dem kürzesten Weg zur Tür ging.

Draußen auf der Treppe atmete sie tief durch. Es hatte etwas abgekühlt und die frische Luft tat ihr gut. Auf der anderen Seite der Straße waren die Männer immer noch bei der Arbeit, sie hämmerten und sägten und ihre Hemden waren schweißnass. Die Außenwände von Treys und Rachels Haus standen und am Himmel gingen die ersten Sterne auf.

»Alles in Ordnung mit dir?«

Sie hätte darauf vorbereitet sein müssen, dass er ihr folgte, sie hätte es einfach ahnen müssen. »Nein«, sagte sie ohne sich zu ihm umzudrehen. »Nein.«

Er trat neben sie und streifte mit seinem Oberarm kaum merklich ihre Schultern, aber diese Berührung fuhr ihr wie ein Blitz durch den Körper. »Vielleicht solltest du in dein Zimmer gehen und dich etwas hinlegen.« Er sah ernstlich besorgt aus und so klang auch seine Stimme.

Sie schüttelte den Kopf. »In ein paar Minuten ist wieder alles bestens«, sagte sie und presste ihre Fingerspitzen an ihre Schläfen. »Sie haben mit mir gesprochen. Sie nähen alle zusammen eine Decke, um sie der nächsten Braut von Springwater zur Hochzeit zu schenken, aber sie wissen noch gar nicht, wer diese Braut sein wird …« Sie redete wie ein Wasserfall, sie dachte nicht nach, sondern die Worte sprudelten aus ihr heraus und sie konnte sie nicht aufhalten.

Plötzlich nahm Pres Savannah in seine Arme, drehte sie zu sich und verschloss ihr den Mund mit einem leidenschaftlichen Kuss. Der Kuss war sehnsüchtig und verlangend und er hätte zu allen Arten von Schwierigkeiten führen können, zu denen so ein Kuss bisweilen führt, wenn er nicht durch den johlenden Beifall der Männer auf der Baustelle unterbrochen worden wäre.

6

Obwohl es natürlich im Haus und außerhalb noch genug Arbeit gab, konnten die Hargreaves nach nur einer Woche harter Gemeinschaftsarbeit in ihr neues Heim ziehen. Die Fenster waren eingesetzt und es war ein Ofen installiert worden, der mit Holz befeuert wurde und mit dem man in den kalten Montana-Wintern alle Räume zentral beheizen konnte. Die komplizierten Wasseranschlüsse in Bad und Küche brauchten etwas länger Zeit, der Holzfußboden war noch nicht versiegelt und es gab auch noch keine Teppiche. Der Kamin im Wohnzimmer war aus rohen Findlingen gemauert, die aus der Umgebung stammten. Es war alles noch etwas einfach und primitiv, aber das machte der kleinen Familie nichts aus. Als Trey, Rachel und Emma ihre neue Residenz bezogen, wurden sie von ihren Freunden und Mitbürgern bejubelt und beschenkt. Die meisten brachten etwas zum Essen – eingelegtes Gemüse, getrocknetes Obst und was man eben so hatte. Viele hatten aber auch ihre Truhen und Kommoden durchforstet und schenkten den Hargreaves Bettwäsche und Handtücher. Jacob McCaffrey hatte hinter der Scheune der Station eine Wiege gebaut. Pres war der Einzige, der davon wusste – und das war unvermeidbar, da er ja auf dem Heuboden der Scheune schlief.

Als er die Wiege gesehen hatte, hatte ihm der Anblick einen Stich ins Herz versetzt. Zum ersten Mal seit Jahren wünschte Pres sich eigene Kinder – und zwar mit Savannah. Anstrengend war sie, manchmal sogar unmöglich, aber sie beherrschte alle seine Sinne und sein ganzes Denken. Sie schien sich in seinem Gehirn einzunisten und verwirrte seinen Kopf. Verzweifelt fragte er sich, ob das Liebe war.

Gütiger Himmel, hoffentlich nicht!

In der Zwischenzeit hatte man auch damit begonnen, ihm die versprochene Praxis zu bauen, wozu die Holzteile benutzt wurden, die bei Treys Haus übrig geblieben waren und die Jacob noch in seinem Schuppen hatte. Das Ganze war wie ein gigantisches Puzzle, bei dem man lange rätseln musste, welches Teil zum anderen passte. Die meiste Arbeit erledigten Trey, Jacob und Pres selbst und manchmal legte auch Landry mit Hand an. Die anderen Männer waren auf ihre Farmen und Ranches zurückgekehrt, um die sie sich ja kümmern mussten und die sie für eine kurze Zeit in der Obhut eines Sohnes, eines Bruders oder einer bezahlten Kraft zurückgelassen hatten.

Savannah war bis jetzt nicht in die Räume über dem Saloon umgezogen, denn June – dem Himmel sei Dank dafür – hatte dieser Idee energisch widersprochen und abgesehen davon besaß Savannah ja nicht ein einziges Möbelstück und so wohnte sie weiter in der Station in dem kleinen Zimmer hinter der Küche.

Als die Tage kürzer und kälter wurden, wünschte Pres, er könnte das Zimmer mit Savannah teilen. Mehr und mehr träumte er nur noch von ihr, von Babys und bestickten Decken und tagsüber beschäftigten ihn diese Gedanken und störten ihn bei der Arbeit.

Als im September die Regenzeit begann, und sich die Felder in Schlammwüsten verwandelten, konnte Pres in sein kleines, bescheidenes Haus einziehen. Jacob hatte gesagt, dass es ungewöhnlich kühl für die Jahreszeit war und dass es seit Jahren nicht mehr so viel geregnet hatte. Pres merkte sehr schnell, dass sein neues Zuhause kaum wärmer als der Heuboden in der Station war, aber zumindest hatte er einen kleinen Ofen, ein ziemlich verrostetes Ding, das von einer verlassenen Farm in der Nähe stammte. Er besaß auch ein Bett, das Jacob gezimmert hatte, mit einer Matratze, die June und Miranda aus Mehlsäcken genäht und mit dem restlichen Sommerheu gestopft hatten, einen Tisch, der aus einer der Kisten gebaut war, in der Treys Fertighaus transportiert worden war, und seine Stühle waren von ähnlicher Qualität. Der Fußboden besaß keine Holzplanken, sodass Pres morgens zuerst in seine Schuhe schlüpfte, bevor er aus dem Bett aufstand. Im Winter würde der Boden wahrscheinlich gefroren und mit einer Eisschicht bedeckt sein.

Trotz all dieser Mängel und Unzulänglichkeiten war Pres so glücklich wie schon lange nicht mehr. Vom ersten Tag an mangelte es ihm nicht an Patienten und mit jeder Kutsche kam mehr medizinisches Gerät und Arznei aller Art an, die er sich von Choteau kommen ließ. Seine Mahlzeiten nahm er weiter in der Station ein. Einmal, weil er nicht kochen konnte und keine Töpfe, Pfannen oder Geschirr besaß, aber der eigentliche Grund, weshalb er immer wieder in die Station ging, war weniger Miss Junes Kochkunst als Savannah. Jetzt, da er eine ›richtige‹ Praxis hatte, konnte er es sich natürlich nicht mehr leisten, stundenlang im Brimestone Saloon herumzulungern, um sie zu beobachten.

Ihm war klar, dass es ziemlich unsinnig war, auf die Zuneigung einer Frau zu hoffen, die ihm offensichtlich misstraute und die ihn verachtete. Das war ihm seit jenem Abend klar, als sie ihren Platz unter den Frauen von

Springwater eingenommen hatte – einen Platz, der ihr zustand – und er ihr alles kaputt gemacht hatte, indem er sie tollkühn vor den Augen der halben Bevölkerung des Ortes geküsst hatte. Seit dieser Zeit wahrte sie Distanz und ging ihm möglichst aus dem Weg. Er hatte sich nicht bei ihr entschuldigt, obwohl er das wirklich gerne getan hätte – auch wenn er sich kaum anders verhalten hätte, wenn er die Zeit hätte anhalten können und eine zweite Chance bekommen hätte. Nein, er hätte sie wohl wieder geküsst.

Seine Gedanken kreisten einmal mehr um Savannah Rigbey, nachdem er sich zuerst mit Miss Junes Arthritis und anschließend mit den Verdauungsstörungen eines älteren Cowboys beschäftigt hatte, als plötzlich die Tür zur Praxis aufflog und Savannah persönlich in der Tür stand. Sie trug einen braunen Umhang und hatte ihre Haare mit einem Schal in der gleichen Farbe bedeckt. Draußen regnete es in Strömen und dicke Tropfen hingen in ihren Wimpern und an ihrer Kleidung, aber ihre Augen blitzten so feurig, dass sie damit einen ganzen See hätte austrocknen können.

»Komm rein und mach die Tür zu«, sagte er, denn ein eisiger Wind fegte ins Zimmer.

»Dr. Parrish …«

»Prescott«, verbesserte er sie und hob den Kaffeetopf, den ihm eine dankbare Patientin geschenkt hatte, vom Ofen. Er schüttelte ihn, um zu sehen, ob noch etwas von dem Gebräu übrig war, das er sich zum Frühstück gemacht hatte. »Und Pres, wenn du freundlich sein willst. Na, wo tut's denn weh?«

Sie schlug die Tür fest zu. »Ich *will* aber nicht freundlich sein«, fauchte sie »und mir tut auch nichts weh.«

Es machte ihm immer wieder Spaß, ihr überschäumendes Temperament zu beobachten. Das war fast so schön, wie sie zu küssen. »Was verschafft mir dann die Ehre deines Besuchs?«

»Ich denke, es wäre das Beste für uns alle, wenn du die Stadt verlassen würdest«, verkündete sie. Sie verschränkte die Arme vor der Brust und er sah, dass unter dem Saum ihres Kleides ein Fuß lautlos, aber nervös auf den Boden tippte. »Pack deine Sachen und verschwinde aus Springwater.«

Der Praxisraum war ebenso wie die beiden Zimmer dahinter nur spärlich möbliert. »Setz dich doch«, sagte er und deutete mit dem Kopf freundlich auf einen der Stühle, die aus dem Verpackungsmaterial gezimmert waren. »Kaffee?«

Sie setzte sich unwillig und nahm auch ihren Umhang nicht ab. Er vermutete, dass sie unter dem Tisch weiter mit dem Fuß auf dem Boden tippte. Sie benahm sich, als ob sie wütend wäre, aber ihre Augen verrieten ihm etwas anderes. Darin las er Verzweiflung und Verwirrung. »Hast du verstanden, was ich gesagt habe?«

Er grinste und schenkte sich selbst einen Schluck Kaffee ein, der jedoch nur noch aus Satz bestand. »Aber ja«, erwiderte er. »Mein Gehör ist noch ziemlich gut – trotz des dreieinhalb Jahre andauernden Kanonenfeuers. Und warum möchtest du, dass ich die Stadt verlasse?«

Sie schien sich ziemlich unwohl zu fühlen und sah ein wenig gereizt aus. Auf der Taschenuhr seines Vaters war es gerade elf Uhr morgens, aber schon fing der Tag an interessant zu werden. »Weil …« Sie zögerte und suchte offensichtlich nach den richtigen Worten und erst jetzt wurde ihr klar, dass sie die Sache vorher nicht durchdacht hatte, sondern einfach einem Impuls gefolgt war. »Weil du mich geküsst hast«, sagte sie anklagend. »Zweimal!«

Er hielt sich von ihr fern, da er fürchtete, dass sie sonst

aufspringen und weglaufen würde. »Ist das denn so ein schweres Verbrechen?«, fragte er leise und sehr liebevoll.

Er wurde damit belohnt, dass ihr Gesicht zart errötete. Gott im Himmel, sie war atemberaubend schön! Er liebte ihren Körper, ihren Geist und ihre Seele – er liebte einfach alles an ihr.

Savannah legte beide Hände mit den Handflächen nach unten auf die raue Tischplatte, atmete ein paar Mal langsam tief durch und schloss für einen Moment ihre Augen, um sich wieder ganz unter Kontrolle zu bringen. »Ich würde ja selbst die Stadt verlassen«, sagte sie gedehnt, »aber jeder Cent, den ich besitze, steckt in diesem blöden Saloon.«

»Vielleicht wäre Trey Hargreaves bereit, dich auszuzahlen, wenn du wirklich Springwater verlassen möchtest.« Das war natürlich ein Bluff, denn das Letzte, was er wollte, war, dass sie irgendwo anders hinging. Sie war schließlich der Grund dafür, dass er in Springwater geblieben war – aber er hätte ein Narr sein müssen, wenn er ihr das unter diesen Umständen gestanden hätte.

Sie beugte sich ein wenig vor und er konnte – trotz des Schals – einen Blick in ihren Ausschnitt werfen. Dabei schaute sie ihn mit diesem Blick an, den sie aufsetzte, um aufmüpfige Cowboys einzuschüchtern. Aber bei ihm verfing der Blick nicht.

»Es wäre wirklich einfacher, wenn *du* gehen würdest.«

»Wieso?«

»Weil dich doch nichts in Springwater hält«, sagte sie. »Abgesehen von dieser Hütte vielleicht.«

»Und abgesehen von meinen Patienten«, fügte er hinzu. Er tat sein Bestes, um nicht zu lachen, denn er vermutete, dass sie in diesem Fall sofort aufgestanden und gegangen wäre. Aber leicht fiel es ihm nicht, denn gerade in ihrem aufgeregten Zustand beobachtete er sie besonders gerne. Sie war Balsam für seine geschundene Seele. »Die Patienten wollen wir doch nicht vergessen. Abgesehen davon hast du mir meine Frage noch nicht beantwortet, Miss Rigbey. Nicht ehrlich jedenfalls.«

Sie starrte ihn schweigend und verbockt an, obwohl sie genau wusste, was er meinte.

Na schön, sagte er sich, dann würde er den ersten Schritt tun. »Warum willst du, dass ich gehe?«, fragte er. »Abgesehen davon natürlich, dass du mich bestrafen willst, weil ich es gewagt habe, dich zu küssen?«

Sie biss sich auf ihre Unterlippe. »Du bestehst also wirklich darauf, dass ich es ausspreche?«

»Ja«, sagte er offen. Er gestattete sich nur die Andeutung eines Lächelns, verschränkte die Arme vor der Brust und wartete. Den Kaffeebecher auf der Fensterbank hatte er längst vergessen.

»Ich kann nicht mehr denken. Ich kann nicht mehr schlafen.« Die Röte in ihrem Gesicht vertiefte sich und es schien ihr schwer zu fallen, ihm in die Augen zu schauen. Eine Spur von Verzweiflung schwang in ihrer Stimme mit. »Ich kann es mir nicht erlauben, mich zu verlie… so zu fühlen … so … Ach, es ist alles so schrecklich.«

Mit drei Schritten war er bei ihr, zog sie vom Stuhl hoch und zwang sie, ihn anzusehen. Er beugte sich dicht zu ihr, sodass ihre Gesichter nur noch wenige Zentimeter voneinander entfernt waren. »Was kannst du dir nicht erlauben zu fühlen? Und was ist denn so schrecklich, Miss Rigbey?«

Zu seiner Verwunderung und zu seiner Verärgerung traten Savannah plötzlich Tränen in die Augen. Sie hob ihr Kinn und streckte es etwas vor. »Ich war einmal verliebt – oder zumindest dachte ich das«, sagte sie. Wenn sie sich zuvor geweigert hatte, Pres anzuschauen, so wandte sie jetzt den Blick nicht mehr von ihm ab. »Sein Name war Burke – und wir kannten uns seit unserer Kindheit. Schon als Junge war er ein wilder Bursche, aber nachdem wir dann miteinander durchgebrannt sind, dann … er …«

Pres drückte ihre Hände fester. »Was ist dann passiert, Savannah?«

»Wir wollten heiraten.« Sie lächelte bitter. »Tatsächlich standen wir bereits vor dem Friedensrichter, als ein U. S. Marshal die Zeremonie unterbrach, um Burke zu verhaften. Es stellte sich heraus, dass er in mehrere Raubüberfälle verwickelt war. Sie haben Burke gleich mitgenommen. Später wurde er dann verurteilt und ins Gefängnis gesteckt.«

Pres sehnte sich nach der Frau, die vor ihm stand, und nach dem jungen Mädchen von damals. »Und was hast du getan?«, fragte er leise.

Sie schaute ihn mit großen, runden Augen ängstlich an, als erwartete sie, dass er sie gleich von sich stoßen und verdammen würde. »Ich bin nach Hause zurückgekehrt«, fuhr sie traurig fort. »Papa nannte mich eine Hure und hat mich verjagt. Er hat mir verboten, je wieder die Schwelle seines Hauses zu betreten.« Prescotts ganzer Körper schrie danach, Savannah in seine Arme zu nehmen, um sie ganz fest zu halten, aber noch war die Zeit dafür nicht gekommen, denn sie war noch nicht fertig mit ihrer Geschichte. »Ich sah keinen anderen Weg, mir meinen Lebensunterhalt zu verdienen, als in Bars und Salons zu singen. In der sogenannten besseren Gesellschaft – aus der ich selbst ja auch stamme – gab es niemand, der mir seine Kinder anvertraut hätte, niemand, dessen Fußböden ich hätte schrubben dürfen. Nach dem Skandal, in den ich verwickelt war, hat man mich aus diesen Kreisen ausgeschlossen. Und wo ich hinkam und nach einer ehrlichen Arbeit gefragt habe, war es das Gleiche, denn die ganze Geschichte war in der Zeitung breitgetreten worden: Mädchen aus gutem Haus brennt mit einem Dieb durch, der noch während der Hochzeitsfeier festgenommen wurde.«

Pres öffnete den Mund, schloss ihn aber sofort wieder und suchte nach den richtigen Worten.

Sie schaute ihn weiter direkt an und so sah er, dass der Schmerz in ihren Augen ebenso intensiv war wie die Schmerzen, die er in den Gesichtern der Soldaten auf den Schlachtfeldern in Pennsylvania, Virginia, Tennessee oder anderswo gesehen hatte. Er hätte sie gerne an der Schulter gefasst, aber die wirkte immer noch so zerbrechlich wie Glas und er fürchtete, dass sie bei der geringsten Berührung zerspringen würde. »Ich war damals erst sechzehn. Zu Burke konnte ich ja nicht mehr gehen und jemand anderen kannte ich nicht. Was blieb mir also übrig? Ich musste schließlich leben.«

»Das ist nun wahrlich keine Schande. Du hast einen Fehler gemacht – aber das ist menschlich. Willkommen im Kreis der menschlichen Rasse.«

Sie schaute ihn nachsichtig und erstaunt an. »Jedenfalls musste ich mit den Konsequenzen meines ›Fehlers‹ – wie du es ausdrückst – fertig werden. Mein Leben hatte sich schlagartig geändert und dann starb auch noch Großmutter wegen dem, was geschehen war.«

Er runzelte die Stirn. »Wie kommst du denn darauf? Es ist normal, dass Großmütter sterben, Savannah. Du darfst dir nicht die Schuld für etwas geben, wofür du nichts kannst.«

»Es brach ihr das Herz, als Papa mich aus dem Haus jagte. Sie siechte körperlich und geistig noch eine Weile herum. Papa sorgte dafür, dass man mir das genau berichtete, und als ich dann zur Beerdigung kommen wollte, hat er mich aus der Kirche werfen lassen.«

Pres wollte Tische und Stühle umkippen und die Möbel kurz und klein schlagen. Ähnliche Gefühle hatte er während des Krieges oft gehabt, aber er hatte diesem Verlangen – sich gewaltsam Luft zu verschaffen – niemals nachgegeben und er würde auch jetzt nicht damit anfangen. »Dein Vater hat sich falsch verhalten, Savannah, und du verhältst dich auch falsch, wenn du dir Selbstvorwürfe machst. Du hast nichts Böses oder Verwerfliches getan. Du warst ein junges Mädchen und da ist es ganz natürlich zu glauben, dass man verliebt ist. Aber es macht doch keinen Sinn, wenn du den Rest deines Lebens leidest, nur weil dein Vater ein herzloser Sturkopf war, der dich und deine Motive vollkommen falsch eingeschätzt hat.«

Sie zwinkerte mehrmals. Offensichtlich schien sie sich ernsthaft zu wundern, dass Pres ihr damaliges Verhalten in einem ganz anderen Licht sah und sie nicht verurteilte oder verdammte. Mit diesem Widerspruch musste sie erst mal fertig werden. Deshalb schwieg sie.

»Savannah«, fuhr er eindringlich und liebevoll fort, denn er wusste, dass sie nicht mehr zurückkommen würde, wenn sie jetzt aufstehen und davongehen würde.

Sie befeuchtete sich ihre Lippen mit der Zungenspitze. Es war nicht mehr als eine nervöse Reaktion, aber bei der Bewegung verspürte er ein Ziehen in den Lenden. »Ich war ein ganz normales Mädchen, nicht gerade hässlich, aber auch nicht besonders hübsch. Allerdings hatte ich eine ausgezeichnete Singstimme, ich konnte gut mit Zahlen umgehen und hatte jede Menge Träume, von denen ich sicher war, dass sie sich nach und nach erfüllen würden. Ich hatte eine Großmutter und einen Vater, der mich – einmal – geliebt hatte und viele, viele Freunde. Ich wünschte mir sechs Kinder und wollte die erste Stimme im Kirchenchor singen. Ich wollte kochen und zu Nähkränzchen gehen, wie Gran es getan hatte …«

Die Stimme versagte ihr und Pres wartete ruhig ab, bis sie sich so weit gefasst hatte, dass sie weiter reden konnte.

»Zwei Monate nach dem Tod meiner Großmutter starb auch mein Vater. Bis dahin konnte ich immer noch so tun, als würde eines Tages doch alles wieder in Ordnung kommen, dass Papa mir doch verzeihen würde. Aber als er dann unter der Erde lag, musste ich die Tatsache akzeptieren, dass ich wohl den Rest meines Lebens in Saloons verbringen würde. Und dieses Bewusstsein war vielleicht das Schlimmste an der ganzen Sache.«

»Es muss ein ähnlich starkes Gefühl gewesen sein, wie ich bei meinem ersten Kriegseinsatz im Feldlazarett empfunden habe«, sagte er. »Nichts, was ich in der Medizinschule gelernt hatte, hatte mich auf das vorbereitet, was ich dort vorfand.«

Eine ganze Weile schwiegen sie beide, aber seltsamerweise war es ein angenehmes verbindendes Schweigen – trotz des unangenehmen Gesprächsthemas.

»War es sehr schlimm?« Sie hauchte die Worte geradezu.

»Unvorstellbar«, antwortete er und seufzte. Dann ließ er ihre Hände los und ließ seine Arme hängen. Sie standen einander nach wie vor dicht gegenüber. »Vermutlich werde ich nie ganz darüber hinweg kommen, aber ich versuche zu vergessen, Savannah. Und das ist der springende Punkt. Ich versuche es – und das musst du auch tun. Wir beide müssen die Dämonen unserer Vergangenheit abschütteln.«

Er sah ihrem Mund und ihren Augen an, dass sie protestieren wollte, aber sie tat es dann doch nicht. »Ich bin nicht sicher, dass ich das kann«, wisperte sie. Ihm war klar, dass dies ein Bekenntnis von größter Tragweite war – denn davon hing alles weitere ab. Entschied sie sich, gegen die Dämonen zu kämpfen, würde ihr Leben vielleicht doch noch einmal eine Wendung nehmen, kämpfte sie nicht dagegen an, würde alles so bleiben wie bisher.

Pres hatte noch nie so sehr das Verlangen gehabt, Savannah zu küssen, wie in diesem Moment. Und das wollte schon etwas heißen, wenn man bedachte, wie viele Nächte er schlaflos auf Jacob McCaffreys Heuboden gelegen hatte und durch die Dachsparren zu den Sternen am Himmel geschaut hatte und genau das tun wollte – und noch mehr. Er richtete sich auf und was er dann sagte, überraschte ihn nicht weniger als Savannah.

»Heirate mich!«

Sie starrte ihn mit weit aufgerissenem Mund an. Er legte einen Finger unter ihr Kinn, hob es leicht an und schloss ihren Mund. »Das kannst du doch nicht ernst meinen«, keuchte sie im nächsten Moment.

»Das ist mein voller Ernst«, erwiderte er. Tatsächlich hatte er häufig darüber nachgedacht, ob er ihr einen Antrag machen sollte, aber bisher war er immer zu dem Schluss gekommen, dass seine Gedanken an Savannah ja doch nur Träume waren, unnütze Spekulation. Aber dann schien er eines Tages in sein Inneres geblickt zu haben und er hatte erkannt, dass er nicht mehr der gleiche Mensch war, der er gewesen war, als er nach Springwater gekommen war. Er trank und spielte nicht mehr, er ging wieder seinem Beruf nach, der ihm von Tag zu Tag mehr Spaß machte – und vor allem hatte er das Gefühl, dass er nun fähig war, einen Menschen wirklich zu lieben – und dessen Liebe anzunehmen. Er hatte neue Hoffnung geschöpft und glaubte, dass die Zukunft besser und schöner sein würde, als es die Vergangenheit war.

»Aber warum?«

Er war nicht in der Lage, ihr seine Gefühle zu erklären – er war ja immer noch dabei, sie sich selbst klarzumachen. »Weil du einen Ehemann brauchst und ich eine Frau. Viele Leute haben schon aus weniger rationellen Gründen geheiratet.«

»Du spinnst doch!« Wieder errötete sie und sie stemmte ihre Arme in die Hüften. Sie schien aber weniger wütend als traurig zu sein. »Wir lieben uns nicht und ...«

»Sei doch vernünftig, Savannah«, sagte er – als ob er selbst vernünftig gewesen wäre. »Du bist im Brimestone Saloon nicht gerade glücklich und es gefällt dir auch nicht, diese aufreizenden Seidenfummel zu tragen – gesteh es wenigstens dir selbst ein, wenn du es mir gegenüber schon nicht zugeben willst. Als Miranda ihr Baby bekam, warst du eine große Hilfe – ruhig und kompetent. Du würdest eine gute Arztfrau abgeben und eine gute Krankenschwester.«

»Du würdest tatsächlich jemanden heiraten, der einen Großteil seines Lebens damit verbracht hat, vor betrunkenen Cowboys zu posieren und Lieder zu singen?«

»Ja«, erwiderte er. Savannah handelte und reagierte meistens vernünftig und sie hatte eine Art, die Sachen ruhig und sachlich anzugehen. Es hatte ihm gefallen, wie sie Miranda Mut zugesprochen hatte, als diese bei der Geburt vor Schmerzen geweint und geschrien hatte und wie sie fast ehrfürchtig das Neugeborene gehalten hatte und sich nicht darum gekümmert hatte, dass das kleine zappelnde Bündel noch ungewaschen und völlig verschmiert gewesen war. Aber sie konnte auch streng sein – wenn die Situation es erforderte.

Sie wandte sich ab und für einen Moment fürchtete er, dass sie die Praxis verlassen wollte, aber sie ging nur auf und ab – drei Schritte nach rechts, drei Schritte nach links – wie ein Strafverteidiger, der den Geschworenen vor sich eine wichtige Mitteilung zu machen hatte. »Wo würde ich schlafen?«, fragte sie.

Die Frage traf ihn unvermutet. »Hier bei mir«, erwiderte er schließlich krächzend, sodass er seine eigene Stimme kaum erkannte.

Sie blieb stehen und starrte ihn mit großen Augen an. »Du meinst …«

»Genau das meine ich«, bestätigte er ihre unausgesprochene Frage. »Eine Ehefrau ist eine Ehefrau. Ich erwarte, dass meine Frau das Bett mit mir teilt.« Er sprach das so offen aus, damit in diesem Punkt gar nicht erst Missverständnisse aufkamen, die später zu ernsten Problemen führen könnten.

»Ich bin keine Hure, Dr. Parrish. Ich verkaufe mich nicht für Geld und ich werde auch keinen Ehering als Bezahlung akzeptieren.«

Er hätte sie am liebsten geschüttelt. Warum stand sie ihrem Glück selbst im Weg? Aber ihm war natürlich klar, warum sie so reagierte. Sie hatte Angst, wieder verletzt zu werden, weniger körperlich, sondern vor allem emotional. »Ich habe nicht gesagt, dass du eine Hure bist, sondern nur, dass du – wenn du mich heiratest – jede Nacht neben mir im Bett schlafen wirst. Das machen Ehefrauen nämlich gewöhnlich so – neben ein paar anderen Dingen.« Er trat zu ihr, schob ihren Schal zurück und legte zärtlich seine Hand auf ihre Wange. »Ich schwöre zu Gott, Savannah, ich bin nicht wie er. Ich werde dich nicht enttäuschen.«

Sie sah aus, als wollte sie davonrennen, nur weg, um sich irgendwo zu verkriechen. Sie zitterte am ganzen Körper, aber er sah ihr an, dass sie gleichzeitig den Gedanken an eine Heirat genoss, dass sie schlichte Kleider tragen und

Babys haben wollte, dass man sie als *Mrs.* ansprach. Mrs. Parrish, dachte er, klang doch gar nicht so übel.

»Niemand im Umkreis von fünfzig Meilen wird erstaunt sein, wenn du meine Frau wirst«, sagte er. »Falls dir das etwas bedeutet.«

»Was soll das nun wieder heißen?«

»Erinnerst du dich noch daran, wie die Männer applaudiert haben, als ich dich vor der Station geküsst habe?« Er ließ ihr Gesicht los und legte statt dessen seine Hand an ihren Unterarm. »Jeder hier in der Gegend weiß, dass wir beide uns haben wollen. Jeder, außer dir – und zugegeben auch mir, jedenfalls bis vor kurzem.«

Sie betrachtete ihn von Kopf bis Fuß, wie die Frau eines Farmers auf dem Markt einen Hahn begutachtete, den sie vielleicht kaufen wollte. »Angenommen, du fängst wieder mit dem Trinken an?«

Er hob die rechte Hand wie zum Schwur. »Das werde ich nicht«, sagte er ruhig. »Ich habe nicht getrunken, bevor ich in den Krieg gezogen bin, und ich habe auch während meiner Dienstzeit keinen Schluck getrunken. Damit habe ich erst später angefangen, Savannah, als ich dachte, ich könnte es nicht ertragen, was ich gesehen und erlebt habe. Es war pures Selbstmitleid, aber damit bin ich heute fertig.«

Wieder biss sie sich auf die Unterlippe und runzelte die Brauen, denn sie misstraute diesem plötzlichen Glück, das ihr beschieden sein sollte. »Angenommen, ich würde mich schrecklich in dich verlieben und du würdest meine Gefühle nicht erwidern? Angenommen, du würdest dir eine Geliebte nehmen …?«

»Nicht immer ist die spontane Liebe auch die beste, Savannah«, stammelte er und fragte sich, wer ihm diese Erklärung eingegeben hatte. »Liebe wächst doch mit der

Zeit, wenn zwei Menschen miteinander leben und arbeiten, wenn sie den Alltag teilen.«

Sie verschränkte die Arme und er merkte, dass sie schwach wurde. »Und was ist mit der Geliebten?«

»Ich habe weder die Absicht, mir eine Geliebte zu nehmen, noch habe ich die Zeit dazu. Aber du kannst mich erschießen, wenn ich unser Ehegelöbnis jemals brechen sollte.«

»Keine Sorge«, erwiderte sie trocken, »ich würde dich erschießen – mit oder ohne deiner Erlaubnis.«

Er grinste. »Dann ist also alles klar. Wann feiern wir Hochzeit?«

Sie schluckte. »Gar nichts ist klar. Es gibt noch viel, worüber wir noch nicht gesprochen haben …«

Er unterbrach sie, indem er sie in seine Arme zog und küsste. Zuerst ganz zärtlich, wobei er mit ihren Lippen spielte, dann immer leidenschaftlicher und wilder.

Savannah atmete schwer, als Pres sich von ihr löste, aber sie blieb in seinen Armen liegen und lehnte ihre Stirn gegen seine Schulter. »Ich bin keine Frau, die nur die Anweisungen ihres Mannes ausführt«, warnte sie ihn, nachdem sie wieder zu Atem gekommen war. »Ich werde dir nicht wie ein Hündchen die Pantoffeln hinterhertragen und falls wir Frauen *jemals* das Wahlrecht bekommen, werde ich für den Kandidaten meiner Wahl stimmen. Ich werde immer meine eigene Meinung vertreten, die nicht unbedingt mit deinen Ansichten übereinstimmen muss. Wenn ich meinen Anteil am Brimestone Saloon an Trey verkaufe – es wird lange dauern, bevor ich auch nur einen Penny Bargeld sehen werde –, werde ich das Geld zu einer Bank in Great Falls, in Denver oder in San Francisco bringen – und zwar unter meinem Namen und nur unter meinem Namen.«

Er lachte. »Mir soll es recht sein«, sagte er, »es macht mir nämlich nichts aus, für dich zu sorgen. Aber ich muss dich vorwarnen, hier im Westen verdient ein Arzt nicht viel Geld, sodass wir keine großen Sprünge machen und nicht in großem Stil leben können.«

Ihre Augen glänzten und drückten die Sehnsucht aus, ihm vertrauen zu können. Sie wünschte, sie könnte die Mauern, die sie um sich errichtet hatte, um sich zu schützen, einreißen – wenigstens so weit, dass sie ein paar vorsichtige Schritte ins Leben machen konnte, sich aber gleichzeitig auch wieder zurückziehen konnte. »Ich brauche Zeit zum Nachdenken«, sagte sie.

Sein Herz jubilierte, weil sie ihm nicht sofort eine Abfuhr erteilt hatte. »Lass dir alle Zeit, die du zum Nachdenken brauchst«, sagte er, bevor er sie küsste und küsste und immer wieder küsste.

Heiraten! Und dann auch noch Dr. Parrish!

Ja, war sie denn von allen guten Geistern verlassen?

Als Savannah zur Springwater-Station zurückging, wehte ein kühler Wind und es nieselte, aber davon bekam sie gar nichts mit, denn ihre Gefühle waren in Aufruhr – und das war einzig und allein Prescotts Schuld. Weil er sie geküsst hatte und weil er über Dinge gesprochen hatte, über die sie nicht hatte reden wollen.

Natürlich konnte sie den Mann nicht heiraten. Sicher, sie fand ihn attraktiv und manchmal verspürte sie auch so etwas wie leidenschaftliches Verlangen nach ihm, aber sie liebte ihn doch gar nicht. Andererseits hatte sie genügend Erfahrung, um zu wissen, dass das, was Pres über die Liebe gesagt hatte, wahr war – sie kam nicht immer so unerwartet wie ein Blitz aus heiterem Himmel über zwei

Menschen, so, wie es bei Trey und Rachel gewesen war oder bei den Wainwrights. Gerade hier im Westen, wo das Leben schwer war und Männer und Frauen hart arbeiten mussten, wo man nie wusste, wann man sterben oder schwer verletzt werden würde, begannen gute Ehen viel öfter als Partnerschaften. Die Liebe stellte sich dann später ein – manchmal jedoch auch nie.

Sie blieb im Regen stehen und betrachtete die Lichter in dem herrlichen Fünf-Zimmer-Haus der Hargreaves, das der Station schräg gegenüberlag. Aus dem Schornstein über der Küche stieg Rauch auf und Savannah fragte sich, ob den beiden eigentlich wirklich bewusst war, wie glücklich sie waren.

In diesem Moment entschloss sie sich – oder zumindest würde sie sich später immer so daran erinnern – den Antrag des Docs anzunehmen und das Risiko einer Ehe mit ihm einzugehen. Vielleicht würde sie ja eines Tages in der Lage sein, ihm zu gestehen, dass sie ihn liebte – und zwar seit jenem Abend, an dem er Mirandas Kind auf die Welt geholt hatte. Als er ihr das schreiende, verschmierte Wesen in die Arme gelegt hatte, hatte sie deutlich gespürt, dass sich tief in ihrer Seele etwas verändert hatte. Plötzlich wusste sie, dass sie sich schon lange nach einem Kind sehnte, aber wie hätte sie dieses fremdartige Verlangen nach irgendwas vorher erkennen können? Aber in diesem Augenblick, kurz nach der Geburt von Miranda Leebrooks Baby war ihr klar, was sie am meisten im Leben vermisste.

Sie liebte Pres und vielleicht würde er im Laufe der Zeit ihre Gefühle erwidern.

Sie betrat die Halle der Station, die leer war. Das war einerseits eine Erleichterung, andererseits aber enttäuschend, da sie June die Neuigkeit mitteilen wollte. Aber sie musste sich ja zuerst einmal selbst an den Gedanken gewöhnen und so war es gut, dass ihr noch etwas Zeit blieb, bevor sie die anderen einweihte.

Erst als sie in ihrem kleinen Zimmer hinter der Küche war und ihren Schal und Umhang ablegte, wurde ihr bewusst, dass sie ein rotes Taftkleid trug, da sie ja eigentlich auf dem Weg zum Brimestone Saloon gewesen war. Nur aus einem verrückten Impuls heraus war sie in die Praxis gegangen. Sie wusste selbst nicht mehr, warum sie das getan hatte. Sie wusste nur noch, dass er sie geküsst und ihr einen Heiratsantrag gemacht hatte. Und dabei hatte sie die ganze Zeit eines der Kleider getragen, die er nicht ausstehen konnte, und ihr Gesicht war geschminkt gewesen – was er noch weniger ausstehen konnte, wie er ihr bei verschiedenen Gelegenheiten versichert hatte. Aber heute hatte er kein Wort darüber verloren.

Irgendwo im Haus wurde eine Tür geschlossen und Savannah hörte Junes Stimme: »Savannah-Liebchen, sind Sie krank?« Die ältere Frau tauchte in der Tür zu Savannahs Zimmer auf. June trug eine leichte Haube mit einer gekräuselten Krempe und einen wollenen Umhang. Sie runzelte besorgt die Augenbrauen. »Waren Sie nicht auf dem Weg in den Saloon?«

Savannah wusste nicht, wie sie das alles June erklären sollte, sie verstand ja selbst nicht, was in ihr vorging, aber in diesem Moment brach sie in Tränen aus und setzte sich aufs Bett. June legte Umhang und Haube ab, nahm neben der jungen Frau Platz und legte ihr beruhigend den Arm um die bebenden Schultern. »Na, Liebchen, was ist denn passiert?«

»Ich kann es nicht mehr tun!«, schluchzte Savannah.

»Was?«, fragte June ruhig und logisch.

»Ich kann nicht mehr diese schrecklichen Kleider anziehen und mir diese Farbe ins Gesicht schmieren und meine ganze Zeit in einem verräucherten Saloon verbringen«, heulte sie.

»Ganz ruhig«, sagte die Stationsmeisterin und wiegte die junge Frau leicht hin und her. »Ganz ruhig.« Sie selbst bot keine Lösungsmöglichkeit an und sagte auch nicht, dass sie froh sei, dass Savannah endlich zu Sinnen gekommen sei, da das nun wirklich keine passende Arbeit für sie wäre. Diese Eigenschaft – im entscheidenden Moment zu schweigen – schätzte Savannah neben vielen anderen Dingen besonders an June. »Ich brühe uns einen Tee auf und Sie waschen sich inzwischen das Gesicht und ziehen ein anderes Kleid an. Ich werde Jacob zu Trey rüberschicken, um ihm ausrichten zu lassen, dass Sie heute nicht arbeiten.«

Savannah, die so lange auf sich allein gestellt gewesen war, tat es gut, ein bisschen bemuttert zu werden, umhegt, umsorgt und besänftigt zu werden. »Das wäre sehr nett«, schniefte sie und versuchte tapfer sich wieder zu beruhigen.

June tätschelte mitfühlend die Schulter der jungen Frau und stand auf. »Jeder von uns muss sich von Zeit zu Zeit mal richtig ausweinen«, sagte sie. »Das ist keine Schande. Tun Sie sich also keinen Zwang an, sondern weinen Sie.«

Über diesen Rat musste Savannah nun doch leicht lachen. »Ich komme mir so albern vor«, sagte sie. »Wozu sollen Tränen gut sein? Man ändert doch nichts damit.«

»Nun, Tränen sind wie Medizin«, erwiderte June, die sich wunderte, dass Savannah diese Tatsache unbekannt zu sein schien. »Sie helfen uns, wenn wir krank sind und Schmerzen haben, und sie lindern vor allem unsere Sorgen.«

Savannah nahm ein frisch gebügeltes Taschentuch aus der Schublade des Nachttisches und putzte sich leise die

Nase. »Solche Sachen hat meine Großmutter auch immer gesagt.«

June blieb auf der Türschwelle stehen und drehte sich lächelnd um. »Ich glaube, dass ich mich mit Ihrer Großmutter gut verstanden hätte. Aber jetzt waschen Sie sich das Gesicht. Die Farbe ist schon ganz verlaufen.«

Wieder lachte Savannah und diesmal klang es schon eine Spur fröhlicher. Nachdem June gegangen war, stand Savannah auf und füllte Wasser aus dem Krug in ein Waschbassin – Krug und Bassin standen in einem Regal unter dem Fenster –, um sich das Gesicht zu schrubben. Dazu benutzte sie – der einzige Luxus, den sie sich gönnte – parfümierte französische Seife. Nachdem die letzten roten, blauen und schwarzen Farbstreifen verschwunden waren, öffnete sie ihr Haar und bürstete es, bis es glänzte. Dann kam das Kleid dran, das sie sich bis zum Schluss aufbewahrt hatte. Sie ließ es über die Hüften gleiten und kickte es mit dem Fuß in die Zimmerecke. Es war ein Akt mit Symbolcharakter. Als sie zehn Minuten später zu June in die Halle trat, hatte sie die Haare im Nacken zu einem losen Knoten zusammengesteckt und trug ein blaues Leinenkleid. Jacob war inzwischen zu Trey ins neue Haus gegangen, um ihn zu informieren, dass Savannah nicht im Saloon, sondern zu Hause in der Station war.

Ihr Partner kam auch gleich herüber und runzelte die Stirn. »Bist du krank?«, fragte er Savannah mit dem gleichen besorgten Tonfall wie June zuvor.

Savannah saß in einem Schaukelstuhl in der Nähe des Kamins, in dem ein wärmendes Feuer brannte, und hielt ihre Teetasse in der Hand. Sie schüttelte nur den Kopf, denn im Moment war sie nicht fähig, irgendetwas zu erklären. June ging in Mirandas Zimmer, die ihr Baby immer noch nur als Klein-Isaiah oder Ezechiel bezeichnete, Jacob winkte Toby und Christabel und ging mit den Kindern nach draußen, um nach dem Rechten zu sehen.

Trey zog sich einen zweiten Schaukelstuhl ans Fenster und setzte sich Savannah gegenüber. »Was ist es dann?«

»Ich werde heiraten«, sprudelte es aus ihr heraus. »Ich will keine Barfrau und keine Saloon-Sängerin mehr sein.«

Jeder andere wäre wahrscheinlich wütend gewesen, aber Trey war nicht nur ihr Geschäftspartner, sondern auch ihr Freund, der ihr so nahe wie ein Bruder stand. Sie sah sofort, dass er sie verstand – wahrscheinlich, weil er selbst mit Rachel so glücklich war. »Doc Parrish?«

Sie nickte. Pres hatte also die Wahrheit gesagt. Alle hatten es gewusst, nur sie selbst nicht.

Trey strahlte übers ganze Gesicht. »Das ist ja wunderbar. Meinen herzlichen Glückwunsch.«

»Aber unsere Partnerschaft ... ich meine ...«

Trey nickte nachdenklich. »Ich kann dir deinen Anteil ausbezahlen, wenn du bereit bist zu warten, bis ich das Geld zusammenhabe. Aber du kennst das Geschäft und du weißt, dass das lange dauern kann. Wenn du das nicht möchtest, könnten wir jemanden aus Great Falls oder aus Choteau kommen lassen, der deinen Platz einnimmt. Ihm oder ihr müssten wir dann natürlich ein Gehalt bezahlen.«

Plötzlich wurde Savannah wieder von Panik erfasst. Wenn es ihr nun nicht gefiel, eine Arztfrau zu sein? Angenommen, es gefiel ihr nicht, Prescott Parrishs Frau zu sein? Wenn sie nun ihren Anteil an Trey oder einen anderen Interessenten verkaufte, hätte sie gar keinen Ort mehr, wo sie Zuflucht finden konnte.

Aber das war Unsinn. Sie hatte doch bewiesen, dass sie für sich selbst sorgen konnte, ob sie nun mittellos war oder ein dickes Bankkonto in Denver oder San Francisco besaß. Nein, sie musste weder sich selbst noch der Welt etwas beweisen. Sie würde Pres heiraten, weil das genau das war, was sie tun wollte.

»Savannah?«, fragte Trey und ihr wurde bewusst, dass sie seine Frage nicht beantwortet hatte, ob er sich um einen Angestellten kümmern sollte, weil sie ihren Anteil nicht verkaufen wollte – auch wenn es eine Weile dauern würde, bis sie ihr Geld sah.

»Nein«, sagte sie fest, nachdem sie noch einmal kurz nachgedacht hatte. »Eine Ehe kann nicht funktionieren, wenn man nur mit einem Bein dazu steht und sich mit dem anderen abzusichern versucht, falls etwas Unvorhergesehenes passiert. Ich verkaufe an dich, Trey. Ich weiß, dass du fair bist und mich nicht übers Ohr hauen wirst – andernfalls wäre ich ja nie bei dir als Partner eingestiegen. Mach mir ein vernünftiges finanzielles Angebot und nenn mir deine Bedingungen. Wenn wir uns geeinigt haben, ist die Sache erledigt und es ist mir egal, wie lange du brauchst, um mir meinen Anteil zu zahlen.«

Treys Augen funkelten und es versetzte Savannah doch einen leichten Stich, als ihr klar wurde, dass Trey den Brimestone Saloon wahrscheinlich schon seit langem allein besitzen wollte. »Ich muss natürlich erst mit Rachel reden«, sagte er mit kaum verhüllter Zufriedenheit, »aber ich denke, dass wir den Verkauf als abgeschlossen ansehen können.«

Savannah beugte sich vor und gab ihrem lieben Freund einen leichten Kuss auf die Stirn. »Danke, Trey«, sagte sie leise.

Nun gab es kein Zurück mehr, sagte sie sich selbst. Es war Zeit, die alten Dämonen hinter sich zu lassen, wie Pres es gesagt hatte, und statt dessen nach vorne zu blicken.

7

Es war eine bescheidene ruhige Hochzeit, die drei Tage nach Prescotts ungewöhnlichem Antrag vor dem Kamin in der Halle der Springwater-Station stattfand. Jacob McCaffrey führte die Trauung durch, Rachel und Trey fungierten als Zeugen und June, die Kinder, Emma, Toby und Christabel sowie eine stille, nachdenkliche Miranda waren die einzigen Hochzeitsgäste.

Savannah fühlte sich während der kurzen Zeremonie, die sie ein Leben lang binden würde, ganz benommen im Kopf, so als müsste sie mit verbundenen Augen über einen unbekannten Weg gehen. Als alles vorüber war und Pres sie herzhaft auf den Mund geküsst hatte, um den Bund fürs Leben zu besiegeln, sah sie alles wie durch einen Schleier hindurch und über den normalen Geräuschen in der Halle, der Station und der Wildnis, von der sie umgeben waren, schien ein dumpfes Dröhnen zu liegen, das die bekannten Geräusche verfremdete und dämpfte.

Pres, ganz der korrekte Doktor, aß von dem Hochzeits-Kuchen und nahm die Glückwünsche freundlich und offen entgegen – wie es seinem Naturell entsprach, das Savannah erst langsam zu entdecken begann. Seine Aufmerksamkeit war jedoch inzwischen auf Christabels verkrüppelten Fuß gerichtet.

»Ich würde mir das gerne mal genauer anschauen«, sagte er mit nachdenklich gerunzelter Stirn.

Obwohl Savannah bestimmt viel Sympathie für das scheue Mädchen aufbrachte, waren ihre Gedanken im Augenblick mit ganz anderen Dingen beschäftigt. Sie war *verheiratet*! Das hieß, dass sie eines Tages – mit etwas Glück und Wohlverhalten ihrerseits – eine ehrbare Frau sein würde, die von der Gesellschaft akzeptiert wurde.

Und in kürzester Zeit würde sie mit ihrem Ehemann allein sein – allein in dem Doppelbett, das man aus Mirandas Zimmer in der Station zum Haus des Doktors gebracht hatte. Trey, Jacob und Pres hatten das Bett am Morgen in seine Einzelteile zerlegt und drüben wieder aufgebaut. Es war so groß, dass es fast den ganzen Schlafraum einnahm. Miranda würde mit Klein-Isaiah oder Ezechiel in Savannahs Kammer hinter der Küche ziehen. Es wurde bereits dunkel draußen und leichter Regen hatte eingesetzt, der leise aufs Dach und gegen die Scheiben prasselte und sich wie rhythmische Musik anhörte. Savannah, die ja jahrelang in Saloons gearbeitet hatte, hatte oft Männer mit ihren sexuellen Abenteuern prahlen hören und sie glaubte, die geheimsten Wünsche der Männer zu kennen, aber sie war so aufgeregt und nervös, als hätte sie keine Ahnung, was sie zu Hause im Doppelbett erwartete.

»Ist Christabel mit diesem Fuß geboren worden oder hatte sie einen Unfall?«, fragte Pres Jacob, der wie üblich an seinem Lieblingsplatz vor dem Kamin stand und in seinem dunklen Prediger-Anzug noch würdiger als gewöhnlich wirkte.

»Angeboren, so weit ich weiß«, erwiderte Jacob mit seiner ruhigen Stimme.

Miss June stieß Pres einen Finger in die Rippen. Er sah hinreißend in dem Anzug aus, den sie ihm geliehen hatte und der zweifellos einmal einem ihrer gefallenen Zwillingssöhne gehört hatte. »Nun lassen Sie mal gut sein«, sagte sie. »Um Christabels Fuß können Sie sich auch ein anderes Mal kümmern. Sie lebt ja schon lange genug damit. Das ist Ihr *Hochzeitstag*, Doc. Genießen Sie ihn.«

Ein breites Lächeln glitt über Prescotts attraktives Gesicht. »Ja«, sagte er und schaute Savannah von der Seite an, die rot wurde, obwohl sie sich alle Mühe gab, ihre Gefühle unter Kontrolle zu halten. »Das sollte ich wirklich tun. Ich denke, es ist an der Zeit, dass sich Braut und Bräutigam jetzt verabschieden und sich zurückziehen. Wenigstens für die Nacht.«

Savannah stand in einem Kleid aus elfenbeinfarbener Seide da, das noch aus ihren frühen Tagen stammte, als sie angefangen hatte, in den Saloons zu singen, und das sie mit Junes Hilfe und dem Stoff von anderen Kleidern so abgeändert hatte, dass es fast wie ein normales Brautkleid aussah. Es war bodenlang, hochgeschlossen und hatte lange Ärmel – ganz wie es sich für eine ehrbare Frau ziemte. Aber plötzlich schien sie kein Rückgrat mehr zu haben und konnte sich nicht vorwärts bewegen. Sie senkte den Blick und stand einfach nur da.

Um so überraschter war sie, als Pres sie plötzlich mitten in der Springwater-Station in seine Arme nahm und sie vom Boden hob. Alle applaudierten, als er die Tür öffnete und mit ihr über die Schwelle ins Freie trat.

»Lass mich runter«, wisperte Savannah halbherzig und barg ihr Gesicht in seine Halsbeuge.

»Das werde ich«, versprach er so leise, dass nur sie seine Worte verstehen konnte. »Sobald wir bei unserem Bett sind.« Dann ging er mit ihr auf dem Arm durch den Sprühregen. Der Saum des improvisierten Hochzeitskleides, das ihre Beine bedeckte, schlug gegen seine Schenkel, als er sie um den Saloon herum zu der kleinen Hütte trug, die von nun an ihr Heim sein würde.

Es war kühl, aber Savannah merkte es nicht, denn sie wurde von einem inneren Feuer erwärmt. Es war wunderschön, so getragen zu werden und sich so an die Brust von Pres – ihrem *Ehemann* – zu schmiegen. Er setzte sie nicht ab, um die Haustür zu öffnen, beugte sich nur etwas ungelenk vor und schloss die Tür dann hinter sich mit einem Fußtritt, nachdem sie die Schwelle überschritten hatten. Ohne stehen zu bleiben ging er mit ihr durch das Wohnzimmer.

Schließlich setzte er sie wie versprochen ab. Er ließ sie auf das Bett gleiten, wo sie zwischen einem Berg von Kissen und Decken landete. Das Hochzeitsbett war ebenso improvisiert wie ihr Hochzeitskleid – aber hier draußen im Westen gab es ja fast nichts, was perfekt war.

Er schaute ihr ernst in die Augen. »Du wirst es nie bereuen, dass du mich zu deinem Ehemann genommen hast, Savannah Parrish«, sagte er mit rauer Stimme.

Ihre Kehle wurde trocken und sie empfand Gefühle, die sie jedoch lieber nicht aussprach. »Das weiß ich«, sagte sie und sie *wusste* es aus irgendeinem Grund tatsächlich. Er konnte arrogant sein, er hatte eine scharfe Zunge, die manchmal schon an Unverschämtheit grenzte, er hatte seine Vergangenheit, aber er war ein guter Mann, den das Schicksal ihr bestimmt und zum Geschenk gemacht hatte. Sie hätte ihm gerne gesagt, dass sie ihn liebte, dass sie sich an dem Tag in ihn verliebt hatte, als sie gemeinsam in Springwater angekommen waren, aber das wagte sie nicht, weil sie keine Zurückweisung riskieren wollte.

Er zog die geliehene Krawatte aus, löste den Kragen und warf seinen Gehrock zur Seite. Savannah beobachtete ihn wie in Trance. Es war wie der Beginn eines Tanzes – ihre erste süße Vereinigung. Sie hatte erwartet, dass sie Angst davor haben würde, aber statt dessen war sie erregt und voller Vorfreude. Als Burke in ihr Leben getreten war, das er zerstört hatte, war sie ein junges, unerfahrenes Mädchen gewesen, aber jetzt war sie eine erwachsene Frau, die keine Angst hatte, den Worten des Mannes zu glauben, den sie geheiratet hatte. Sie war ganz sicher, dass sie ihm vertrauen konnte.

Pres knöpfte seine Manschetten auf und rollte die Ärmel lose bis zur Mitte seiner Unterarme hoch. Seine Bewegungen waren beherrscht, aber seine Augen glühten. Burke war ein eitler, selbstgefälliger Junge gewesen, während Pres von Kopf bis Fuß ein Mann war. Seine graziöse Art, sich zu bewegen, versprach Zärtlichkeit, Kraft und Erfahrung.

»Bist du sicher?«, fragte er ruhig. »Noch können wir in die Station zurückgehen und Jacob bitten, die Papiere zu zerreißen, aber wenn … wir … erst …« Er geriet ins Stottern und wurde tatsächlich ein bisschen rot. »Wenn wir erst mal intim miteinander waren, Mrs. Parrish, dann ist es zu spät. Dann sind wir ein Leben lang miteinander verheiratet.« Das war sicher ein freundliches Angebot, um ihr im letzten Moment einen Rückzieher zu ermöglichen, aber es hätte ihm scheinbar nichts ausgemacht, wenn sie ihre Meinung geändert hätte. Sie schüttelte stumm den Kopf und begann, das Oberteil ihres Kleides aufzuknöpfen.

Er setzte sich auf den Bettrand und schob ihre Hände zärtlich zur Seite, um die Sache selbst zu übernehmen. Sie saß da und zitterte, denn sie spürte jede Berührung seiner Finger, wie leicht sie auch sein mochte. Sie beobachtete jede Veränderung in seinem Gesichtsausdruck, als er sie zum ersten Mal entkleidete. Das war alles so neu für sie, so fremd, so quälend.

Dann waren ihre Brüste nackt. Die Spitzen waren aufgerichtet – entweder wegen der Kälte im Raum oder wegen der Hitze in seinen Augen. Er nahm sie vorsichtig in seine Handflächen und streichelte die erregten Nippel mit seinen Daumen. »Herrlich«, murmelte er. Ein leichtes Lächeln umspielte seine Lippen und spiegelte sich in seinen Augen. »Du lässt mich wieder an das Gute in der Welt glauben, Savannah. Eine griechische Statue im Mondlicht könnte nicht schöner sein als du.«

Sie war verblüfft und verzaubert. Solche Worte von einem Mann zu hören, der gewöhnlich geradeheraus bis an die Grenzen der Unhöflichkeit war, grenzte fast an ein Wunder. Tränen traten ihr in die Augen. »Du kannst ja ganz poetisch sein, Dr. Parrish«, wisperte sie und zitterte vor Wollust, weil er sie weiter liebkoste, um ihren Körper für das bereit zu machen, was unweigerlich folgen würde. »Das hätte ich dir gar nicht zugetraut.«

Wieder huschte ein Lächeln über sein Gesicht. »Ich bin voller Überraschungen«, versprach er, beugte sich zu ihr und begann ihren Hals zu küssen. Langsam arbeitete er sich immer weiter abwärts bis zu den Rundungen ihrer Brüste und dann nahm er einen ihrer Nippel zwischen seine Lippen. Sie keuchte und hatte das Gefühl zwischen Flammen der Lust zu tanzen.

Sanft drückte er sie in die Kissen zurück und zog ihr den größten Teil ihrer Kleidung aus, wobei er abwechselnd an ihren Lippen saugte und ihre Brüste liebkoste. Savannah riss sich den Strumpfgürtel und die Strümpfe vom Leib und streifte ihre Unterwäsche ab. Dann wölbte sie sich ihm entgegen und stöhnte verlangend.

»Hmm«, murmelte Pres. »Geduld, Mrs. Parrish. Für diese Sache sollte man sich viel Zeit nehmen.«

»Ich *will* mir aber keine Zeit nehmen«, keuchte Savannah. »Ich will dich haben.«

Er lachte leise in sich hinein. Die Fenster waren beschlagen und der leichte Regen plätscherte gleichmäßig aufs Dach. »So ist das also? Schande über dich.« Er bewegte sich tiefer an ihrem Brustkorb entlang und umspielte mit seiner Zunge ihren Nabel. Sein Atem ging durch sie durch wie die Sonne an einem heißen Sommertag. Schweißperlchen standen auf ihrer Stirn und ihr Atem ging ganz flach, als er sich schließlich aufsetzte. Ihr ganzer Körper war nur noch Lust und Verlangen. »Was ist mit deiner Geduld? Und was ist mit deiner Tugend?«

»Zur Hölle mit meiner Tugend«, murmelte Savannah erregt, schlang ihre Arme um seinen Nacken und zog ihn auf sich, um ihn wild und leidenschaftlich zu küssen. »Wie steht es denn eigentlich mit deiner Tugend?«, fragte sie schwer atmend, nachdem sich ihre Lippen wieder voneinander gelöst hatten und sie wieder einigermaßen sprechen konnte.

Zu ihrer Freude und Erleichterung sah sie, dass das Pendel umgeschlagen hatte. Pres verlor allmählich seine Kontrolle. Dieser Kuss hatte ihm einen Teil seiner verdammten kühlen Selbstsicherheit genommen. Er stöhnte, murmelte etwas Unverständliches und riss seine restliche Kleidung so schnell vom Leib, dass man hätte glauben können, sie wären durch einen magischen Trick weggezaubert worden.

Pres lag zwischen Savannahs Beinen – und sein Körper schien ihr jetzt, da er nackt war, viel größer, schwerer und muskulöser als vorher zu sein. Er spreizte mit der Hand ihre Knie und streichelte die empfindlichen Innenseiten ihrer Oberschenkel.

»Savannah …?«

Sie legte ihren Zeigefinger auf seine Lippen. »Ja, Pres«, hauchte sie und beantwortete damit seine unausgesprochene Frage. »Oh, Gott, *ja.*«

Er zögerte nur einen kurzen Moment, dann schob er sich über sie und drang mit einem kräftigen Stoß seiner Hüften in sie ein. Ein unendliches Gefühl der Lust erfasste sie, das mit einem kurzen, heftigen Schmerz verbunden war, eine Lust, die so groß war, dass sie alles übertraf, was Savannah je kennengelernt hatte. Sie schrie laut auf, vor Freude jubilierend, verzweifelt, weil sie sich ihm ausgeliefert fühlte, aber sie ergab sich nicht, sondern sie reizte und lockte ihn.

Er zog sich aus ihr zurück, drang wieder in sie ein und diesmal war die intime Berührung für beide noch intensiver. Sein Gesicht war angespannt, weil er sich nur mit äußerster Willenskraft zurückhalten konnte. Er hielt ihren Oberkörper mit seinen kräftigen Armen fest und schaute ihr tief in die Augen.

»Lass los, Pres«, keuchte sie. »Bitte lass los und komm. Komm, ich will dich haben.«

Plötzlich fiel alles von ihnen ab. Die Einsamkeit, unter der beide gelitten hatten, das Verlangen, einem anderen Menschen ganz zu gehören, der Schmerz über das Schicksal, das beiden so zugesetzt hatte. Plötzlich war da nur noch Freude. Sie bewegten sich im gleichen Rhythmus, es kam einer heiligen Handlung gleich, in der ihre Körper und Gemüter geheilt wurden.

Gemeinsam erreichten sie auch den Höhepunkt, nachdem sie sich gegenseitig bis zur Erschöpfung getrieben hatten. Savannah schrie immer wieder seinen Namen. Es kam von innen heraus und sie konnte es nicht mit dem Kopf oder Verstand steuern. Als sie wieder zu Atem kam und Pres anschaute, sah sie, dass sein Körper immer noch in den Nachwehen der Lust und Erregung bebte und zitterte.

Schließlich rollte er sich schwer atmend zur Seite, ohne

sich jedoch aus ihr zurückzuziehen. Savannah strich ihm über den Kopf. Sie schob ihre Finger in seine dichten Haare, die ganz feucht waren. »Ich liebe dich«, sagte sie. Das Geständnis war ihr einfach herausgerutscht.

Er hob seinen Kopf und sein Blick suchte ihre Augen. »Du liebst mich?«

Sie wartete einen Moment und biss sich auf die Unterlippe. Es machte keinen Sinn, die Tatsache jetzt noch länger bestreiten zu wollen. Sie hatte die Wahrheit gesagt – zu sich selbst und zu ihm, aber sie wünschte, sie hätte es nicht getan, denn vielleicht hatte sie damit alles kaputt gemacht.

Er küsste sie leicht und ganz zärtlich auf den Mund. »Ich war vorher noch nie in einen Menschen verliebt«, bekannte er nach einer Weile. »Natürlich hat es Frauen in meinem Leben gegeben, eine Menge sogar, aber keine war dabei, für die ich mehr empfunden hätte. Erst bei dir habe ich erfahren, was es heißt, wenn ein anderer Mensch einem etwas bedeutet. Ich habe dir gegenüber Gefühle, die sind so tief, dass sie mir manchmal Angst machen. Ich habe so etwas jedenfalls noch nie erlebt. Vielleicht ist das Liebe, ich weiß es nicht, aber was immer es ist, es fühlt sich gut an – auch wenn es mir noch fremd ist.«

Sie blinkte schnell die Tränen weg – es waren Glückstränen. »Das ist doch genug für den Anfang. Findest du nicht?«

Er lachte leise in sich hinein, strich mit der Hand langsam über ihren Bauch, umfasste ihre linke Brust und spielte mit der Brustwarze. »Ich schätze, das kommt ganz darauf an, ob du über meine Gefühle sprichst oder über all die Sachen, die ich innerhalb und außerhalb dieses Bettes mit dir treiben möchte.«

Savannah schlang ihren Arm um seinen Nacken. »Aber, aber, Herr Doktor, ich glaube, Sie sind ein Wüstling.«

»Was dich betrifft, ganz bestimmt«, erwiderte er und sie spürte, wie er wieder hart in ihr wurde, womit er sie erneut erregte. Er nahm ihre Brust in den Mund und saugte am gleichen Nippel, den seine Finger zuvor liebkost hatten. »Ich bin der Teufel, Weib, aber diesmal lassen wir uns mehr Zeit. Wir haben schließlich noch die ganze Nacht vor uns.«

Kurze Zeit später stöhnte und bettelte sie und streckte sich seinen Fingern und seinen Lippen entgegen, aber er ließ sich wirklich unendlich Zeit, bis er ihr gab, wonach sie verlangte.

Sie waren irgendwann völlig erschöpft, zufrieden und ineinander verschlungen eingeschlafen und es war mitten in der Nacht, als sie von einem lauten Klopfen an der Tür geweckt wurden.

»Doc!«, rief Trey von draußen. »Wach auf, Doc, verdammt noch mal! Und beeil dich!« Wieder wurde geklopft und diesmal noch lauter. »Aufwachen!«

»Bin schon unterwegs!«, rief Pres zurück, der schon aus dem Bett war und im Dunklen seine Kleidung suchte. Wahrscheinlich hatte er eine Menge Erfahrung darin, sich im Dunklen anzuziehen, wenn er mitten aus dem Schlaf gerissen und zu einem Notfall gerufen wurde, dachte Savannah. »Haltet mir ein Pferd bereit!«

Savannah setzte sich aufrecht, rieb sich die Augen und gähnte. Sie rutschte zur anderen Bettseite, fummelte mit den Zündhölzern herum und versuchte, die Lampe anzumachen. Bis ihr das gelungen war, war Pres längst im Vorraum – in seiner Praxis – und hatte die Tür geöffnet. Er sprach mit leiser, ruhiger Stimme, während Treys Stimme, die Savannah jetzt deutlich erkannte, aufgeregt klang. Sie strengte zwar ihre Ohren an, um zu hören, was vorgefallen war, aber sie konnte nur einzelne Wortfetzen heraushören.

Schnell stand sie auf – sie war schließlich jetzt die Frau eines Arztes, wenn auch erst seit ein paar Stunden – und streifte sich einen Kittel über. Einen Schuh fand sie auf der linken Seite des Bettes, den anderen auf der rechten.

Pres war bereits in seinen Mantel geschlüpft und hatte seine medizinischen Utensilien gerade in sein abgewetztes Köfferchen gepackt, als Savannah erschien. »Was ist passiert?«, fragte sie Trey, denn sie nahm natürlich an, dass etwas mit Rachel oder Emma sei. Treys Gesicht war kalkweiß.

»Es ist Jacob«, rief Pres ihr über die Schulter zu, während er aus dem Haus stürmte. »Wie Trey mir die Symptome beschrieben hat, könnte es ein Herzinfarkt sein.«

Mit dieser schrecklichen Nachricht verschwand er in der Dunkelheit und Trey folgte ihm.

Savannah musste sich an der Rückenlehne eines Stuhles festhalten. Jacob? Das konnte doch nicht möglich sein! Er schien ihr immer gegen jede Krankheit unempfindlich gewesen zu sein und obwohl sie ihn und June noch nicht so lange kannte, bedeuteten die beiden ihr sehr viel. Sie waren mehr als Freunde, sie waren der Ersatz für die Familie, die sie nicht mehr hatte – ja, sie waren fast so etwas wie Eltern für sie. Sie riss ihren Umhang vom Haken an der Wand und folgte ihrem Mann in die Nacht.

Sie rief natürlich nicht nach ihm, damit er auf sie wartete, denn sie wusste, dass sie mit seinem Tempo nicht Schritt halten könnte und dass er in einem Notfall keine Rücksicht auf sie nehmen würde. Sie erkannte nur seinen Schatten, der zur Station hastete, und sie sah, dass Trey direkt neben ihm lief. Als sie am Saloon vorbei war, sah sie die Lichter des Hargreaves-Haus.

»Nein«, betete Savannah und Verzweiflung erfasste sie, während sie hinter den beiden Männern herrannte. Erst als sie ausrutschte und fast zu Boden fiel, merkte sie, dass es immer noch regnete, dass die sogenannte Straße nur noch aus Matsch bestand. »Bitte, lieber Gott«, flehte sie, »nimm nicht Jacob zu dir. June braucht ihn doch, wir alle brauchen ihn … bitte, lieber Gott …«

June war natürlich auf den Beinen, als Savannah in die Station stürzte. Ihr braunes Haar mit den silbernen Strähnen hing jetzt lose über ihre Schultern. Sie trug ein Nachthemd aus Flanell und darüber einen gesteppten Morgenmantel. Man hätte sie für ein junges Mädchen halten können, aber ihre blauen Augen verrieten jedes einzelne Jahr ihres Lebens. Als sie Savannah sah, streckte sie beide Arme aus – sie bat um Trost und bot ihn gleichzeitig an.

Savannah umarmte sie fest und liebevoll. »Wie geht es ihm?«, fragte sie, nachdem sie sich wenig später etwas voneinander gelöst hatten.

»Ich weiß es nicht«, erwiderte June ernst. Sie ging nach hinten, wo sie und Jacob schliefen, blieb dann stehen und ging ein paar Schritte auf den Herd zu.

Savannah führte sie mitfühlend zum Schaukelstuhl. »Ich mache eine Tasse Tee.«

June setzte sich vor den Kamin – wo Savannah und Pres erst vor ein paar Stunden von Jacob McCaffrey getraut worden waren – und starrte ins Feuer. »Was würde ich ohne meinen Jacob anfangen?«, wisperte sie.

Savannah bereitete den Tee zu, als sie Toby bemerkte. Er hatte sich zwischen dem Ofen und der Wand verkrochen, die Knie zur Brust gezogen und den Kopf gesenkt. Der Junge schien völlig verzweifelt zu sein und als er aufblickte und Savannah mit seinen großen Augen traurig anschaute, drehte sich ihr das Herz im Leib um.

»Er ist stark«, sagte sie zuversichtlich. Das war alles, was sie dem Jungen im Moment anbieten konnte, alles, was er ihr vermutlich glauben würde. Sie hätte ihn gerne in die Arme genommen und getröstet, aber sie wusste, dass Toby so eine Reaktion von ihr nicht akzeptiert hätte.

Er nickte nur und legte seinen Kopf wieder auf die Knie.

Savannah brühte den Tee auf, füllte zwei Becher, den einen für June, den anderen für sich, fügte Zucker und Sahne hinzu und ging zum Kamin. Keine der beiden Frauen trank von dem Tee, aber manchmal war die Zeremonie des Teekochens wichtiger als das Getränk selbst – und dies war so eine Situation.

Der Stuhl quietschte leise, als June langsam vorwärts und rückwärts schaukelte, wobei sie immer noch ins Feuer starrte. »Wir waren gerade dabei, uns fertig zu machen, um ins Bett zu gehen«, sagte sie, wobei ihr Akzent, den sie in ihrer Jugend in den Bergen von Tennessee gesprochen hatte, stärker als gewöhnlich war. Das war natürlich ihrer Verzweiflung zuzuschreiben. »Jacob presste plötzlich eine Hand auf seine Brust und sagte: ›Ach, June, ich fühle mich gar nicht wohl.‹ Das war alles. Er war ganz bleich geworden, legte sich hin und schloss die Augen, um zu schlafen, aber ich habe sofort gesehen, dass er große Schmerzen hatte – entsetzliche Schmerzen. Und als es nicht besser wurde, habe ich Toby geweckt und ihn zu Trey geschickt.« Sie schaute Savannah an, zwinkerte ein paar Mal und schluckte. »Ich war so durcheinander, dass ich ganz vergessen hatte, dass wir ja jetzt einen Doktor in Springwater haben.«

Savannah beugte sich vor und streichelte Junes Arm. »Wollen Sie denn nicht zu ihm ins Zimmer gehen und an seinem Bett sitzen?«

»Jacob hat mir gesagt, dass ich nur im Weg sein würde. Er meinte, ich soll dem Doktor Platz machen, damit der ihn in Ruhe untersuchen kann.« In Junes Augen glitzerten plötzlich Tränen und sie legte ihre Hand mit gespreizten Fingern auf ihren Busen, als wollte sie ihrem Herzen befehlen, nicht nur für sie, sondern auch für Jacob zu schlagen. »Ich sage Ihnen, was ich denke ... Ich denke, dass Jacob nicht will, dass ich zusehe, wenn er stirbt. Der alte Dummkopf. Er ist manchmal schrecklich eitel und hochmütig, obwohl er doch einen besonderen Draht zur Welt unseres Herrn hat.«

Savannah hätte gerne mit ihrer Freundin geweint, aber das war jetzt nicht der richtige Zeitpunkt. Pres war mit Jacob im Schlafzimmer der McCaffreys und er tat sicher alles, was in seiner Macht stand – und Savannah hatte großes Zutrauen in seine Fähigkeiten als Arzt. Jeder in Springwater hatte dieses Vertrauen, denn Pres hatte oft genug bewiesen, was er konnte, als er Cowboys behandelt hatte oder sich liebenswürdig um die kleinen Beschwerden der alten Siedler gekümmert hatte. Im Augenblick war es wohl klüger, dachte Savannah, wenn sie ihre Gefühle im Zaum hielt und June half – so weit das überhaupt möglich war.

»Wenn jemand Jacobs Leben retten kann, dann Pres«, sagte sie leise.

June nickte. »Der Doktor und der Herr. Auf die beiden kommt es jetzt an, auf den Doktor und den Herrn – und auf Jacob selbst natürlich.«

Es schienen Stunden vergangen zu sein, bevor Pres endlich aus dem Krankenzimmer kam, wobei ihm Trey immer noch wie ein Schatten folgte, aber vielleicht waren nicht einmal dreißig Minuten vergangen. Pres streifte sich das Stethoskop vom Nacken und steckte es in seine Tasche. Sein Blick war düster und seine Augen suchten zuerst Savannah, als wollte er sich bei ihr Mut holen, bevor er June anschaute.

»Er lebt«, sagte er, »aber es sieht nicht gut aus. Selbst

wenn er die Nacht und die nächsten Tage übersteht, wird es lange dauern, bis er sich wieder erholt hat.«

Savannah wollte zu ihrem Mann gehen und hätte gerne den Arm um ihn gelegt, um seine Stärke zu spüren und ihm etwas von ihrer Kraft abzugeben, aber das wäre in diesem Moment völlig unpassend gewesen. So stand sie neben Junes Stuhl, legte ihre Hand auf die Schulter der älteren Freundin und betrachtete ihn schweigend.

Pres seufzte und rieb sich den Nacken mit einer Hand. »Sie legen sich jetzt am besten hin und ruhen sich etwas aus«, sagte er zu June. »Es nützt niemandem etwas, wenn Sie sich überanstrengen.«

June straffte die Schultern und reckte ihr Kinn. »Frauen haben immer Krankenwache gehalten. Länger, als jeder Mann sich überhaupt vorstellen kann. Mir war es nicht vergönnt, bei meinen Söhnen zu wachen, bevor sie gefallen sind, aber ich werde mit Sicherheit am Bett meines Mannes sitzen und seine Hand halten.«

Ein Kloß formte sich in Savannahs Kehle. Sie musste schlucken und sich beherrschen, um nicht um Jacob zu weinen oder um June oder ihre beiden Söhne, nicht zu trauern um all die anderen Familien, deren Söhne, Brüder und Väter nie mehr nach Hause kommen würden, weil der Krieg sie gefressen hatte.

»Ich muss heute Nacht hier bleiben, Savannah«, sagte Pres zu seiner Frau. »Trey wird dich nach Hause bringen.«

Sie schüttelte den Kopf. »Ich werde nicht gehen«, sagte sie bestimmt. »Wie du dich erinnerst, bin ich jetzt die Frau eines Arztes.«

Der Schatten eines Lächelns huschte über seinen Mund – der Mund, der erst Stunden zuvor im Bett ihre Gefühle in Aufruhr versetzt hatte. Sie wollte Pres plötzlich haben, nicht auf die spielerische leidenschaftliche Art der gerade vollzogenen Hochzeitsnacht, sondern in der ursprünglichen Art, die mehr mit der Bestimmung des Lebens an sich zu tun hatte. Sie wusste, dass er genauso empfand, und dass sie, wenn sie wieder allein sein würden – egal, wie viel Zeit inzwischen vergehen würde – sich wieder lieben würden, auf eine ganz elementare Weise. Sie würden ein Fest der Liebe feiern, indem sie auf ihren Herzschlag lauschten, den Sonnenaufgang beobachteten, Wildblumen pflückten, den Duft von frisch gebackenem Brot und heißem Kaffee in sich einsaugten, indem sie all die tausend wunderschönen Dinge des Alltags miteinander teilten – die großen wie die kleinen.

June erhob sich etwas schwankend aus ihrem Schaukelstuhl und Savannah hätte sie jederzeit gestützt, falls das nötig gewesen wäre, aber Jacob McCaffreys Frau war trotz ihrer zierlichen Figur robust und zäh und würde nicht fallen. »Ich gehe jetzt zu ihm«, sagte sie.

Savannah nickte.

»Die Kinder … sie werden Angst haben«, sorgte sich June und schlug die Hand vor den Mund, als würde sie sich Vorwürfe machen, dass sie die Kleinen für eine Weile völlig vergessen hatte. »Der arme Toby glaubt doch, dass in Jacob McCaffrey die Sonne auf- und untergeht.«

»Ich kümmere mich schon um die beiden«, versprach Savannah ruhig. »Sie konzentrieren sich jetzt ganz auf Jacob und sich selbst.«

June nickte und wieder glitzerten Tränen in ihren Augen. »Danke, Liebchen«, sagte sie und ging zu ihrem Mann, um bei ihm Wache zu halten. Pres schaute seine Frau bewundernd an. »Ja«, sagte er, bevor er der Stationsmeisterin ins Krankenzimmer folgte. »Danke.«

Trey saß auf einer Bank. Er wirkte erschöpft und machte ein besorgtes Gesicht.

»Geh nach Hause, Trey«, sagte Savannah. »Rachel und Emma warten sicher schon auf eine Nachricht und hier kannst du im Moment sowieso nichts tun.«

»Schickst du jemanden rüber, falls wir gebraucht werden?«

»Ja«, versprach sie, »ich komme selbst.«

Das schien Trey doch sehr zu beruhigen, denn er verließ die Station und als Savannah ein paar Minuten später ans Fenster trat, sah sie, wie die Lichter in dem Fertighaus eins nach dem anderen verloschen.

Nachdem sie eine Weile damit verbracht hatte, ihre Gedanken zu ordnen, drehte sie sich um und ging zur Kochstelle. Der Junge saß immer noch so da, wie sie ihn zuletzt gesehen hatte, zwischen Herd und Wand gekauert, ein Bild des Elends.

»Toby«, sagte sie streng.

Er schaute auf und sah sie mit seinen blauen Augen unschuldig, aber abweisend an. Er würde später mal ein gut aussehender Mann werden, einer von der flotten, verwegenen Art. Er sagte kein Wort.

»Wie alt bist du?«

»Elf«, erwiderte er nach einiger Zeit. Er war relativ klein für sein Alter – was zweifellos der Grund dafür war, dass er sich manchmal so großspurig wie ein aufgeplusterter Hahn benahm, wenn er Angst hatte.

»Also noch nicht sooo alt«, sagte sie. »Komm da unten raus.« Sie streckte ihm ihre Hand entgegen und wartete.

Erstaunlicherweise ergriff er die angebotene Hand und stand auf, wobei Savannah ein bisschen nachhalf, indem sie an seinem Arm zog. Ohne ein weiteres Wort führte sie das Kind zum Kamin, setzte sich in Junes Schaukelstuhl und zog den Jungen auf ihren Schoß. Einen Moment lang wehrte er sich gegen diese Zärtlichkeit, aber dann ließ sein

Widerstand nach und er kuschelte sich an sie. Sie hielt ihn zwar fest, aber sie vermied es geschickt, ihn dabei so einzuengen, dass er wieder Angst bekam.

»Du magst Jacob sehr, nicht wahr?«, sagte sie in sein blondes, widerborstiges Haar.

Er nickte und sie spürte seinen Kopf unter ihrem Kinn. Sie spürte, wie ihr Kleid von seinen Tränen nass wurde, aber das erwähnte sie natürlich nicht.

»Wir, Dr. Parrish und ich, mögen ihn auch. Mein Mann wird alles Menschenmögliche tun, um Jacob zu helfen, Toby, das kann ich dir versprechen.«

Der Junge schniefte und entspannte sich etwas mehr.. Danach waren keine Worte mehr nötig. Savannah schaukelte sanft, Toby schmiegte sich noch enger an sie – und schließlich schlief er ein.

Jacob überlebte die Nacht und die Tage und Nächte, die folgten. Als die Blätter im Herbst die Farbe wechselten, war er wieder auf den Beinen und konnte mit Hilfe eines Gehstocks auch wieder einigermaßen laufen. Natürlich konnte er nicht wie früher seiner schweren Arbeit in der Station nachgehen, er war blass und schwach. Savannah und alle anderen Menschen in Springwater hatten den Eindruck, dass er seine Lebenskraft verloren hatte. Er predigte sonntags nicht mehr und er sprach auch nicht mehr über den Herrn – weder im Guten noch im Schlechten. Er schnitzte auch nicht mehr weiter an der wunderschönen Kinderkrippe für Rachels Baby, deren Schwangerschaft inzwischen bestätigt war, nachdem Pres sie sorgfältig untersucht hatte.

Savannah fürchtete, dass Jacob sterben würde. Er nahm sich nur die Zeit dazu, aber es war klar, dass er den Kampf aufgegeben hatte.

Wenn sie an Jacob dachte, fühlte sie sich manchmal schuldig wegen des persönlichen Glücks, das sie und Pres gefunden hatten. Sie machten bei jeder nur denkbaren Gelegenheit Liebe miteinander und dabei spielte es keine Rolle, dass ihr kleiner Ofen das Häuschen nur unzureichend wärmte, denn sie hielten einander warm. Pres hatte viele Patienten zu behandeln, die von überall her zu kommen schienen – von den umliegenden Farmen und Ranches, aus den Bergen und von den Trails, die durch Springwater zogen. Savannah ging ihm dabei zur Hand und lernte, Wunden zu sterilisieren und wie man sie nähte, und sie konnte bald sogar gebrochene Knochen richten und schienen. Meistens kümmerte sie sich jedoch um die Kranken und Bettlägrigen, während Pres die größeren Sachen übernahm.

Der Herbst stand vor der Tür, aber Jacobs Gemütsverfassung war unverändert. Savannah wusste, dass Pres ebenso oft an den alten Mann dachte wie sie selbst, er aber nicht wusste, wie er Jacob helfen konnte. Niemand brauchte ihr zu sagen, dass ihr Ehemann diese Situation während des Krieges häufig erlebt hatte und dass ihm das große Sorgen bereitete.

Einige Frauen der Gemeinde hatten kein Hehl daraus gemacht, dass sie Savannah mit Misstrauen beobachteten. Offensichtlich glaubten sie, dass Savannah immer noch Federn und obszöne Kleider tragen würde und sich das Gesicht mit Farbe schminken würde, auch wenn sie ihren Mann bei seinen Hausbesuchen begleitete.

In der letzten Septemberwoche gab es eine Reihe von sommerlichen Tagen mit blitzblauem Himmel. Es wurde ein großes Fest geplant, in der Hoffnung, dass sich dabei Jacobs Stimmung aufhellen würde. Am Sonntag, nachdem Landry Kildare eine Laienpredigt gehalten hatte, trugen die Männer der Stadt die Tische aus der Halle der Station und stellten sie im vertrockneten Gras unter Miss Junes sorgfältig getrimmten Bäumen auf. Das Essen, das die Frauen gekocht hatten, wurde serviert und mit großem Appetit verzehrt. Man erzählte sich Geschichten von bitterkalten Wintern – vielleicht als Zauber gegen schlimmere Winter, die noch bevorstanden –, man sprach über die Krankheiten der Kinder und Tiere und den Ärger, den es immer wieder mit marodierenden Indianern gab. Nach dem Essen widmeten sich die Männer dem Hufeisen-Spiel.

Evangeline Wainwright, deren Augen wie immer strahlten, holte ihre Nähkiste aus ihrem Wagen und die anderen Frauen machten das Gleiche. Savannah, die kein Nähzeug besaß, stand etwas verunsichert abseits.

Das Essen und das Geschirr wurden abgeräumt, bevor die Frauen von Springwater ihre Kisten und Körbe öffneten und sie stapelweise kleine quadratische Stoffstücke auf den Tisch legten, die in den herrlichsten Farben schimmerten – blau und gelb, grün und rot, purpur und braun. Alle diese Quadrate waren sorgfältig mit dem *Hochzeitsring* bestickt.

»Sind wir alle einverstanden, Ladys?«, fragte Evangeline die Anwesenden.

Rachel, die bereits einen dicken Bauch hatte, nickte zuerst. Auch sie hatte solche Stoffquadrate bestickt und sie hatte Emma losgeschickt, sie zu holen. Die anderen Frauen blickten sich schweigend fragend an, aber dann nickten sie alle zustimmend und einige lächelten sogar. Innerhalb weniger Minuten waren die einzelnen Quadrate auf dem Tisch zu einem großen Muster zusammengefügt, eine wunderbare Decke, deren Einzelteile nur noch zusammengenäht werden mussten.

»Diese Decke ist für Sie, Savannah«, sagte Evangeline leise.

Savannah war überwältigt und presste eine Hand aufs Herz. Sie hatte sich zwischendurch immer wieder gewünscht, sie hätte Nähzeug, um auch ein paar Stücke beizutragen, weil sie gehofft hatte, dann würden die Frauen sie eher akzeptieren, aber es mangelte ihr ja nicht nur an Nähzeug, sondern vor allem an der Fertigkeit, damit umzugehen. »Für mich?«, fragte sie ungläubig, denn dabei konnte es sich nur um einen Irrtum handeln. »Eine Fremde?«

»Wir waren alle einmal fremd in diesem Land«, sagte Mrs. Bellweather. »Hier draußen im Westen sind wir alle aufeinander angewiesen, denn eines Tages braucht jeder von uns mal Hilfe.«

Rachel strahlte.

»Damals, als unser Haus gebaut wurde, haben wir doch erzählt, dass wir eine Decke für die nächste Braut von Springwater machen werden. Erinnerst du dich nicht? Und diese Braut bist du, Savannah.«

Savannah blinkte schnell mit den Wimpern, aber das nützte in diesem Moment auch nichts mehr. Die Tränen liefen ihr in Strömen über die Wangen, aber ihre Augen strahlten dabei – wie die Sonne durch die Wolken, würde June später sagen. Ihr wurde bewusst, dass *sie* selbst die Barrieren zwischen sich und den anderen Frauen aufgebaut hatte – genau wie Emma es einmal gesagt hatte. Sie hatte so viel Angst vor Zurückweisung gehabt, dass sie diesen freundlichen Menschen gar keine Chance gegeben hatte, sie kennen zu lernen.

»Ich weiß nicht, wie ich mich dafür bedanken soll«, wisperte sie.

Evangeline lachte mit ihrer glockenhellen Stimme. »Ich

kann es Ihnen sagen. Setzen Sie sich zu uns und helfen Sie uns, die Einzelteile zusammenzunähen. Dabei werden wir darüber nachdenken, welches Muster wir für die *nächste* Braut wählen.«

Es fühlte sich so gut an, einfach in diesem Kreis zu sitzen, dazuzugehören, mit den anderen zu planen, an ihren kleinen Geheimnissen teilzuhaben, ihre Sorgen und Träume zu erfahren. Savannah saß zwischen Rachel und Sue Bellweather und dort fühlte sie sich wohl und gut aufgehoben.

»Ich schlage vor, dass wir das nächste Mal eine verrückte Decke machen«, schlug Sue vor. »Wir legen kein Muster fest, sondern jede von uns bestickt ihre Quadrate, wie sie will. Dann werden wir ja sehen, was dabei herauskommt.«

Es gab eine kurze Diskussion und dann waren alle mit dem Vorschlag einverstanden. Man würde eine *verrückte* Decke machen. Warum auch nicht?

Savannah trocknete ihre Wangen mit dem Handrücken. Dann griff sie nach einem glänzenden pinkfarbenem Quadrat, das mit einem weißen Faden an einen gemusterten Baumwollstoff genäht werden musste. Da sie nie zuvor an einem Nähkränzchen teilgenommen hatte, war sie froh, dass es sich um so eine einfache Aufgabe handelte.

Evangeline blickte an dem langen Tisch entlang zu Miranda, die ihr Baby in einem Tuch trug, sodass Klein-Isaiha oder Ezechiel friedlich an ihrem Busen schlummern konnte.

»Vielleicht sind Sie ja die nächste Braut, Miranda«, meinte Evangeline liebevoll.

»Ein bisschen spät«, murmelte Sue.

»Das will ich nicht gehört haben«, brummelte June, die sich wegen Jacobs Krankheit zwar nicht beim Nähen beteiligte, die aber dennoch die Gesellschaft ihrer Freundinnen genoss. »Alles in dieser Welt passiert genau dann, wann es passieren soll.«

Savannah dachte an die Hochzeitsring-Decke, die bald das Bett verzieren würde, das sie mit Pres teilte. Sie fühlte so viel Freude im Herzen, dass es schon weh tat. Sie blickte die Gesichter am Tisch der Reihe nach an – und wusste, dass sie endlich zu Hause angekommen war.

ENDE

Sie stehen auf verschiedenen Seiten des Gesetzes und sind so unterschiedlich, wie zwei Männer nur sein können: Marshall Shay McQuillan und Tristan Saint-Laurent, der berüchtigte Revolverheld. Aber als sie sich zum ersten Mal begegnen, ist der Schock groß – es ist, als sähe jeder sein Spiegelbild. Eine so große Ähnlichkeit kann kein Zufall sein, und während sie versuchen, die Rätsel der Vergangenheit zu lösen, begegnen sie zwei Frauen, deren leidenschaftliche Liebe ihnen den Weg in die Zukunft weist ...

ISBN 3-304-18237-5

BASTEI LÜBBE